JULIA™

AF273765

MARIE FERRARELLA

CARICIAS
MÁGICAS

H HARLEQUIN™

Una división de HarperCollins Ibérica, S.A.
Avenida de Burgos, 8B - Planta 18
28036 Madrid

© 2024 Harlequin Ibérica, una división de HarperCollins Ibérica, S.A.
N.º 464 - 5.1.24

© 2010 Marie Rydzynski-Ferrarella
Caricias mágicas
Título original: Doctoring the Single Dad

© 2010 Marie Rydzynski-Ferrarella
Un amor compartido
Título original: Fixed Up with Mr. Right?

© 2010 Marie Rydzynski-Ferrarella
Buscando la felicidad
Título original: Finding Happily-Ever-After
Publicadas originalmente por Harlequin Enterprises, Ltd.
Estos títulos fueron publicados originalmente en español en 2011

I.S.B.N.: 978-84-1180-657-2
Depósito legal: M-31955-2023
Impreso en España por: BLACK PRINT
Fecha impresión Argentina: 3.7.24
Distribuidor exclusivo para España: LOGISTA
Distribuidor para México: Distibuidora Intermex, S.A. de C.V.
Distribuidores para Argentina: Interior, DGP, S.A. Alvarado 2118. Cap. Fed./Buenos Aires y Gran Buenos Aires, VACCARO HNOS.

Prólogo

TIENES el ceño fruncido —le dijo Theresa Manetti a Maizie Sommers—. ¿Qué sucede?

Maizie era una de sus dos mejores amigas, junto con Cecilia Parnell, la otra mejor amiga del trío, y las tres estaban jugando al póquer como hacían cada semana desde hacía años, lloviese o hiciese sol.

Maizie dejó las cartas boca abajo sobre la mesa y negó con la cabeza. Su melena plateada y corta se agitó de un lado a otro para recalcar sus sentimientos. Sus ojos azules brillaron cuando dijo:

—No me apetece jugar al póquer.

—De acuerdo —dijo Theresa—. ¿Qué te apetece hacer?

La respuesta de Maizie fue sencilla.

—Gritar.

Theresa y Cecilia se miraron. De pronto sabían hacia dónde se dirigía aquella conversación. Eran amigas de toda la vida y habían estado juntas desde tercer curso, cuando el alto y desgarbado Michael Fitzpatrick le había robado un beso a una asustada Theresa. Había recibido su merecido cuando Cecilia y Maizie, sobre todo Maizie, lo habían perseguido y acorralado al final del patio. Maizie se encargó de casi todos los golpes. Víctima, perpetrador y defensoras se habían ganado una semana de castigo por causar problemas, y al final de ese tiempo las tres se habían hecho amigas, mientras que Michael hacía planes para unirse a los jesuitas.

Maizie, Theresa y Cecilia habían ido a las mismas escuelas, a la misma universidad y fueron damas de honor las unas de las otras. Además estuvieron juntas en todos los acontecimientos felices, como el nacimiento de sus hijos. También estuvieron ahí durante los momentos duros, cuando una a una fueron quedándose viudas antes de tiempo. Y cuando Theresa, madre de dos hijos, se enfrentó al fantasma del cáncer de mama, Maizie y Cecilia fueron las que se ocuparon de las tareas diarias y levantaron el ánimo de su marido y de sus hijos.

Después de tantos años juntas, las tres se conocían a la perfección. Y por esa razón sentían que la causa de la angustia de Maizie era su hija, Nicole. Ambas mujeres podían comprender lo que su amiga estaba pasando. Las dos tenían hijas solteras.

Cecilia fue la primera en abordar el tema.

—Es Nikki, ¿verdad?

—Claro que es Nikki. ¿Sabéis lo que me ha dicho?

—No —respondió Cecilia—. Pero estoy segura de que vas a contárnoslo.

—Dijo que, si nunca se casaba, le parecía bien. ¿Podéis imaginároslo? —preguntó Maizie.

Theresa suspiró.

—Kate dijo prácticamente lo mismo el otro día.

Cecilia añadió su voz al concierto.

—Debe de ser algo contagioso. La última vez que hablamos, Jewel me dijo que era feliz con su vida tal y como estaba. Sé que debería alegrarme de que sea feliz, pero…

—Sabéis lo que esto significa, ¿verdad? —les preguntó Maizie.

—Sí, que nunca tendremos nietos —hubo cierto temblor en la voz de Theresa al pronunciar aquella predicción.

Maizie se inclinó sobre la mesa y colocó una mano sobre las de sus amigas.

—Muy bien, ¿qué vamos a hacer al respecto?

—¿Hacer? —repitió Theresa, confusa—. ¿Qué podemos hacer? Quiero decir que ya no tienen doce años.

—Claro que no —convino Maizie—. Si tuvieran doce años, no tendríamos que preocuparnos porque no fueran a casarse nunca.

—Creo que lo que Theresa quiere decir es que son mujeres adultas —dijo Cecilia.

Para Maizie aquella discusión no tenía fundamento.

—¿Así que se deja de ser madre porque haya más de veintiuna velas en la tarta?

—Claro que no —protestó Theresa—. Yo siempre seré la madre de Kate, pero…

Maizie tomó la palabra.

—Llevamos demasiado tiempo sentadas sin hacer nada. Es hora de que aceleremos un poco las cosas.

—¿De qué estás hablando, Maizie? —preguntó Theresa.

—Maizie sólo está frustrada, Theresa —dijo Cecilia.

—Claro que estoy frustrada. Y vosotras también lo estáis. Os conozco. Cuando teníamos la misma edad que las chicas, estábamos casadas y embarazadas.

—Los tiempos han cambiado, Maizie —comenzó a decir Theresa.

—No tanto – sostuvo Maizie—. El amor sigue moviendo el mundo. ¿No queréis que vuestras hijas encuentren el amor?

—Claro que queremos —declaró Cecilia—. Pero empieza a parecer que, salvo algún tipo de intervención divina, eso no va a suceder nunca.

—Lee el periódico, Cecilia. Dios está un poco ocupado ahora mismo. Además —Maizie miró a Theresa en busca de apoyo—, él ayuda a aquéllos que se ayudan a sí mismos, ¿verdad?

—Verdad —convino Theresa—. ¿Adónde quieres llegar exactamente?

—Conozco esa sonrisa —le dijo Cecilia a Maizie—. Es la sonrisa que ponía Bette Davis en *Eva al desnudo* cuando les decía a los invitados a la fiesta que se abrocharan los cinturones porque iba a ser una noche movidita.

Maizie se carcajeó.

—Nada de movidita. Lo único que digo es que

hace no tanto tiempo los padres y las madres concertaban los matrimonios para sus hijos —vio el escepticismo en la cara de Theresa—. ¿Por qué me miras así?

—Ya que me preguntas, necesitas ayuda si crees que esto tiene alguna posibilidad de triunfo, Maizie. No sé Nikki, pero si Kate fuese un poco más independiente, sería su propio país.

—Jewel es igual —convino Cecilia—. No soporta las citas a ciegas ni que la emparejen. Creedme, lo he intentado. Os garantizo que las chicas no pasarán por lo que sea que tengas en mente, Maizie.

—¿Quién dice que tengamos que contárselo? —preguntó Maizie inocentemente.

—De acuerdo, suéltalo —ordenó Cecilia—. ¿Qué te propones?

—Oh, vamos, chicas, pensad —contestó Maizie—. Todas tenemos nuestras propias compañías. Interactuamos con mucha gente todos los días. Gente distinta. Yo tengo mi agencia inmobiliaria, tú tienes tu empresa de catering —señaló entonces a Theresa—. Y tú el servicio de limpieza…

—Todas sabemos lo que tenemos —la interrumpió Cecilia—. ¿Pero qué tiene eso que ver con casar a Nikki, a Kate y a Jewel?

—Las tres tenemos la oportunidad de mantener los ojos bien abiertos en busca de candidatos —insistió Maizie con entusiasmo.

Theresa miró a Cecilia.

—¿Sabes de lo que está hablando?

Antes de que Cecilia pudiera responder, Maizie intervino.

—Hombres solteros y disponibles, Theresa. Hay más hombres solteros que nunca. Y nosotras tenemos las profesiones perfectas para conocerlos.

—¿Y qué quieres? ¿Que le echemos el lazo a uno si nos gusta lo que vemos y lo traigamos a casa para que conozca a las chicas? —preguntó Cecilia sarcásticamente.

—Hay leyes contra eso, Maizie —dijo Theresa.

—No hay leyes en contra de usar tu cerebro para que las cosas sucedan —insistió Maizie—. No los veáis como a clientes, sino como a hombres. Como yernos en potencia.

—De acuerdo, supón que lo intentamos —dijo Cecilia—. Si una de nosotras ve a un yerno en potencia, ¿entonces qué?

—Entonces improvisamos. Todas somos mujeres listas. Podemos hacerlo. Las situaciones desesperadas requieren medidas desesperadas —les recordó. Satisfecha tras conseguir que considerasen la idea, se relajó y sonrió—. Ahora, ¿qué os parece si jugamos al póquer? De pronto siento que la suerte está de mi parte.

Theresa y Cecilia se miraron. La idea era lo suficientemente descabellada para funcionar. Al menos, merecía la pena intentarlo.

Capítulo 1

MAIZIE decidió darle a su hija una oportunidad más de redimirse antes de seguir adelante con su plan.

Dado que sabía lo ocupada que estaba su hija pediatra, con su propia consulta y haciendo voluntariado en la clínica dos veces al mes, Maizie le preparó a Nikki su comida favorita, la misma comida que su difunto marido adoraba, y se la llevó a su casa.

Se le olvidó tener en cuenta el impredecible horario de Nikki y acabó esperando casi una hora antes de que Nikki apareciera en la entrada con el coche.

Sorprendida de ver a su madre apoyada en la puerta con una cazuela azul a sus pies, Nikki bajó la ventanilla. La brisa agitó suavemente su melena rubia y un mechón de pelo se le metió en la boca.

—¿Habíamos quedado esta noche? —preguntó tras sacarse el pelo de la boca. Aparcó rápidamente y salió del vehículo.

Maizie se agachó para recoger la cazuela y contestó alegremente:

—No, es sólo una visita inesperada.

Los ojos azules de Nikki escudriñaron a Maizie. Su madre había dejado de aparecer en su vida sin avisar justo después de que se graduara en la Facultad de Medicina. Nikki se preguntó qué pasaría.

—Siento haberte hecho esperar —se disculpó—. ¿Llevas mucho tiempo?

—No mucho —mintió Maizie.

Nikki observó la cazuela que su madre sujetaba. «Cuidado con las madres que traen regalos».

Abrió la puerta delantera y la sujetó mientras su madre entraba y se dirigía hacia la cocina. Le parecía que había algo demasiado jovial, demasiado inocente en su madre aquella noche. Y entonces se le ocurrió.

—Has jugado al póquer con la tía Cecilia y la tía Theresa, ¿verdad? —preguntó Nikki mientras cerraba de nuevo la puerta.

—Juego con ellas todas las semanas, cariño —contestó Maizie inocentemente.

La partida era sólo una excusa para cotillear, para intercambiar información y comparar notas.

—Sé lo que pasa en esas partidas, mamá.

Maizie dejó la cazuela sobre la mesa, se llevó una mano al pecho y dijo dramáticamente:

—Oh, Dios mío, espero que no. No querría que por mi culpa arrestasen a esos pobres hombres.

—¿Hombres? —Nikki buscó en el armario y sacó dos platos para cenar—. ¿Qué hombres? —sacó la cubertería y miró a su madre por encima del hombro—. ¿De qué estás hablando?

Maizie destapó la cazuela mientras hablaba.

—Pues los que juegan al strip póquer con nosotras, claro —respondió—. ¿De qué hombres iba a estar hablando?

Nikki colocó los platos en la mesa, sacó dos vasos y luego un refresco del frigorífico.

—Mamá, estás loca. Lo sabes, ¿verdad?

Maizie agarró los vasos y los colocó junto a los platos.

—No estoy loca, pero, si lo estuviera, nadie podría culparme de ello. La soledad es muy mala.

—¿Soledad? ¡Ja! Mamá, he visto a perfectos desconocidos acercarse a ti y ponerse a hablar —desde que recordaba, su madre siempre había tenido ese tipo de cara. Una cara que alentaba a la gente a hablar con ella aunque no la conocieran. Y su madre nunca hacía nada por desalentarlos.

Maizie se encogió de hombros.

—Esos no cuentan. Y no eran tan perfectos.

—¿Y qué es lo que cuenta? —en el fondo Nikki sabía hacia dónde se dirigía aquella conversación. Hacia el mismo sitio donde acababan todas las conversaciones con su madre. Hacia la guardería—. ¿Los bebés?

—¡Sí! —exclamó Maizie.

—Bien —contestó Nikki con cara larga—, puedes venir al trabajo conmigo mañana y relacionarte con todos los bebés que quieras.

La sonrisa de Maizie se esfumó.

—Pero ésos son los bebés de otras personas.

—Es lo mismo. Siguen siendo bebés —le dijo Nikki mientras sacaba un puñado de servilletas y las colocaba sobre la mesa entre los dos platos.

—No, no es lo mismo —insistió Maizie—. ¿Estás satisfecha sólo con abrazar a los bebés de otros? ¿No quieres un bebé al que poder abrazar y que sea tuyo, Nikki? ¿Un bebé al que querer y cuidar?

Nikki suspiró y miró al techo. Habían tenido aquella conversación muchas veces.

—Sí, mamá, quiero un bebé y, si tiene que pasar, pasará —le aseguró—. Mientras tanto —continuó mientras se sentaba a la mesa—, estoy haciendo algo bueno. Mamá, te quiero más que a nada en este mundo, pero por favor, déjalo ya. Vamos a cenar y a disfrutar de nuestra compañía —señaló la cazuela destapada—. El estofado huele muy bien.

—Huele muy frío —protestó Maizie—. He estado esperándote una hora.

—Creí que habías dicho que no había sido tanto tiempo.

—He mentido.

—Bien —Nikki decidió dejarlo correr y decidió explicar por qué llegaba tarde—. La señora Lee se ha puesto de parto antes de tiempo. Era su primer bebé y no tenía pediatra. Larry me llamó justo cuando me iba.

Maizie se puso alerta al instante.

—¿Larry? ¿Larry Bishop?

Demasiado tarde. Nikki se dio cuenta del campo de minas en el que acababa de entrar. El ginecólogo de obstetricia y ella habían salido durante algunos meses. Hasta que descubrió que la idea de Larry de exclusividad significaba que ella salía con él exclusivamente y él salía con todas las que quería.

—Sí, mamá —respondió pacientemente—. Larry Bishop.

—¿Qué tal le va a Larry?

—Está prometido —dijo Nikki mientras llevaba la cazuela al microondas. Puso tres minutos de tiempo.

Maizie se giró sobre su silla.

—¿Permanentemente? —preguntó.

—No. Imagino que uno de estos días se cansará de estar prometido y se casará —«y siento lástima por su esposa», añadió en silencio. Se apartó del microondas y apoyó la espalda en la encimera—. No frunzas el ceño, mamá. ¿No te decía la abuela que la cara se te congelará así si no tienes cuidado?

—Puede, pero yo estaba demasiado ocupada cuidando de mi bebé —respondió Maizie—, como para escucharla en ese momento. Sabrás que tu reloj biológico está en marcha.

¿Cómo habían vuelto a ese punto?

—Lo sé, mamá. Y te prometo que, cuando suene la alarma, te daré un nieto aunque tenga que robarlo.

—Maravilloso; mi hija, la criminal.

—Todo el mundo ha de tener algo a lo que aspirar —dijo Nikki jovialmente. En ese momento sonó el microondas. Se puso las manoplas del horno, sacó la cazuela y la llevó de vuelta a la mesa. La colocó frente a su madre y se sentó—. ¿Y qué hay de nuevo en tu vida? —preguntó mientras se servía un poco de estofado.

—¿Te refieres aparte de una hija irrespetuosa?

—Eso no es nuevo, es viejo —le recordó Nikki, luego sonrió al probar la comida—. Oye, esto está muy bueno, mamá. Había olvidado lo mucho que me gusta tu estofado.

—Cocinaré para ti todas las noches cuando estés casada.

Había habido veces en las que la insistencia de su madre llegaba a enervarla. Pero se había convertido en algo tan familiar que era casi como estar en casa.

Nikki se rió y negó con la cabeza.

—Gracias, pero puedo volver a la comida para llevar. Además, estoy demasiado ocupada para un marido —tras varias elecciones desastrosas, se había resignado a estar sola—. Ningún hombre querrá competir con una próspera consulta.

—Tus pacientes crecerán —señaló su madre—. Seguirán con sus vidas —la insinuación era evidente. Ella volvería a estar sola.

—Vendrán otros —respondió Nikki.

—Y ésos también crecerán —Maizie colocó una mano sobre la de Nikki para llamar su atención—. Juega bien tus cartas y así tus hijos nunca crecerán, Nikki.

—Lo harán si no dejo de fastidiarlos.

—Esto no es fastidiar. Es sugerir.

Nikki sonrió.

—Una y otra y otra vez.

—Sólo hasta que captes la sugerencia, cariño.

Nikki se metió otra cucharada de estofado en la boca para no hablar y dar voz a la idea de dónde podía meter esas sugerencias.

Cada vez que alguien hablaba sobre cuál era su signo zodiacal, Maizie siempre mantenía que ella había nacido bajo el signo de La optimista. Y tenía una buena razón para pensar eso. Con la notable excepción de haber perdido a su marido años antes de lo normal, la vida parecía irle bien. El día después de cenar con Nikki, la vida metió al candidato perfecto para su hija en la agencia inmobiliaria que dirigía.

Y eso fue cuando el primer cliente del día entró por la puerta. Sin duda, aquel desconocido alto, musculoso y de pelo oscuro, con la cara de un héroe de acción tenía que ser el hombre más guapo que había visto fuera de una pantalla de cine. Tal vez incluso en la pantalla. Se llamaba Lucas Wingate y resultaba que era nuevo en la zona. Buscaba una casa para su hija de siete meses y para él. No sólo estaba buscando, sino que de hecho compró una.

Pero la guinda del pastel fue que, tras tomar una decisión sobre la casa, y dado que era nuevo en la zona, le había pedido que le recomendara algún pediatra para su hija.

Maizie creyó haber muerto e ido al cielo. Dado que el apellido de Nikki era Connors y Maizie usaba su apellido de soltera en la agencia, había cantado las alabanzas de su hija sin dejar clara la conexión. Cuando él le preguntó si ella le había vendido al doctor Connors su casa, Maizie esquivó la pregunta y contestó que le había puesto un techo sobre su cabeza.

Y entonces cruzó los dedos.

Era curioso cómo se acostumbraba uno a las cosas sin darse cuenta, pensaba Lucas varios días más tarde mientras miraba a su alrededor en la sala de espera.

Por ejemplo ir al médico. Ya no se sentía como un pez fuera del agua cuando entraba en la consulta de un pediatra, a pesar del hecho de que, con frecuencia, él era el único varón de más de diez años en la sala. Ya se había acostumbrado a las miradas curiosas, disimuladas o descaradas, que le dirigían las demás ocupantes adultas de la sala de espera.

Eso no iba a cambiar en un futuro próximo. Pero ya no le importaba. Él había sido el padre y la madre de Heather desde que la niña tenía setenta y dos horas de vida. Eso significaba hacerse cargo de tareas que jamás se habría imaginado. Desde luego nunca había pensado en aquella parte menos satisfactoria de la paternidad cuando Carole lo había llamado desde la consulta del médico para darle la noticia, tan excitada que apenas se la entendía.

Por fin pudo calmarla lo suficiente para que sus palabras no se juntaran una con la otra. Entre sollozos y gritos de alegría, Lucas se dio cuenta de que su esposa desde hacía dos años, la luz de su vida, estaba diciéndole que dentro de ocho meses sería padre.

Le parecía que habían pasado un millón de años.

Pero se suponía que no debía ir allí, no debía pensar en aquello que no podía cambiarse.

Ahora que ya había encontrado una casa y que sus días en el hotel estaban contados, Lucas decidió que no había mejor momento que el presente para llevar a Heather a conocer a su nuevo pediatra. Quería que estuviese familiarizado con su hija antes de que surgiera cualquier tipo de emergencia. No se le ocurría nada peor que un primer encuentro en mitad de la noche en la sala de urgencias.

Últimamente, creía en la metodología y en la organización. Distaba mucho de ser el programador informático despreocupado de hacía siete meses. Ser padre y perder a su esposa, pasar de la alegría a la desolación en cuestión de setenta y dos horas cambiaba la manera de ver la vida.

Intentar sujetar a su hija mientras rellenaba los formularios que la enfermera recepcionista le había entregado resultó ser más difícil de lo que Lucas había creído en un principio. Su caligrafía, que no era buena en condiciones ideales, era como si hubiera metido un pollo en la tinta y le hubiera permitido correr sobre las páginas varias veces.

Probablemente hiciese que la caligrafía de la doctora pareciese legible.

—Lo siento —se disculpó cuando finalmente le devolvió los formularios a la recepcionista.

Lisa observó el primer formulario y luego miró a Lucas y a su incansable hija. Le dirigió una sonrisa radiante.

—Lo ha hecho mucho mejor que la mayoría de la gente que rellena formularios mientras intenta controlar a sus hijos —metió los formularios en una carpeta rosa y dejó la carpeta debajo de las otras que estaban sobre el mostrador—. Siéntese. Hay que esperar un poco.

La definición que la recepcionista tenía de «un poco» difería mucho de la suya, pensaba Lucas mientras intentaba entretener a Heather. En ese caso, «un poco» resultó ser otros quince minutos. Técnicamente, dado que él era su propio jefe y realizaba la mayoría del trabajo en casa, su horario era flexible y podía permitirse el tiempo libre. Al menos ese día. Y Maizie Sommers había dicho que aquel pediatra era el mejor de la zona.

—¿Señor Wingate?

«Gracias a Dios», pensó al oír una voz profunda y masculina que pronunciaba su nombre.

Miró hacia la puerta que conducía a las consultas y vio que la voz pertenecía a un hombre ligeramente calvo de mediana estatura y complexión normal. Un hombre que podría haberse confundido con el resto de la humanidad. Parecía como si una voz tan profunda no fuese con él.

—Aquí —dijo Lucas por si acaso el hombre no lo había visto mientras se levantaba—. Vamos, Heather —murmuró.

Cruzó la sala llena de juguetes y de niños y llegó hasta el hombre de la bata blanca, que tenía la carpeta rosa de Heather.

—¿Doctor Connors? —preguntó cuando llegó hasta él.

El hombre se rió y negó con la cabeza.

—Me temo que no. Soy Bob Allen, el enfermero.

—Ah —Lucas supuso que era un error común. No estaba acostumbrado a los enfermeros, y esperaba que no se hubiera ofendido por su sorpresa.

Siguió a Bob a través de un pasillo serpenteante y, al girar a la izquierda, fue consciente de las diversas puertas cerradas. El antiguo pediatra de Heather tenía sólo dos salas, aparte de su despacho.

—¿Todas ésas son consultas? —preguntó.

Bob lo miró por encima del hombro y Lucas creyó detectar cierto orgullo en su rostro.

—Ella es extremadamente popular.

—¿Ella? —repitió Lucas. Sorpresa número dos. Había dado por hecho que, como el antiguo pediatra de Heather era un hombre, el doctor Connors también lo sería. Obviamente se había equivocado—. ¿El doctor Connors es una mujer?

—La última vez que lo comprobamos, lo era —respondió Bob con una carcajada—. Ahora vamos a conocer a la señorita —le dijo a Heather.

En respuesta, la niña eligió ese momento para dar un grito.

—Bien, tiene los pulmones completamente desarrollados —advirtió Bob mientras abría la carpeta rosa.

Mientras hojeaba las páginas, iba haciendo preguntas cuando consideraba que necesitaba aclaración o si lo que el padre de la niña había escrito estaba incompleto. Bob hizo algunas anotaciones al margen mientras asentía para sí mismo. Cuando terminó, cerró la carpeta y la apretó contra su pecho.

—Bueno, aquí termina mi parte. La doctora Connors vendrá enseguida —le prometió antes de abandonar la sala y cerrar la puerta tras él.

—No tardará, Heather —le dijo Lucas a su hija. Heather arrugó la cara igualmente para dejar claro su descontento por tener que esperar—. Yo también estoy impaciente, hija.

Unos veinte minutos más tarde, Lucas pensó que ninguna de las personas que trabajaban para la doctora Connors tenía concepción alguna del tiempo. Cierto que no tenía que estar en ningún lugar en particular, pero en el futuro tendría horarios más apretados, dependiendo de en qué proyecto de software estuviera trabajando. ¿Acaso esa mujer no tenía consideración por el tiempo de los demás?

Lucas estaba más molesto a cada instante que pasaba.

No podía permitirse perder la mejor parte de su día esperando a que la pediatra hiciese su aparición, sin importar lo buena que fuera. Tenía que haber alguien igual de bueno, o al menos casi tan bueno, que supiera presentarse a tiempo.

Oyó la puerta abrirse tras él. Ya era demasiado tarde para escapar. Pero no iba a quedarse callado y a permitir que le hiciesen perder el tiempo de esa forma.

Dispuesto a echarle un rapapolvo a la doctora Connors, Lucas se dio la vuelta para mirar a la doctora a la que su hija probablemente no iba a visitar en el futuro.

Cualquier cosa que fuese a decir se le fue de la cabeza sin dejar rastro.

Aquélla no podía ser la doctora. Era demasiado joven, por no decir demasiado imponente. Tenía una melena rubia del color de los rayos del sol una mañana de primavera, y los ojos azules de un cielo despejado. En todo caso, con aquellos pómulos, su lugar estaba en la cubierta de alguna revista de moda. Debía de tratarse de otra enfermera. ¿Cuánto tiempo iban a tenerlo esperando?

—Creo que voy a tener que…

—¿Marcharse? —dijo la mujer—. Siento mucho el retraso, pero si puede esperar unos minutos más, prometo acabar rápido.

—¿Usted es la doctora Connors? —preguntó Lucas con escepticismo.

La sonrisa radiante que le dirigió tenía más voltaje que la lámpara de su mesilla de noche.

—Soy culpable. Sé que debo de haberle causado una terrible primera impresión —volvió a disculparse—, pero no he podido evitarlo. Una de mis pacientes decidió que su toalla de baño tenía poderes mágicos. Y con la seguridad que sólo se puede encontrar en una niña de ocho años, se la ató al cuello e intentó volar desde la litera de su hermano. Sobra decir que la toalla no era mágica. Ally no dejaba que el doctor Gorman, el pediatra cirujano, la tocara si yo no estaba con ella en la sala.

Tras concluir con su disculpa, la doctora centró su atención en Heather, que había dejado de protestar y que parecía estar escuchándola.

—¿Y quién es esta niña tan guapa? —preguntó la doctora Connors.

Heather gorjeó a modo de respuesta.

Capítulo 2

LUCAS observó a su hija con asombro.

La única persona a la que la niña había respondido de manera positiva era su abuelo. Eso le había resultado extraño en su momento porque Mike Wingate, de voz profunda y acostumbrado a abrirse paso en la vida a gritos, era la imagen viviente de su antigua profesión: la de un marine.

Cuando se trataba del resto del mundo, Heather se mostraba tímida o llorosa. Así que, cuando pareció estar escuchando a la doctora en vez de retorcerse e intentar enterrar la cara en su hombro, Lucas hubo de admitir que estaba sorprendido e impresionado.

—Parece que le cae bien.

—Suelo caerles bien a casi todos los niños, a no ser que tenga una aguja en la mano —contestó ella—. Necesito que la desvista para la exploración.

—Aun a riesgo de sonar como el típico padre —dijo él mientras le desabrochaba el peto a su hija—, Heather no es como casi todos los niños. No le cae bien nadie salvo mi padre y yo.

Nikki le quitó los pañales.

—Eso debe de ser realmente duro para el ego de su madre —comentó mientras le palpaba el vientre a Heather.

La imagen de Carole, en la cama del hospital, con Heather abrazada, se le pasó por la cabeza.

—Supongo que, si ella estuviera aquí, Heather sería diferente.

Nikki concluyó que los padres de su nueva paciente no estaban juntos. Se preguntó si el divorcio habría sido amargo. Los bebés reaccionaban a muchas más cosas de lo que la gente creía.

—¿Así que no comparten la custodia?

—No.

No diría que había escupido la palabra, pero había cierto tono de finalidad en la respuesta. Todo indicaba que estaba entrando en terreno peligroso.

Mientras volvía a ponerle los pañales a la niña, Nikki tuvo que admitir que le había picado la curiosidad un poco. Pero no estaba intentando satisfacer su curiosidad cuando intentó que el padre de Heather le diera una explicación más elaborada. Necesitaba un historial completo de la niña. Y eso incluía descubrir en qué tipo de condiciones vivía su paciente habitualmente. No tener ningún contacto con su madre podría provocar ciertas consecuencias a largo plazo.

—¿Necesita que haga algo más? —preguntó él,

pues quería que aquel chequeo fuese lo menos doloroso posible para su pequeña. Aún seguía sin creerse que no estuviera llorando.

—A partir de aquí puedo encargarme yo, señor Wingate —respondió Nikki, y lo apartó disimuladamente de la mesa con su cuerpo—. Muy bien, vamos a ver qué te hace saltar, pequeña.

Observando a su paciente cuidadosamente, Nikki comenzó con el resto de pasos del chequeo rutinario. Comprobó los reflejos de Heather y su respuesta a diferentes estímulos. Examinó el tono de su piel y, en general, buscó todo aquello que pudiera permitirle hacerse una idea de todos los aspectos sobre la salud de Heather.

Con un pequeño martillo de goma, golpeó suavemente sobre cada una de sus rodillas. La respuesta fue inmediata.

—Patada fuerte —comentó Nikki con aprobación—. Diría que será una buena candidata para las artes marciales en unos años. ¿Todo va bien en casa con respecto a su cuidado? —preguntó mientras continuaba con la exploración—. ¿Ninguna pregunta o duda?

Lucas suspiró. La mayor parte del tiempo se sentía como un turista perdido en un país extranjero que no hablaba el idioma.

—Tengo miles de preguntas y dudas —se oyó decir a sí mismo.

No pasaba ni un solo día sin cuestionar su habilidad para manejar aquel último giro que la vida le había dado. Cierto que había mejorado en algunas cosas, pero seguía sin sentirse seguro.

—Bueno, no sé miles de preguntas, pero podemos empezar con algunas —dijo ella—, y haré lo posible por responderlas —sacó otro aparato, encendió la luz y examinó los oídos de Heather. Heather hizo un sonido que era claramente una queja.

—Lo sé, lo sé —dijo ella—. No es agradable que alguien te meta cosas en los oídos. Seré rápida —prometió antes de apartar el aparato—. ¿Ves? Ya hemos terminado.

—Le habla como si pudiera entenderla —observó Lucas. Él también hablaba con Heather, pero sólo para llenar el silencio. Realmente no creía que pudiera entenderlo.

Nikki giró la cabeza y lo miró por encima del hombro con una sonrisa amable.

—No subestime jamás a estos pequeños seres, señor Wingate. Tienen mentes muy despiertas y son capaces de absorber cosas como si fueran esponjas —Nikki dejó de hablar el tiempo suficiente para escuchar el pecho de Heather. Todo estaba bien. No había nada más bello que un bebé sano, pensó—. Ya puede vestirla —le dijo al padre.

Anotó algunas cosas en la carpeta de Heather y luego echó un vistazo a la primera página, que Wingate había rellenado. La caligrafía dejaba mucho que desear. Le llevó varios segundos encontrarle sentido a las palabras. No fue fácil.

—Veo que Heather está al día con todas sus vacunas —Nikki levantó la cabeza y lo miró. Tras haber terminado de vestir a su hija, el hombre tenía a Heather en brazos—. ¿Es cosa suya?

A veces la responsabilidad para con aquella niña

seguía resultando abrumadora, pero estaba haciéndolo lo mejor posible.

—Sí.

Nikki asintió y cerró de nuevo la carpeta.

—Encomiable.

Lucas levantó un hombro como respuesta para quitarle importancia al cumplido. Aunque seguía intentando encontrar un cierto ritmo cuando se trataba de criar a Heather, no consideraba que lo que hacía fuese sobresaliente y ni siquiera fuera de lo normal. Simplemente se trataba de mantener a su hija sana y próspera. Heather era la razón de su existencia. Era lo que le mantenía vivo. Si la perdía, no tendría más razones para seguir respirando. Era tan simple como eso.

A Nikki se le ocurrió de pronto otra pregunta, abrió la carpeta y escudriñó la información personal en busca del nombre del jefe de Wingate.

—¿Trabaja en casa?

—Sí, casi todo el tiempo —llevaba varios años trabajando como autónomo—. Poseo mi propio negocio. Eso hace que me resulte más fácil estar con Heather.

Nikki asintió distraídamente. Cerró la carpeta y observó la interacción del padre y de la hija durante un momento. Definitivamente existía un vínculo. Casi todos los padres primerizos sujetaban a sus hijos como si el más mínimo movimiento fuese a hacer que se rompiesen. El padre de Heather sujetaba a su hija como si tuviera mucha práctica. Nikki no pudo evitar preguntarse cuánto tiempo llevaría solo y por qué.

¿Su mujer lo habría abandonado? ¿La idea de tener un bebé habría sido de él y no de ella? De ser así, ¿la habría convencido de ello para que luego ella rechazara la responsabilidad?

En su opinión, esas preguntas necesitaban algún tipo de respuesta. Aunque fueran someras. Pero no había manera fácil de abordar el tema.

Había observado a Wingate mientras vestía a su hija. Se notaba mucho amor en aquel sencillo acto. Ella llevaba un tiempo trabajando y Wingate no actuaba como un padre que se sintiera agobiado con una pesada carga.

Nikki decidió proceder con cuidado.

—¿De modo que la madre de Heather está completamente al margen de su vida? —intentó hacer que la pregunta sonara despreocupada, pero tuvo la impresión de no haberlo conseguido. Sobre todo cuando el padre de Heather la miró fijamente.

—¿Por qué querría saber algo así? —preguntó Lucas.

—Se supone que necesito el historial completo —contestó ella.

—Del bebé.

—Sí —admitió Nikki—. Y el ambiente de Heather es parte de lo que contribuye a su desarrollo. Casi todos los bebés que veo vienen con sus madres. A veces con ambos padres, pero no es común ver a un bebé que viene sólo con su padre. Siempre hay alguna excepción. La madre está enferma, así que el padre se encarga y trae al bebé. Y de vez en cuando surge algún amo de casa. Pero ya hemos dejado claro que usted no lo es —volvió a abrir la carpeta, pero, en esa ocasión, no le hizo falta leerla. Ya había intuido lo que necesitaba saber—. Ha dejado en blanco los espacios que piden información sobre la madre de Heather.

—Lo sé —respondió él.

Las omisiones habían sido deliberadas. Tras siete meses, aún resultaba demasiado doloroso entrar en algo relacionado con Carole, demasiado doloroso incluso escribir su nombre. Estaba haciendo todo lo posible por seguir adelante, por olvidarse del ayer y vivir sólo el presente mientras miraba al mañana.

Pero aún no había llegado ahí, y recordar a Carole sólo entorpecería cualquier progreso que pudiera hacer.

—Tenga cuidado, señor Wingate —le aconsejó Nikki.

—¿Cuidado? —repitió él. ¿De qué diablos estaba hablando esa mujer?—. ¿Cuidado con qué?

—La animosidad tiende a desbordarse y a contaminar a cualquier cosa con la que entra en contacto.

¿Eso era lo que creía que estaba sucediendo?

—¿Se refiere a Heather?

Nikki le pasó una mano al bebé por la cabeza y Heather gorjeó.

—Es por eso por lo que estamos los dos en esta habitación, ¿verdad?

—No hay ninguna animosidad, doctora Connors —le dijo con voz firme—. Sólo hay dolor.

No había admitido eso, ni siquiera a sí mismo. ¿Qué estaba haciendo, desnudando su alma ante alguien a quien ni siquiera conocía?

Nikki tenía pacientes esperándola y sabía que la

sala de espera estaba llena, pero no podía alejarse
del dolor que vio en los ojos de Lucas Wingate.

Le colocó una mano en el hombro y dijo:

—Fuera lo que fuera lo que ocurrió entre ambos,
debe perdonarla. Por el bien de Heather y por el
suyo propio. Sé que puede que no sea fácil, pero…

—¿Cómo la perdono, doctora? —las palabras se
habían formado en su garganta y habían salido como
si no pudiera controlarlas—. ¿Cómo puedo perdonar
a Carole por morirse?

—¿Perdón?

—Mi esposa —dijo él—. ¿Cómo puedo perdonarla por morirse y dejarme así? Así no era como tenía que ser. Yo no tendría que hacer esto solo.

A Nikki le llevó unos segundos recuperarse, y algunos segundos más recuperar el aliento.

—¿Su mujer está muerta?

La palabra se le clavó en las entrañas como un sacacorchos dentado. Lucas intentó controlar sus emociones para que no salieran disparadas. Sentía que
apretaba los puños lentamente, incluso con Heather
en brazos. Puños que no tenían nada que golpear.

—Sí —respondió con voz monótona.

Nikki se sintió casi morbosa por entrometerse,
pero tenía que preguntarlo. Era para el historial, y
para comprender al padre de Heather un poco mejor.

—¿Cómo ocurrió?

—¿Qué importa? —preguntó Lucas.

—Claro que importa —le aseguró ella, y miró a
Heather para dejar clara la insinuación.

De acuerdo, pensó Lucas. Tal vez la doctora tuviera razón. Tal vez fuera necesario para el historial

de Heather. Si ése era el caso, sería mejor decirlo cuanto antes y no retrasarlo más.

—Carole murió setenta y dos horas después de dar a luz a Heather. El médico dijo que se fue por algún tipo de complicación debida al parto. De pronto tuvo una hemorragia en mitad de la noche —intentó ni imaginárselo, pero era demasiado difícil—. Todo ocurrió tan deprisa que no tuvieron tiempo suficiente para salvarla. Yo me desperté cuando la enfermera que había ido a ver cómo estaba pulsó el código azul y todo tipo de personal médico comenzó a entrar en la habitación. Mi mujer se estaba muriendo mientras yo dormía.

Obviamente era un marido devoto, de lo contrario no habría estado durmiendo en la habitación del hospital. Estaba siendo demasiado duro consigo mismo.

—Usted no podía saberlo.

—Debería haberlo sabido —insistió él con rabia—. Carole y yo estábamos conectados. Terminábamos las frases del otro. Debería haber notado lo que estaba ocurriendo. Se fue antes de que pudiera despedirme.

Nikki se preguntó lo que sería tener a alguien que la amase tanto.

Su última relación, por corta que hubiera sido, había terminado cuando su novio le dijo que dejara de llevar su corazón en la mano. Le resultaba embarazoso. Pero ella era así. Desde que recordaba, siempre había sido compasiva. Creía que eso era lo que la convertía en una buena doctora.

Así que, conmovida por la historia de Wingate y más aún por el dolor de su voz y de sus ojos, no dudó un instante y lo abrazó. Nada más hacerlo, sintió que se tensaba.

Probablemente avergonzado por haber expresado sus emociones y por su respuesta, Wingate se había cerrado de nuevo. Nikki dio un paso atrás y le devolvió su espacio.

—¿Le ha contado esto a alguien? —le preguntó.

—Acabo de hacerlo.

Y estaba molesto consigo mismo por haberlo hecho. La presión que sentía era mayor de lo que pensaba. Aquello no era propio de él. No iba por ahí contando su vida.

—No —contestó ella—. Me refería a un profesional.

—¿No es usted doctora? —preguntó él, confuso—. Creí que…

—Me refería a un psicólogo.

Lucas no tenía intención de sentarse en una habitación y revivir su terrible experiencia con un desconocido. Con una vez era más que suficiente.

—Me educaron para solucionar las cosas por mí mismo —le dijo.

—A veces eso no funciona. No tiene nada de malo pedir ayuda. Todo el mundo lo hace en un momento dado —le aseguró Nikki. Pero sabía que estaba haciendo oídos sordos a sus palabras.

—Lo tendré en cuenta —aunque su tono decía justo lo contrario.

Nikki retrocedió. No tenía sentido presionarlo, se dijo a sí misma. Lucas Wingate estaba allí por su hija, no para ser avasallado, por muy bienintencionadas que fuesen sus sugerencias.

Se volvió hacia Heather, que había estado extrañamente calmada durante la conversación, y le dirigió una sonrisa. Con su pelo rizado y sus ojos azules y brillantes, Heather resultaba adorable. La madre de la niña debía de haber sido rubia, pues el hombre que tenía ante ella entraba en la categoría de alto, moreno y guapo, con pelo castaño tan oscuro que casi parecía negro. Y sus ojos eran casi azul marino, al contrario que el azul claro de los ojos de su hija.

—La buena noticia es que lo ha estado haciendo todo bien. Su hija parece la viva imagen de la salud. Haga lo que haga, siga haciéndolo —le aconsejó jovialmente.

—Principalmente he estado dando palos de ciego —admitió. Tal vez Carole estuviera mirándolos desde el cielo y mantuviera a salvo a su hija—. Nunca le había dado mucha importancia a la paternidad hasta ahora. ¿Cuándo empieza a ser más fácil?

Por lo que Nikki sabía, la tarea no se volvía más fácil.

—He oído que los primeros cincuenta años son los más difíciles.

—¿Cincuenta? —repitió Lucas con incredulidad.

Ella se carcajeó al ver su expresión de asombro.

—Al menos eso es lo que dice mi madre —miró la carpeta, que aún sostenía, y recordó algo que había visto antes. El señor Wingate se había mudado allí desde la Costa Este hacía poco tiempo—. ¿Conoce a alguien aquí?

Lucas negó con la cabeza.

—Aún no he tenido oportunidad de hablar realmente con alguien. Heather y yo nos mudamos hace tres semanas —había intentado quedarse donde Carole y él habían vivido, pero allí donde iba había estado con ella. Todo lo que veía le recordaba a Carole. No podía seguir con su vida. Incluso respirar le costaba trabajo. Así que se había marchado.

—Pensé que nos vendría bien empezar de cero.

Traducción: estaba huyendo de los recuerdos. Eso era lo malo de amar a alguien con el corazón, imaginaba. En cualquier caso, el padre de Heather era nuevo allí y no tenía a nadie a quien recurrir. Eso no era bueno.

Sin darse cuenta, Nikki se mordió el labio inferior mientras hacía una lista rápida de pros y contras. Los contras superaban con diferencia a los pros, pero sentía pena por Wingate y eso inclinaba drásticamente la balanza en su favor. Tomó una decisión.

Sacó una de sus tarjetas del bolsillo e hizo algo que nunca antes había hecho. Escribió su número de móvil y el de casa en la parte de atrás y se la entregó.

Él la miró confuso.

—Viendo que es usted nuevo aquí y nuevo con todo esto —señaló a Heather—, creo que le gustará tener a alguien a quien recurrir.

Lucas aceptó la tarjeta y observó los números que había escrito en el reverso. Su caligrafía era completamente legible.

Demasiados estereotipos.

—¿Éstos son los números del hospital?

—No, ése es mi móvil. Y ése es mi número privado —la expresión de confusión del señor Wingate aumentó—. La noche es un momento muy malo para no tener a nadie a quien recurrir —explicó ella—. Y además suele ser el momento en el que la mayoría de los niños de menos de siete años eligen para caer enfermos. Si Heather tiene algún problema y no sabe qué hacer, llámeme.

Lucas se quedó mirando la tarjeta unos segundos y luego la miró a ella.

—¿No le importa?

Nikki se carcajeó.

—No se preocupe —le aseguró—. Estoy acostumbrada. Después de las horas de consulta, los padres llaman allí, y la recepcionista me llama a mí. Pero he eliminado al intermediario para usted. Nadie debería tener que hacer esto solo la primera vez. Necesita un apoyo, al menos hasta que esté listo para quitarse los ruedines.

Los golpes en la puerta interrumpieron cualquier otra cosa que tuviera que decir. Bob asomó la cabeza.

—Teddy, el hijo de la señora McGuire, se está impacientando.

—Ya voy —le aseguró al enfermero antes de dirigirle una última mirada a Lucas—. Lo estáis haciendo bien; los dos.

Y entonces se fue.

Capítulo 3

CANSADA, Nikki entró en su casa y dejó el bolso y las llaves sobre la mesa que había junto a la puerta, y que había sido regalo de su madre. Las llaves cayeron al suelo, pero las dejó ahí. Si habían dañado las baldosas, que así fuera. No tenía la energía suficiente para preocuparse.

Acababa de quitarse los zapatos cuando sonó el teléfono.

Nikki no se molestó en disimular su gemido de respuesta.

«Por favor, que sea algún vendedor que quiera ofrecerme algo, o una encuesta sobre televisión. Lo que sea, menos otra urgencia. No estoy preparada para eso esta noche».

Tras sus horas en la consulta, Nikki había cruzado la calle para ir al Blair Memorial. Tenía varios pequeños pacientes que habían sido ingresados en los últimos días y sentía que no podía dar su jornada por acabada hasta no haber ido a verlos antes de irse a casa.

Los padres de August Elridge la habían acorralado durante media hora para hacerle preguntas. Era evidente que ambos eran unos auténticos hipocondríacos. Su hijo de ocho años había sido ingresado para una sencilla operación de amígdalas. Menos de doce horas después de la intervención, parecía estar recuperándose bien.

Una pena que no pudiera decirse lo mismo de sus padres.

Nikki se acercó al teléfono de la pared con el mismo cuidado con el que se acercaría a una anaconda furiosa y miró el nombre en la pantalla.

Era su madre.

¿Era eso mejor o peor que una urgencia? Todo dependía de la razón de su llamada. Desde luego no estaba de humor para otro capítulo de *La madre y la hija soltera.*

Pero conocía a su madre. Si no descolgaba antes de que saltara el contestador, su madre volvería a llamar otra vez.

Y otra vez.

Tomó aliento, descolgó el teléfono, pulsó el botón de contestar y se puso el auricular en la oreja mientras se dirigía hacia el sofá. Al menos se pondría cómoda.

—Hola, mamá. ¿Qué pasa? —preguntó con el tono más jovial que pudo encontrar.

—Nada —respondió Maizie con el mismo tono—. Sólo quería ponerme en contacto con mi hija favorita.

Nikki se sentó y puso los pies sobre la mesa del café. Era demasiado joven para sentirse tan cansada.

—Mamá, soy tu única hija —le recordó con tacto a la mujer al otro lado de la línea.

—Si hubiera habido más, seguirías siendo mi favorita —le aseguró su madre—. Desafiante, pero definitivamente mi favorita.

No tenía sentido continuar con el debate. A su madre le gustaba tener la última palabra. Nikki sabía cuándo retirarse.

—Vale, gracias.

Las antenas de madre de Maizie se pusieron alerta al instante. Nikki sonaba tan agotada como una esponja que hubiera estado trabajando durante seis meses sin parar.

Simplemente llamaba para averiguar si ese guapo viudo había ido ya a la consulta de su hija. Habían pasado varias semanas desde que le diera el número de Nikki. Eso era demasiado tiempo según su criterio. Se había abstenido de llamar todo lo que le resultaba humanamente posible. Si esperaba un poco más, estaba segura de que se le reventaría algún órgano.

Sin darse cuenta, Nikki le había dado la excusa perfecta.

—Pareces cansada, cariño. ¿Qué tal el día?

De camino a casa, Nikki había considerado la idea de darse un baño caliente, pero en ese momento se preguntaba si era tan buena idea. En su estado actual, podría quedarse dormida y ahogarse.

—Ha sido una jornada muy agitada.

Eso no era nada nuevo. Nikki siempre andaba corriendo de un lado a otro, haciendo el trabajo de tres personas sin tomarse un descanso. Maizie ya había dejado de sermonear a su hija y de decirle que corría el riesgo de acabar exhausta. Ella siempre hacía oídos sordos.

—Siempre dices eso, Nikki —le recordó a su hija.

—De acuerdo —contestó Nikki—. Más agitado de lo normal. Y antes de que lo preguntes —sabía bien cómo funcionaba la cabeza de su madre—, en una escala del uno al diez hoy ha sido un trece.

Maizie suspiró. Nikki no podía continuar a ese ritmo indefinidamente.

—Necesitas un socio.

También habían hablado muchas veces de aquello, pensó Nikki. Según su madre, su padre había trabajado hasta morir y sabía que tenía miedo de que ése fuese también su destino. No podía culpar a su madre por quererla o por preocuparse por ella.

Además, daría igual. Su madre no sabía cómo dejar de preocuparse.

Así que, en vez de discutir con ella, Nikki simplemente se rió, aunque cansada, y bromeó.

—¿Y compartir la gloria?

Maizie hizo un esfuerzo por no sermonearla. Eso acabaría con el propósito de la llamada. Pero a veces la chica la enfadaba tanto… Era tan testaruda como lo había sido su Justin.

—No —convino Maizie—, pero con suerte podrías tener algo de tiempo libre. Recuerdas lo que es eso, ¿verdad, Nikki? Por si lo has olvidado, es cuando descansas.

—Estoy bien, mamá. De verdad —Nikki hizo lo posible por sonar optimista y preparada para todo, no alguien que acababa de ser arrollada por una apisonadora. Dos veces—. Me gusta mi ritmo.

Normalmente era así. Pero a veces sentía que iba al triple de su velocidad.

—Estoy segura de ello. De ese modo tienes una excusa para no tener vida privada.

Maizie se mordió la lengua en cuanto dijo las palabras.

—Creo que me has pillado, mamá. No sé cómo el FBI se las apaña sin ti.

—Yo no quiero al FBI —respondió Maizie—. Te quiero a ti.

Nikki se sintió como una hija desagradecida. Su madre había renunciado a muchas cosas para que ella estuviera donde estaba actualmente. Lo mínimo que podía hacer era soportar sus rarezas.

—Sé que me quieres, mamá. Perdona, no quería sonar sarcástica. Como ya he dicho, ha sido un día muy largo.

—Eso es lo que pasa por ser tan buena en tu trabajo. Tus pacientes satisfechos van por ahí recomendándote a sus amigos y tu consulta crece cada vez más rápido.

A veces sentía que era así. El comentario de su madre le hizo pensar en Heather Wingate y su padre. Un sentimiento de calidez surgió de la nada y se extendió por su cuerpo como una manta suave y reconfortante.

Para compensarla por sonar desagradable, Nikki decidió compartir un momento con su madre.

—De hecho, el otro día vino una paciente nueva.

—¿Sí? —Maizie se preguntó si aquello habría sonado tan superficial como le había parecido—. ¿Algo interesante?

—Tiene siete meses. Se llama Heather y es adorable —al igual que lo era su padre. ¿De dónde había salido eso?

—¿Y sus padres no estarán buscando una casa más grande? —preguntó Maizie inocentemente—. Me vendrían bien nuevos clientes. Podrías intentar colar mi nombre en la conversación…

—Creí que habías dicho que el negocio iba bien —le recordó Nikki.

—Así es, pero ya conoces este negocio. Eres tan buena como tu última venta. Siempre hay que correr más, más, más.

Nikki sonrió orgullosa. Cuando se trataba de vender, su madre era como una central eléctrica.

—Siento decepcionarte, mamá, pero creo que lo de comprar una casa ya está resuelto. Y para que lo sepas, no se trata de un marido y su esposa. El padre de Heather es padre soltero.

—Ah —contestó su madre—. No se ven muchos así. ¿Es mono?

—El bebé es muy mono —bromeó Nikki, sabiendo muy bien que su madre no se refería a eso.

—Me refería al padre del bebé, Nikki —contestó su madre, ligeramente exasperada.

—Sé a lo que te referías, mamá. Y sí, si realmente necesitas saberlo, es muy mono. Y muy serio. Y además está profundamente enamorado de su esposa.

—Pero ella está... —Maizie estuvo a punto de delatarse, pero se detuvo a tiempo— lejos. Eso no es saludable.

—El paciente no es él, sino su hija.

Maizie frunció el ceño. Ella había llevado a aquel caballo hasta el agua e iba a asegurarse de que bebiera.

—¿No eres tú la que siempre dice que el entorno de un niño contribuye a su bienestar y que determina en lo que se convierte?

—Sí —admitió Nikki, y entonces negó con la cabeza—. ¿Cómo es que siempre encuentras la manera de darle la vuelta a mis palabras para que te convengan?

Maizie decidió que alegar inocencia sería una pérdida de tiempo, así que respondió:

—Práctica —y luego lo repitió con énfasis—. Práctica, práctica, práctica.

Nikki se rió.

—Ya lo pillo. Practicas —contuvo un bostezo—. Mira, mamá, si no te importa, voy a tener que colgar. De lo contrario, acabarás hablando mientras duermo.

Maizie no se ofendió. Conociendo a su hija, probablemente habría dormido menos de cinco horas, que era el máximo que dormía desde que se graduara.

Pero aun así, Maizie no pudo evitar preguntar.

—¿Estás diciéndome que soy aburrida?

—No, estoy diciéndote que me muero de cansancio y que lo único que deseo ahora mismo es meterme en la cama cuando aún me quedan fuerzas.

—Ni siquiera son las nueve —protestó Maizie. A Nikki se le estaba pasando la vida sin darse cuenta. No podía permitir que eso siguiese así—. Soy yo la que debería irse pronto a la cama, no tú. A no ser que haya alguien en la cama con quien acurrucarse.

—Si hubiera un hombre en mi cama, sin duda te lo enviaría a ti. Obviamente tú eres la que tiene el tipo de energía que se necesita para eso.

Maizie suspiró.

—Me preocupo por ti, Nicole —en respuesta, oyó ronquidos al otro lado de la línea. Por el momento decidió rendirse. Al menos Lucas había llevado a su hija a ver a Nikki. Tendría que ser paciente—. De acuerdo, capto la indirecta, Nikki.

Nikki se rió.

—No, no la captas, pero te quiero igual. Hablamos pronto, mamá.

Y sin más, Nikki colgó antes de que su madre tuviera la oportunidad de decir algo más. Había que ser rápida con Maizie Sommers.

Aún sentada, Nikki pensó en cenar durante exactamente tres segundos, pero entonces decidió que probablemente se quedaría dormida esperando a que sonase el microondas. Además, estaba demasiado cansada para masticar.

La idea de subir las escaleras también resultaba agotadora. Así que, en vez de eso, se dirigió hacia la habitación de invitados en la parte trasera de la casa. Iba quitándose la ropa según avanzaba, y ya estaba en ropa interior cuando llegó a la habitación.

Sin molestarse en encender la luz, Nikki se tapó con la colcha azul que había sobre la cama, se acurrucó y se quedó dormida en menos de un minuto y medio.

Estaba rodeada de teléfonos. Teléfonos grandes, teléfonos pequeños, teléfonos móviles. Todos sonaban a la vez y exigían su atención.

El sonido era cada vez más atronador, hasta que se fundió en un molesto pitido que recorrió todo su cuerpo.

«Es un sueño, sólo un sueño».

Esforzándose por seguir dormida, Nikki siguió diciéndose que era un sueño; hasta que finalmente se dio cuenta de que no lo era.

El teléfono de la mesilla estaba sonando.

Respiró profundamente para intentar despejarse la cabeza. El dormitorio estaba completamente a oscuras. No tenía ni idea de qué hora era.

El teléfono sonó de nuevo.

Tal vez fuese el departamento de bomberos, que llamaba para decirle que evacuara la casa. Estaban en temporada de incendios, que se extendían por el sur de California, y aunque ella nunca había tenido que evacuar, todo el mundo en esa zona del estado conocía a alguien que se había visto obligado en algún momento.

Ese tipo de emergencia, aunque alarmante, sólo requería que pusiese un pie delante del otro. No hacía falta que estuviera despejada y en plenas facultades.

El teléfono dejó de sonar justo cuando descolgó.

«Bien», pensó, y volvió a recostarse sobre la almohada. Con un poco de suerte, podría volver a…

El teléfono comenzó a sonar de nuevo.

De acuerdo, fuese quien fuese, no iba a rendirse. Completamente despierta ya, descolgó el auricular y se lo llevó a la oreja.

—Doctora Connors.

—Doctora, siento mucho molestarla a estas horas, pero me dijo que llamara si tenía una urgencia.

La voz, angustiada y sin aliento, le resultaba vagamente familiar, pero no sabía de qué. ¿Y cómo había conseguido su número privado?

Entonces una bombilla se le encendió en la cabeza. Ella le había dado sus números de teléfono al viudo de la niña adorable.

—¿Señor Wingate? —mientras se incorporaba, Nikki no esperó una respuesta—. ¿Qué sucede?

Lucas se dio cuenta de que ni siquiera se había identificado. La mujer probablemente pensara que era un idiota. Normalmente controlaba más la situación, pero estaba asustado. Lo único que importaba era Heather.

—Heather está ardiendo.

Nikki sacó los pies de la colcha y encendió la luz de la mesilla.

—Defina «ardiendo».

—Está muy caliente.

—¿Qué temperatura tiene? —preguntó ella. El hombre no le había parecido uno de esos padres ineptos que aparecían en las comedias de situación de serie B. ¿Por qué estaba comportándose como si lo fuera?

—No se la he tomado —contestó Lucas. Intentó controlarse y procedió a explicarle la situación—.

Tenía miedo de que el termómetro fuese a romperse porque no para de moverse y de gritar. No consigo que se esté quieta. Pero tiene la cabeza muy caliente.

La niña le había parecido sana durante el chequeo que le había realizado unos días antes, pero por debajo de los siete años, la temperatura de los niños podía dispararse en cuestión de pocas horas.

—¿Cuándo empezó? —le preguntó.

¿Dónde estaba su ropa? Nikki miró a su alrededor y entonces recordó su striptease involuntario de camino a la habitación.

Se levantó y comenzó a desandar sus pasos. Prenda por prenda, fue recuperando su vestuario mientras regresaba hacia la parte delantera de la casa.

Lucas cerró los ojos e intentó recordar cuándo se había dado cuenta de que Heather tenía la frente caliente.

—Hace como unas tres horas. Creí que me lo estaba imaginando y la metí en la cama. Pero siguió llorando y cada vez estaba más caliente. No sé qué puedo hacer por ella —confesó—. ¿Debería llevarla a las urgencias del hospital?

El Blair Memorial era un hospital excelente, pero su personal no daba abasto con unas urgencias atestadas de gente. Había que examinar a Heather cuanto antes, antes de que su padre tuviera que ser ingresado.

—No, ¿por qué no deja que la vea yo primero? —sugirió. Dado que era autónomo, sabía que tendría un seguro básico, y eso no cubriría las urgencias primarias—. No es necesario que espere en urgencias, ni que lo pague.

Ya había llegado al salón con la ropa. La dejó en el sofá.

—¿Por qué no me da su dirección y yo iré a ver si Heather necesita realmente ir al hospital? Probablemente lo único que necesite sean antibióticos.

—¿Hace consultas a domicilio?

—Hago excepciones —contestó Nikki. Abrió un cajón de la cocina, sacó un lápiz y entonces vio que se había quedado sin papel. Agarró un poco de papel de cocina y lo puso sobre la encimera—. De acuerdo, déme su dirección.

Hubo una pausa. Aún no estaba acostumbrado a su nueva dirección, así que Lucas tuvo que pensar antes de poder dar una respuesta. Tras el intervalo, le dio también el número de teléfono.

—Por si acaso no encuentra la casa —explicó.

Nikki sonrió. Había crecido en aquella ciudad, la había visto pasar de ser un pueblo con dos semáforos a una ciudad próspera de más de noventa mil personas. Dada la profesión de su madre, estaba familiarizada con todas las áreas residenciales de Bedford.

—Estaré ahí lo antes posible —prometió. Cuando estaba a punto de colgar, se detuvo y volvió a llevarse el auricular a la oreja—. Tranquilo, señor Wingate. Heather se pondrá bien.

En otra época, Lucas se habría reído de ella por pensar que necesitaba confianza. Pero tener que criar a Heather él solo había cambiado eso. Necesitaba ayuda y lo sabía. No podía permitirse ser orgulloso.

—Lo sé —dijo—. Es sólo que…

Tenía miedo de perder a su hija, pensó Nikki.

—No tiene que decirlo, señor Wingate. Lo comprendo. Le veré en unos minutos.

Finalizó la llamada y regresó al salón. Dejó el teléfono en el sofá y se apresuró a vestirse. Tenía una bolsa médica bien equipada para las urgencias en el armario de la entrada.

Aquello podía considerarse una urgencia, pensó mientras comprobaba que tuviese todo lo necesario.

Al menos lo era a los ojos de Lucas Wingate.

Capítulo 4

LUCAS Wingate se había comprado una casa en una de las urbanizaciones más nuevas de Bedford, advirtió Nikki mientras conducía hacia la dirección que le había dado. Al entrar en la urbanización, se quedó impresionada.

Mientras que las urbanizaciones en Bedford comenzaban a multiplicarse y a ocupar terrenos antiguamente dedicados a la ganadería, el tamaño de los terrenos sobre los que se construían era cada vez más pequeño. El suelo estaba muy solicitado. Aquella urbanización en particular, apodada Camelot por el constructor, según le había dicho su madre, tenía terrenos que rivalizaban con el tamaño de las urbanizaciones originales, algunas de las cuales tenían ya treinta y ocho años.

Grandes terrenos en Camelot se traducían en grandes precios. Obviamente al señor Wingate le iba bien, pensó Nikki mientras aparcaba frente a la casa de dos pisos estilo Tudor. Tal vez no debería haberse preocupado tanto por su capacidad para permitirse una visita a urgencias.

Aun así, decidió que ofrecerse voluntaria para ver a Heather en su casa era la mejor manera de proceder. Ir a urgencias con un bebé enfermo era casi tan fácil como caminar descalzo un kilómetro de cristales rotos. No había manera de saber cuánta gente habría esperando en urgencias para cuando Wingate llegase.

A veces, milagrosamente, un paciente entraba y salía en menos de una hora, pero lo más probable era que pasaran varias horas antes de poder realizarse pruebas y dar un diagnóstico. Mientras tanto, Heather seguiría llorando y Wingate se pondría cada vez más nervioso por la salud de su hija.

Aquello era mucho mejor.

Mientras caminaba por el camino hacia la puerta principal, oyó los llantos del bebé. Cuanto más se acercaba a la casa, más alto sonaban. Para cuando llegó a la puerta, parecía como si Heather estuviese justo a su lado, llorando desconsolada.

Probablemente, Lucas estuviera ya hecho un manojo de nervios.

Se cambió el maletín de mano y llamó al timbre. La puerta se abrió inmediatamente, como si estuviera programada para responder instantáneamente al sonido del timbre.

Un Lucas pálido, descalzo, con la camisa desabrochada y el pelo revuelto como si se lo hubiera peinado con un tenedor apareció en el umbral. Nikki no pudo evitar pensar que, a pesar de su angustia, parecía muy sexy. Heather, que lloraba con todas sus fuerzas, estaba apoyada en su cadera izquierda. Lucas estaba meciéndola sutilmente, pero ese movimiento parecía no surtir efecto en su hija.

A Nikki le sorprendió que hubiera podido oír el timbre con todo ese ruido.

El alivio que vio en su rostro era casi palpable. La miró como si esperase que realizase un milagro.

—Ha llegado muy deprisa —Lucas prácticamente gritó para que pudiera oírlo por encima de los llantos de Heather. Dio un paso atrás y abrió la puerta del todo.

Nikki cruzó el umbral y dijo:

—No vivo tan lejos —dejó el maletín en el suelo y tomó a Heather en brazos—. Vamos a ver a la paciente —las lágrimas seguían resbalando por las mejillas de la niña, pero su llanto comenzó a bajar de intensidad.

Heather también esperaba un milagro, pensó Nikki al imaginarse la angustia que el bebé estaría experimentando.

El llanto comenzó de nuevo, más fuerte que antes.

—Lo sé, cariño, lo sé. Te duele. Pero vamos a hacer que te sientas mejor. Te lo prometo —miró entonces a Lucas—. ¿Dónde puedo examinarla?

—Su habitación está arriba, pero puede usar el sofá.

Había una manta rosa, medio en el suelo, medio envuelta sobre los cojines, que ocultaba casi todo el sofá de cuero azul marino. Por lo que Nikki pudo ver, era un mueble de un acabado extraordinario, pero al igual que el resto de cosas de la sala, carecía de importancia en comparación con las necesidades del bebé.

Miró rápidamente a su alrededor. Parecía como si un tornado hubiera sacudido el salón. No había razón para pensar que el desorden fuese exclusivo de aquella habitación.

O Lucas no se había acostumbrado aún a ser padre, u ocuparse de un bebé enfermo había podido con él. Probablemente fuese un poco de las dos cosas, sumado al hecho de que aún estaría intentando acostumbrarse a su nuevo hogar. En los rincones había cajas cerradas con el sello de una empresa de mudanza.

—Al sofá entonces —convino Nikki.

Pero cuando fue a dejar a Heather sobre la manta, descubrió que la niña le había agarrado varios mechones de pelo con fuerza y no los soltaba.

Con cuidado, Nikki consiguió abrirle las manos y separarse de ella para ponerla sobre el sofá. No fue fácil.

—Vamos, Heather, suelta a la doctora —dijo Lucas mientras la ayudaba.

—No bromeaba al decir que estaba ardiendo —dijo finalmente Nikki. Sólo con sujetar al bebé contra su pecho había notado la diferencia de temperatura en su cuerpo.

La angustia en los ojos de Lucas se intensificó.

—¿No debería llamar al 911 para pedir una ambulancia? —para cuando terminó de formular la pregunta, ya casi había llegado al teléfono.

Pero Nikki levantó una mano para detenerlo.

—No hemos llegado a ese punto —no quería gritar por encima del llanto del bebé, así que le hizo gestos a Lucas para que se acercara al sofá—. Vigílela un minuto —intercambiaron los puestos y él se sentó en el sofá—. ¿Dónde puedo lavarme las manos?

—La cocina está justo ahí —dijo Lucas señalando hacia la puerta que había a la izquierda.

—Enseguida vuelvo —prometió ella.

Al entrar en la cocina, Nikki se encontró con más desorden. Había platos apilados en el fregadero, cajas vacías de comida para llevar inundaban el cubo de la basura. Parecía como si Lucas no hubiera tenido un momento para él desde que se mudara.

Se lavó las manos y utilizó una de las últimas servilletas de papel para secárselas. Regresó al salón y recuperó su lugar en el sofá junto al bebé.

—Si puede traerme mi maletín —le dijo a Lucas tras sentarse—, empezaré de inmediato.

La petición pilló a Lucas por sorpresa. Miró a su alrededor sin saber qué hacer.

—¿Dónde…?

Parecía verdaderamente cansado. Pero incluso agotado, seguía siendo guapo. Con la camisa abierta así, podía ver que tenía abdominales donde la mayoría de los hombres tenían una barriga incipiente. En algún momento tenía que sacar tiempo para hacer ejercicio. O eso, o simplemente tenía un don.

—Está junto a la puerta —señaló hacia donde había dejado el maletín.

—Ah, sí —Lucas agarró el maletín y corrió a entregárselo. Una sonrisa arrepentida cruzó sus labios durante un segundo—. Perdón, normalmente no estoy tan disperso.

—Es difícil acostumbrarse —contestó ella—. Nadie nace sabiendo cómo ser padre, y por desgracia, los bebés no vienen con manual de instrucciones. Y aunque lo hicieran, estarían constantemente actualizándose.

Abrió el maletín, sacó un par de guantes de goma y se los puso. Se debatió un instante entre usar un termómetro de tira plástica o decantarse por la temperatura rectal, mucho más precisa. Finalmente optó por la tira plástica. Pensó que no había necesidad de incomodar más al bebé. Tendría en cuenta el margen de error.

Lucas se quedó mirando lo que parecía una tira de papel con colores.

—¿Qué es eso?

—Es otro tipo de termómetro —le dijo Nikki—. No invasivo.

—¿Y es bueno? —preguntó él con escepticismo, y entonces se rió ante su propia pregunta—. Claro que tiene que ser bueno. No lo usaría si no lo fuera —para intentar ver el resultado, Lucas se puso de pie a su lado y se inclinó para leer el número. El ángulo hacía que fuera difícil distinguirlo—. ¿Qué dice?

A pesar de la situación, Nikki se dio cuenta de lo consciente que era de la presencia de Lucas junto a ella, con la camisa abierta y su imponente físico al descubierto. Pero, al igual que había hecho con el desorden del salón, consiguió bloquearlo.

Le quitó a Heather la tira de la frente y miró a Lucas.

—Dice «respire tranquilo, señor Wingate» —contestó.

Lucas miró desconcertado a la doctora de su hija por un instante. Entonces lo entendió y se sintió como un idiota.

—Ah, está bromeando.

—Aunque obviamente sin mucho éxito —respondió Nikki. Volvió a mirar la tira plástica y anunció el resultado—. Treinta y nueve con siete.

—Treinta y nueve con siete —repitió él, y la miró asombrado. ¿Cómo podía tomárselo con tanta calma? Intentó no sufrir un ataque de pánico, pero apenas lo consiguió—. ¿No deberíamos meterla en una bañera con agua fría o algo?

—Si empieza a subir o no remite en una hora o así, sí, podríamos hacer eso. Pero sólo si es absolutamente necesario.

Lucas se mordió la lengua para no decir que él ya lo consideraba necesario.

Mientras la observaba, la doctora le examinó los oídos, la nariz y la garganta a Heather, todo bajo protestas vehementes de su hija.

Escuchar el pecho de Heather resultó especialmente complicado. Cuando sintió que la cabeza le iba a estallar, retiró el estetoscopio y lo metió en el maletín.

Tras terminar con la exploración, Nikki llegó a lo que le parecía que era una conclusión apropiada. No le gustaba alargar las cosas para crear un efecto dramático, así que le preguntó al padre de Heather:

—¿Ha notado que Heather babee en los últimos días?

Desde que Heather había llegado a su vida, él había empezado a cambiarse de camisa con más frecuencia. Algunas se habían manchado tanto que había tenido que tirarlas.

—Siempre babea —contestó con una risa seca.

Nikki replanteó la pregunta.

—¿Ha notado que babee más de lo normal en los últimos días?

A punto de contestar que no, Lucas se detuvo y lo pensó por un momento. Molesta tras la exploración, Heather lloraba más fuerte que antes y le costaba trabajo concentrarse. Cuando finalmente lo logró, se acordó.

—Ahora que lo menciona, sí. Sí que lo he notado. ¿Por qué? ¿Qué significa eso? ¿Qué le pasa a Heather? —preguntó alarmado.

Nikki advirtió que Lucas estaba aguantando la respiración. Obviamente tenía miedo de lo que fuese a decirle. Tras haber elaborado un diagnóstico, lo primero era calmarlo. Deprisa.

—Nada peligroso —le aseguró—. Según parece, a Heather le está saliendo su primer diente.

—¿Un diente? —repitió él con incredulidad. ¿Todo aquel escándalo por un diente? Le parecía imposible—. ¿No es un poco pequeña para eso?

—En absoluto. A casi todos los bebés les sale su primer diente entre los cuatro y los siete meses, aunque a algunos les salen más tarde, y ocasionalmente alguno nace con dientes. Cuando eso ocurre, normalmente hay que sacárselos.

Para Lucas aquello no tenía sentido.

—¿Por qué?

—Por varias razones —le explicó—. Los bebés se muerden la lengua, se clavan los dientes en los labios, cosas así. Es más seguro para el bebé, y para la pobre madre si lo amamanta, que no tenga dientes los primeros meses de vida.

—¿Así que por eso tiene fiebre y llora? —le preguntó él—. ¿Por los dientes?

—Por un diente —aclaró Nikki—. Sólo uno. Pero duele mucho. El diente lucha por salir a través de la encía. Eso hace que esté extremadamente dolorida. Pero tengo algo para eso.

—¿De verdad?

—Sí, y puede comprarlo en cualquier farmacia, pero normalmente llevo alguno en mi maletín, por si acaso —advirtió cierta mueca de pena en su expresión mientras miraba a su hija—. Afróntelo, papi. Estaba destinado a ocurrir. Su hija está creciendo.

Nikki buscó en su maletín y sacó una pequeña botella llena de un líquido color ámbar. Se puso un poco en la punta del dedo, se lo metió al bebé en la boca y frotó la solución por sus encías.

Heather apretó la mandíbula e intentó morderla. Tras pocos segundos, la niña dejó de llorar y Nikki le sacó el dedo de la boca con cuidado.

—Tiene buenas mandíbulas, eso es cierto —bromeó.

—¿Y ya está? —preguntó Lucas—. ¿Se pondrá mejor?

—Para estar seguros, voy a pincharle a Heather una dosis de Tylenol para bajarle la fiebre, pero por lo demás, ya está. Tendrá que frotarle otra vez las encías con esto por la mañana. Y también podría darle un mordedor. Guárdelo en el congelador antes de dárselo. El frío le calmará las encías.

Lucas parecía algo confuso y Nikki interpretó su expresión correctamente.

—No tiene mordedor, ¿verdad?

Lucas se encogió de hombros.

—No pensé que fuese a necesitarlo hasta dentro de unos meses.

—Por suerte para usted, también tengo uno de ésos —buscó en su maletín, encontró el mordedor y lo sacó—. Aquí tiene. Quítele el envoltorio y póngalo en el congelador por el momento. Lo necesitará más tarde.

—Realmente viene usted preparada.

—Eso lo da la práctica —le contestó ella con una sonrisa—. Poco a poco se va aprendiendo.

Lucas tuvo dudas al respecto mientras iba con el mordedor a la cocina para guardarlo en el congelador. Cuando regresó al salón, un par de minutos más tarde, Heather volvió a llorar.

—¿Qué pasa?

—Como a la mayoría de la gente, a su hija no le gustan los pinchazos —le dijo Nikki mientras volvía a tapar la aguja que acababa de usar. Había un pequeño compartimento en el fondo de su maletín donde metía las agujas usadas para mantenerlas separadas del resto de sus cosas.

Poco a poco, Heather se fue calmando. Lucas le pasó una mano por el pelo. Era evidente lo que sentía por ella a pesar de su expresión de agotamiento.

—No sé cómo darle las gracias, doctora Connors —sacó la cartera del bolsillo de atrás de su pantalón—. ¿Cuánto le debo? Porque, sea lo que sea, no es suficiente.

Nikki tomó a la niña en brazos y comenzó a mecerla lentamente y a darle suaves golpecitos en la espalda.

—Hablaremos de eso más tarde —contestó. Lo estudió por un momento, aunque no le hizo falta mucho tiempo para llegar a una conclusión. El hombre estaba muerto de cansancio—. ¿Cuándo fue la última vez que durmió, señor Wingate?

—No estoy seguro. ¿En qué día de la semana estamos?

—Eso me parecía. ¿Por qué no descansa un poco? —sugirió ella, y le interrumpió cuando él empezó a protestar—. Yo me quedaré aquí y vigilaré a Heather durante un rato para asegurarme de que no ocurre nada más.

Lucas miró a la mujer que había hecho el equivalente a caminar sobre las aguas en lo que a él concernía. Estaba dividido entre el deseo de aceptar su oferta y saber que aquello era más de lo que podía pedirle.

—No, no puedo pedirle eso.

—No me lo está pidiendo —respondió ella—. Yo me he ofrecido. Si hubiera querido evitar las llamadas en mitad de la noche y todo lo que conllevan, me habría hecho dermatóloga, no pediatra. Ahora, por favor, deje de discutir y duerma un poco. Ya ha perdido al menos tres minutos discutiendo.

Lucas no tenía energía para discutir más. Y además, Heather no podía estar en mejores manos en aquel momento. Si no dormía pronto, acabaría siendo un peligro no sólo para sí mismo, sino también para Heather.

—De acuerdo, usted gana. Sólo cerraré los ojos durante unos segundos. Eso es todo lo que necesito —le dijo mientras se sentaba en un sillón.

Ella continuó meciendo a Heather contra su pecho. El bebé estaba quedándose dormido.

—Estará mejor en la cama.

—Me sentiré más culpable en la cama —respondió Lucas mientras cerraba los ojos—. De esta manera, si Heather empieza a llorar de nuevo, estaré justo aquí.

Nikki estuvo a punto de contestar, pero entonces se detuvo. Sin soltar a Heather, se acercó a Lucas para verlo más de cerca.

Y entonces sonrió. Como pensaba. Se había quedado dormido.

—Se lo has hecho pasar mal a tu papá, ¿verdad, Heather? —preguntó suavemente mientras se alejaba del sillón—. Vas a tener que ponérselo un poco más fácil, cariño, o estará agotado antes de que llegues a la adolescencia y empiece la verdadera diversión.

El bebé se acurrucó sobre su pecho y apoyó la cabeza en su cuello.

Nikki suspiró.

—Tienes razón, mamá —murmuró—. Me encantaría tener uno de éstos para mí. Pero no creo que eso ocurra próximamente, a no ser que me decante por la inseminación artificial, y eso no sería justo para el bebé. Así que, mientras siga eligiendo hombres que dejen mucho que desear en el terreno de las relaciones, no vas a ser abuela.

Volvió a suspirar y recordó sus últimos desastres sentimentales, incluyendo a Larry, el ginecólogo de obstetricia.

—Ninguno de ellos habría sido un padre decente —miró entonces a Lucas, que estaba profundamente dormido—. No como éste hombre. Eres una niña afortunada —le dijo a Heather—. ¿Lo sabes? Una niña muy afortunada.

Nikki tomó aliento. No tenía sentido recrearse en el pasado. Sólo para aprender de él. Lo único que había aprendido era que algunas personas no estaban destinadas a casarse.

Y ella era una de esas personas.

Capítulo 5

LUCAS no recordaba haberse quedado dormido. Sobre todo, no sabía exactamente qué había sido lo que le había despertado. Lo que sí sabía era que, por una vez, no eran los llantos de su hija.

No fue ningún tipo de sonido.

En todo caso, se había sobresaltado durante el sueño y se había despertado. Incluso eso era extraño. Desde la muerte de Carole, no había soñado en absoluto. Pero en esa ocasión, inexplicablemente, sí lo había hecho.

Había soñado que, junto con alguien que reconocía como su mejor amigo, hacía todo lo posible por atravesar un campo de minas. Cuanto más avanzaba, más deprisa le latía el corazón.

Entonces hubo una explosión.

La suerte de su mejor amigo se había agotado y había pisado una mina que le había costado la vida.

Sudando, con el corazón latiéndole con fuerza, Lucas se despertó de golpe.

E inmediatamente pensó que seguía dormido.

Tomó aire e intentó desesperadamente abrir los ojos, expulsar de su cerebro la niebla del sueño.

Pero sus ojos no se abrían, porque ya estaban abiertos.

Aquello tenía que ser un sueño. De lo contrario, ¿por qué no estaba oyendo a Heather? ¿Dónde estaba Heather?

Y por otra parte, ¿dónde estaba el desorden?

No había periódicos apilados sobre la mesa del café, ni un sinfín de paquetes de pañales de pie contra la pared de la habitación. Tampoco biberones vacíos desperdigados por todas partes, esperando a ser recogidos y limpiados.

Lucas miró a su alrededor con incredulidad. Todo estaba limpio y ordenado. Se había olvidado de que una casa podía tener aquel aspecto. Le recordaba al mundo que una vez había conocido, antes de que Heather hiciese su aparición en él. El mundo que había conocido cuando Carole aún vivía. Cierto, él nunca había sido muy bueno en eso de recoger lo que iba ensuciando, pero las cosas nunca habían llegado a un punto crítico hasta que se había convertido en padre soltero.

Lucas seguía sin oír a su hija. ¿Dónde estaba?

—¿Heather? —gritó mientras se levantaba del sillón, un movimiento del que el resto de su cuerpo se quejó. Aquél había sido el primer descanso ininterrumpido desde la mudanza.

Con un sentimiento de pánico creciente en el pecho, Lucas corrió a la otra habitación, la cocina, y entonces se detuvo en seco. El fregadero ya no estaba lleno de platos y cacerolas. La caja de comida congelada que había cenado ya no estaba en la encimera. Tampoco había rastro de los tarros vacíos de comida de bebé del día anterior. ¿O eran de ese día?

¿Qué diablos estaba pasando allí?

Aquello no era un sueño, era el principio de una pesadilla.

Su hija había desaparecido.

Y entonces las mil y una piezas sueltas de su cerebro comenzaron a formar un todo. La doctora había ido a casa, de eso se acordaba. ¿Habría decidido llevarse a Heather al hospital? Eso explicaría la ausencia de su hija, pero no el hecho de que todo estuviese de pronto ordenado y limpio. Era como si hubiera entrado en un universo alternativo.

No quería una casa ordenada, quería a su hija.

—¡Heather! —volvió a gritar.

—Si realmente le contesta, mi madre conoce a un publicista que puede conseguirle apariciones en los canales de pago y en todos los programas nocturnos. Puede presentarla como «La increíble Heather».

Lucas se dio la vuelta y vio que la doctora de Heather había aparecido tras él. Sin Heather.

—¿Dónde está? —preguntó.

—Heather está en su habitación —realmente era un buen padre, pensó Nikki—. Está durmiendo como un ángel. Usted también lo estaba.

Lucas se pasó una mano por el pelo. Avergonzado, preguntó:

—¿Cuánto tiempo he dormido?

Nikki miró el reloj. Era casi la una de la madrugada. Había estado durmiendo dos horas.

—No lo suficiente. En mi opinión, le vendría bien un poco más de sueño.

Lucas intentó desperezarse del todo. No le gustaba sentirse desorientado. Ni en deuda.

—¿Cuánto tiempo lleva aquí?

—Todo el tiempo —respondió ella.

—Me refiero a cuántas horas.

—Dos o tres —eran casi tres, pero no tenía sentido dar detalles.

—¿Dos o tres? —repitió Lucas con incredulidad.

¿Cómo era posible? Sólo se había recostado en el sillón un minuto. Pero debía de haber dormido casi dos horas, razonó al mirar a su alrededor. Se necesitaría al menos ese tiempo para limpiar todo aquello; a no ser que la doctora tuviera una varita mágica.

—Bueno, al menos no le pasa nada en el oído —respondió Nikki.

Lucas volvió a mirar a su alrededor, casi esperaba que la limpieza volviese a transformarse en el desorden al que ya se había acostumbrado.

—¿Usted ha hecho todo esto?

—No, han sido los elfos del zapatero —respondió ella—. Cuando vinieron y vieron que no tenía zapatos que reparar, decidieron limpiar el desorden. Tienen un sindicato muy estricto al que rendir cuentas.

Lucas se quedó mirándola. Los doctores a los que estaba acostumbrado entraban y salían de la consulta sin detenerse, incluso el que le había informado de que Carole ya no formaría parte de sus días había sido frío, distante y breve. Ninguno de ellos habría hecho una visita a domicilio, y mucho menos habría limpiado el domicilio.

—¿Por qué?

—¿Por qué tienen un sindicato? Pues la verdad es que no lo sé. Tendrá que preguntárselo a ellos.

—No. ¿Por qué ha hecho usted esto? ¿Por qué ha limpiado? —de pronto se dio cuenta de que no sabía si su esfuerzo se había detenido en la cocina, o si había seguido limpiando todo lo que había encontrado en su camino.

—Energía nerviosa —contestó Nikki encogiéndose de hombros—. Heather estaba dormida y no se me da bien quedarme sentada.

No se molestó en añadir que jamás había visto un desorden que se le resistiera, y que tenía debilidad por ordenar.

—Podría haberse ido a casa —señaló Lucas.

—Dije que vigilaría a Heather por usted, ¿recuerda?

—¿Y por qué no me ha despertado?

—Creo que eso habría sido considerado como un castigo cruel e inusual —contestó ella—. Parecía como si se hubiera tomado una dosis doble de Ritalin.

Lucas no comprendió la referencia.

—Creí que el Ritalin era para calmarse.

—Así funciona en los niños —le aclaró ella—. En los adultos tiene el efecto contrario. Te convierte en ese conejo mecánico que no necesita pilas.

—Supongo que estaba muerto de cansancio —admitió Lucas.

—¿Supone? —Nikki se carcajeó—. Señor Wingate, he mirado por la ventana. Había buitres dando vueltas en torno a la casa.

Lucas tenía que admitir que se sentía más humano que en toda la semana.

—¿Cómo puedo darle las gracias?

Nikki ladeó la cabeza con una sonrisa.

—Acaba de hacerlo.

Había algo en su sonrisa. Algo que le afectaba. A pesar de lo que había dicho, Lucas no quería que se marchara. No porque la presencia de la pediatra le crease sensación de seguridad, ni porque fuese muy guapa, incluso en circunstancias poco favorables, sino porque parecía comprender lo que estaba pasando. Y eso significaba mucho.

Lucas odiaba admitirlo, incluso en silencio, porque negaba la imagen que se había hecho de sí mismo, pero necesitaba aquel acto de amabilidad, lo necesitaba para sentirse parte de la raza humana de nuevo.

—Si hace esto por todo el mundo, ¿cuándo tiene tiempo para usted? —preguntó.

—No hago esto por todo el mundo —contestó ella—. Sólo por aquellos padres que parecen estar a punto de hacerse a la mar sobre un minúsculo témpano de hielo. Usted es nuevo aquí y, como bien ha dicho, está solo. Creí que necesitaba que le echasen una mano.

Eso no podía negarlo.

—Una mano, un pie y un cuerpo entero —convino.

Si se sentía así, entonces podría hacer algo más por él.

—Bueno, si es así, podría darle una lista de niñeras, todas excelentes, que podría considerar contratar…

Pero Lucas la detuvo. No podía hacerlo, no podía dejar a su hija a otra persona.

—Mi esposa no habría querido que contratara a una desconocida para criar a nuestra hija —protestó.

Nikki jamás había conocido a un padre que deseara hacerlo todo. Normalmente la idea de una niñera era algo a lo que se agarraban como a un clavo ardiendo, agradecidos de que hubiera una luz al final del túnel y de que pudieran tomarse un descanso sin sentirse culpables.

—Entonces a tiempo parcial. Alguien que le quite trabajo de vez en cuando, o durante unas horas al día. Tal vez no todos los días. Como usted quiera. Sólo para que no pierda de vista quién es.

—Yo sé quién soy —insistió Lucas—. Soy el padre de Heather.

Aun así, tenía que dar un paso atrás y ver toda la imagen, pensar en el futuro, no sólo en aquella parte.

—A medida que crezca, Heather querrá más credenciales que ésa. No puede construir su vida en torno a una persona porque esa persona se sentirá encarcelada si lo hace. Y cuando salga de esa cárcel, usted se sentirá abandonado. Por no mencionar que se encontrará en mitad de una crisis de identidad —y ésa era una de las razones por las que muchas madres de pronto se encontraban perdidas y sin saber qué hacer cuando sus «bebés» crecían y se hacían adultos.

Él la observó durante unos segundos. Nikki tenía miedo de haberlo ofendido, pero entonces se rió.

—Vaya, se encarga de bebés enfermos, limpia el desorden, y mientras tanto da consejos indispensables. ¿Hay algo que no pueda hacer?

—Se me ocurre que doblar acero con las manos —respondió ella—. Aparte de eso… —extendió las manos y se encogió de hombros—. Se lo haré saber si se me ocurre algo más.

—¿Puedo prepararle una taza de café? —la oferta salió de la nada.

—Si realmente quiere hacer algo por mí, métase en la cama —nada más pronunciar las palabras, Nikki se imaginó lo que debía de haber pensado el padre de Heather. Avergonzada, trató de explicarse—. Quería decir que…

¿Era su imaginación o la doctora se estaba poniendo roja? Lo menos que podía hacer era ahorrarle el bochorno. Lucas levantó una mano y detuvo cualquier intento de explicación.

—Sé lo que quería decir.

Pero incluso mientras le aseguraba que entendía que su sugerencia era absolutamente inocente, una pequeña semilla apareció de la nada, una semilla que tomó sus palabras y dejó que su imaginación corriera en una dirección agradable.

—Pero… —continuó como si la imagen de su cuerpo junto a él no estuviese cobrando vida en su cabeza— creo que tomar una taza de café con alguien que ha conseguido devolver mi vida a la normalidad es mejor que dormir unos minutos más.

Sorprendida, y dispuesta a tomarse el café pese a la hora que era, Nikki dijo:

—Puede que se arrepienta de renunciar a ese tiempo si Heather se despierta en unos minutos.

—Soy uno de esos tipos que puede funcionar casi sin haber dormido —contestó él—. Era la ausencia de ese «casi» la que empezaba a afectarme. Gracias a usted, ahora podré aguantar al menos otras cuarenta y ocho horas. De verdad, gracias a usted —enfatizó mientras miraba de nuevo a su alrededor antes de dirigirse hacia la cocina—. ¿Cómo supo dónde iba todo? —preguntó mientras sacaba una lata de café del frigorífico y la colocaba sobre la encimera.

—Tengo un sentido innato sobre el lugar de las cosas —contestó Nikki sentándose a la mesa—. Mi madre es agente inmobiliaria. Cuando yo era pequeña, solía llevarme con ella cada vez que enseñaba una casa en fin de semana. Cuando alguien llegaba, les hacía una visita guiada. Yo me entretenía haciendo mi propia visita. Exploraba los armarios y los cajones.

Lucas puso el café en el filtro, añadió dos tazas de agua a la cafetera y pulsó el botón. La máquina comenzó a hacer ruido al instante mientras calentaba el agua.

—En otras palabras —resumió con una sonrisa—, fisgoneaba.

—Investigaciones —le corrigió Nikki—. Realizaba investigaciones sobre la condición humana.

Lucas sacó dos tazas del armario.

—Yo diría que ése es un término elevado para fisgonear.

—Sí —admitió Nikki—. Pero así es como sé, más o menos, donde van las cosas.

—Bueno, pues ha hecho un gran trabajo. La casa tiene un aspecto cien veces mejor que cuando Heather y yo nos mudamos. Empezaba a parecer un infierno.

—Si no le gusta la idea de contratar a una niñera, tal vez quiera considerar un servicio de limpieza —sugirió Nikki—. Que venga alguien una vez a la semana, una vez al mes… ¿cuánto tiempo lleva en esta casa?

—Poco más de un mes —contestó él mientras servía el café.

—Puede que una vez a la semana sea mejor —decidió ella—. De esa forma podría dedicarle más tiempo a su hija.

—No es mala idea —miró por encima del hombro. Esa mujer parecía estar preparada para todo—. Y supongo que también tiene una lista de mujeres de la limpieza disponibles.

Un día cada dos semanas, Nikki cerraba su consulta y donaba su tiempo en una clínica gratuita que proporcionaba cuidados para los bebés de madres que no podían permitirse llevarlos a un médico. Varias de las mujeres buscaban trabajo. Estaban dispuestas a aceptar cualquier trabajo decente porque no tenían habilidades especiales.

—De hecho puedo darle el nombre de dos o tres.

—¿Puede recomendarlas personalmente? —preguntó él. Poseía ordenadores de última generación, así como equipos que le ayudaban a desarrollar el software con el que trabajaba. Necesitaba a alguien en quien pudiera confiar para que fuese a su casa, no alguien a quien tuviera que vigilar.

—Como personas sí —dijo ella sin dudar—. Pero en cuanto a la calidad de su trabajo, sólo puedo dar por hecho que harían un trabajo excelente. No he tenido ocasión de necesitar sus servicios.

Lucas llevó las dos tazas a la mesa y las colocó frente a ella. Después sacó un bote de nata y lo colocó junto a su taza.

—¿Por qué iba a hacerlo si limpia así en casa? ¿Azúcar?

Ella negó con la cabeza.

—Con la nata es suficiente —añadió una cucharada, luego dos, luego más hasta que quedó satisfecha. El café tenía el color del chocolate ligero, y el bote de nata pesaba bastante menos—. Perdón. No era mi intención echarme tanto.

—Después de lo que ha hecho, podría echarse dos kilos y no sería mucho; no es que no piense pagarle. Cualquier cosa que me pida me parecerá bien.

—Jamás acceda a algo sin haberlo leído hasta el final —dijo Nikki—. Mi padre me lo enseñó.

Lucas dio un trago al café. Eso también le hizo sentir un poco más humano. Y despierto.

—Parece un hombre listo.

—Lo era —contestó ella con una sonrisa.

—¿Era?

—Mi padre murió antes de que yo cumpliera doce años. Ésa es una de las razones por las que mi madre pasó a trabajar a tiempo completo como agente inmobiliaria.

—Ah —no se le había ocurrido pensar en eso. Él era un producto de su tiempo. Había crecido con mujeres que trabajaban sin necesidad de dar excusas o justificar las razones por las que trabajaban. Incluso Carole, que había deseado ser madre, había pensado en volver al trabajo cuando el bebé tuviese algún tiempo.

La vida iba a ser perfecta. Todo estaba planeado. Pero no habían contado con lo impredecible de la vida y su tendencia a lanzar golpes en los momentos más inesperados.

Pero no estaban hablando de él, estaban hablando de la doctora de Heather.

—Siento mucho tu pérdida, aunque supongo que eso no sirve de nada. Me refiero a las palabras. A veces no son suficientes.

—Oh, no sé. A veces la pérdida es tan profunda que parece que no tiene fin. Pero la vida continúa, sobre todo si se tiene un hijo —dio un último sorbo al café y dejó la taza sobre la encimera—. Mi madre decía que yo siempre la mantuve centrada, incluso en los peores momentos.

Echó la silla hacia atrás y se puso en pie. Él hizo lo mismo.

—Bueno, gracias por el café, pero si quiero hacer algo bueno mañana —miró el reloj y se corrigió a sí misma—, hoy, será mejor que me vaya.

Lucas la acompañó a la puerta. Había ido allí siendo una extraña, pero en esas pocas horas se había convertido en algo más que eso. Lucas sentía como si hubieran pasado juntos casi una eternidad. Y que habían conectado durante ese tiempo.

—No sé qué habría hecho sin ti —le dijo con sinceridad.

En la puerta, ella se volvió para mirarlo.

—Sobrevivir, señor Wingate. Habría sobrevivido —le aseguró.

—Lucas.

—¿Perdón?

—Has venido al rescate de mi hija y me has devuelto la cordura. Creo que eso te da derecho a llamarme por mi primer nombre.

—De acuerdo, Lucas —contestó ella—. Trae a Heather a la consulta el jueves. Llama a Lisa para pedir cita y dile que yo te lo he dicho. Veremos qué tal va ese diente.

Lucas asintió, abrió la puerta y la vio alejarse hacia su coche. Ya no se sentía tan perdido como hacía pocas horas. Las cosas comenzaban a encajar, su hija estaba dormida y él tenía alguien a quien recurrir.

No obstante, no podía dar ninguna de esas cosas por hecho.

Capítulo 6

¿CÓMO está nuestra pequeña niña? —preguntó Nikki, dirigiéndose a la niña tumbada en la mesa cuando entró en la consulta número dos.

Llevaba la carpeta de Heather en la mano, pero aún no la había abierto. En vez de eso, confió en lo que vio, un bebé feliz de aspecto saludable, y en lo que el padre del bebé tuviera que decirle. Si había algo malo, Wingate se lo contaría en los tres primeros minutos.

Pero parecía tan contento como su hija, y mucho más descansado que la última vez que lo había visto, dos días atrás.

—Tenías razón —le dijo Lucas—. Le estaba saliendo un diente.

Nikki le agarró suavemente la barbilla al bebé y le abrió la boca.

—Y ahí está. Pequeño, blanco y en mitad de la encía inferior —declaró satisfecha. Lo peor había pasado, hasta el siguiente diente.

Heather cerró la boca alrededor de su dedo. Seguían saliéndole los dientes. Pronto comenzaría con el siguiente. Le había dejado a Lucas suficiente medicación para los próximos dientes. Iba a necesitarla.

—¿No ha vuelto a tener fiebre? —le preguntó mientras apartaba el dedo.

—No —confirmó él—. Ha vuelto a estar feliz estos dos últimos días.

—Magnífico —contestó Nikki.

Hizo una anotación en la carpeta y volvió a cerrarla. La dejó ahí por el momento y le alisó al bebé el vestido rosa que llevaba.

—¿Has pensado en lo de contratar a una niñera o a una limpiadora? —le preguntó a Lucas.

—Pensé en posponerlo hasta que te viera —contestó él—. Prefería una recomendación antes que dar palos de ciego y acabar llamando a algún número de los anuncios clasificados.

—Siempre es una buena idea —convino Nikki. Y entonces se le ocurrió una pregunta—. ¿Es así como me encontraste a mí? ¿Alguien me recomendó?

Lucas tomó a Heather en brazos y la apoyó en su cadera.

—De hecho sí —y le estaría siempre agradecido a esa agente inmobiliaria.

Era la línea que Lisa accidentalmente se había olvidado de incluir al imprimir los nuevos formularios. La línea en la que preguntaban si el nuevo paciente había ido por recomendación. A Nikki le gustaba estar al tanto.

—Si no te importa que te lo pregunte, ¿quién me recomendó?

—Fue…

Pero antes de que Lucas tuviera la oportunidad de decírselo, llamaron a la puerta e inmediatamente Bob asomó la cabeza.

—Siento interrumpir, doctora —se disculpó el enfermero—, pero acaba de llamar la señora Henderson. Ptolemy ha vuelto a hacerlo.

Nikki suspiró y cerró los ojos por un momento. Esa mujer tenía que vigilar a su hijo más de cerca.

—¿Qué ha utilizado esta vez?

Bob sonrió, obviamente entretenido por las travesuras del niño.

—Cree que ha sido una de las figuritas en miniatura de su hermano.

—Se está volviendo muy creativo —comentó Nikki—. Dile que lo traiga. Lo veré en cuanto llegue aquí.

—Muy bien —dijo Bob antes de salir.

Advirtió que Lucas la miraba con curiosidad.

—Al hijo pequeño de la señora Henderson le gusta meterse cosas por la nariz. Frecuentemente.

—Yo también lo haría si mi madre me llamase Ptolemy —contestó él riéndose.

—Le encantan los nombres raros. A sus otros hijos los llamó Cicero y Euripides.

—Espero que los eduque en casa, o que al menos los lleve a clases de artes marciales —dijo él. De lo contrario, tenía la sensación de que se meterían con ellos todos los días.

—De hecho, sí los educa en casa —explicó ella—. Pero creo que tienes razón con lo de las artes marciales. Van a necesitarlas cuando crezcan. No pueden esconderse en casa para siempre —por el momento tendría que dejar a un lado su propia curiosidad. Tampoco era una pregunta que la quemase por dentro. Probablemente el padre de Heather hubiera acudido a ella por mediación del padre o madre de uno de sus pacientes. Seguramente viviría cerca de alguno de ellos—. Bueno…

De nuevo fue interrumpida por unos golpes en la puerta. Bob había vuelto.

—Casi se me olvida decírselo, doctora Connors, pero llamó el tipo de los ordenadores. Dijo que no podría darle cita hasta la semana que viene. Con suerte.

—Magnífico —en esa ocasión la palabra, en vez de triunfante, sonó sarcástica.

—Ey, yo sólo soy el mensajero —dijo Bob antes de retirarse y cerrar la puerta tras él.

Como con todas las cosas que tenían que ver con ordenadores, a Lucas se le había despertado el interés.

—¿Tienes problemas con el ordenador de la consulta?

—No, gracias a Dios, o entonces tendría serios problemas —observó que Heather estaba babeando de nuevo. Sacó un pañuelo de papel y le secó la barbilla. A Lucas le esperaba otra mala noche en un futuro próximo—. Es el ordenador de casa. Ha estado haciendo cosas raras desde hace un mes. Empiezo a pensar que está poseído. Se apaga cada vez que quiere. Desaparecen datos. A veces reaparecen cuando reinicio, pero otras veces no. No sé qué hacer para que vuelva a su ser.

Se refería al ordenador con términos humanos, como a veces hacía él. A Lucas le resultaba interesante.

—Puedo echarle un vistazo si quieres.

—No podría pedirte que hicieras eso.

Lucas arqueó las cejas.

—Dijo la mujer que vino en mitad de la noche para darme la mano y cuidar de mi bebé.

—No era en mitad de la noche —recordó ella—. Pero el martes me acosté temprano.

—Tarde o no, te desviviste por nosotros —dijo él—. Los ordenadores son lo mío. Es mi profesión y mi pasatiempo. No hagas que te lo ruegue, doctora. Deja que te ayude. ¿Se trata de un portátil?

Era el portátil más grande que había podido encontrar en su momento. Lo había comprado para poder llevárselo cuando tuviera invitados. Llevaba en la mesa del comedor dos años.

—De hecho sí, lo es.

—Bien, me lo puedes traer, o puedo ir a tu casa —se dio cuenta entonces de que tal vez no se sintiera cómoda con eso—. O puedes traerlo a la consulta y yo me pasaré por aquí para recogerlo.

A Nikki no le importaba tomarse molestias por sus pacientes, o por sus amigos, pero se sentía incómoda estando en deuda con alguien que no fuese familia o amigo. Lucas estaba demasiado ocupado con su hija, con su nueva casa y con su trabajo como para pedirle aquello.

—Te lo recompensaré —prometió.

Cuando Nikki puso la mano en el picaporte, a punto de marcharse, volvieron a llamar a la puerta. En esa ocasión fue su recepcionista quien abrió.

—La señora Williams por la línea tres. Dice que tiene que hablar contigo inmediatamente.

La señora Williams era otra de sus asiduas. Una mujer de la que podría prescindir fácilmente si algún día decidía mudarse a la otra costa con su familia.

—¿De qué se trata esta vez, Lisa? —preguntó Nikki—. ¿Janine está hablando en otro idioma, o ha conseguido tocar la quinta sinfonía de Beethoven con una mano atada a la espalda?

Lisa sonrió.

—No se lo he preguntado. Línea tres —repitió.

En esa ocasión no tuvo que darse la vuelta para saber que el padre de Heather estaba mirándola con curiosidad.

—La señora Williams piensa que su hija de cuatro años, Janine, es una niña prodigio. Dado que soy la pediatra de Janine, la señora Williams se siente impulsada a llamarme cada vez que percibe que su hija ha hecho algo extraordinario.

—¿Y lo hace?

—Lo hace en lo que respecta a su madre. Su mayor logro hasta la fecha es poder ir al baño sola desde los dieciocho meses.

—¿Y eso es temprano? —preguntó Lucas.

Nikki sabía lo que estaba pensando. Estaba contando los pañales que aún tendría que cambiar. Sin pensar, le puso una mano en el hombro para consolarlo.

—Eso me temo. Te veré más tarde.

Era una frase de despedida, pero Lucas no pudo evitar utilizarla como nexo.

—Te vendría bien algo de tiempo libre.

—Tengo planeado algo de tiempo libre para 2012 —le aseguró ella—. El cuatro de mayo.

—¿Y algo un poco más temprano? —sugirió él—. ¿Por ejemplo el sábado? Me gustaría agradecértelo preparándote la cena —añadió rápidamente, a pesar del hecho de que la cocina no fuese uno de sus puntos fuertes. Tenía la sensación de que, si le ofrecía salir a cenar, traspasaría una línea—. A no ser que estés ocupada.

—No, no estoy ocupada. ¿Pero tú no lo estarás? ¿Con Heather? —aclaró cuando la miró confuso.

Siempre que Heather estuviese alimentada, seca y tranquila, Lucas podría tenerla en su cuna portátil y hacer varias cosas al mismo tiempo.

—Cuando no está enferma, se me da bien ser multitarea —respondió—. Además, mi madre me enseñó que un buen acto se merece otro. Nunca me lo habría perdonado si hubiese aceptado tu ayuda la otra noche y no te lo hubiera recompensado.

Ella ya sabía que su madre había muerto hacía mucho tiempo. Por mucho que su madre la volviese loca a veces, sabía que, si alguna vez la perdía, el sentimiento sería insoportable.

—No querría ofender la memoria de tu madre —contestó.

—Bien —Lucas sabía que sólo tenía unos segundos antes de irse—. El sábado —repitió—. ¿A qué hora te viene bien?

Nikki pensó por un segundo. Había cosas que quería hacer. Se sentía un poco a la deriva.

—¿A las seis?

—A las seis —convino él—. Y trae el portátil. Veré si puedo hacer un exorcismo.

Se refería al hecho de que hubiera dicho que estaba poseído, pero no estaba riéndose de ella ni haciendo que se sintiera como una inepta con los ordenadores. Nikki agradecía eso.

—Eso es más de lo que dicta el deber —le dijo.

—Lo que hiciste la otra noche también lo es — respondió Lucas.

Nikki tenía la sensación de que no iba a ganar aquel debate y tenía que admitirlo, además le gustaba en cierta manera. Le gustaba que alguien asumiese el cargo.

Aparte de su madre, claro.

Quería a su madre más que a nadie en el mundo, pero odiaba que intentase organizar su vida de vez en cuando.

—De acuerdo —dijo por fin—. Estaré ahí a las seis —Heather dio un grito cuando Nikki se disponía a salir de la habitación—. Sí, te veré entonces —le dijo al bebé como si estuviese respondiendo a una pregunta.

Y después se marchó.

Heather tenía una sonrisa de oreja a oreja.

Lucas agarró la bolsa que llevaba siempre que salía de casa con Heather y se la colgó del hombro antes de colocar a su hija en el mismo lado.

—¿Sabes, Heather? Si no supiera que es imposible, diría que la doctora y tú os estabais comunicando —Heather lo miró y siguió sonriendo—. Tal vez tengas razón —añadió en voz baja.

—Hola, cariño.

Maizie hizo todo lo posible por sonar jovial, pero en realidad odiaba tener que hablar con el contestador automático de su hija. Aunque realmente no le molestaba dejar mensajes a otras personas, se enfadaba cuando tenía que hacer lo mismo con Nikki. Principalmente porque la mitad de las veces sus mensajes no obtenían respuesta.

—Me preguntaba si querrías cenar e ir al cine mañana. Comida china y una película de acción —especificó—. Yo preferiría ver la nueva comedia romántica que acaban de estrenar, *El amante secreto de Jeanine*, pero sé que tú prefieres las películas de acción, así que iremos a ver *Explosión fatal*. Contéstame cuando puedas. Yo seré la madre que espera pacientemente junto al teléfono…

Hubo un ruido al otro lado de la línea y Maizie creyó oír que habían descolgado el auricular.

—Hola, madre que espera pacientemente junto al teléfono.

—¿De verdad eres tú, Nikki? ¿O has entrenado a tu contestador?

—Sí, mamá, soy yo.

Había cierta celeridad en la voz de su hija. O acababa de llegar a casa o se marchaba en aquel momento.

—Genial. ¿Entonces qué te parece el plan?

—Me parece fantástico —dijo Nikki.

—¡Bien! —declaró Maizie. Dados sus horarios ajetreados e incompatibles, hacía mucho tiempo que no salían juntas, y disfrutaba con la compañía de su hija—. Entonces te…

—Pero no puedo.

—Si estás de guardia, podemos salir igualmente. Lo comprenderé si tienes que salir corriendo en mitad de la velada. Y además, ni siquiera te llaman.

—No estoy de guardia este fin de semana, mamá —le dijo Nikki pacientemente.

—¿Entonces cuál es el problema? Si no estás de guardia, entonces puedes salir.

Si le contaba a su madre la verdad, Nikki sabía que se vería expuesta a un intenso interrogatorio. Aun así, no quería mentir. El primer hombre del que se había enamorado mentía sin ningún esfuerzo. Se negaba a ser como aquel mentiroso egocéntrico.

—Lo siento, mamá, pero estoy ocupada.

—¿Ocupada haciendo qué?

—Simplemente estoy ocupada —incluso mientras lo decía, Nikki sabía que no podría salir airosa con eso. Su madre no era de las que respetaban las barreras. Al menos las suyas.

Hubo un silencio al otro lado de la línea y por un instante, Nikki creyó que estaba salvada. Pero entonces, al segundo siguiente, su esperanza murió al oír a su madre decir:

—Tienes una cita, ¿verdad?

—No es una cita, mamá —le dijo Nikki—. Es una cena.

—¿Con una amiga?

—Con alguien que va a arreglarme el portátil —eso al menos era cierto.

—Se me ocurren otras cosas que podrían arreglarte antes —murmuró Maizie en voz baja, sabiendo que su hija podría oírla—. ¿Vas a salir a cenar con un técnico de ordenadores?

Nikki cerró los ojos.

—No exactamente.

—¿Entonces qué exactamente?

—No va a invitarme a cenar, mamá, va a prepararme la cena.

—Ah —aquella palabra solitaria estaba cargada de significados.

—Nada de «ah», mamá. Para que lo sepas, es viudo. Es el que te mencioné la última vez. Una noche su bebé tenía fiebre y me llamó asustado. Yo fui a su casa…

—¿A su casa? —repitió Maizie. Le costaba trabajo contener la sensación de absoluto triunfo que vibraba dentro de ella. Aunque hizo lo posible—. Creí que eso ya no se hacía.

—Deja de interrumpirme, mamá —le dijo Nikki—. Fui a su casa, le puse una inyección al bebé y se puso mejor. Está agradecido. Fin de la historia.

«No, cariño, es sólo el principio. Si Dios quiere».

—Ya me imagino que está agradecido —convino Maizie—. ¿Y va a prepararte la cena?

—Así es como quiere demostrarme su gratitud —explicó Nikki, sintiéndose impotente. Cuando a su madre le daba por algo, era como intentar quitarle un hueso a un pit bull. Casi imposible a no ser que entrase en juego una pistola.

—Se me ocurren maneras mejores de demostrar gratitud —le oyó decir a su madre.

—También va a echarle un vistazo a mi ordenador —le recordó Nikki—. Es programador de software, o ingeniero, o algo así.

—Es bueno tener a alguien así cerca en estos tiempos —dijo su madre—. ¿Y cómo se llama el programador agradecido?

—Ah, no. No pienso decirte su nombre.

—¿Por qué? —preguntó Maizie inocentemente.

—Porque sé que no debo darte más información —ya le había contado demasiado. ¿Por qué no habría dejado que el contestador tomase el mensaje? Habría sido mucho más sencillo.

—Estás exagerando, Nicole.

Bien, además iban a ponerse formales. Su madre iba a jugar su carta de madre. Bien, llamarla por su nombre completo ya no tenía el mismo efecto que cuando era pequeña.

—No, mamá, no estoy exagerando. Si te digo su nombre, el domingo por la mañana ya estarás imprimiendo las invitaciones de boda.

—No seas tonta, cariño —dijo Maizie—. Sterling cierra los domingos —le recordó a su hija al mencionar la imprenta a la que llevaba su trabajo desde hacía diez años—. Tendría que esperar al menos hasta el lunes.

Lo peor era que su madre sólo estaba bromeando en parte.

—¿Y qué me dices de hasta que el infierno se congele?

—Oh, por favor, dime que estarás casada antes de eso, Nicole.

—No pienso tener otra vez esta conversación contigo, mamá. Lo que tenga que ser será, ¿recuerdas? —su madre solía decirle eso cada vez que le preguntaba por el futuro cuando era niña.

—Sí. Es una bonita canción de Doris Day. De una película de Hitchcock, si no recuerdo mal —contestó Maizie—. Sin embargo…

—Nada de «sin embargo», mamá. Oh, me llaman —anunció Nikki de repente—. Tengo que irme. Te quiero.

Y sin más, Nikki colgó el teléfono. No había ninguna otra llamada, pero sabía que su madre no se rendiría hasta que obtuviera el nombre de Lucas. Y aunque había exagerado un poco, sabía que darle a su madre un nombre haría que todo fuese más real para ella. Y no había nada «real» en aquello. Sólo era una cena con un padre agradecido, nada más.

Un padre agradecido que tal vez pudiera arreglarle el portátil.

Maizie se quedó mirando el auricular que tenía en la mano y sonrió.

Todo iba bien hasta el momento.

Se preguntó si iría contra alguna ley básica y ancestral ir a la iglesia de San Juan Capistrano y encender algunas velas en el altar a la mañana siguiente, dado que ella no era católica.

Lo pensó por un momento y decidió que no haría ningún daño tener cubiertas todas las bases.

—Si desea hacer una llamada… —comenzó a decir la voz metálica que salía por el auricular.

—Sí, pero no tenéis un servicio que conecte directamente con Dios —murmuró Maizie mientras colgaba.

San Juan Capistrano era su próximo destino.

Capítulo 7

NIKKI regresó a su casa un total de tres veces antes de conseguir salir de su urbanización. Una vez porque se había olvidado las llaves del coche, otra vez porque se había dejado el postre que iba a llevar; un pastel con sabor a ron que Theresa había insistido en prepararle al enterarse mediante su madre de que iba a cenar en casa de alguien, y finalmente una última vez porque había salido de casa sin el portátil y se había dado cuenta cuando ya llevaba cinco minutos en el coche.

Sabía que, si decidía no regresar a por el portátil, Lucas insistiría en ir a recogerlo él mismo. A juzgar por la tensión de su estómago, aquello se parecía cada vez más a una cita que a un encuentro informal. Que Lucas se pasara por su casa, o incluso por la consulta sin que necesitara sus servicios como pediatra, sería algo demasiado personal. «¿Lo sería?», preguntó una voz en su cabeza. En realidad ya lo era.

Nikki no se creía la teoría freudiana en general, pero recordaba que el psiquiatra pionero aseguraba que no existían los accidentes. Eso significaba que estaba intentando decirse algo a sí misma al olvidarse «accidentalmente» las llaves, luego el postre y finalmente el ordenador.

Tal vez debía quedarse en casa. Podía llamar a Lucas y usar la excusa de que había surgido algo y había tenido que irse corriendo al hospital. Que lo sentía.

Pero eso no iba a funcionar.

Lucas ya sabía que no estaba de guardia. Había mencionado el hecho de que pudieran llamarla cuando la había telefoneado esa mañana para repasar el menú. Quería saber si tenía alguna alergia alimenticia, o si justamente habría elegido aquello que más odiara comer.

Cuando ella había comentado que era mucho más sensible y considerado que la mayoría de los padres con los que se encontraba, él se había reído y había dicho:

—Tengo media docena de libros sobre cuidados de bebés y cómo criar a un niño sano. Leerlos me ha hecho ser consciente de muchas cosas. Ah, y no te preocupes si de repente tienes que salir corriendo al hospital. No me lo tomaré como algo personal.

Por un segundo, Nikki había pensado que estaba bromeando sobre la posibilidad de que no le gustara la comida, luego se dio cuenta de que estaba hablando de su trabajo.

—No tendré que salir corriendo —había respondido ella—. No estoy de guardia este fin de semana —las palabras le salieron de la boca antes de darse cuenta de que acababa de echar por tierra la excusa perfecta para cancelar la cena.

Porque realmente no deseaba cancelarla.

¿Por qué iba a desearlo? ¿Con qué frecuencia podía disfrutar de la compañía de un hombre guapo y decente sin tener que preocuparse porque la velada pudiera pasar a otro nivel?

No había ninguna presión. Lucas estaba entregado a su hija, demasiado ocupado con su bienestar y con su trabajo como para dejar espacio a la tensión sexual. Esa noche serían sólo dos personas disfrutando de su compañía durante la cena. No importaba cómo lo mirase.

Tenía que aprender a relajarse.

No había motivos ocultos por los que preocuparse, no tenía que mantener la guardia alta por si Lucas decidía entrar con fuerza. No lo haría. Podía sentirlo en los huesos.

¿Qué podía salir mal en una situación así?

Muchas cosas en realidad, pero nada que ella pudiera haber anticipado.

El primer indicio llegó cuando aparcó el coche y caminó hacia la puerta. Al captar el ruido, Nikki ladeó la cabeza para escuchar. Le parecía que Heather estaba llorando.

Y entonces oyó algo claramente. El sonido de una cacerola o una sartén al caer sobre las baldosas del suelo.

Ligeramente nerviosa por lo que pudiera encontrarse, Nikki llamó al timbre. Tres veces. Esperó diez segundos entre cada llamada, pero podría haber esperado mil. La puerta no se abrió ni hubo respuesta.

El problema, pensó, era que el timbre era demasiado suave para competir con los demás sonidos.

Sacó el móvil y marcó siete dígitos.

—Por favor, Heather, ahora no —le rogó Lucas a su hija mientras metía las manos bajo el chorro de agua fría. Estaba intentando minimizar la sensación de quemazón y tal vez incluso disminuir las ampollas que sabía que se le formarían.

En el suelo, junto a sus pies, yacía la cazuela, ahora casi vacía, que acababa de sacar del horno. No había estado medio vacía al meterla, pero cuando el humo había comenzado a salir del horno, había abierto la puerta y había agarrado la cazuela antes de que saliera ardiendo.

Por desgracia, lo había hecho sin ponerse las manoplas del horno.

Al entrar en contacto con la cazuela caliente, la había dejado caer, lo que hizo que la mitad de las verduras chamuscadas salieran disparadas por el suelo de la cocina, como si ellas también estuvieran intentando escapar del horno. La alarma antiincendios ya estaba anunciando su descontento con un fuerte chillido que se le metía hasta el cerebro.

Los llantos de Heather estuvieron a punto de acabar con su paciencia. Sabía que era inútil, pero intentó razonar con ella como si fuera mayor y pudiera entenderlo.

—Te prometo que en unos minutos te haré caso. Pero tengo que ver qué otras verduras puedo servir —corrió a la ventana situada sobre el fregadero y la abrió con la esperanza de que pudiera librarse del olor antes de que llegase la doctora.

Lucas sabía que era fútil. La doctora de Heather llegaría en cualquier momento. No había suficiente tiempo para limpiar el aire, y mucho menos para comenzar a preparar otro acompañamiento, o como fuera que llamaran a esas cosas en los programas de cocina que a veces ponía de fondo para que le hiciesen compañía mientras trabajaba.

De hecho no eran ni siquiera los programas de cocina lo que seguía. Sintonizaba cualquier canal con algún programa matutino sólo para oír las voces de otras personas hablando. Cuando Heather dormía, la casa estaba demasiado silenciosa. Por norma general, Lucas no trabajaba bien en silencio.

En esas ocasiones en las que Heather dormía mientras él trabajaba y no tenía ninguna llamada de trabajo, Lucas solía sentirse como un ermitaño.

Un ermitaño inepto, pensó mientras se lavaba las manos.

No sabía por dónde empezar. ¿Limpiaba el suelo, abría más ventanas, comenzaba a preparar otro plato o iba a ver qué le pasaba a Heather?

Desbordado y abrumado, Lucas no hizo nada de lo anterior. En su lugar, miró con odio al teléfono, que comenzó a sonar para sumarse a las cacofonías.

¿Qué diablos pasaría? No estaba de humor para ser sociable.

Se inclinó y descolgó con una mano. Al segundo

siguiente, estaba agarrado al borde del fregadero con la otra mano para no resbalarse con la grasa que se había derramado por el suelo junto con las verduras. Sentía como si se le hubiera desencajado el brazo.

—¿Sí? —le gritó al auricular.

—¿Lucas? —preguntó una voz femenina al otro lado de la línea.

Dios, era ella. La doctora de Heather. Llegaba temprano.

No, comprobó al mirar el reloj de la cocina. Llegaba justo a tiempo. Era él quien llegaba tarde. Una hora tarde según sus cálculos.

¿Cómo había sucedido? Solía ser tan organizado…

Debería haber pedido una pizza, no haber intentado preparar algo de su creación.

—Hola —dijo, haciendo un esfuerzo por sonar calmado—. ¿Dónde estás?

Cruzó los dedos mentalmente con la esperanza de que le llamase para decir que aún no había salido de casa. O mejor aún, que hubiera tenido que ir al hospital porque uno de sus pacientes hubiera sido ingresado de urgencia y dijera que le quedaba al menos una hora.

Una hora sería tiempo suficiente para airear la casa y realizar un pequeño milagro.

—Estoy en tu puerta —contestó ella, y sus esperanzas se hicieron pedazos.

Lucas miró hacia la puerta como si tuviera rayos X en la mirada y pudiera ver a través de la madera.

—¿Por qué no has llamado? —antes de correr a abrir la puerta, abrió el cinturón que sujetaba a Heather a su sillita. Había estado sentada allí, observando el fiasco que había creado inintencionadamente, hasta que había decidido unirse al ruido. Lucas se colocó el teléfono entre la oreja y el cuello y levantó al bebé en brazos.

—Lo he hecho —respondió Nikki—. Tres veces. ¿Lucas, hay alguna razón por la que estemos teniendo una conversación telefónica cuando estamos a unos veinte metros de distancia? ¿Ocurre algo?

—No, no ocurre nada.

Hizo lo posible por sonar seguro e inocente mientras corría hacia la puerta, agarrando a Heather en su cadera con una mano y el teléfono con la otra.

—¿Es Heather la que llora? —preguntó Nikki justo antes de que la puerta se abriera.

Lo primero que vio fue a Heather.

Justo cuando se disponía a saludar, empezó a toser cuando el humo de la casa salió a recibirla y la envolvió como un viejo amigo en una reunión de la universidad.

—Oh, Dios mío —dijo mientras tosía—. ¿Ha habido un incendio?

—No exactamente —respondió Lucas, que se sentía como un hombre con tres manos izquierdas en un mundo de diestros.

—Bueno, si ése es tu nuevo ambientador, yo volvería a la tienda y les pediría que me devolvieran el dinero —dijo ella con una sonrisa.

Entró en la casa y descubrió que el humo allí era más espeso. Comenzó a abrir ventanas de camino a la cocina. Una vez allí, vio las hortalizas tiradas en el suelo. Patatas, espárragos, judías, zanahorias y champiñones, todo desperdigado, con aceite de oliva y una sustancia en polvo que debía de ser una especie de queso, o tal vez harina.

—Supongo que pensabas en algo informal —le dijo a Lucas.

—No tan informal —respondió él. Era evidente que estaba molesto consigo mismo por haber sido pillado así.

Nikki observó las verduras más de cerca. Parecían bien cocinadas; tenían un aspecto crujiente donde no estaban demasiado chamuscadas ni demasiado crudas.

—Bueno, si te sirve de consuelo —le dijo—, parece que lo que estabas preparando habría estado muy sabroso.

—Lo era… hasta que el aceite se derramó sobre la placa del horno y comenzó a humear —le dijo él—. Saqué la cazuela inmediatamente para intentar limpiar el aceite antes de que toda la habitación se llenara de humo.

Nikki miró al suelo y comenzó a hacerse una idea en la cabeza.

—Déjame adivinar. Se te olvidó ponerte manoplas y tiraste la cazuela al suelo.

Lucas suspiró.

—Más o menos —admitió.

—¿Por qué no sientas a Heather en su silla y empezamos a limpiar el suelo? —sugirió ella.

—Sigue llorando —contestó Lucas—. ¿No crees que esté enfermando de nuevo?

Nikki le puso la mano al bebé en la frente. Estaba fría, y Heather comenzaba a calmarse.

—Creo que se ha asustado con los ruidos más que nada —imaginó, y miró a su alrededor hacia los rincones de la habitación—. ¿Dónde guardas la fregona y la escoba? —al volverse de nuevo hacia Lucas, vio que ponía cara de dolor al dejar al bebé en su silla. Apartó las manos de su hija de manera extraña—. Déjame ver eso —ordenó.

—¿Ver qué? —preguntó él mientras dejaba caer las manos a los lados para intentar distraer la atención.

—Tus manos. Te las has quemado, ¿verdad?

Lucas se encogió de hombros y miró hacia otro lado deliberadamente para ignorar la pregunta. Se las habría metido en los bolsillos si el dolor no fuera insoportable.

—Están bien.

—No, no lo están —respondió ella. Cuando la miró, a punto de abrir la boca para protestar, ella lo interrumpió—. ¿Quién es aquí el que tiene un título en medicina?

—Tú.

—Exacto —estiró la mano—. Así que enséñamelas.

Esperó, y dio a entender que no iba a rendirse hasta que no viera sus manos. Con un suspiro reticente, Lucas estiró las manos y levantó las palmas para que se las examinara.

Al ver sus manos, Nikki puso cara de dolor al imaginarse lo que estaba experimentando.

—Oh, Dios, eso debe de escocer.

Lucas frunció el ceño asqueado. Normalmente no era tan inepto o tan torpe. ¿Por qué había elegido esa noche para empezar?

Nikki examinó el daño. No era tan malo como había pensado a primera vista. Le bajó las manos muy lentamente.

—Voy a ir a mi coche…

—¿Para escapar? —sugirió él. No la culparía si fuera así.

—No. Tengo algo para las quemaduras en el maletero y voy a buscarlo. Me gusta llevar un botiquín para emergencias en todo momento —miró hacia la mano más cercana a ella—. Nunca sabes cuándo puedes necesitarlo. Enseguida vuelvo —prometió.

Regresó un par de minutos más tarde. Abrió la caja transparente, metió dentro una bola de algodón y después le frotó un polvo amarillento por los dedos.

Preparado para sentir más dolor, Lucas se sorprendió al no sentir casi nada. El polvo había absorbido gran parte del escozor inmediatamente.

—¿Qué es esa cosa? —preguntó mientras Nikki le aplicaba una segunda capa—. Parece polvo de hadas.

Ella se rió. Polvo de hadas. Ya le gustaría. Llamarlo polvo de hadas haría que resultara más fácil aplicárselo a las manos y a las rodillas de los niños cuando era necesario.

—Has estado leyéndole demasiados cuentos de hadas a Heather. Esto es un compuesto que compartió conmigo el doctor que me supervisaba cuando era una interna. Lleva harina de maíz y algunos ingredientes que se pueden comprar en cualquier farmacia. No tiene buen aspecto, de acuerdo, pero funciona de verdad —ella misma lo había usado y podía

atestiguar su efectividad de primera mano—. En pocas horas deberías estar como nuevo.

Al darse cuenta de que aún tenía sujeta una de
sus manos, Nikki la soltó e hizo todo lo posible por
parecer despreocupada. No quería que pensara que
le agarraba la mano por ninguna razón.

—La buena noticia es que no te has hecho mucho
daño en las manos.

Lucas asintió, sintiéndose aún como un idiota. Se
miró las manos maravillado.

—Ya no me duelen tanto como antes. No puedo
dejar de darte las gracias.

—Puedes parar cuando quieras —contestó ella
con una sonrisa. Nikki cerró la caja y se la entregó—.
Si empieza a molestarte de nuevo, aplícate otra capa.
Mejor prevenir que lamentar.

—¿Tú no la necesitas? —preguntó él.

—Tengo más. No te preocupes, no es que esté
hecha con una raíz mágica que sólo crece una vez
cada cincuenta años.

Cerró el botiquín y se bajó del taburete. Heather,
fascinada con lo que estaba ocurriendo, había dejado
de quejarse y lo observaba todo con sus enormes
ojos azules.

Lucas era muy consciente del hecho de que, aunque las manos no le dolieran tanto como al principio,
la cocina parecía haber sufrido el ataque de un huracán.

—¿Por qué no entretienes a Heather mientras yo
limpio? —le sugirió a Nikki.

Pero ella negó con la cabeza.

—Eso requeriría que usaras las manos y sería

mejor que dejes que el «polvo de hadas» haga efecto. ¿Por qué no cambiamos los papeles? De ese modo podrás entretener a tu hija mientras yo limpio.

Eso no le parecía justo en absoluto. No la había invitado sólo para ponerla a trabajar. Se suponía que debía compensarla por lo que había hecho por Heather.

—¿No necesitaré las manos para entretener a Heather? —preguntó.

—Ponle caras —dijo ella—. Así no tendrás que tocarla.

Lucas se rió.

—¿Alguna vez te quedas sin respuesta?

«Muchas veces», pensó Nikki. Por ejemplo, no tenía respuesta para explicar su tendencia a acercarse a los típicos chicos malos, aun sabiendo que las cosas acabarían mal.

Pero en voz alta, simplemente sonrió y le dijo:

—Ya te lo haré saber.

—Eso es lo que pensaba —acercó la silla de su hija más a él y se sentó en un taburete mirando a la doctora.

Vio que su hija también la miraba.

Mientras tanto, la pediatra localizó una escoba y comenzó a barrer las verduras.

—Me siento culpable porque tengas que hacer esto —dijo Lucas.

—Podrías sentirte culpable —respondió ella mientras buscaba el recogedor— sólo si lo habías planeado.

Al imaginar lo que estaba buscando, Lucas señaló debajo del fregadero. Cuando ella abrió la puerta, encontró el recogedor y la basura.

—Si no lo habías planeado, no hay razón para sentirse así. Los accidentes ocurren, a pesar de lo que opinara Freud al respecto. No hay grandes desperfectos —le dijo señalando al suelo.

Recogió las verduras con destreza y las colocó en una pila.

Un minuto después, como para demostrar su teoría sobre la arbitrariedad de los accidentes, Nikki sintió que los pies se le iban como si estuviera patinando sobre hielo.

Capítulo 8

NIKKI se resbaló y Lucas se apresuró a agarrarla. Cuando sus dedos entraron en contacto con sus brazos, el escozor de la quemadura se extendió rápidamente.

Todo ocurrió muy deprisa.

Pero entonces el tiempo pareció ralentizarse, como si todo sucediera a cámara lenta. Un segundo estaba agarrándola, al segundo siguiente la había levantado hasta que su cuerpo quedó completamente pegado al de ella.

Estaban prácticamente sellados el uno al otro.

Los dedos ya no le dolían, al menos él no lo notaba. Pero sintió un dolor muy distinto que se materializó de la nada y que creció de manera prodigiosa.

Sentía su respiración en la cara. Olía dulce. Era

excitante y despertó en él sensaciones largamente olvidadas.

¿Era deseo?

No estaba seguro.

No estaba seguro de nada en aquel momento, salvo de que le temblaban las rodillas.

Podría haber jurado no sólo que no había espacio para nadie más en su vida más allá de su hija, sino que además habría apostado a que jamás volvería a sentir atracción sexual por otra mujer.

Carole había sido su mundo. Habían crecido juntos. Habían jugado de niños, y habían jugado de una manera diferente cuando eran adultos. Había creído firmemente que Carole era la única mujer para él. Desde una edad muy temprana había estado seguro de eso.

Ni siquiera se le había ocurrido mirar por ahí, probar lo que era estar con otras mujeres. No quería probar, simplemente lo sabía. Era hombre de una sola mujer y Carole había sido esa mujer.

Y aun así, en aquel instante, en aquel lugar, Lucas se preguntaba cómo sería besar a la doctora de su hija.

¿Estaría volviéndose loco?

Ella se quedó muy quieta, apenas sin respirar. La electricidad era palpable entre ellos, Nikki lo notaba. Como una tormenta de verano inesperada, había salido de la nada y le había caído encima antes de darse cuenta de que hubiese una nube en el cielo.

¿Qué podía hacer? ¿Rendirse a la atracción y besarlo? ¿O debía obligarse a apartarse, con la esperanza de que la distancia la ayudase a calmarse?

Si se rendía, no sería algo precisamente ortodoxo, pero tampoco era como si Lucas Wingate fuese su paciente. Era a su hija a la que trataba y aquélla era una visita social, no profesional. Estaba allí como amiga, no como doctora.

Una amiga al borde de un abismo gris.

«¿Qué piensas hacer? No puedes quedarte así para siempre como si fueras una estatua. Haz algo».

Y entonces, para su sorpresa y alivio, Lucas tomó la decisión por ella, le quitó la responsabilidad. Hundió las manos en su pelo, le giró suavemente la cabeza y la besó.

Al principio fue sólo el más ligero de los contactos, pero entonces creció, floreció en algo que no era fugaz, sino algo que dejó una huella en su alma. Una huella que llegó más allá que la marca de sus labios.

El beso le robó la respiración y la concepción del tiempo, encendió una llama en sus sentimientos que creía apagada desde hacía mucho tiempo.

Por primera vez en dos años, quizá más, se sintió viva. Viva y muy, muy confusa.

No debería estar haciendo eso.

Pero le gustaba.

Más que eso.

El corazón le latía con fuerza, enviando mensajes a cada parte de su cuerpo para cuando el beso terminó y Lucas finalmente dio un paso atrás. Nikki se dio cuenta de que no podía ir a ninguna parte. Tenía la espalda pegada al taburete construido contra la encimera.

Al menos no podía caerse al suelo. Con mucho cuidado, tomó aliento e intentó tranquilizarse.

—Si eso iba destinado a hacer que me olvidase de la cena —comenzó a decir—, lo has conseguido.

Él se rió en respuesta. Para ser sincero, no sabía qué se suponía que quería conseguir con el beso. Lo único que sabía era que estaba completamente confuso.

Se daba cuenta de que había actuado de una manera completamente atípica en él. Se alegraba de que ella no se hubiera enfadado ni le hubiera preguntado qué diablos creía que estaba haciendo. No estaba acostumbrado a seguir a su instinto.

Lucas sacó el primer tema que se le ocurrió con la esperanza de distraer su atención de lo que acababa de ocurrir.

—¿Por qué no pedimos pizza para que la velada no sea una pérdida completa?

—Oh, la velada no es una pérdida —le aseguró ella, pensando que acababa de quedarse corta—. Pero he de admitir que la idea de la pizza me parece muy bien.

Sobre todo porque no había mucho que pudiera salvarse de la cena. No había nada en el horno ni en el microondas. Tenía la sensación de que a Lucas se le había olvidado preparar un plato principal. Pero se abstuvo de preguntárselo.

Lucas tomó el número de la pizzería más cercana del frigorífico, donde estaba sujeto con un imán.

—¿Cuál es tu tipo de pizza favorita? —le preguntó mientras agarraba el teléfono.

—Plana.

Lucas se rió. Esa mujer no podía ser tan fácil.

—¿Puedes darme alguna indicación más?

Nikki se encogió de hombros.

—Ponle lo que quieras —le dijo—. Si es pizza, me lo comeré —pero entonces se dio cuenta de que aquello no era del todo cierto—. Salvo quizá si lleva piña.

—¿No eres fan de la piña? —preguntó él, sorprendido.

—Me gusta la piña, pero no en la pizza —trabajaba mientras hablaba. Había descubierto que besar a Lucas la había llenado de una energía de la que necesitaba desprenderse.

Terminó de barrer las verduras y luego fregó el suelo para prevenir otro accidente; aunque no le habría importado volver a caer entre sus brazos.

—Dios creó la pizza para que supiera fuerte y chiclosa, con todo ese queso y la salsa. Me parece un sacrilegio apagar todo ese sabor con trozos de piña.

Lucas intentó disimular su sorpresa.

—¿Y no es negociable?

Mientras dejaba la fregona y se limpiaba las manos, a Nikki se le ocurrió que tal vez el padre de Heather fuese fan de la pizza hawaiana. No quería dictar lo que iban a cenar. Simplemente no comería tanto.

—Lo siento —se disculpó—. No quería sonar tan rígida. Es tu casa. Deberías poder pedir lo que quisieras.

Lucas estuvo tentado de comentar eso, pero no lo hizo. En lugar de eso, se dejó llevar por el protocolo.

—Pero tú eres la invitada.

—La invitada quisquillosa sin darse cuenta —señaló ella—. Por favor, no dejes que te avasalle. Pide lo que quieras.

Al apartarse del fregadero, donde acababa de lavarse las manos, Nikki vio el rubor en su rostro.

¿Los hombres se sonrojaban?

Creía que no. Hacía calor allí. Ella misma lo había notado segundos antes. Eso explicaría por qué se había sonrojado.

Sus miradas se encontraron y Nikki se dio cuenta de que él sabía lo que estaba pensando.

—Obviamente la idea de una pizza desnuda, salvo por el queso pringoso, te excita —bromeó.

—¿Es eso lo que deseas? —preguntó él.

—¿Una pizza desnuda o excitarte?

Nada más oírse a sí misma decir eso estuvo a punto de llevarse las manos a la boca. No sabía qué le había hecho decir aquello. No era el tipo de chica que insinuaba cosas así.

En ese momento pensó que cuanto menos dijera, mejor sería la situación para los dos.

Con aquella frase que acababa de pronunciar sin darse cuenta, había matado cualquier posibilidad de que lo que había pasado entre ellos quedase en el olvido.

Se aclaró la garganta y se centró en la comida. De los dos, era el tema más seguro.

—Pizza, me refería a la pizza, claro.

—Claro —repitió él.

Lucas no sabía por qué le apetecía tanto sonreír, incluso mientras se encontraba a sí mismo luchando por volver a guardar sus sentimientos dentro de la caja de la que se habían escapado. Tenía la sospecha de que no iba a tener tanta suerte con eso. Así que pasó al plan B: ignorar esos sentimientos. En la medida de lo posible.

Descolgó el auricular y marcó el número de la pizzería más cercana.

Nikki tomó las pocas verduras que habían sobrevivido a la caída y las echó en un cuenco. Colocó la cazuela en el fregadero y la llenó de agua con jabón. Mientras limpiaba, oyó que Lucas pedía dos pizzas grandes, ambas con extra de queso.

Buscó un paño para secarse las manos, pero no encontró ninguno, así que usó papel de cocina en su lugar.

—¿Dos? —preguntó mientras tiraba el papel a la basura—. ¿Cuánta hambre tienes?

Hasta hacía pocos minutos, Lucas no se había dado cuenta del hambre que tenía.

Pero se advirtió a sí mismo que tendría que ver eso con perspectiva. Si uno no había bebido agua en siete meses, tal vez el primer trago pudiera hacerle actuar de forma irracional. El beso de cualquier mujer atractiva habría hecho que su cabeza diese vueltas. No tenía nada que ver con la doctora de Heather.

«Céntrate, Wingate».

—La pizza fría a la mañana siguiente siempre ha sido uno de mis desayunos favoritos —le dijo.

—Contiene todos los grupos básicos de alimentos —convino ella con una sonrisa—. Así que simplemente estabas abasteciéndote.

Lucas abrió un tarro de puré de plátano y sacó una cuchara para dar de comer a Heather.

—Algo así —dijo mientras se disponía a sentarse, pero Nikki le quitó la cuchara y el tarro y se sentó en su silla—. Han prometido estar aquí en veinte minutos o menos.

—Eso es poco tiempo —comentó ella. Puso una cara para entretener a Heather y le metió la cuchara en la boca.

—La verdad es que no. La pizzería está al otro lado de la urbanización. Toman un atajo para llegar hasta aquí —se maravilló de su precisión mientras la veía dar de comer a su hija. ¿Cómo se las arreglaba para meterle tanta cantidad en la boca sin que se derramara apenas nada sobre el babero? Debía de haber algún truco, y a él le quedaba mucho por aprender. Cada vez que daba de comer a su hija, tenía suerte si conseguía meterle la mitad del tarro en la boca.

—Ya has pedido pizza ahí más veces —dedujo ella.

—Varias veces —Lucas siguió observando—. ¿Qué me ha delatado?

Ella lo miró por encima del hombro sin dejar de dar de comer a Heather.

—Tu sonrisa de anticipación.

Lucas no se había dado cuenta de que estuviese sonriendo, pero, de ser así, no era por la pizza que estaba a punto de llegar. Pero decidió que sería mejor no decirlo.

No podía seguir metiendo cosas debajo de la alfombra. Tarde o temprano acabaría por formarse un bulto que le haría tropezar. Sería mejor cortarlo de raíz antes de que alcanzase esas proporciones.

Tomó aliento y se aclaró la garganta.

—Escucha, con respecto a lo de antes…

Nikki se puso alerta al instante. No quería que Lucas se sintiese obligado a explicarse. Ella tampoco quería verse obligada. No había sido ella la que iniciara el beso, pero tampoco se había apartado, y las circunstancias eran un poco confusas.

—No hace falta que digas nada —le dijo a Lucas jovialmente mientras terminaba de darle el puré a Heather—. A veces las cosas ocurren sin ton ni son.

Tal vez ese tipo de explicación sirviese para el tiempo, pero no para él. En todo caso, él era demasiado predecible. Había sido la única queja de Carole hacia él y, aun así, era una de sus cualidades que le gustaba, según le había dicho. La tranquilizaba conocerlo por dentro y por fuera, saber que no era impredecible y que podría depender de él porque sabía que, hiciese lo que hiciese, sería sincero. Sincero con ella.

—Las cosas sí —contestó Lucas—, pero yo no.

Nikki se levantó y se dirigió a lavar la cuchara del bebé.

—Claro que sí —insistió—. Acabas de hacerlo —Heather soltó un grito—. No puedes seguir con hambre —protestó Nikki, y entonces vio lo que el bebé estaba intentando decirles. Heather estaba haciendo burbujas con el exceso de saliva de su boca. Nikki sabía lo que eso significaba.

Se volvió hacia Lucas.

—Te dejaré más calmante para las encías —le prometió—. De lo contrario, vas a pasar otra noche sin dormir. Puede que incluso esta noche.

—¿Ves que le esté saliendo otro? —preguntó él, y se situó detrás de ella para poder verle la boca a Heather.

—No, no está saliendo aún.

—¿Entonces cómo…?

—Las burbujas —señaló ella—. Heather está babeando de nuevo. ¿Recuerdas lo que eso significa? Los bebés babean cuando les están saliendo los dientes.

Todo aquello era un misterio para él, pensó mientras se preguntaba si alguna vez lograría controlarlo por completo.

—Es cierto —convino—. Lo había olvidado.

—No te preocupes —le aseguró Nikki—. Tienes muchas cosas en la cabeza. Pero al final te acostumbrarás.

—Para cuando me acostumbre, ya le habrán salido todos los dientes —se lamentó él.

—Y habrá pasado a otra fase —le prometió Nikki—. En esta edad todo son fases. Pasan de una a otra casi sin que te des cuenta. Llegará un punto en el que pensarás que nunca acabarán —le dirigió una sonrisa al ver su mirada de incertidumbre—. Así es como separan a los padres fuertes de los que no pueden soportarlo —sin pensarlo, le dio una palmadita en el hombro—. Apuesto por ti.

Era una pena que él no compartiera su seguridad en sí mismo. Ya se sentía como un hombre a punto de ahogarse.

—No sabía que la paternidad pudiese ser tan dura.

Eso no la sorprendía.

—Eso es porque eres un padre.

—¿Y eso cambia algo?

—Claro que lo cambia —contestó ella con vehemencia. Incluso en esa época, había oído a muchas madres quejándose de sus maridos—. Los padres escurren el bulto en esta fase y dejan que sean las madres las que se encarguen de todo, salvo de las cosas fáciles, como arropar a los bebés y ver cómo duermen.

—Yo no tengo a nadie con quien escurrir el bulto —señaló él.

Había intentando disimular la pena, pero ella la había notado igualmente.

—Lo sé y lo siento. Pero, por otra parte, podrás experimentarlo todo y estarás ahí en los momentos especiales que, de otro modo, te habrías perdido.

Heather eligió ese momento para ponerse roja, apretar los puños y emitir un gruñido. El aire a su alrededor de pronto se volvió pestilente.

—¿Cómo ése? —preguntó Lucas con ironía.

—Como ése —admitió Nikki. Definitivamente había que cambiar a la niña. Deprisa—. Ya que me siento generosa, te ahorraré uno —miró hacia las escaleras—. ¿Guardas los pañales en su habitación?

—Después de la última vez que estuviste aquí, tú deberías saberlo mejor que yo —le dijo Lucas. Después de todo, era ella la que lo había organizado todo a gran velocidad. Por suerte, Lucas no había permitido que las cosas escaparan a su control todavía.

—Sólo era por asegurarme —contestó Nikki, luego se volvió hacia Heather y comenzó a desabrocharle las correas de la silla—. Vamos, princesa —levantó la pequeña bandeja que Heather tenía delante y la tomó en brazos. Justo entonces sonó el timbre—. No bromeabas al decir que tomaban un atajo —comentó mientras miraba el reloj—. No han pasado ni quince minutos desde que hiciste el pedido. Siento que ya se me hace la boca agua —añadió mientras salía de la habitación con Heather en brazos.

Lucas la vio marcharse durante unos segundos.

«Yo también lo siento», pensó mientras contemplaba la espalda de la doctora.

Y entonces corrió hacia la puerta haciendo un esfuerzo por bloquear ese tipo de pensamientos. Era evidente que su sentido común se había tomado la noche libre.

Capítulo 9

PENSAR estaba sobrevalorado, decidió Nikki más tarde aquella noche. Pasar demasiado tiempo pensando solía llevar a decisiones erróneas y a mucha confusión.

Y ella se encontraba en lo segundo en aquel momento.

Las pocas veces en las que se había sentido atraída por alguien más allá del encaprichamiento fugaz, simplemente había hecho caso a ese sentimiento sin ponerlo bajo el microscopio y examinarlo desde todos los ángulos posibles. No se había preguntado si estaría viendo cosas donde no las había. No perdía el tiempo especulando sobre si las pezuñas que oía pertenecían a un caballo o a una cebra; ella siempre se quedaba con el caballo.

Y al final acababa con el corazón pisoteado.

En esa ocasión, sin embargo, tenía miedo de hacer un movimiento, miedo de disfrutar de lo que estaba ocurriendo porque, tras haber salido escaldada más de una vez y quedar convencida de que tenía mala suerte con los hombres, le atemorizaba la idea de poder estar malinterpretando las señales de nuevo. Tenía miedo de estar engañándose a sí misma.

Al final de la velada, después de que Lucas y ella hubieran hecho justicia con la pizza, después de acostar a Heather y hablar durante lo que parecieron horas, Lucas la había acompañado al coche, había esperado a que desbloqueara la puerta del conductor y luego la había abierto para ella.

Lo que no hizo fue besarla.

Fue entonces cuando Nikki se dio cuenta de que deseaba que lo hiciera, a pesar del hecho de que, si lo hacía, podría complicar mucho las cosas. Tal como estaban, el inesperado beso en la cocina era una consecuencia del momento y del lugar, no necesariamente una oportunidad, ni siquiera deseo.

Mientras hacía las paces con su decepción, sabía que, además de decepcionada, se sentía aliviada de que no hubiera vuelto a besarla porque, de haberlo hecho, todo sería más confuso. Por el momento seguían siendo pediatra y padre de paciente, no dos personas a punto de tener algo mucho más complicado.

¿Pero y si…?

Nikki suspiró y se quedó mirando al techo de su dormitorio. La luna llena parecía decidida a abrirse paso hasta su habitación. Al igual que sus pensamientos parecían decididos a volverse locos.

—Maldita sea, Nik, disfruta del momento y deja de pensar en lo que podría significar a largo plazo— se reprendió a sí misma.

Si los hombres podían disfrutar de pasar tiempo con una mujer, sin compromisos ni ataduras, ¿por qué no podía ella disfrutar de pasar tiempo con Lucas? Parecía un padre tierno y cariñoso; obviamente desconcertado y agobiado, pero, aun así, tierno y cariñoso. Y era interesante, inteligente y divertido. Le gustaba hablar con él, le gustaba su compañía. Y no estaba en un punto en el que las cosas tuvieran que volverse serias, sin importar lo que su madre opinase al respecto. Tenía tiempo. Mucho tiempo.

Además, no necesitaba a un hombre para completarse a sí misma. Se gustaba tal y como estaba.

Tras aclararse eso, Nikki se dio la vuelta. Si no se dormía pronto, iba a ser un zombi por la mañana y entonces no podría hacerse cargo de la pila de cosas con las que quería ponerse al día.

Cuarenta y cinco minutos después, tras dar vueltas en la cama hasta revolver las sábanas, Nikki finalmente se quedó dormida.

Nikki acabó durmiendo hasta tarde, aunque no había sido su intención al hacer sus planes para el día. Su cuerpo se sentía tan lleno de alegría por poder permanecer en posición horizontal durante más de cuatro horas que decidió quedarse así un poco más.

Y, sin darse cuenta, habían pasado tres horas.

Sobresaltada al ver la hora en el despertador,

Nikki dio un respingo. Estaba a punto de salir corriendo de la cama cuando se dio cuenta de que era domingo, no lunes.

No la esperaban en ningún sitio, aunque suponía que debía llamar a su madre, o al menos llamar a Theresa para darle las gracias por la tarta que la mujer había preparado para que llevase a casa de Lucas. El pastel con sabor a ron no era precisamente en lo que uno pensaba para después de la pizza, pero aun así estaba exquisito. Le hacía desear ser tan creativa en la cocina como Theresa, pero sus habilidades comenzaban y terminaban con poner el tiempo en el microondas.

Miró al teléfono y se debatió sobre si llamar a la amiga de su madre o no.

Tal vez más tarde, cuando estuviera más despejada y se sintiera preparada para afrontar las inevitables preguntas.

Nikki sabía que, si llamaba a Theresa, ella llamaría a su madre después. Así es como funcionaban. Theresa, Cecilia y su madre eran amigas de toda la vida y cuidaban las unas de las otras, pero además cuidaban de las hijas de las otras. Su madre era la más insistente en aquel juego, pero Theresa y Cecilia no se quedaban cortas tampoco.

En ese momento no le apetecía tener que responder preguntas porque se sentía igual de confusa que la noche anterior.

Aunque, a la luz del día, se daba cuenta de que, desde el punto de vista profesional, había ocurrido lo correcto. Se habían despedido y nada más. Si, con el tiempo, se hacían buenos amigos, estaría bien. Muchos padres de sus pacientes pensaban en ella como una amiga, alguien a quien recurrir durante las diferentes etapas de las vidas de sus hijos.

De hecho, ella lo había alentado, porque le gustaba el lado humano de la medicina que había desaparecido en favor de la tecnología moderna. Ninguno de los padres de sus pacientes era algo más que eso. Y eso iba a tener que ser cierto también con Lucas. La barrera que habían cruzado temporalmente la noche anterior había vuelto a aparecer al final de la velada.

Dios estaba en el cielo y todo iba bien, pensó mientras se dirigía hacia la ducha.

A excepción de su cafetera, pensó media hora más tarde mientras contemplaba el difunto aparato. Tras varios intentos por encenderla, la cafetera se negaba a funcionar y a dar señales de vida.

Bueno, pensó exasperada, se había duchado y llevaba unos vaqueros y una camiseta. Suponía que no tenía nada de malo meterse en el coche e ir a una cafetería; incluso parar en algún lugar de comida rápida. Había uno cerca que había renovado su menú de desayuno y que ahora decía que vendía un café que no sabía como si alguien hubiese hervido ceras negras para conseguir el color adecuado.

Nikki frunció el ceño y le dio un golpe a la cafetera en un último intento para que funcionara. Lo único que sucedió fue que el agua que había vertido dentro se derramó por los lados y sobre la encimera.

¿Cuál era su problema con las máquinas? Las aspiradoras parecían morir antes de tiempo cada vez que compraba una y la usaba. Los ordenadores se infectaban...

Ordenadores.

De pronto recordó que se había dejado el portátil en casa de Lucas la noche anterior. Entre el desastre con las verduras, dar de comer a Heather y compartir la pizza con Lucas, no habían hablado sobre los problemas del ordenador. Había entrado en la casa con él y después se había olvidado por completo.

Sobre todo después de aquel beso inesperado y ardiente.

Lucas iba a pensar que era idiota. O eso o enrevesada, por dejar el portátil para tener una excusa para verlo de nuevo. En ese momento prefería que la considerase una idiota. No quería que la catalogara como una de esas mujeres que se desvivían por jugar a esos juegos insípidos de hombre y mujer.

¿Qué importaba lo que él pensara? Ella sabía que no estaba jugando a ningún juego y no estaba en el mercado para nada; salvo para triunfar cuando se trataba de su trabajo.

Nikki se mordió el labio inferior. ¿Qué podía hacer? ¿Llamar a Lucas y mencionarle lo del portátil? ¿O lo dejaba correr al menos hasta el día siguiente? Tampoco era que su ordenador y ella fuesen inseparables. No era una de esas personas que se sentían obligadas a mirar su correo electrónico cada quince minutos. Si de pronto se veía invadida por la necesidad de leer el correo, siempre podría ir a la cafetería con Internet. Estaba a unos tres kilómetros de allí. Estaba casi segura de que abría los domingos.

Además, el portátil no funcionaba bien. Ésa era la razón por la que se lo había llevado a Lucas.

«¿Y la razón para olvidártelo allí?», le preguntó una voz en su cabeza.

No había razón para eso, pero sí había razón para recuperarlo, recordó de pronto. Había prometido descargar un artículo que una de sus amigas de la escuela de medicina había escrito y le había pedido que lo revisara.

De acuerdo, un problema más. ¿Llamaba a Lucas por lo del portátil o llamaba a Wendy para decirle que estaba demasiado ocupada para leerlo ese fin de semana?

Café, necesitaba café, pensó mientras miraba la cafetera apagada. Decidió que eso sería lo primero, así que agarró las llaves y la cartera. No necesitaría nada más.

Salvo abrir la puerta, pensó exasperada. El timbre sonó justo cuando se disponía a agarrar el picaporte.

«Por favor, que no sea mi madre».

Se sentía demasiado dispersa en aquel momento como para soportar una batalla verbal, y su madre tenía la habilidad para eso. Su madre podía ver a través de ella y llegar a la raíz de lo que le pasaba.

No era su madre, sino la persona responsable de que se sintiera tan confusa.

—¿Te olvidabas algo? —preguntó Lucas.

Al verla, Heather comenzó a patalear. Sentada en la cadera de su padre, la niña se inclinó todo lo que pudo para poder tocar a Nikki.

—Hola, pequeña —le dijo Nikki antes de darle

un beso en la cabeza y tomarla en brazos—. ¿Nombre, rango y número de serie? —preguntó.

Desconcertado, él se quedó mirándola como si acabara de hablar en otro idioma.

—¿Qué?

Nikki negó con la cabeza y lamentó su intento por ser graciosa.

—Nada. Sólo estaba siendo frívola —miró por encima del hombro hacia la cocina—. Me pongo así cuando no tomo café por las mañanas.

—Es curioso que lo menciones —dijo él con una sonrisa—. Tengo café en el coche.

Nikki seguía molesta por la rotura de su cafetera y no podía dejar de pensar en eso.

—¿Tienes una cafetera en el coche?

—No, sólo un par de vasos. Me detuve a comprarlos de camino —explicó él.

—Oh, que Dios te bendiga. ¿Puedes traerlo?

—¿Tanto te gusta el café?

Ella se rió tímidamente.

—No tienes idea.

—No hay problema. Voy a buscarlo —con Nikki sujetando a su hija, él tenía las manos libres para llevarle el café—. También te he traído el portátil. A eso me refería cuando te he preguntado si te habías olvidado algo.

Era como si a Nikki se le hubiese borrado toda la información del cerebro. Pero la culpa era de él. De él y de su beso.

Aunque no pensaba insinuarle ni remotamente que ésa era la razón de su despiste.

En vez de eso, sonrió y asintió con la cabeza.

—Creo que sí. Lo siento —dijo.

—No hay razón para sentirlo —le dijo él—. La verdad es que acaparé tu atención con mi juego de malabares con verduras. En cualquier caso, ya está arreglado.

—¿El qué?

—El portátil. Sí que tienes problemas para concentrarte antes de beber café —contestó él con una sonrisa—. Te traeré las dos cosas —añadió mientras se alejaba hacia el coche.

Ella lo siguió meciendo a Heather inconscientemente.

—¿Cómo puedes haberlo arreglado? —preguntó—. Ni siquiera te mostré cuál era el problema.

—No era ningún misterio —contestó él mientras regresaba. Llevaba el portátil con una mano y balanceaba la bandeja de cartón con los dos vasos en la otra—. Lo que ocurría era que habías descargado algún correo que tenía oculto un troyano. Al hacerlo, el troyano soltó el virus que afectaba al rendimiento del ordenador. Por suerte para ti, el que lo hizo era un amateur. Alguien más experimentado habría logrado estropear todo el disco duro y yo habría tenido que instalar uno nuevo. Podrías haber perdido todos los datos.

—Pero…

—Pero no ha ocurrido.

Eso no era lo que había estado a punto de decir.

—Yo no habría abierto un correo con un virus —protestó.

Él sonrió ante su inocencia. Sabía que no era una mujer ingenua. Le parecía que era muy inteligente.

Pero en la actualidad no existía algo así como una persona del Renacimiento, y obviamente los ordenadores eran su punto débil.

—No es que estuviera anunciado con luces de neón. No lo habrías visto —señaló.

—Ah.

—Así es como se extienden los virus. No es tan dramático como en *La jungla de cristal*, pero puede ocasionar los mismos daños —le aseguró—. Hay virus que pueden causar daños irreparables, afectar a muchos sistemas y destruirlos en cuestión de segundos. El de tu ordenador es leve. Piensa en él como un gremlin y no como un dragón. El objetivo de este virus es molestar al destinatario. A los hackers les gustan ese tipo de juegos.

Nikki pensó en la cantidad de veces que el ordenador se había quedado colgado y ella había tenido que reiniciarlo.

—Bueno, desde luego han cumplido su objetivo.

Lucas dejó el portátil y el café sobre la encimera y luego tomó en brazos a su hija. Nikki agarró inmediatamente su vaso de café y dio un trago. Sintió cómo el líquido caliente se extendía por su organismo.

Sentía que volvía a ser persona. Suspiró satisfecha. Dio otro trago, dejó el vaso sobre la encimera un momento y examinó el portátil de cerca. Con una mano, Lucas lo había abierto y encendido.

La pantalla se encendió y aparecieron las luces azules mientras la máquina arrancaba.

Lo primero que advirtió fue que el molesto sonido había desaparecido.

—¿Y lo has arreglado?

—Lo he arreglado —contestó él con una sonrisa.

No tenía ni idea de por dónde empezar. El técnico con el que se había puesto en contacto le había dicho que tendría que quedarse con el ordenador durante una semana.

—¿Tan deprisa?

No era gran cosa, en lo que a Lucas concernía.

—Como ya he dicho, no era un virus muy sofisticado.

Eso dependía del punto de vista, pensó Nikki.

—Para mí sí lo era —le dijo—. Estuve a esto —hizo un gesto con el pulgar y el índice— de tirarlo contra la pared.

Lucas intentó imaginárselo en su cabeza, pero no pudo.

—No me pareces el tipo de persona de temperamento fuerte.

—No lo soy —contestó ella con convicción—. Habitualmente —se sintió obligada a añadir. Cuando él arqueó una ceja inquisitivamente, Nikki confesó—. Hay algo en los ordenadores y en las máquinas en general que saca lo peor de mí. Supongo que es justo, ya que yo parezco sacar lo peor de ellas.

Él había estado manipulando las cosas mecánicas y arreglando todo lo que hubiese que arreglar desde que era niño. Ser un inepto con los aparatos electrónicos era inconcebible para él.

—¿Cómo?

—Mi cafetera se ha estropeado esta mañana —explicó ella—. Y las aspiradoras suelen morírseme tras un breve intervalo. Las planchas sufren corto-

circuitos y acaban quemando las cosas. La vida de
una plancha conmigo suele ser de menos de ocho
meses.

—¿Tú planchas?

—Un poco.

—Debe de ser tu personalidad magnética —bromeó él. Y después se carcajeó y negó con la cabeza—. Supongo que es una suerte que no seas mecánica o piloto.

Nikki no quería ni pensar en ello. Sería cataloga-
da de desastre.

—Supongo —dijo, y entonces cambió de tema—.
¿Qué te debo por arreglar el ordenador?

A Lucas le sorprendió que le preguntara algo así.

—Nada. No me debes nada.

No le parecía justo. Habría tenido que pagar al
técnico igualmente.

—Pero…

—Llámalo un intercambio —dijo él. Cuando le
había hablado de cobrarle, ella había dicho que no le
enviaría la factura porque no podía poner precio a
algo que normalmente no hacían. Las visitas domici-
liarias ya no se hacían—. Aunque claramente yo me
quedé con la mejor parte.

A Nikki no le gustaba sentirse en deuda, aunque
él no volviese a mencionarlo jamás, ella lo sabría. Y
saberlo hacía que se sintiera incómoda.

—De acuerdo, ya que estamos haciendo juego
limpio y todo eso, ¿qué te parece si te invito a cenar?
—miró entonces al bebé—. A los dos.

Lucas no tuvo que pensarlo.

—Me encantaría.

—Bien. ¿Qué te parece el próximo sábado? Puedo buscar a alguien para que haga mi guardia.

—Me parece fantástico.

Una pena que a ella no se lo pareciese. Se había dejado llevar por la idea de agradecerle sus servicios antes de recordar algo muy importante. Apenas sabía cocinar.

Ningún problema. Intentó tranquilizarse a sí misma. Tenía una semana para aprender. Lo único que tenía que hacer era proponérselo.

Y esperar que eso fuera suficiente.

Capítulo 10

NO puedes decírselo a mi madre.

No hubo respuesta al otro lado de la línea.

Llamar a Theresa era su último recurso, pero después de la invitación que le había hecho a Lucas, era lo único que le quedaba. No podía echarse atrás, dado que había sido idea suya, y no sabía cocinar. Las posibilidades de haber aprendido para el sábado eran bastante escasas. Eso le dejaba la opción de que un «fantasma» cocinara para ella. Lo lógico era recurrir a una mujer que se ganara la vida con eso.

Sentía un gran afecto por Theresa, y pensaba en ella como una versión más tranquila de su madre. Pero aun así, la mujer era más fiel a su madre que a ella. La llamó cuando dejó la consulta para comer, y sabía que estaba pidiendo demasiado. Pero contaba con el buen corazón de Theresa.

—Theresa, tienes que prometerme que no se lo dirás a mi madre. Te pagaré lo que quieras para que hagas la cena, pero no le digas nada a mi madre. Por favor.

—Pero, cariño, tu madre es mi mejor amiga.

—Lo sé, pero tu mejor amiga me acribillará a preguntas si le dices algo de esto —dijo Nikki sentada en su silla—. Ya sabes cómo es. Además, no es lo que piensas.

—¿No lo es? —Theresa no intentó disimular la curiosidad en su voz.

—No —respondió Nikki con firmeza. Tal vez hubiera sido un error recurrir a Theresa. Tal vez debiera haber pedido comida en algún restaurante de la zona. Pero la cocina de Theresa era fabulosa y quería que Lucas cenara bien—. El padre de una de mis pacientes me llamó asustado hace dos semanas porque su hija tenía fiebre. Ya sabes, los llantos, los padres primerizos. El caso es que yo le tranquilicé —de acuerdo, omitió algunos detalles, como el hecho de ir a su casa en mitad de la noche, pero Theresa no tenía por qué saberlo—. Estaba tan agradecido que me invitó a cenar.

—¿Y ahora quieres corresponder? —adivinó Theresa.

—Más o menos —Nikki aguantó la respiración mientras esperaba más posibles preguntas. Sobraba decir que habría habido más preguntas si se hubiera tratado de su madre y no de Theresa. Toda la conversación habría estado plagada de preguntas.

—Y te da miedo envenenarlo.

Bien, Theresa lo entendía.

—Exacto.

Hubo una breve carcajada al otro lado de la línea. ¿Y qué va a hacer él para corresponder a esta cena? ¿Quitarte las amígdalas con una navaja suiza?

—No tendrá que corresponder. Estaremos empatados, Theresa —insistió Nikki—. ¿Entonces vas a hacerlo? —preguntó impaciente, pues quería zanjar el asunto y tener tiempo para comer algo.

—Claro que te cocinaré una cena, Nikki. Es a lo que me dedico.

Nikki se dio cuenta de que no estaba siendo clara. Enfrentarse a detalles que tuvieran que ver con su madre siempre lograba nublarle el juicio. ¿Por qué le pasaría eso?

—No, quería decir que si lo harás y no se lo dirás a mi madre.

Theresa hizo otra pausa, como si estuviera sopesando sus opciones.

—Si no quieres que le diga a tu madre que voy a prepararte una pequeña cena íntima…

—No tan íntima —la interrumpió Nikki. Si Theresa pensaba en ello en términos románticos, no podría contar con ella. Su madre lo sabría en un abrir y cerrar de ojos, aunque no lo admitiera directamente. Su madre olía una cena para dos a un kilómetro de distancia.

Theresa siguió hablando como si nada hubiera ocurrido.

—Para ti y para el padre de tu paciente. No seré yo quien se lo diga.

Si Theresa hubiera estado en la habitación con ella, Nikki la habría abrazado. En lugar de eso, intentó mantener la compostura y dijo:

—Gracias, Theresa. Sabía que tú lo comprenderías.

—Muy bien. ¿Qué quieres servir y cuándo?

—Nada complicado. Lo dejo a tu elección. En cuanto al día, lo necesitaré para este sábado. ¿Será un problema?

—En absoluto —le aseguró Theresa—. Puedo preparar una cena para dos haciendo el pino.

—Preferiría que lo hicieras estando de pie —contestó Nikki—. Que Dios te bendiga, Theresa. Eres la mejor. Ahora tengo que colgar —y era cierto. La luz del teléfono estaba parpadeando. Alguien llamaba por la otra línea—. Y por favor, recuerda…

—Sí, ya lo sé —respondió Theresa pacientemente—. No se lo digas a Maizie.

—Eso es —dijo Nikki antes de colgar.

Theresa cerró el móvil y se lo guardó en el bolsillo. Levantó la vista y miró a la mujer que había llegado a comer hacía menos de diez minutos.

—Para que lo sepas —le dijo a una de sus dos mejores amigas—, no puedo hablar sobre lo que tu hija acaba de contarme.

—Sí, lo sé —contestó Maizie con la sonrisa de satisfacción de una madre cuyos planes empezaban a salir bien. Estaba en el despacho de Theresa y había oído toda la conversación. Era fácil juntar las piezas—. Ni se me ocurriría preguntarte por la cena que vas a prepararle a mi hija para hacerla pasar por suya cuando invite a Lucas Wingate a su casa.

Theresa, producto de una educación estricta, era la amiga cuya conciencia se encargaba de recordarle si se salía del buen camino. Y en ese caso se refería a la mentira.

—¿Sabes, Maizie? Me siento un poco culpable por esto.

Maizie le pasó un brazo por los hombros a su amiga y dijo:

—No seas tonta, Theresa. Somos madres. Ser mentirosas por el bien de nuestras hijas es parte del paquete. ¿Qué vas a prepararle a mi hija para cenar? Recuerda, nada elaborado. Puede que Nikki no sepa contestar si él le pregunta qué ha preparado, y no queremos que sepa lo terrible cocinera que es hasta que se enamore de otra de sus excelentes cualidades.

Theresa simplemente sonrió y negó con la cabeza. Maizie habría sido un general excelente si se hubiera alistado en el ejército.

Maldita sea, aquello era completamente ridículo.

Nikki sentía que el corazón se le aceleraba. Le latía aún más deprisa que dos minutos antes. Mientras se dirigía a abrir la puerta, pensaba que iba a salírsele por la boca.

Theresa se había marchado hacía menos de veinte minutos, tras dejar todo lo que había llevado en una bandeja precalentada. Todo parecía perfecto, y sin duda lo estaría. Theresa incluso había llevado comida que el bebé pudiera comer con las manos para que, al menos, Heather estuviese entretenida espachurrando los ingredientes.

Theresa había pensado en todo. Una pena que ella no pudiera pensar en absoluto.

Cuando abrió la puerta para dejar entrar a Lucas,

su corazón se detuvo. Estaba increíblemente guapo con una camisa azul oscuro que hacía juego con el tono de sus ojos.

También estaba increíblemente solo.

A Nikki le costaba trabajo respirar. Muy lentamente, tomó aliento con toda la sutileza de que fue capaz.

—¿Dónde está Heather? —preguntó mientras abría la puerta del todo, como si así fuese a descubrir dónde tenía escondida a su hija.

—En casa —respondió él mientras entraba. Le entregó una botella de vino que había pensado en llevar en el último momento—. Pensé que tal vez, dado que tienes que tratar con niños todo el día, preferirías una cena libre de bebés.

«No, no lo prefiero», pensó ella.

De pronto sintió un vuelco en el estómago. Mientras Heather estuviera presente, proporcionaba una agradable distracción. Era alguien de quien hablar, alguien que necesitaba atención. Habría mantenido la cena en un nivel amistoso, pero no demasiado personal.

Con el bebé fuera de la ecuación, Nikki se sentía vulnerable. Y muy nerviosa.

Porque tenía que admitir que se sentía algo más que atraída por el hombre que había en su puerta.

—¿Qué huele tan bien? —preguntó Lucas tras olfatear el aire.

Nikki tuvo que pensar antes de responder.

—Guiso de pollo.

—Me impresiona que te hayas tomado tantas molestias.

Nikki empezó a sentirse culpable. Se dio la vuelta y se dirigió hacia el salón.

—No es molestia en absoluto —le aseguró intentando sonar despreocupada—. ¿Has encontrado una niñera?

—Sí —Lucas estaba muy satisfecho con eso—. Resulta que la persona a la que llamé para pedir referencias estaba libre y dijo que estaría encantada.

Nikki dejó la botella de vino en la encimera y sacó el sacacorchos.

—¿Y confías en ella?

Lucas le quitó el sacacorchos como si llevaran años haciéndolo y comenzó a abrir la botella.

—Desde luego. Tiene una de esas caras. Ya sabes lo que quiero decir. El tipo de persona en el que confías instintivamente y al que le cuentas todo tipo de cosas que normalmente no le contarías a nadie, y menos a alguien que no conoces desde hace años —se dio cuenta de que estaba mirando directamente a Nikki. Y de que ella, por otra parte, encajaba en esa descripción—. Más o menos como tú, de hecho.

Nikki se quedó mirándolo, sorprendida e insegura.

—¿Yo?

Lucas asintió. Sacó el corcho, dejó el sacacorchos en la encimera y sirvió dos copas. Le entregó la primera y luego levantó la suya y brindó en silencio antes de dar un trago.

—Creo que he compartido más contigo que con nadie del hospital donde nació Heather. El hospital donde… —incapaz de terminar la frase, de hablar de la muerte de Carole, se quedó en silencio.

Al notar lo que ocurría, Nikki cambió de tema inmediatamente.

—¿Y Heather está cómoda con su niñera? —preguntó.

—Creo que le cae mejor que yo —contestó él riéndose—. Se lanzó a ella como un pato se lanza al agua —y entonces se puso serio por un momento—. No la habría dejado si hubiera mostrado síntomas de agitación.

Nikki lo creía. Lo guió de nuevo al salón. Situada sobre la bandeja precalentada, la cena estaba pegada a la pared izquierda, esperando.

—Sabes que no hacía falta que dejaras a Heather en casa —le dijo a Lucas—. Tenía comida para que se la comiera, o para que se la echara por encima. En cualquier caso, habría estado entretenida. A los bebés les encanta espachurrar la comida con los dedos.

Lucas podía imaginarse a su hija haciendo eso; y el desastre que dejaría a su paso.

—Bueno, creo que mereces no sentir que te estabas trayendo trabajo a casa. Y para ser sincero, yo también necesitaba un descanso. Salvo cuando estaba buscando casa, no me he separado de ella desde que nos mudamos.

Ella se rió y alzó su copa.

—Bienvenido al mundo de las madres.

—Personalmente —dijo el—, tengo una admiración renovada hacia las madres. Siempre me habían parecido increíbles, pero ahora las veo como si fueran sobrehumanas.

Nikki dejó la copa junto a su plato, agarró la

fuente que contenía el pollo y la llevó a la mesa. Después llevó el plato de arroz.

—Ser madre es como hacer malabarismos —convino ella—. Pero las recompensas son magníficas.

Lucas sorprendió a Nikki al retirarle la silla.

—¿Cómo es que tú no tienes hijos?

—Estoy demasiado ocupada cuidando de los de los demás, supongo —respondió ella—. Además —continuó mientras él se sentaba a su derecha—, aún no ha aparecido el hombre perfecto —aquellas últimas palabras salieron de su boca mientras lo miraba. Y de pronto se le ocurrió que tal vez estuviera mirando al hombre perfecto.

Pero al instante ese pensamiento se evaporó.

—Será mejor que comamos —dijo tras aclararse la garganta. Si tan sólo le resultase tan fácil aclararse la cabeza—. Si no la cena se enfriará.

Lucas destapó la fuente principal y salió todo el vapor.

—No creo. La tenías sobre una bandeja caliente —le recordó.

—Ah, bueno —Nikki estaba liándose con sus propias palabras—. La comida recalentada no está tan buena como cuando la sacas del horno. Cosa que hice hace ya unos minutos —se obligó a sonreír y luego cerró la boca. Decidió que cuanto menos dijera mejor.

Cuando terminó, Lucas se recostó en su silla. Últimamente, salvo por la cena que había intentado prepararle a Nikki, había estado comiendo sólo para sobrevivir, cualquier cosa que pudiera y sin prestar demasiada atención a lo que consumía. Pero ya se sentía lleno. Después de haber repetido dos veces. No recordaba la última vez que le había sucedido aquello.

—Creo que ésta ha debido de ser una de las mejores… no —se corrigió a sí mismo—, la mejor cena que he tomado en mucho, mucho tiempo. Y eso teniendo en cuenta la cocina de mi madre —Carole sabía qué comidas ya preparadas elegir en el supermercado. Se le daba muy bien descongelar—. ¿Dónde aprendiste a cocinar así?

Nikki abrió la boca para quitarle importancia al cumplido y actuar con modestia. Pero, si lo hacía, sus palabras girarían en torno a una mentira. Aunque a veces sí que recurría a mentiras piadosas para no herir los sentimientos de alguien y que se sintiera mejor, si mentía en esa ocasión sería por motivos egoístas. Y la mentira se haría más grande con el tiempo. Al final tendría que sincerarse, si acaso había un «final» en su futuro.

—De hecho —confesó—, no lo hice.

—¿No hiciste qué?

Nikki estuvo tentada de mirar a la servilleta que estaba doblando en su regazo, pero se obligó a devolverle la mirada.

—Que no aprendí a cocinar así.

—Creo que no lo entiendo.

Iba a pensar que era verdaderamente patética.

—Estás comiendo una cena preparada por una de las mejores amigas de mi madre. Theresa, la amiga de mi madre, tiene un catering. Se sospecha que lleva cocinando desde que nació. Personalmente, yo no sé ni hervir agua. Bueno, sí sé, pero al final se evapora y quemo la cazuela —se encogió de hombros—. Me termo que soy un desastre en la cocina cuando se trata de algo más allá de abrir el frigorífico.

Sorprendido por la expresión de su rostro, y conmovido porque se hubiera tomado esa molestia por él, Lucas hizo lo posible por no reírse.

—Cocinar no es gran cosa.

Sólo estaba siendo amable y ambos lo sabían.

—Lo es si no sabes hacerlo.

Apreciaba que le hubiese contado la verdad, pero no quería que fuese demasiado dura consigo misma por su culpa. No estaba allí por la comida, aunque fuera muy buena.

—Me alegra que pensaras que tenías que hacer ese esfuerzo por mí —dijo.

Nikki se encogió de hombros tímidamente. No estaba acostumbrada a sentirse inepta.

—Bueno, no podía arriesgarme a envenenarte.

—No creo que seas tan mala —contestó él riéndose.

Nikki pensó en su última incursión en las artes culinarias. Su madre, también conocida como su mayor admiradora, había estado a punto de atragantarse con la cena que había intentado preparar. Le había hecho prometer que no volvería a cocinar para un novio potencial hasta que no hubieran sellado el trato.

—Yo no me pondría a prueba si fuera tú.

Lucas estiró el brazo y le estrechó la mano mientras hablaba.

—Te propongo una cosa. ¿Por qué no empezamos de cero? Olvidamos mi fiasco de la semana pasada y tu excelente cena de catering, aunque puede que mi estómago vote en contra. ¿Qué te parece si te llevo a cenar a un restaurante la próxima vez para que los dos podamos relajarnos?

Ya estaba otra vez, el corazón acelerado. Y el hecho de que estuviera estrechándole la mano no ayudaba.

—No estoy segura de lo de relajarse —confesó.

Lucas sintió algo eléctrico que circulaba entre ellos y apartó la mano.

—Tienes razón. Pero, por otra parte, tal vez un poco de tensión sea buena.

Lucas se llevó la copa de vino a los labios, pero entonces se detuvo.

—¿Ocurre algo? —preguntó ella.

—Bueno, si me termino esta copa de vino —contestó él tras dejar la copa en la mesa—, tendré que quedarme un par de horas más. Sólo me he tomado una copa, pero no quiero arriesgarme a que me paren y que me acusen de conducir ebrio si me hacen soplar.

De pronto había surgido una red de seguridad. Ahí era donde ella estaba de acuerdo y lograba que se fuera. Pero en vez de eso, se oyó a sí misma diciendo:

—Nadie te está echando, que yo sepa.

Él sonrió y le provocó un vuelco en el estómago.

—Me has convencido.

—Me alegra saber que puedo ser tan persuasiva —Nikki se puso en pie y señaló la copa—. ¿Por qué no te llevas eso al salón mientras yo limpio la mesa?

—Tengo una idea mejor. ¿Por qué no te llevas tú tu copa al salón, Nikki, y yo limpio la mesa?

Nikki dejó de recoger los platos y dejó los que ya había apilado sobre la mesa.

—De acuerdo, tienes que dejar de hacer eso.

Por lo que él sabía, no había dicho nada ofensivo.

—¿Dejar de hacer qué?

—Dejar de ser perfecto.

—No soy perfecto —contestó él con una sonrisa tímida—, pero me entrenaron bien.

Dado que él había sacado el tema, a Nikki le pareció seguro adivinar.

—¿Tu esposa?

—Mi madre. Siempre decía que no había nada de malo en ayudar, que no existía el «trabajo de mujer» y el «trabajo de hombre», sólo las «tareas familiares».

—Me cae bien tu madre.

—Sí, a mí también. Mi padre no lo veía así, pero estaba loco por ella, así que tragaba con todo, cuando estaba en casa —su tono indicaba que eso no era muy a menudo.

—¿Viajaba mucho? —preguntó Nikki.

—Podría decirse así. Mi padre estaba en la Armada. Pasaba meses enteros fuera de casa. Cuando iba se ponía al día. Para cuando terminaba de ponerse al día, tenía que marcharse de nuevo. Principalmente fue mi madre la que me crió.

Y por lo que ella podía ver, había obtenido un buen resultado.

—Me parece una mujer muy especial —dijo mientras seguía recogiendo los platos.

Lucas recogió su plato y lo metió dentro de la fuente principal. No quedaba nada de comida dentro.

—Lo era —dijo, y vio la pregunta en sus ojos, así que contestó antes de que pudiera hablar—. Murió hace unos cinco años.

Ya había tenido suficiente tragedia en su vida, pensó Nikki mientras regresaba a la cocina y depositaba los platos en la encimera junto al fregadero.

—Lo siento.

Lucas pensó en su padre. Se había mantenido estoico durante el funeral y después de éste, pero sabía que no había sido fácil para él. Su padre no estaba hecho de piedra a pesar de lo mucho que intentara fingir lo contrario.

—Sí, todos lo sentimos.

A Nikki se le cayeron las servilletas que tenía en las manos y se agachó inmediatamente a recogerlas. Y también Lucas. Acabaron golpeándose las cabezas y ella perdió el equilibrio.

Comenzó a caer hacia atrás, pero, antes de dar con el trasero en el suelo, Lucas la agarró del brazo para estabilizarla. Se incorporó y la levantó consigo.

Y sin más, Nikki se encontró demasiado cerca de él.

Otra vez.

Y el tiempo pareció detenerse.

Capítulo 11

«**R**ESPIRA».

Tuvo que recordarse a sí misma que tenía que respirar. Respirar, no jadear.

Todas las promesas que Nikki se había hecho sobre no involucrarse, sobre mantener la distancia, sobre no estropear lo que podía llegar a ser una bonita amistad, quedaron reducidas a humo en un solo instante.

El calor del momento quemó esas promesas y las convirtió en ceniza.

Y el momento sí fue verdaderamente caluroso. Nikki se sentía consumida por un deseo ardiente que recorría todo su cuerpo. No podía decir que no hubiera estado allí antes, pero no así. Ni siquiera se le parecía.

Aunque Nikki trató desesperadamente de ocultarlo, de suprimir ese sentimiento, sabía que había de-

seo en sus ojos, sabía que él podía verlo a no ser que
le tapara la cabeza con una bolsa de papel.

¿Dónde estaban los padres asustados que llamaban en mitad de la noche cuando se los necesitaba?
Sus teléfonos permanecían en silencio.

Su corazón no. En ese momento debía de ir a mil
kilómetros por hora.

El debate en la cabeza de Lucas se prolongó durante menos de medio segundo. Podía hacer lo correcto y retroceder. O rendirse a la necesidad que había surgido de las sombras y que le había pillado por
sorpresa.

Se sintió ligeramente culpable por un instante.
Habría esperado algo más, pensaba que tendría que
haber sufrido más, pero todo eso era antes de sentirse tan atraído por una mujer. Por Nikki.

La batalla interior no duró mucho.

Lucas se rindió.

Le soltó el brazo y la acercó a él justo antes de
besarla.

El beso floreció. La urgencia creció, se hizo más
profunda y los arrastró a ambos.

Cuanto más la besaba, más tenía que besarla.
Más deseaba absorberla.

El corazón le latía con fuerza contra las costillas,
amenazando con explotar. No importaba. Lucas sólo
podía seguir haciendo lo que estaba haciendo. Perderse en ella con la esperanza de encontrar la salida
de aquel túnel largo y profundo.

Pero no demasiado deprisa.

No hasta que hubiera quedado saciado. Hasta que
aquel deseo dentro de él quedara satisfecho. Al me-

nos hasta cierto punto. No tenía prisa de que eso ocurriera. No hasta haber explorado aquel nuevo mundo con el que se había encontrado y al que quería dar forma.

Nikki sentía sus manos fuertes y artísticas deslizándose por sus costados, acariciándola. Moldeándola. Haciéndola suya sin ni siquiera intercambiar palabras.

Le temblaban ligeramente las manos mientras intentaba desabrocharle la camisa. Debido al temblor le costó el doble de lo normal lograrlo. Pero finalmente lo consiguió y le quitó la camisa por encima de los hombros hasta dejar al descubierto sus brazos fuertes y musculosos. Lanzó la prenda por los aires. No le prestó atención a algo tan insignificante. Sin dejar de besarlo, absorbiendo toda la sustancia que pudiera, ya había empezado a bajarle los pantalones.

Fue entonces cuando se dio cuenta de que él estaba intentando quitarle la ropa al mismo tiempo. En ese momento, justo cuando ella había lanzado su camisa, él estaba intentando sacarle el jersey por la cabeza. A los pocos segundos consiguió quitárselo.

Lo único que Nikki deseaba era que aquel sentimiento continuara un poco más. Sólo un poco más. Hacía mucho tiempo que no se sentía una mujer deseable.

Nikki intentó no darle importancia a lo que estaba ocurriendo entre ellos, a los sentimientos que crecían en su interior.

Sólo era sexo, nada más.

Pero sus caricias eran tan suaves que prácticamente se fundió con él, como la nata montada sobre un helado.

Caminaron sin despegarse, con las piernas entrecruzadas, hasta la sala de estar y el sofá que allí había. El camino hasta allí estuvo adornado con prendas de ropa que se iban quitando.

Cuanto más la besaba Lucas, más rezaba ella para que no parase nunca.

Más deseaba su cuerpo ser poseído.

Cuando finalmente llegaron al sofá, sus cuerpos ya estaban desnudos, preparados, pero Lucas seguía besándola. Seguía acariciándola, haciendo que su corazón latiese con la anticipación de lo que estaba por llegar.

Por fin abandonó sus labios, pero no para afrontar la fase final de aquella pantomima en la que se veían envueltos. En vez de eso, comenzó a besarle el cuello y la parte de arriba del pecho.

Fue bajando lentamente y acarició cada pecho antes de lamerlo y desatar un mundo de sensaciones dentro de ella.

Nikki se arqueó contra sus labios mientras él seguía bajando por su vientre. Ella apenas se dio cuenta de que le había clavado los dedos en los hombros, de que se aferraba a él con fuerza mientras la atormentaba con sus labios.

Hasta esa noche, Nikki había pensado que un amante era bastante parecido a otro.

¿Cómo podía haber estado tan equivocada?

Intentó sin éxito amortiguar sus gemidos cuando finalmente llegó al clímax. El sonido retumbó en la habitación así como en su cabeza. Jadeante, Nikki se dejó caer sobre el sofá, exhausta, pero él comenzó a estimularla de nuevo. Ella no tenía fuerza para soportarlo.

Sin embargo, lo hizo.

Sentía que iba a morir de un placer indescriptible. Qué curiosa forma de matar a alguien.

Después de que el segundo clímax sacudiese su cuerpo de los pies a la cabeza, apenas podía respirar. Pero cuando finalmente lo logró, Nikki estaba decidida a arrastrar a Lucas al borde del precipicio y empujarlo como él había hecho con ella.

Deslizó la mano por su cintura y, sin dejar de mirarlo, agarró su miembro y lo acarició lentamente. Se sintió satisfecha al ver que, con cada caricia de sus dedos, su pasión aumentaba. Al igual que su tamaño.

Y entonces, cuando estaba a punto de lograr su triunfo, Lucas le agarró la mano y la apartó. Ella lo miró confusa.

En vez de decir algo, la aprisionó contra el sofá y se tumbó encima de ella, lo que estuvo a punto de provocarle otro clímax.

En esa ocasión, en vez de torturarla y atormentarla, mirando su cara con expresión solemne, la penetró. Tras un instante que se alargó tanto que Nikki pensó que se quedaría pegado dentro de ella para siempre, Lucas comenzó a moverse. Al principio lo hizo muy despacio. Pero entonces, una eternidad después, sus movimientos se intensificaron. Y fueron haciéndose cada vez más urgentes hasta que alcanzó el éxtasis nuevamente.

Nikki sentía que no iba a volver a poder respirar jamás. Pero era un precio muy pequeño que pagar por sentirse así. Y entonces, muy lentamente, el calor que sentía fue desapareciendo. No estaba preparada aún. En un esfuerzo por capturar el momento, mantuvo los brazos alrededor de Lucas con fuerza, como si así pudiera mantener alejado al resto del mundo y prolongar un poco más aquel instante.

Para su sorpresa, en vez de apartarse como hacía Larry, su antiguo amante, cuando hacían el amor, Lucas le colocó las manos en las mejillas y la besó en los labios.

Debía de ser uno de los momentos más tiernos que había experimentado en toda su vida. Sentía que el corazón estaba a punto de explotarle.

Y entonces, a pesar de que el sofá fuese estrecho, Lucas se movió, se acurrucó a su lado y la rodeó con los brazos.

Sabía que los próximos minutos serían cruciales.

—¿Me disculpo por eso?

—Si lo haces, me veré obligada a cortarte la cabeza.

—Bien —contestó él riéndose.

Nikki intentó incorporarse sobre un codo para mirarlo.

—¿Bien? —repitió. ¿Acaso Lucas era un masoquista que disfrutaba metiéndose en situaciones peligrosas?

—Sí. Bien. Porque no quiero disculparme por lo que acaba de ocurrir. Me ha gustado demasiado como para lamentarlo.

Nikki sonrió sin darse cuenta. Aunque no creía que hubiese manera de evitarlo.

—Sí, a mí también —contestó ella, y levantó de

nuevo la cabeza para mirarlo—. No debería haber admitido eso, ¿verdad?

—En eso no puedo ayudarte —dijo él—. Nunca antes había estado en este tipo de situación. El anterior pediatra de Heather tenía sesenta y tres años, barba y patillas.

—¿Así que no eres simplemente un fan de los médicos? —bromeó ella.

Su risa resultó profunda y sexy, y reverberó en su interior.

—No, me temo que no —le susurró al oído mientras le acariciaba el pelo—. Eres la primera mujer con la que me he acostado desde… bueno, desde hace mucho tiempo.

«No es personal», se dijo a sí misma. «No te lo tomes de forma personal».

—¿Consideras esto como tu puesta de largo? —preguntó Nikki.

—No sé cómo considerar esto —admitió Lucas—. Sólo sé que es confuso.

Nikki hizo lo posible por sonar tranquila.

—¿Te arrepientes?

—No —respondió él con firmeza. Entonces giró la cabeza y la miró—. ¿Y tú?

—Sólo me arrepiento de que haya acabado.

La sonrisa que iluminó los labios de Lucas resultó sensual y tremendamente tentadora.

—No tiene por qué haber acabado.

Ella sonrió también.

—Siempre podría hacerte beber otra copa de vino para que tuvieras que quedarte al menos otra hora, si no más.

Lucas le tocó la barbilla con el dedo y le provocó un escalofrío de deseo.

—No necesito vino para quedarme.

Nikki sentía que la deseaba de nuevo. Notaba su erección contra su cuerpo y la excitación recorrió sus miembros. Los amantes que había tenido, incluso los mejores, habían optado por dormir cuando el sexo había acabado. Pero tenía la sensación de que Lucas estaba dispuesto a hacerlo de nuevo.

Nikki lo miró con incredulidad… y con admiración.

—Estás de broma.

—Puede que sonría —contestó él—, pero no bromeo.

Aquel delicioso baile comenzó de nuevo y, aunque Nikki sabía lo que esperar en esa ocasión, acabó siendo una sorpresa una vez más. Experimentó el mismo placer, pero de algún modo fue distinto.

Era como ser pequeña y entrar en un parque de atracciones por una puerta diferente. El destino final sería el mismo, pero el camino para llegar allí no.

El placer la esperaba a cada esquina. El placer, la excitación y la anticipación. Todos se mezclaban en su interior.

Era todo demasiado increíble.

Lucas hacía que su cuerpo vibrara.

Y aunque intentaba cambiar las tornas hacia él y hacer que Lucas se sintiera tan entusiasta como ella, sólo lo logró en parte.

Él era el maestro allí.

Cuando en esa ocasión llegaron juntos al clímax, quedó casi convencida de que no volvería a respirar jamás. Al menos sin dificultad, sin ser consciente del esfuerzo.

El corazón le latía con más fuerza esa vez que la anterior.

Su única satisfacción fue que, al apoyar la cabeza sobre su pecho, pudo oír que su corazón latía con la misma velocidad que el suyo. El ritmo de su corazón resultaba extrañamente tranquilizador. Tan tranquilizador que estuvo a punto de dormirse sin darse cuenta.

Dio un respingo e intentó incorporarse. Cuando finalmente lo logró, lo miró a la cara. Apenas lo conocía y, sin embargo, la excitaba y hacía que se sintiese cómoda. Lo segundo era más peligroso que lo primero.

Tendría que tener cuidado.

De lo contrario, podría acabar metiéndose en una relación que no existía. Era todo demasiado maravilloso para durar. En ese momento, dado el estado de su vida, él sólo podía serle sincero a una persona. Su hija.

A pesar de desear quedarse allí y dormirse entre sus brazos, se obligó a murmurar:

—Se está haciendo tarde.

Lucas levantó su muñeca izquierda para mirar la hora en su reloj.

—Oh, Dios, tienes razón —dijo dando un respingo—. Sí que es tarde.

Lucas pensó en la mujer que había dejado cuidando a Heather. Había sido tan amable con él que no quería que sintiese que se había aprovechado de ella y de la situación. Ésa no era manera de corresponder un acto de amabilidad.

Pero deseaba quedarse allí, sentir las cosas de verdad y no actuar de manera mecánica.

Lucas tomó aliento y se obligó a no quedarse, aunque resultase muy tentador.

—Será mejor que vuelva a casa antes de que Maizie piense que me ha tragado la tierra.

Nikki sintió un vuelco en el corazón.

—¿Quién? —preguntó.

—Maizie —repitió él. Probablemente le resultase un nombre extraño. Desde luego no era uno que se oyese todos los días—. Es la mujer que se ofreció voluntaria para cuidar a Heather —y entonces se dio cuenta de que había dado cosas por supuestas y de que Nikki no tenía manera de saber de quién estaba hablando—. Maizie es la mujer que me vendió mi casa. Una señora muy agradable. Te caería bien.

«¿Mamá, cómo has podido?».

—Yo no apostaría si fuera tú.

Lucas no pareció oírlo. Estaba ocupado recordando algo.

—No, espera, se me olvidaba. Creo que la conoces.

Ella lo miró con cautela. Si hubiera sabido que ella era la hija de Maizie, ¿no le habría dicho algo ya?

—¿Qué te hace decir eso? —preguntó.

—Bueno, para empezar, es la mujer que me habló de ti.

—¿Sin más?

—No exactamente. Tras firmar los papeles de la casa, dado que ella conocía a mucha gente, le pregunté si conocía a algún buen pediatra por la zona. Me dijo que sí y me dio tu nombre y tu número.

—Entiendo —sabía cómo funcionaba la mente de su madre. Aquello era una trampa.

De acuerdo, no era su imaginación. Había algo extraño en la voz de Nikki. Como si estuviera haciendo un esfuerzo por mantener la calma.

—¿Cuál es el problema?

Por un momento, Nikki se planteó decir que nada y fingir. Pero las mentiras llevaban a más mentiras y además la suya era una relación profesional, sin importar lo que acababa de pasar. ¿Qué tipo de doctora creería que era si le mentía en algo así?

Intentó prepararse para las consecuencias y se incorporó. Agarró la manta gris que normalmente descansaba sobre el respaldo del sofá y se cubrió con ella. Pretendía hacer algo más que cubrir su desnudez. Se sentía demasiado expuesta haciendo aquella confesión.

—Maizie es mi madre.

Capítulo 12

SE hizo el silencio en la habitación.

Entonces Lucas se levantó del sofá, recogió su ropa y comenzó a vestirse.

Nikki sabía que debía apartar la mirada, pero no podía negarse que el hombre con el que acababa de romper todas las reglas era un espécimen sobresaliente. Le llevó varios segundos mirar hacia otro lado.

¿Era regocijo lo que veía en su rostro? Parpadeó dos veces para aclararse la vista.

Su expresión seguía inalterable.

Lucas se puso los pantalones antes de responder al fin a su declaración.

—Estás bromeando.

Ésas no eran precisamente las palabras que esperaba oír. Nikki se envolvió más en la manta gris y se puso en pie.

—Ojalá estuviera bromeando, pero no es así —aunque fuera simple, le había costado mucho trabajo pronunciar las palabras.

—Ya.

Nikki se quedó mirándolo, esperando. Pero no hubo más.

—¿Ya está? —preguntó ella con incredulidad—. Ya —repitió. Estaba asombrada de ver que no había ninguna otra emoción por su parte.

—El mundo es un pañuelo —contestó Lucas casi sin aliento. Recogió la camisa, se la puso y comenzó a abrochársela.

Según Nikki, cualquier otro hombre se habría enfadado, o al menos se habría molestado. Molestado por haber sido manipulado sin saberlo por una mujer habilidosa que al parecer no se detendría ante nada en su búsqueda de un nieto.

Sin embargo, parecía impasible. ¿Estaría sorprendido? ¿O acaso esperaba que le dijese que estaba bromeando?

—¿No estás enfadado? —preguntó Nikki finalmente. Lo miró fijamente a la cara en busca de cualquier señal delatora que indicara lo que estaba pasándosele por la cabeza.

A Lucas no se le había pasado por la cabeza enfadarse y, al oír la sugerencia, la miró confuso.

—No, no estoy enfadado. ¿Por qué iba a estarlo? Tu madre debe de tener sus razones para no decirme que eras su hija —se le ocurrió una posible explicación—. Tal vez pensaba que no iría a verte si sabía que estaba emparentada contigo.

—Yo diría que… —comenzó a decir Nikki.

Lucas terminó de ponerse la camisa y siguió con sus elucubraciones.

—Probablemente imaginara que yo pensaría que estaba siendo subjetiva en su recomendación, y he de admitir que habría sido así. De este modo, simplemente di por hecho que estaba recomendándome la mejor pediatra que conocía. Y resulta que era cierto.

Lucas lo estaba interpretando todo mal. Nikki levantó una mano para que se detuviera y volviera al buen camino.

—Espera un minuto. ¿No sientes que te haya manipulado?

—Pero no lo ha hecho —protestó él. ¿Por qué iba Nikki a pensar eso?—. Le pedí el nombre de un pediatra y me dio uno. El tuyo. Yo no tenía por qué ir si no quería. ¿Dónde está la manipulación?

Era curioso, porque no le había parecido un hombre inocente o ingenuo.

—Pero no lo entiendes. Te tendió una trampa.

—No. Me recomendó a una doctora que fue lo suficientemente generosa como para poner el bienestar de mi hija por encima del suyo e ir a mi casa en mitad de la noche. ¿Dónde está la trampa?

¿Estaba haciéndose el tonto?

¿O acaso se empeñaba en ver la parte positiva de la situación en vez de destacar inmediatamente lo malo? Tal vez ella debía dejar de insistir. Si Lucas no lo veía como ella, no iba a arrojar más luz sobre el asunto.

—Lo siento —dijo—. Supongo que estoy acostumbrada a ver a mi madre desde otra perspectiva.

Lucas se detuvo para ponerse los zapatos, luego se volvió hacia ella y sonrió.

—¿Sabes? Tu madre es una señora muy agradable.

«Cuando no está metiéndose en mi vida», pensó Nikki.

—Tiene sus momentos —dijo.

—¿Te importa que te pregunte por qué tenéis apellidos distintos? —de pronto se preguntó si Nikki, al igual que él, habría estado casada antes.

No era un gran misterio. Nikki estaba tan acostumbrada a ello que no se le había ocurrido pensar que alguien pudiera no saberlo. No era de extrañar que no las hubiera relacionado. No era culpa de Lucas. Era culpa de su madre. Otra vez.

—Mi madre siempre fue muy independiente. Volvió a vender casas cuando yo tenía cinco años. Dado que la familia de mi padre no aprobaría que su mujer «necesitara» trabajar, porque según deduje estaban anclados en los años cincuenta, mi madre empleó su apellido de soltera. «Connors» era el apellido de mi padre.

—Tiene sentido —contestó Lucas.

¿Y ya? ¿No estaba ni un poco molesto por haber sido engañado por la mujer que le había vendido la casa?

—¿Cómo puedes ser tan tolerante? —preguntó.

Lucas la miró fieramente.

—Cuando el día en que nace tu hija resulta ser el mejor día y el peor día de tu vida, acabas viendo muchas cosas con perspectiva y no dejas que te afecten. Mi padre tenía razón cuando me dijo que no me dejara afectar por las cosas que no tenían importancia.

—Parece un hombre con mucho sentido común.

—Así es —contestó Lucas.

Tenía que irse, aunque en realidad no quería. Le pasó el brazo por la cintura y la acercó a él. Estaba resistiendo la tentación de quitarle la manta con la que se había tapado.

Por un instante estuvo a punto de sucumbir.

Pero sabía que, si lo hacía, no saldría de allí hasta al menos media hora más tarde. Quizá más.

—Será mejor que me vaya —repitió, como si eso fuese a hacer que se le moviesen los pies. Pero aun así no se movió.

—Eso ya lo has dicho —susurró Nikki.

Ella no quería que se marchase. De verdad, no quería. El sentimiento era tan fuerte que le preocupaba. No le gustaba tener sentimientos tan intensos. Hacía que perdiese el control y, sin control, podría precipitarse a otra caída desastrosa. No tenía un historial precisamente brillante en lo referente a los hombres.

Pero sería mejor que se fuera hasta que ella lograse entender todo aquello.

Le dio un beso e inmediatamente se apartó para no ceder a la tentación de seguir haciéndolo. Y perderse en sus besos.

Se arropó con la manta, que amenazaba con caerse.

—Dale un abrazo de mi parte —le dijo.

—¿A tu madre?

—No, a tu hija —contestó ella. En esos momentos tenía otra cosa en mente para su madre, y no implicaba abrazos.

Lo acompañó a la puerta. Él se detuvo un momento para prolongar un poco más el sentimiento que ella le había provocado.

—Me lo he pasado bien —le dijo mientras abría la puerta.

—Yo también —contestó ella.

No había razón para fingir lo contrario. Prácticamente había desnudado su alma ante él. Se habría dado cuenta de que mentía si hubiera fingido indiferencia ante lo que había pasado. Peor aún, habría pensado que estaba siendo inmadura. Siempre había odiado a las mujeres, y a los hombres, que se sentían obligados a andarse con rodeos en vez de ser sinceros.

—Adiós.

—Adiós —repitió ella.

Tras cerrar la puerta y salir lentamente de la neblina mental en la que se había sumido su cerebro, Nikki se dio cuenta de que Lucas se había marchado sin decir nada sobre volver a verse. Al darse cuenta sintió un vuelco en el estómago.

¿Habría sido un descuido porque tuviera prisa por llegar a casa? ¿O lo habría omitido deliberadamente porque no estaba interesado en volver a verla ahora que ya se habían acostado?

No iba a hacerse eso a sí misma. No permitiría que sucediera. No iba a empezar a hacer planes sólo para acabar decepcionada de nuevo.

Esa noche simplemente habían tenido sexo. Sexo frío, calculado e impersonal.

—Y no lo olvides —insistió en voz alta, mirando a su reflejo en la ventana del salón.

Respiró profundamente y miró el reloj. Mentalmente añadió media hora. Treinta minutos era el tiempo que iba a darle a su madre para llegar a casa antes de llamar.

A pesar de su plan, Nikki se rindió a los veinticinco minutos. Pulsó la tecla de marcación rápida que la conectaría con su madre, pero no recibió respuesta. Estaba demasiado alterada para dejar un mensaje, así que colgó.

Siguió llamando a su madre cada cinco minutos, y colgaba al cuarto tono. Lo intentó cuatro veces antes de que su madre descolgara.

—¿Cómo has podido? —preguntó sin ni siquiera esperar a oír la voz de su madre.

Su madre tomó aliento al otro lado de la línea.

—Hola, Nikki.

—No me vengas con «hola» —contestó Nikki agarrando el auricular con fuerza.

Su madre sonaba como si fuese la personificación de la inocencia. Como si no tuviera idea de lo que había hecho.

—Es lo que hay que decir cuando se descuelga el teléfono, cariño.

Nikki no pensaba dejarse confundir.

—¿Qué te dije sobre interferir en mi vida?

—¿Que no lo hiciera? —no era exactamente una pregunta, pero su madre la pronunció para que sonara como tal. Pero no pensaba dejar que se saliese con la suya.

—Exacto. Que no lo hicieras —enfatizó Nikki—. ¿Entonces por qué lo has hecho?

—No lo he hecho, cariño —protestó Maizie—. ¿Qué te hace pensar que sí?

Por un segundo, Nikki se sintió tan desconcertada que estuvo a punto de quedarse sin palabras. Su madre debería haber sido actriz.

—Le diste a Lucas mi nombre.

—Ah, eso.

—Sí, eso.

—Bueno, tenía que hacerlo.

—¿Tenías?

—Sí. El pobre hombre era nuevo aquí. Estaba solo y me pidió el nombre de un pediatra para su hija —le dijo su madre, como si estuviera contándole una de sus numerosas historias del trabajo—. Así que le di el nombre de la mejor que conozco. Estoy orgullosa de ti, cariño. Eres una pediatra excelente.

Nikki no se lo tragaba. Su madre sabía exactamente lo que estaba haciendo. Había utilizado la situación para tenderle una trampa. Para tendérsela a los dos.

—Si estabas siendo altruista, mamá, ¿por qué no le dijiste a Lucas que yo era tu hija?

—Muy simple, querida —explicó Maizie—. Llegaba tarde a enseñar otra casa. Me temo que no tenía tiempo para charlar.

—Mamá, tú encontrarías tiempo para charlar aunque los cuatro jinetes del Apocalipsis estuvieran pisándote los talones y quedaran tres segundos para que se acabara el mundo.

En vez de ponerse a la defensiva, su madre se rió.

—No sé de dónde te viene esta tendencia a exagerar, Nikki. Tu querido padre, que en paz descanse, era un hombre muy realista.

—Sé de dónde me viene. Del mismo lugar del que heredé el color de mi pelo. Originariamente —añadió Nikki, pues su madre, que había sido rubia, había pasado por varios colores de pelo durante los años. Recientemente se había decantado por el castaño rojizo. Pero eso, como todo lo demás, era sólo temporal.

—¿De tu tía abuela Ruth? —preguntó Maizie. La tía Ruth había sido la extravagante de la familia hasta que había muerto a los noventa y tres hacía dos años—. Puede que tengas algo de ella. Pero la tía Ruth exageraba porque la mitad del tiempo no recordaba la verdad.

Nikki cerró los ojos e intentó reunir fuerzas.

—De ti, mamá, me viene de ti. Aunque, comparada contigo, yo soy una principiante.

—Lo que tú digas, querida —dijo su madre con el tono cantarín que utilizaba cuando accedía a algo sólo para que se calmase, y no porque realmente estuviera de acuerdo. Nikki no soportaba que usase esa voz. Se sentía como si su madre estuviese burlándose de ella—. Y ahora que crees que me has desenmascarado, dime, ¿qué opinas de Lucas?

«Oh, no, mamá, no me arrastres a tu trampa. Si te aliento en lo más mínimo, lo interpretas como una carta blanca para intentar emparejarme con cualquier hombre soltero mayor de edad».

—Es un hombre increíblemente calmado —contestó—. No parece importarle que le tomen el pelo.

—Tal vez sea porque no piensa que le hayan... porque no le han tomado el pelo —Maizie esperó a que su hija dijera algo más. Cuando no lo hizo, supo por experiencia que Nikki estaba enfadada. Le dio otra oportunidad—. No entiendo por qué te enfadas tanto. No es como si os hubiera secuestrado a los dos y os hubiera abandonado en una isla desierta para obligaros a interactuar para poder sobrevivir. Aunque, ahora que lo pienso, no me parece tan...

—¡Para, mamá! —ordenó Nikki. Había muy pocas cosas que pudieran detener a su madre cuando empezaba a hablar—. Para ahora mismo.

—Está bien. Ya paro.

Nikki no era tonta. Su madre estaba empleando ese tono otra vez.

—¡Ja! Ya me gustaría.

Maizie decidió intentar apelar al sentido común de su hija. Lucas Wingate era demasiado buen partido para dejarlo escapar. Nikki tenía que darse cuenta de eso. De hecho, Maizie sentía que los dos se necesitaban. Lucas le había parecido tranquilo cuando había vuelto a casa. Le había dicho que debería haberle avisado de que Nikki era su hija, pero eso no cambiaba el hecho de que se lo hubiera pasado bien.

A Maizie eso le parecía muy buena señal.

—Nicole, de las dos tú eres la más sensata —admitió libremente—. Posiblemente aburrida, pero muy sensata. Y esta sensatez tuya te ha hecho admitir que lo único que he hecho ha sido manejar las circunstancias que harían que fuese fácil que os conocierais. Yo no hice que el bebé enfermera, ni siquiera hice que Lucas te llamara. Podría haber llamado a cualquiera de los hospitales de la región y pedirles referencias. No lo hizo. Te eligió a ti. Porque confía en ti.

—No habría sabido de mi existencia si no le hubieras enviado a mí —aunque tampoco le importaba que las cosas hubieran salido así, pero no podía alentar a su madre a seguir haciendo eso.

—Aun así —dijo su madre con una sonrisa—, el hecho sigue siendo que lo único que hice fue darle tu número. Lo que ocurriera o no después queda entre vosotros dos. Yo no tuve nada que ver con ello. Palabra de scout.

—Tú nunca fuiste una girl scout, mamá.

—No seas puntillosa, cariño. No es apropiado. Y aun así puedo tener su palabra.

—Sólo si la robaras, mamá.

—¿Es ésa forma de hablarle a la mujer que te dio la vida? La responsable de haber metido a un hombre muy agradable en tu vida, y nada más que eso —recalcó.

—Tú sigue diciéndote eso, mamá.

—Lo haré, porque es la verdad —pero entonces su voz se tornó seria—. ¿Y por qué estás tan enfadada al respecto? —hubo una pausa momentánea antes de que siguiera hablando—. ¿Es porque te gusta? ¿Por eso estás enfadada conmigo? ¿Porque tienes miedo de que sea alguien de quien podrías enamorarte?

—Mamá… —Nikki intentó controlar la rabia que sentía. Había un tono de advertencia en su voz destinado a hacer que su madre se echase atrás.

Pero Maizie no era de las que hacían caso a las advertencias, sobre todo si provenían de su hija. Así que siguió insistiendo.

—Es eso, ¿verdad? Te gusta.

—Es una persona agradable —admitió Nikki—. Pero aun así, no me…

—Es más que eso —la interrumpió Maizie—. Llegó tarde a casa. Me había dicho que volvería antes de las diez. Y es casi medianoche. Te lo pasaste bien, ¿verdad, cariño?

Negarlo no iba a llevar a ninguna parte. Cuando a su madre se le metía una idea en la cabeza, era imposible quitársela. Escapar era la única respuesta.

—Tengo que colgar, mamá.

¿Por qué Nikki era incapaz de bajar la guardia? Cuando era más joven, hablaban durante horas de los chicos que le gustaban y compartían sentimientos. ¿Dónde habían quedado esos tiempos?

—Nicole, no tiene nada de malo divertirse. No tiene absolutamente nada de malo dejarse llevar un poco. Incluso aunque sientas que has cometido errores con tus otras elecciones, las probabilidades están a tu favor y finalmente harás la elección correcta. Lucas Wingate podría ser esa elección.

Nunca le había contado a su madre lo de Tony. No le había dicho lo cerca que había estado de casarse con él antes de descubrir que era adicto al sexo. Al sexo con cualquier mujer dispuesta que se cruzase en su camino.

Necesitaba pensar, no hablar. No quería que la avasallara. Y entonces oyó un pitido en el auricular. ¡Había llegado la caballería!

—Tengo otra llamada, mamá. Es el servicio de mensajería —mintió sobre la última parte porque no había mirado la pantalla para ver quién era. En ese momento habría aceptado una llamada de cualquiera.

—Tienes otra llamada, de acuerdo. Pero no es el servicio de mensajería —le dijo Maizie—. Es tu destino.

Aquello no iba a ninguna parte. Nikki dejó de intentar despedirse de su madre y simplemente cortó la conversación.

—Hablaremos más tarde, mamá —apretó otro botón y aceptó la segunda llamada—. Doctora Connors.

—¿He mencionado que me lo he pasado muy bien?

Al oír la voz profunda y sexy de Lucas sintió un calor que recorrió todo su cuerpo, aunque la profecía de su madre sobre el destino aún resonaba en su cabeza.

—Sí, lo has hecho. Pero no me importa volver a oírlo.

—Bien, porque me gustaría volver a verte —dijo él.

—¿Cuándo? —¿había sonado demasiado ansiosa?

—Cuando estés libre.

Nikki sintió alegría y miedo al mismo tiempo.

Se dijo a sí misma que aquello era bueno. Que quisiera volver a verla era algo bueno.

¿Por qué entonces sentía los dedos helados?

Capítulo 13

HABÍA veces en las que Nikki sentía que estaba caminando de puntillas por un estanque sobre una delgada capa de hielo, aguantando la respiración mientras intentaba llegar de un extremo al otro. En cualquier momento esperaba oír el sonido del hielo resquebrajándose. Sentir que se abría bajo sus pies y ella caía al agua gélida. Pero incluso aunque esperaba lo peor, el hielo aguantaba; en ese caso su relación con Lucas. Aguantó con firmeza los días, después las semanas y finalmente los meses.

Decir «meses» hacía que pareciese más larga de lo que realmente era. Pero técnicamente, cualquier cosa que fuera más de uno se consideraba plural. Y Lucas y ella llevaban viéndose ya casi seis meses.

Seis meses y estaban exactamente en el mismo lugar donde habían estado la primera vez. «Exactamente», pensó mientras entraba corriendo en casa para prepararse.

Había planeado llegar a casa antes para poder arreglarse lentamente. Para eso le había pedido a Lisa que cambiara de hora su última cita del día. La madre de Jeremy Myers sólo llevaba al bebé a un reconocimiento rutinario. Eso podría esperar hasta el día siguiente por la mañana sin ningún problema, y Edda Myers se había mostrado de acuerdo con el cambio.

Pero en cuanto se había subido al coche y había puesto el motor en marcha, la habían avisado del servicio de mensajes. Uno de sus pacientes más jóvenes tenía lo que había acabado siendo un ataque de asma; terrible para una madre joven que jamás había presenciado uno.

La señora Wells estaba segura de que su hijo, de tres años, iba a morir, así que lo había llevado corriendo a Urgencias. Con el corazón en la garganta, había llamado a la pediatra de Paul y había estado a punto de sufrir un ataque de histeria al contactar con el servicio de mensajería.

El servicio la llamó a ella y, sin más, sus planes de hombres y pediatras enamoradas se fueron por la borda.

Nikki había disimulado un suspiro.

—Llamad de vuelta a la señora Wells y decidle que voy para allá —ordenó, y condujo hasta el aparcamiento del hospital. Llegó allí cinco minutos antes que Paul y su madre. Era una práctica de libro de texto. La señora Wells se marchó aliviada y agradecida.

Así que allí estaba ella, llegando tarde en vez de pronto, corriendo e intentando no hacer caso a sus pensamientos.

Pero ellos seguían insistiendo en colarse en su cabeza y hacer que se cuestionara lo que no debía cuestionarse.

«Exactamente».

La palabra surgió de nuevo para atormentarla. Su relación con Lucas era exactamente igual que la semana anterior, y que la anterior.

Y que la semana anterior a la anterior.

Firme. Inalterada. Ni más ni menos.

Sabía que debía sentirse feliz de que las cosas siguieran igual que cuando habían empezado a acostarse juntos. Lo sabía.

Y aun así…

Aun así, si todo iba bien, ¿no deberían ir a alguna parte? ¿No deberían progresar al siguiente nivel?

Por las noches, tumbada junto a Lucas, esperando a que su respiración volviese a la normalidad de nuevo, una pequeña parte de ella seguía preguntándose por qué no habría un poco más por parte de él. Aunque había intentado resistirse, sabía que estaba enamorándose de él. Enamorándose de verdad. Pero tenía la sensación de que Lucas no sentía más por ella de lo que sentía al principio.

Y nunca hablaba de su esposa.

¿Significaba eso que lo había superado y seguía hacia delante? ¿O significaba que sólo mencionar su nombre resultaba demasiado doloroso para él? ¿Seguiría enamorado de ella? ¿Estaría comparándolas a las dos?

Ojalá lo supiera.

—Estás volviéndote loca —se quejó en voz alta.

Tras quitarse la falda y el jersey y ponerse un bonito vestido negro, descubrió que los zapatos que había pensado ponerse no estaban donde deberían estar.

—Genial —murmuró—. Justo lo que necesito para calmarme. Perder los zapatos.

Nikki se puso de rodillas y comenzó a revolver las cosas del suelo del armario en busca de los zapatos desaparecidos. Consciente de que le quedaba poco tiempo, se rindió y se puso otro par. No tenía tiempo que perder y aún quería maquillarse y arreglarse el pelo antes de que llegara Lucas.

Estaba actuando como una colegiala con su primer enamorado, se censuró mentalmente. Dejó de peinarse cuando analizó aquel pensamiento. Bueno, en cierta manera imaginaba que tenía sentido. Estaba actuando como una colegiala. Hacía mucho tiempo que no estaba dispuesta a arriesgar su corazón.

Y lo estaba haciendo. Su corazón estaba ahí, expuesto, desnudo para que Lucas lo recogiera o lo atropellara con su coche.

¿Estaría cometiendo un error? Parecía perfecto, pero por enésima vez se preguntó si sería demasiado perfecto para ser real. Su madre le diría que debía ser feliz y disfrutar de lo que estaba ocurriendo sin hacer planes, pero ése era el problema. Ella era la típica mujer que hacía planes. Sabía que no importaba las veces que se dijera a sí misma que debía mantener la distancia emocional, pues seguía reduciendo esa distancia a toda velocidad.

Estar con Lucas había derribado el pequeño refugio que se había construido para sí misma. Él le hacía desear aquello que le habían enseñado a desear: un hogar, una familia. En algún lugar, estaba segura de que su madre estaba sonriendo.

—Obviamente puedes alejar a la chica de la madre, pero no puedes quitar a la madre de encima de la hija —con un suspiro, bajó el pintalabios y apoyó la frente en el espejo—. ¿Qué estás haciendo, Nikki? ¿Te estás preparando para otra caída al vacío? Porque, si lo estás haciendo, esta vez va a ser monumental —se estiró de nuevo y comenzó a aplicarse el rimel en las pestañas—. Esta vez vas a caerte desde lo alto del Empire State. Y ni siquiera King Kong pudo sobrevivir a eso, ¿recuerdas?

Al oír el timbre se dio una última pasada a las pestañas. Agarró los zapatos y se dirigió corriendo hacia las escaleras.

Estaba a medio camino cuando se dio cuenta de que lo que oía no era el timbre. Era el teléfono. Terminó de bajar las escaleras y descolgó el primero que encontró.

—¿Sí?

La voz calmada y melódica al otro lado de la línea pertenecía a Helen, la mujer del turno de noche en su servicio de mensajes.

—Buenas noches, doctora Connors. Emily Patterson ha pedido que se reúna con ella en Urgencias. Va a llevar a su hija. Janie estaba jugando al escondite en el jardín de su amiga. Intentó esconderse dentro del arbusto de romero y ahora tiene un sarpullido en los brazos y la cara, y respira con silbidos.

—Debe de ser el día de las alergias —murmuró Nikki—. Dile a la señora Patterson que salgo ahora de casa, Helen. Estaré en el hospital lo antes posible.

—Sí, doctora —respondió Helen. Segundos más tarde, puso fin a la llamada.

Nikki dejó el teléfono inalámbrico en su sitio. En cuanto lo hizo, volvió a oír el ruido. Pero en esa ocasión sí se trataba del timbre.

«Voy a tener que decirle que no. Tal vez sea lo mejor», pensó Nikki mientras se dirigía hacia la puerta. Tal vez, dado que Lucas no avanzaba, ella tendría que dar un paso atrás y evaluarlo todo desde una perspectiva diferente.

Abrió la puerta y se quedó con la boca abierta.

Lucas debía de estar tomando pastillas de belleza. No le cabía otra explicación para que cada vez que lo veía estuviera más guapo. Llevaba una chaqueta azul marino, una camisa azul claro y unos pantalones grises. Nada espectacular, al menos en cualquier otro hombre. En él parecía increíble.

—¿Qué sucede? —preguntó él al verla.

Nikki dio por hecho que había algo malo en su apariencia y se miró.

—¿Por qué? ¿Me he puesto el vestido al revés?

—No. Lo que tienes al revés es la expresión. Tienes el ceño fruncido.

—Voy a tener que cancelar nuestra cita.

—¿Por alguna razón en particular?

Lucas parecía impasible ante lo que acababa de decirle. Como si le diera lo mismo. Ella tenía razón. No le importaba.

Trató de disimular sus sentimientos y contestó a su pregunta del modo más frío posible.

—Acaban de llamarme los del servicio de mensajes. Una de mis pacientes ha tenido una reacción alérgica al romero —contestó ella mientras agarraba el bolso de noche. No le parecía apropiado para un hospital, pero acababa de meter las llaves y la cartera en él y no tenía tiempo para cambiarlas a otro bolso—. Tengo que ver a la madre y a la hija en Urgencias.

Él asintió y dio un paso atrás.

—¿Es serio?

—No lo sé —contestó Nikki mientras cerraba la puerta con llave—. No lo sabré hasta que no llegue allí —apretó los labios y se preguntó si debía disculparse. Después de todo, Lucas tampoco parecía muy decepcionado por el cambio de planes—. Lo siento —dijo finalmente.

—No has podido evitarlo —contestó Lucas para quitarle importancia. La acompañó al coche y esperó a que desbloqueara la cerradura para abrirle la puerta—. Te llamaré.

Nikki se obligó a sonreír y asintió a modo de respuesta mientras se sentaba tras el volante. Arrancó y se marchó.

Lo mínimo que Lucas podía haber hecho era parecer decepcionado. Al menos un poco. No le habría costado tanto fingir. Pero parecía que le daba igual que hubiera cancelado la cita. Tal vez ella fuese un pasatiempo. Algo divertido con lo que entretenerse hasta que llegase algo mejor.

Sintió un dolor en el centro del pecho. En el corazón.

«Piénsalo más tarde, Nikki. Ahora mismo tienes que ser doctora, no una mujer enamorada y paranoica».

Se mordió el labio inferior e intentó dejar la mente en blanco mientras conducía hacia el hospital.

—No sé cómo darle las gracias por venir —dijo Emily Patterson por tercera vez en veinte minutos, observando cada movimiento de la pediatra de su hija.

Nikki le dirigió una sonrisa a la niña. Janie por fin había dejado de llorar, gracias a una inyección que le había puesto quince minutos antes. El sarpullido de los brazos y del cuello ya no era tan intenso y había adquirido un tono rosáceo que iba desapareciendo poco a poco.

—Quiero que me prometas que no volverás a jugar al escondite en arbustos que no reconoces. Mejor aún, nada de arbustos —le acarició el pelo a la niña—. ¿De acuerdo?

—De acuerdo —le prometió Janie.

Cuando Nikki se apartó de la camilla, Emily Patterson la llevó a un lado. No intentó disimular la preocupación en su rostro.

—¿Debería preocuparme, doctora Connors?

Según la opinión de Nikki, la señora Patterson siempre estaba preocupada y anticipaba lo peor. Eso hacía que ella se sintiese agradecida por la madre que tenía. Aunque a veces la volviese loca, tenía que admitir que Maizie Sommers siempre le había dado suficiente libertad.

—No —respondió—. Pero tenga cuidado. Lea las etiquetas de cualquier caja o lata de comida preparada —a juzgar por la expresión confusa de la señora Patterson, la mujer no la seguía—. Si alguno de los ingredientes es romero, le sugiero que se abstenga a no ser que quiera que se repita lo de esta tarde.

La madre de Janie pareció horrorizarse ante la sugerencia.

—Oh, Dios, no.

Nikki quitó la hoja de papel de la carpeta que contenía toda la información de Janie. La primera página contenía la medicación que le había recetado.

—Aquí tiene, rellene esto en la farmacia del hospital; está en el sótano, junto al ascensor —le dijo Nikki—. Luego podrá irse.

La señora Patterson dobló la hoja y se la guardó en el bolso.

—Muchas gracias —repitió con lágrimas en los ojos. Nikki esperaba que la mujer aprendiese a relajarse antes de que Janie llegase a la adolescencia—. Gracias.

Nikki asintió, le guiñó un ojo a Janie y luego miró a su madre.

—De nada.

—Y siento haber hecho que se perdiera su velada —se disculpó la señora Patterson al fijarse en su vestido negro.

Nikki estuvo a punto de preguntarle cómo lo sabía, pero entonces recordó que no iba precisamente vestida como solía hacerlo.

—No pasa nada —le aseguró a la madre de Janie—. Me alegro de haber podido resolver esto cuanto antes. Has sido muy valiente, Janie.

La niña sonrió.

Nikki se detuvo para firmar la hoja que daba permiso a la niña para marcharse y se la entregó a una enfermera.

—Podrá irse cuando su madre recoja su medicina.

Después se dirigió hacia el fondo de la sala y atravesó las puertas automáticas que los paramédicos usaban cuando llevaban pacientes a Urgencias. La noche estaba preciosa. Había miles de estrellas en el cielo.

Era una noche hecha para los amantes, pensó con una punzada de dolor.

Como para recordarle el giro radical que había dado su velada, le rugió el estómago. Se dio cuenta de que no había comido aún.

Por el rabillo del ojo vio un movimiento en el aparcamiento reservado para los pacientes de Urgencias. Alguien llegaba o salía. Con suerte no sería otro de sus pacientes. Estaba agotada. Y aun así se sentía inquieta. Pero la inquietud no tenía nada que ver con Janie ni con su súbita reacción alérgica al romero.

Era Lucas el responsable de ese sentimiento.

Pensó en llamarlo, pero decidió no hacerlo. No quería parecer necesitada.

Tal vez podría pasar por algún autoservicio y comprar patatas fritas y una hamburguesa. No era especialmente saludable, pero al menos sería rápido.

Perdida en sus pensamientos, Nikki no vio ni oyó al hombre que se acercaba hasta que estuvo justo a su lado.

—¿Has acabado?

Pillada por sorpresa, Nikki giró la cabeza. Nada más verlo, abrió la boca.

Lucas.

—¿Qué estás haciendo aquí?

Lucas le dirigió una sonrisa. Le gustaba que su cara fuese tan expresiva. Le gustaban muchas cosas de ella.

—Estoy esperándote.

No le había dicho nada sobre esperarla cuando se habían despedido. Si lo hubiera sabido, les habría dicho a los del laboratorio que se diesen prisa con los resultados de las pruebas.

—¿Todo este tiempo?

Lucas miró su reloj.

—No ha sido tanto —respondió—. Además, creo que he descubierto el fallo en el nuevo programa de software que estoy desarrollando.

No añadió que el programa había sido encargado por una delegación de la Seguridad Nacional, cuya naturaleza no tenía libertad para discutir. Su padre los había puesto en contacto, pero no podía mencionar nada más.

Nikki lo miró asombrada.

—¿En serio?

Él se encogió de hombros.

—Bueno, tendría que ir a casa y ponerlo a prueba, pero sí. Creo que lo he solucionado.

Nikki negó con la cabeza.

—No. Me refería a que si en serio has estado esperando todo este tiempo a que saliera del hospital.

Habría esperado el doble de buena gana, pero lo único que dijo fue:

—Sí.

A Nikki le parecía un hombre muy inteligente. Pero sus acciones no resultaban lógicas.

—Pero podría haber salido por cualquiera de las otras puertas.

Lucas señaló hacia el Toyota azul aparcado en el extremo izquierdo del aparcamiento, justo contra la pared.

—Tu coche está aquí. Imaginé que no volverías a casa andando. Si estás demasiado cansada para ir al restaurante, siempre podemos pedir la cena para llevar —sugirió, y el estómago de Nikki eligió ese momento para volver a rugir—. Interpretaré eso como un sí.

Nikki estaba demasiado cansada como para avergonzarse por los sonidos de su estómago y simplemente asintió.

—Eso estaría bien.

Lucas le pasó el pulgar por la mejilla.

—¿Y si te llevo a mi casa y mañana por la mañana te traigo otra vez para que recojas tu coche?

—No, estoy bien. Puedo conducir, y además no estamos tan lejos de tu casa.

—De acuerdo, te seguiré.

—¿Por qué?

—Para asegurarme de que no te sales de la carretera. Cuando lleguemos a mi casa, llamaré para hacer el pedido y luego iré a recogerlo. El tiempo extra les servirá para tenerlo preparado cuando llegue.

Había pensado en todo.

—Me parece un buen plan —contestó Nikki. Así ella podría usar el tiempo extra para ponerse un poco presentable—. Dime cuánto tiempo más pensabas quedarte aquí esperando.

—Hasta que aparecieras —se adelantó a su siguiente pregunta—. Tengo una niñera muy comprensiva. Parece tener un gran interés en que nos veamos.

«Por favor, no le hayas dicho nada para avergonzarme, mamá», pensó ella.

—¿Qué te ha dicho?

—Nada específico —respondió él—. Maizie me ha dicho que puedo llamarla cuando sea. Le encanta cuidar a Heather. Se llevan muy bien.

—A mi madre le gustan los niños —Lucas le abrió la puerta para que se sentara tras el volante—. Sobre todo le gustan los que son demasiado pequeños como para responder.

Lucas se rió.

—Podría decir muchas cosas sobre eso. Te veré en casa —le dijo antes de cerrar la puerta.

Nikki lo vio alejarse hacia su propio coche.

De pronto se le pasó por la cabeza la idea de que era uno entre un millón. Al instante siguiente recordó que su madre había descrito así a su padre en una ocasión. Poco antes de que muriera.

La felicidad no estaba hecha para durar toda una vida. Pero durase lo que durase, decidió que debería dejar de diseccionar la anatomía de su relación y disfrutarla sin más.

Si tan sólo pudiera dejar de anticipar el final.

Capítulo 14

AQUELLA incomodidad persistente se negaba a abandonarla.

Como un autostopista que hubiera logrado esconderse dentro de uno de los vagones del tren de mercancías, el miedo de Nikki había subido a bordo y se había acurrucado entre las sombras. Se hacía cada vez más grande e incontrolable a cada día que pasaba.

Su miedo giraba sobre lo mismo. Se estaba enamorando de un hombre que no la correspondía.

—No habla sobre el futuro, al menos sobre nuestro futuro —le dijo Nikki a Kate mientras miraba el vaso de café que había accedido a comprar con su amiga.

Una vez al mes, Nikki intentaba reunirse con Kate Manetti, la hija de Theresa, y con Jewel Parnell, la hija de Cecilia, para ponerse al día con sus vidas.

No siempre funcionaba. En esa ocasión, por una razón o por otra, habían pasado tres meses hasta que habían podido reunirse. Además, Jewel había tenido que excusarse diciendo que estaba muy ocupada y que tenía que programar hasta el ritmo de su respiración. Le había pedido a Nikki que le enviara un correo electrónico, pero Nikki sabía cómo funcionaban esas cosas. Acabarían viéndose antes de que Jewel leyese el correo.

Pero una amiga que escuchaba era mejor que ninguna.

—Lucas habla del futuro de su hija y de sus planes para ella, pero nunca dice una palabra sobre planes que pueda tener para nosotros —dejó el vaso en la mesa de la cafetería y miró a Kate.

Kate dio otro trago al café y le devolvió la mirada a su amiga.

—¿Estás esperando a que diga algo? —preguntó.

—Bueno, sí, ésa es la idea —como sus madres, las tres habían crecido juntas. Compartían cosas entre sí que no compartirían con sus madres—. ¿Qué crees que significa? ¿O que no significa? —preguntó Nikki. Necesitaba otro punto de vista, alguien que la guiara, que le dijera si estaba perdiéndose algo o si esperaba demasiado—. ¿No soy más que un pasatiempo para él? ¿Alguien con quien pasar el rato hasta que rehaga su vida?

Kate era abogada. Una abogada muy buena, y se manejaba bien con las palabras. Pero Nikki era su amiga y no iba a intentar adornarle la verdad. Nikki se merecía toda la verdad y nada más que la verdad.

—Cariño, soy la última persona en el mundo para darte consejos románticos. Las dos veces que intenté agarrar el bate, hice tres *strikes* —Kate se detuvo para dar otro trago al café—. Ahora no me dejan ni sentarme en el banquillo.

Nikki se quedó mirando a su amiga con la boca abierta.

—¿Metáforas de béisbol? Estoy pidiéndote consejo ¿y tú me das metáforas de béisbol?

Kate le dirigió una sonrisa de disculpa.

—Lo siento, es la primavera. Ya sabes cómo se pone Kullen cada primavera —dijo refiriéndose a su hermano mayor. Y entonces sonrió—. Es un optimista, ¿quién lo iba a decir? Sigue con la esperanza de que los Ángeles ganen otro banderín. Cuando no está en los juzgados o con un cliente, mi hermano da vueltas por la oficina hablando de estadísticas y de lanzamientos con cualquiera que tenga orejas. Pero la metáfora sirve —insistió Kate—. No tengo palabras de sabiduría que compartir contigo, Nik, salvo éstas: Sigue a tu instinto.

Ésa era parte del problema.

—Mi instinto está de vacaciones, Kate —en vez de beber café, Nikki jugueteó con él—. No va a ninguna parte.

Kate arqueó las cejas y se inclinó hacia delante.

—No soy ninguna experta…

Nikki no quería advertencias, quería ayuda.

—Eso ya lo hemos dejado claro.

Kate continuó como si no hubiera sido interrumpida.

—Pero si tu instinto está confuso, debe de ser porque te gusta.

Nikki frunció el ceño.

—Hasta el momento no suenas como una persona que se haya graduado la primera de su clase en la escuela de Derecho. Claro que me gusta. El problema es: ¿estoy girando las ruedas a toda velocidad y hundiéndome cada vez más en el fango?

Kate agachó la cabeza.

—¿Y si lo estás?

Nikki no sabía dónde quería llegar su amiga.

—¿Qué se supone que significa eso?

—Si simplemente estás haciendo girar las ruedas y enfangándote sin salir del sitio, ¿qué significa eso para ti? —vio que Nikki seguía sin comprenderlo—. ¿Quieres quitar el cebo y salir corriendo, o esperar a que este padre soltero del año entre en razón y se dé cuenta de que eres indispensable?

Eso era justamente lo que atormentaba a Nikki.

—¿Y si nunca llega a ese punto, y si nunca me encuentra indispensable?

Kate tomó aliento y pensó.

—Si te gusta ese tipo tanto como dices y no sale nada de esto, no has perdido nada, sólo has pasado un tiempo agradable con él.

Eso era conformarse con las migajas, pensó Nikki.

No quiero conformarme, Kate. Eso me parece necesitado.

—Entonces rompe con él, Nik. Es lo que estás pensando hacer, ¿verdad?

—Sí —admitió Nikki.

—De acuerdo, entonces hazlo —le aconsejó Kate—. Tal vez el padre del año sea de los que necesitan verle la boca al lobo antes de actuar.

Nikki sabía que sería la única manera de ver por fin si había alguna esperanza real para los dos. Pero una parte de ella se mostraba reticente a presionarlo. Porque tal vez no reaccionara del modo que ella deseaba.

—¿Y si no es uno de esos tipos? —preguntó—. ¿Si verle la boca al lobo no le hace reaccionar? ¿Entonces qué?

Kate fue brutalmente sincera.

—Entonces lo habéis pasado bien, pero iba a terminar de igual modo. Al menos así dictarás tú las normas y no él —miró su reloj y se puso en pie de un salto—. Tengo que estar en el juzgado dentro de quince minutos. Tenemos que hacer esto más a menudo —agarró su maletín—. Ha sido genial verte, Nik.

—Sí, a ti también.

Pero Nikki pronunció las palabras a la espalda de Kate mientras su amiga se alejaba a través de las mesas en dirección a la salida.

Durante los veinte minutos que necesitó para regresar a su consulta, Nikki tomó una decisión. Kate tenía razón, aunque probablemente su amiga no supiese cuánta. Sólo había una manera de afrontar aquella situación en la que se encontraba.

Una única manera de estar preparada.

Tenía que hacer el primer movimiento. Poner fin

a aquello antes de que Lucas lanzara la bomba y se marchara.

Entró en su consulta, vacía gracias a que era el final de la hora de la comida, y fue directa a su despacho. Su ordenador estaba donde siempre estaba durante el día; funcionaba dos veces más rápido desde que Lucas lo había arreglado.

Intentó no pensar en eso mientras abría la aplicación con el listado de los diferentes doctores asociados al hospital Blair Memorial. Nikki pasó las diversas páginas virtuales hasta encontrar el que estaba buscando.

Allan Crosby.

Iba a tener que enviar a Lucas y a su hija a otro médico. Allan Crosby era un pediatra excelente y estaba segura de que podría proporcionarle a la niña el tipo de cuidado que necesitaba y merecía. Con la salud de Heather en buenas manos, no había razón para que Lucas y ella siguieran viéndose.

A no ser que él dejara claro que quería seguir.

Sintió un nudo en la garganta y se obligó a ignorarlo. Se centró en el hecho de que no quería acabar con la inevitable caída al vacío que sabía que se aproximaba. Realmente deseaba no pensar así, ¿pero qué otra conclusión podía sacar? Lucas no le había dado ningún indicio de que quisiera algo más de esa relación. Lo que tenían en ese momento eran noches ardientes y comida para llevar.

Tal vez eso fuera suficiente para él, pero no lo era para ella. Nikki no quería reemplazar a su esposa. Lo que quería era que le diese algún tipo de señal de que deseaba que algún día se convirtiera en su esposa.

Distinta a la primera, pero con buenas cualidades igualmente. Buenas cualidades que él apreciaba.

Podía pasar el resto de su vida esperando, pero no iba a pasar.

Esperar algún tipo de señal positiva era desesperante para ella. Tenía que ponerle fin antes de que el corazón se le saliese por la boca.

Aquello era lo correcto, se dijo mentalmente mientras imprimía la dirección y el número de teléfono de Crosby.

Si era tan correcto, ¿por qué se sentía tan mal?

El nudo en su garganta se hizo más grande.

—¿Qué te apetece hacer esta noche? —le preguntó Lucas cuando abrió la puerta un segundo después de que Nikki llamara al timbre—. ¿Chino? ¿Pizza?

Lucas la miró como si supiera que algo iba mal. Como si pudiera sentirlo. ¿Tendría idea de cómo se sentía? Nikki no sonreía y entró en la casa. Simplemente había dado un paso adelante, intentando actuar como un mensajero desinteresado.

—No voy a quedarme.

En vez de sentir que se había quitado un peso de encima, Nikki notó que las palabras que pronunció pesaban una tonelada.

—¿Otra urgencia? —sugirió él—. Podrías venir después de encargarte de lo que sea que tienes que encargarte. Te esperaré.

Aquello era lo más difícil de decir.

—No voy a volver.

—Ah.

Ah. Ni emoción, ni preguntas, ni ruegos para que cambiara de opinión. Sólo una simple palabra, como si estuviera sorprendido por la respuesta de un concursante en un programa de la tele.

Nikki pensó que tenía razón. Realmente no le importaba. Así que siguió adelante y le ofreció la hoja de papel que le había impreso.

—Te he traído el nombre de un buen… no, de un excelente pediátra.

Lucas no hizo ningún movimiento.

—¿Y por qué iba a necesitar esto? Te tengo a ti.

—No, no me tienes —tenía la boca tan seca que le costaba hablar.

—¿Y eso por qué?

Lucas sonaba calmado, impasible. En realidad Nikki había esperado que levantase la voz, que gritara, que exigiera saber qué pasaba. En vez de eso parecía completamente complaciente.

«¿Por qué no puedes sentir por mí lo que yo siento por ti?».

—Porque no funciona —dijo ella al fin—. Y no pasa nada. Lo comprendo.

—¿De verdad? —no dejó de mirarla ni un solo instante. Resultaba incómodo.

—Sí —cada segundo era una tortura para ella. Simplemente deseaba irse, huir, no seguir allí hablando, fingiendo que no se le estuviera rompiendo el corazón—. Pero dadas las circunstancias, creo que es mejor para todos, sobre todo para Heather, que la lleves a otro doctor —le puso el papel en la mano.

Lucas se quedó mirándolo.

—Y este doctor Crosby…

—Es magnífico. Le enviaré el archivo de Heather por la mañana —no lo había hecho ya porque una pequeña parte de ella seguía esperando que, contra todo pronóstico, Lucas dijera algo que le hiciese pensar que se lo había imaginado todo. Que había cometido un error.

Tenía que marcharse. Ya. Antes de echarse a llorar.

—Cuídate, Lucas —deseaba besarlo una última vez, pero no confiaba en sí misma. No se marcharía si lo besaba.

Se dio la vuelta y huyó.

Lucas se quedó mirando el papel que tenía en la mano. Finalmente se volvió hacia Heather, que estaba tumbada en la cuna portátil pataleando.

—¿Qué acaba de ocurrir aquí, Heather? —preguntó—. ¿Tienes alguna idea? Porque yo no.

Su hija no dijo nada. Simplemente siguió dando patadas al aire.

Desde el momento en que abandonó la casa de Lucas, Nikki se aseguró de que cada momento de su día estuviese justificado y lleno de trabajo.

Aun así, nunca había creído que los días pudieran alargarse tanto. Habían pasado dieciocho días desde que se había marchado de casa de Lucas. Dieciocho días y él no la había llamado, no había intentado ponerse en contacto con ella ni una vez.

Ella tenía razón.

Pero tener razón jamás le había sentado tan mal.

Se pasó una mano por la frente. Sentía que iba a

dolerle la cabeza otra vez. Últimamente tenía muchos dolores de cabeza. Era viernes por la tarde. La idea del fin de semana planeaba sobre ella como una amenaza oscura. Había aumentado su trabajo como voluntaria desde que rompiera con Lucas, pero no la necesitaban ese fin de semana en ninguno de los lugares.

Eso significaba que tenía tiempo. Pero no quería tiempo. Porque el tiempo significaba que podía pensar. Y arrepentirse.

Llamaron a la puerta y Bob asomó la cabeza.

—Un último paciente, doctora Connors —anunció.

Nikki se apartó de su escritorio y se puso en pie. Debía de habérsele pasado. Cuando había atravesado el vestíbulo hacia su despacho tras ver a Jason Jessop para su vacuna, creía que ya había acabado. No había carpetas esperándola.

—Sala 5 —Bob señaló hacia la puerta cerrada—. ¿Te importa si me marcho temprano? Quiero empezar ya con el fin de semana.

«Te regalaría el mío gustosa», pensó Nikki.

La otra enfermera se había marchado hacía media hora. Había dicho algo de irse fuera el fin de semana. A Nikki le gustaba tener a una enfermera cerca cuando veía a un paciente en caso de que necesitara ayuda.

—¿La sala 5 es una visita rutinaria? —preguntó Nikki.

—Es un seguimiento —contestó él.

Normalmente Bob le entregaba una carpeta, o la dejaba en el hueco de la puerta. En esa ocasión no hizo ninguna de las dos cosas.

—¿Dónde está el informe? —preguntó ella.

—Oh, debo de haberlo olvidado en la sala —contestó él con una sonrisa avergonzada—. Culpa mía.

—No importa. No pasa nada. ¿De quién se trata?

Como no obtuvo respuesta, Nikki se dio la vuelta y vio que Bob había desaparecido tras una esquina del vestíbulo. Probablemente hubiese vuelto a la parte delantera de la consulta.

¿Qué diablos le pasaba?

Estaba ansioso por comenzar el fin de semana, eso era lo que le pasaba.

Nikki suspiró con tristeza, abrió la puerta de la sala 5 y entró.

Entonces se detuvo en seco.

—¡Lucas! —su primer impulso fue rodearlo con los brazos, pero eso sería como volver al punto inicial. Así que se mantuvo firme—. ¿Qué estás haciendo aquí? ¿Y dónde está Heather?

Lucas la había echado terriblemente de menos, pero no se dio cuenta de la magnitud hasta que la vio en ese momento. Fue como si su alma se iluminara. Había tenido tanto miedo a dejarse llevar, a permitirse amar de nuevo. Pero se daba cuenta de que no tenía el control sobre algo así. No cuando era real. Al perder a Carole, había estado seguro de que nunca más podría volver a amar. Pero había descubierto que se equivocaba.

—No le pasa nada —no le dijo que había dejado a Heather con su madre, que se había mostrado encantada de cuidar de ella—. Tenemos que hablar.

—Creí que eso ya lo habíamos hecho.

—No, hablaste tú. Yo escuché. Ahora me toca a mí hablar y a ti escuchar.

Nikki no quería escuchar, porque su determinación se haría pedazos. Aunque sólo recitara el alfabeto. Si decía algo amable, todo se habría acabado para ella.

Aun así, no podía echarlo.

—De acuerdo.

—Para empezar, a Heather no le gusta el doctor Crosby. Se pone a llorar cuando lo ve.

Nikki se sintió decepcionada. ¿De eso era de lo que quería hablar? ¿Había ido para que le recomendara otro médico?

—De acuerdo —contestó ella volviéndose hacia la puerta—. Te recomendaré otro.

Lucas se movió y le bloqueó el paso.

—No, no lo harás —le dijo—. Heather no quiere ir a otro doctor. Te quiere a ti.

Nikki estaba perdiendo terreno. No pudo evitar sonreír.

—Heather se ha vuelto muy habladora desde la última vez que la vi.

—Alguien me dijo que crecen mucho durante el primer año —contestó él, y luego se puso serio y le tomó la mano—. ¿Qué hice mal, Nikki?

—¿Mal? —repitió ella.

—Sí, mal. Tuve que hacer algo mal para que nos abandonaras a Heather y a mí sin más.

—Me marché para ponértelo más fácil a ti. Y a mí también.

No la seguía. Le había dado tiempo y espacio, pero no había regresado. Había repasado mentalmente la situación una y otra vez, pero no encontraba la respuesta. Necesitaba una pista.

—¿Para ponerme fácil qué?

—La ruptura era inminente —Nikki cerró los ojos y suspiró. Le parecía algo absurdo dicho en voz alta. Había roto con él para evitar una ruptura. Nunca lo comprendería.

Tenía razón.

—La única ruptura inminente era la que tú iniciaste —señaló Lucas—. Hasta entonces, creí que las cosas iban bien, y entonces me soltaste esa bomba.

Tal vez las cosas fueran bien a sus ojos, pero según ella no iban a ninguna parte. Ése era el problema.

—Yo creía que a ti te daba igual una cosa o la otra —dijo ella refiriéndose a la ruptura—. No creí que le importara.

Lucas se quedó mirándola. Cada vez tenía menos sentido lo que decía.

—¿Cómo puedes decir que no me importaba?

—¿Cómo podría no decirlo? —respondió ella—. Nunca hablabas de nuestro futuro juntos, nunca decías nada sobre lo que sentías por mí, ni siquiera si sentías algo en absoluto.

Lucas se sentía como Newton cuando se le cayó la manzana en la cabeza y descubrió la teoría de la gravedad.

—Estás bromeando, ¿verdad?

Por un segundo pareció que estaba librando una batalla interior. Pero al momento siguiente la agarró por los brazos y la acercó a él como si aquello fuese a ayudar a la comunicación.

—No decía nada porque no quería asustarte. Tenía miedo de que pensaras que estaba contigo de rebote. Estaba intentando deliberadamente ir despacio para que supieras que lo que estaba ocurriendo entre nosotros era real. Que no estaba ocurriendo porque estuviera intentando reemplazar a Carole con la primera mujer cálida, hermosa y sensata que se había cruzado en mi camino.

Nikki se quedó con la boca abierta mientras lo escuchaba. Las cosas empezaban a encajar. Todo tenía sentido.

—¿De verdad?

—De verdad —respondió él. Ya que había llegado hasta allí, lo mejor sería decirlo todo—. Sé que es demasiado pronto para pedirte que te cases conmigo, pero me gustaría que me dieras otra oportunidad. Quiero ser parte de tu vida, Nikki, y quiero que tú seas parte de la mía. Y de la de Heather también; para todos los días que nos queden.

—No.

—¿No? —repitió él con incredulidad. ¿Acababa de desnudar su alma y ella lo rechazaba?

—No —en esa ocasión acompañó la palabra con un movimiento de cabeza—. No es demasiado pronto para que me pidas que me case contigo. Y si no quieres pedírmelo, te lo pediré yo. ¿Lucas Wingate, quieres ca…?

Su risa la interrumpió.

No tuvo oportunidad de terminar la pregunta. Mover los labios le resultaba difícil cuando tenía otros labios devorándola.

Pero estaba bien. Ya tenía su respuesta.

Los dos la tenían.

JULIA™

MARIE FERRARELLA

UN AMOR
COMPARTIDO

Capítulo 1

CUANDO su móvil había comenzado a sonar, Katherine Colleen Manetti, *K. Manetti* según la placa en la puerta de su despacho, se debatió entre contestar o dejar que saltase el buzón de voz. Tenía tanto trabajo que casi no tenía tiempo ni para respirar.

Pero cuando vio que la llamada era de Nikki Connors, una de sus dos mejores y más viejas amigas, decidió tomarse un respiro antes de salir para el juzgado. El hablar con Nikki o con Jewel Parnell, su otra mejor amiga, le recordaba que había vida fuera del prestigioso bufete de su familia, donde se pasaba la mayor parte del día.

—Habla deprisa —le dijo a Nikki. Sacó un espejito de un cajón de su escritorio para asegurarse de que cada cabello de su sedosa y larga melena negra como el azabache estaba en su sitio—. Tengo que salir pitando dentro de menos de cinco minutos.

—Aún no tenemos fecha, pero quiero que seas mi dama de honor. Bueno, junto con Jewel. Espero que no te importe compartir ese puesto con ella, porque no podría elegir entre las dos.

—Espera un momento, ¿para qué necesitas una dama de honor?

Sabía cuál era la respuesta lógica a esa pregunta, pero aquello no le cuadraba. Las tres estaban demasiado ocupadas forjando sus carreras como para tener citas, y mucho menos para mantener una relación lo suficientemente larga y seria como para decidirse a pronunciar los sagrados votos del matrimonio frente al altar.

—¡Porque voy a casarme!

Kate no recordaba haber oído nunca a Nikki tan feliz; ni siquiera el día de su ceremonia de graduación en la Facultad de Medicina, cuando se había licenciado entre los primeros de su promoción.

—¿Casarte? —repitió anonadada, entornando sus ojos azules—. ¿Te refieres a «hasta que la muerte nos separe» y todo eso?

Nikki tardó un segundo en contestar, y Kate tuvo la impresión de que a su amiga le costaba articular las palabras de tanta felicidad. Ella había estado a punto de casarse hacía un par de años, pero el compromiso le había estallado en la cara cuando había descubierto que su novio, el alto, moreno y apuesto abogado criminalista Matthew McBain, le era infiel.

Había sido entonces cuando se había dado cuenta de la gran verdad que era aquello de que para encontrar a tu príncipe azul había que besar muchos sapos. Ella se había cruzado con muchos hombres que le habían parecido príncipes azules, y habían resultado ser sapos. Y el peor de todos, sin lugar a dudas, había sido Matthew. Por eso había decidido centrarse en su carrera. Al menos cuando uno se esforzaba en su trabajo veía resultados, al contrario que en las relaciones.

—Pues claro, ¿a qué otra cosa me voy a referir? —le respondió Nikki riéndose.

Entonces Kate lo recordó. La última vez que se habían reunido las tres, Nikki había mencionado que esta saliendo con alguien, pero no le había prestado demasiada atención.

—¿Con el tipo ése que tiene una niña?

—El mismo —contestó Nikki, y Kate dedujo por su voz que estaba sonriendo—. Me llevo dos por el precio de uno.

—Estás de broma, ¿no? ¿El tipo con el que tu madre quería emparejarte? —exclamó Kate, sin poder disimular su espanto.

—Bueno, técnicamente no puede decirse que mi madre me haya emparejado con él —respondió Nikki—. Le vendió a Lucas una casa y él, como era nuevo en el barrio, le preguntó si conocía a un buen pediatra en la zona, y se da la casualidad de que yo soy pediatra. Mi madre sólo le dio mi nombre porque él preguntó.

Kate no lo veía así.

—Por favor, Nik, estás ciega. Sabes tan bien como yo que lo que pretendía tu madre era emparejarte. ¿Y sabes qué es lo peor?, que ahora mi madre y la de Jewel no dejarán de atosigarnos y entrometerse en nuestras vidas hasta que consigan lo mismo con nosotras —dijo quejosa—. Dios, Nik... ¿no podrías... no sé, vivir con él en pecado? Hazlo por Jewel y por mí, por favor; si no estamos condenadas.

—Kate, el matrimonio no es tan malo —replicó Nikki divertida.

—¿Te ha provocado amnesia esa felicidad que oigo en tu voz? ¿Acaso no te acuerdas de lo que hemos pasado todo este tiempo, teniendo que espantar a todos esos «novios» que nos buscaban nuestras madres? No me sorprendería nada si esta noche, cuando llegue a casa, me encuentro con un tipo con un enorme lazo rojo alrededor del pecho.

—¿Has acabado?

Kate suspiró.

—Está bien, de acuerdo, puede que me haya pasado un poco.

—Y respecto al motivo por el que te he llamado... ¿puedo contar contigo?

Resignada, Kate contestó:

—Pues claro que sí, pero espero que la boda sea pronto. Tendré que salir de la ciudad por una temporada. Será imposible vivir con mi madre después de esto.

—Pero si no vives con tu madre —apuntó Nikki—. De hecho apenas la ves.

—Y hay una buena razón.

No era que no quisiera a su madre. Por supuesto que la quería; muchísimo. Pero para poder seguir queriéndola necesitaba mantener una distancia prudencial entre ambas.

—Mi madre está chapada a la antigua. Es de las que piensan que si una mujer no tiene a un hombre a su lado, su vida no está completa —le dijo a Nikki. En ese momento llamaron a la puerta, y asomó la cabeza su hermano Kullen—. Y que la vida de un hombre no está completa sin una mujer a su lado.

—Muy cierto —dijo su hermano entrando en el despacho—. Y cuantas más mujeres, más completa será su vida —añadió con una sonrisa traviesa. Al contrario que Kate, Kullen tenía una vida social muy activa. A ojos de su madre probablemente demasiado activa. Kullen no quería compromisos—. Venga, Kate, se hacer tarde. Tenemos que irnos.

Nikki, que estaba oyéndolo al otro lado de la línea, le dijo a Kate:

—Yo también tengo que dejarte; saluda a Kullen de mi parte.

—De acuerdo. Hablamos luego, Nik.

Después de colgar, Kate se puso de pie y se guardó el móvil en el bolsillo.

—Nikki se casa —le anunció a su hermano.

Kullen la miró boquiabierto.

—Me estás tomando el pelo.

—Ésa misma reacción he tenido yo cuando me lo ha dicho. Y no, es verdad —le respondió ella mientras rodeaba el escritorio.

Kullen le sostuvo la puerta mientras salía. Los dos tenían que ir al juzgado, y como Kullen volvía a tener el coche en el taller —otra vez—, le había pedido que lo llevara.

Cuando llegaron al ascensor, Kullen pulsó el botón para llamarlo.

—Bueno, ¿y quién es el afortunado? —le preguntó a su hermana.

Dios, aquello iba a ser una pesadilla, pensó Kate. Ahora que su madre estaba empezando a dejar de entrometerse en su vida...

—Un tipo que le buscó su madre.

Kullen la miró sorprendido.

—Creía que a Nikki no le iban esa clase de apaños.

—Y no le van. Pero su madre ha sido muy astuta —respondió Kate frunciendo el ceño—. Sabes lo que esto significa, ¿verdad?

Los ojos de Kullen brillaron divertidos.

—¿Que tendremos que empezar a mirar quién llama antes de contestar el teléfono?

—No tiene gracia, Kullen. Ahora que por fin mamá estaba empezando a dejarme tranquila. Ahora volverá a la carga —le dijo Kate mientras subían al ascensor.

Kullen se rió y apretó el botón de la planta baja.

—Haces que suene como si fuera la guerra.

Kate, que se estaba recogiendo el cabello con una pinza, le contestó:

—Porque es justamente lo que es.

Y los dos lo sabían.

—Es verdad, Maizie, lo admito —le dijo con admiración Theresa Manetti a la madre de Nikki, sentada frente a ella—: cuando me dijiste que con la excusa del trabajo podríamos encontrar un marido a nuestras hijas tenía mis dudas.

Maizie, Cecilia, la madre de Jewel, y ella se habían reunido como cada semana para una partida de póquer, pero no estaban prestando atención al juego. Maizie acababa de anunciarles que Nikki iba a casarse.

—Pero lo has conseguido —añadió—. Has emparejado a Nikki con la clase de hombre que querías para ella, y aún os habláis. Es toda una proeza. ¿No podrías encontrarme a mí otro como ése? —cuando sus amigas se quedaron mirándola patidifusas, les aclaró—: Para Kate, quiero decir. Desde que ese horrible Matthew le rompió el corazón no deja de decir que no tiene la menor intención de casarse, que con su carrera le basta y le sobra —les explicó con un suspiro.

Mazie asintió con compasión.

—Lo que necesita es un buen hombre, y seguro que entre las tres podremos dar con él.

—¿Entre las tres? —repitió Cecilia. Había un matiz de escepticismo en su voz.

—Pues claro —contestó Maizie—. Yo vendo casas, tú tienes un servicio de limpieza que contratan algunas de las mejores familias del condado de Orange, y Theresa tiene una empresa de catering. Tenemos muchos más contactos que la mayoría de la gente; ¿cómo no vamos a poder encontrar a dos hombres decentes entre las tres?

No era que a Theresa no le pareciese un buen plan; era sólo que conocía sus puntos débiles tan bien como sus puntos fuertes, y entre sus puntos débiles se encontraba lo mal que se le daban la relaciones sociales.

—A vosotras estas cosas se os dan mucho mejor que a mí —le dijo a sus amigas.

—No te preocupes, Theresa —le dijo Maizie—. Sólo tenemos que mantener los ojos bien abiertos y estar alerta. Esos dos príncipes azules que buscamos para Kate y Jewel podrían no andar muy lejos. Y, ¿quién sabe? —añadió guiñándole un ojo—, a lo mejor el año que viene sobre estas fechas estaremos todas comprando ropita de bebé.

—Dios te oiga —murmuró Theresa.

—Pues claro que me oirá —respondió Maizie divertida.

Theresa aún oía el eco de las palabras de Maizie en su mente cuando, al día siguiente, entró en la sede central del Republic National Bank para reunirse con Jackson Wainwright, un cliente potencial. Su secretaria la llevó hasta su despacho, y al verlo se le cortó el aliento por un instante de lo guapo que era.

Si le hubiesen pedido que dibujase un retrato de la clase de hombre capaz de llamar la atención de su hija, habría sido a ése al que habría dibujado.

Alto, moreno, de anchos hombros, facciones esculpidas y magnéticos ojos azules, le recordaba a los galanes de Hollywood.

En ese momento estaba hablando por teléfono, y no parecía muy contento. La saludó con un asentimiento de cabeza y le indicó con un ademán que se sentara en la silla frente a su mesa.

—No tengo tiempo para discutir contigo, Jonah —le estaba diciendo a la persona al otro lado de la línea—. Y la respuesta es no, no voy a prestarte más dinero. Si necesitas dinero ven a verme y veré si puedo darte trabajo.

Colgó el teléfono y apretó los labios antes de dirigirle a Theresa una sonrisa que iluminó la habitación.

—Disculpe.

—No tiene por qué disculparse, señor Wainwright —replicó ella. Sabía que no debería ahondar en el tema, pero no pudo evitar preguntarle—: ¿Problemas con algún familiar?

Jackson se quedó estupefacto, no sólo porque le hubiese hecho esa pregunta, sino también porque había acertado.

—¿Cómo lo sabe?

Theresa señaló su mano derecha, que aún aferraba el teléfono sobre la base.

—Se le han puesto los nudillos blancos —respondió con una sonrisa comprensiva—. A veces los familiares tienen una habilidad especial para sacarnos de quicio. Yo quiero a mis dos hijos con locura, pero hay momentos en que los estrangularía.

Aunque Jackson no era de los que desnudaban su alma al primer extraño con el que se tropezaban, aquella mujer irradiaba un aura cálida y comprensiva, y él estaba a punto de estallar, en buena parte por culpa de Jonah.

De hecho, si había aceptado aquel traslado había sido porque desde San Francisco, a seiscientos kilómetros de allí, le era virtualmente imposible tener controlado a su hermano Jonah, que parecía empeñado en dejarse rodar cuesta abajo por aquella senda de autodestrucción que había enfilado. Llevaba allí menos de una semana y las cosas con su hermano habían llegado a un punto en que tenía la sensación de que, o hablaba de ello, o explotaría.

—La entiendo —le dijo—. Mi hermano Jonah es como un niño grande.

—¿Es menor que usted? —aventuró ella.

—No, es mi hermano mayor —respondió Jackson sacudiendo la cabeza—. Eso es lo más gracioso, porque se supone que por la diferencia de edad el más juicioso debería ser él.

—Bueno, eso no siempre es así —dijo Theresa con amabilidad—. El sentido de la responsabilidad no va ligado necesariamente a la edad.

Jackson iba a añadir algo, pero se contuvo.

—Le pido disculpas de nuevo; no le he pedido que venga para contarle mis penas.

Ella le sonrió.

—No pasa nada. Bueno, Theresa Manetti a su servicio —dijo inclinándose hacia delante y tendiéndole la mano.

—Un placer —respondió él estrechándosela.

A Theresa le gustó la firmeza de aquel apretón de manos. Eso decía mucho de él: que era un hombre de convicciones firmes que no tenía miedo a tomar las riendas.

—¿Lleva mucho tiempo ejerciendo de guardián de su hermano? —le preguntó con un interés sincero.

La pregunta hizo reír a Jackson. No se lo había planteado de esa manera, pero aquella mujer tímida y amable había vuelto a dar en el clavo.

—Desde que murieron nuestros padres —respondió. Parecía que hiciera una eternidad de aquello.

Y por si los problemas con Jonah fueran pocos, el abogado de la familia, Morton Bloom, había fallecido el lunes de la semana anterior. A pesar de su aspecto saludable y robusto, se había ido a la cama en la noche del domingo, y a la mañana del día siguiente no había despertado. Lo peor era que no tenía ningún socio, nadie que pudiera ocupar su puesto.

El bueno de Mort había tenido que morirse justo cuando se había decidido a pedirle que cambiase las condiciones para que Jonah pudiese tener acceso a su fondo fiduciario.

Sintiendo una extraña conexión con aquella mujer con la que parecía tan fácil hablar, le preguntó medio en broma:

—¿No conocerá por casualidad a algún buen abogado?

No había esperado una respuesta, pero la hubo.

—Pues conozco a varios. ¿Qué clase de abogado busca?

—Uno que tenga paciencia, mucha paciencia —respondió él con una sonrisa. Theresa estaba segura de que Kate se derretiría si viese esa sonrisa. A ella le pasaría si tuviese veintinueve años, como su hija—, porque parte de su trabajo sería tratar con mi hermano. En fin, lo que necesito es un abogado de familia, pero no lo decía en serio, claro está —Jackson exhaló un suspiro y añadió—: Respecto a la fiesta por la que quiero contratar su servicio de catering...

Por regla general, Theresa nunca interrumpía a un

cliente, pero aquella podría ser la oportunidad perfecta para que Jackson y su hija se conociesen.

—La verdad es que creo que conozco a la persona que necesita —insistió.

Jackson parpadeó sorprendido y se quedó callado, pero luego se encontró encogiéndose de hombros mentalmente. ¿Por qué no?, se dijo. ¿Qué podía perder?

—Bueno, si le parece puede darme su nombre después.

A Theresa se le ocurrió una idea mejor.

—¿Y por qué no ahora y nos quitamos eso de en medio? —sugirió—. Así podremos concentrarnos en los detalles de la fiesta.

—De acuerdo —respondió él amablemente—. Apúnteme aquí su nombre y los datos de contacto —dijo tendiéndole un bolígrafo y un papel.

Theresa escribió la dirección del bufete, y luego el nombre de su hija, atendiendo, sólo por esa vez y porque le convenía, a la insistencia de Kate de que usara sólo la inicial de su nombre. Su hija siempre decía que le sería más fácil afianzarse en aquel mundo dominado por los hombres si ocultaba su sexo, y en aquella ocasión sería su coartada perfecta.

Cuando el señor Wainwright fuera al bufete, preguntaría por K. Manetti, y había un cincuenta por ciento de probabilidades de que lo llevaran al despacho de Kate. Por supuesto también había un cincuenta por ciento de probabilidades de que lo llevaran al despacho de Kullen, pero Theresa se sentía menos culpable dejando aquello al destino, y podría defenderse si su hija la acusaba de intentar hacer de casamentera.

Jackson tomó el papel cuando se lo tendió y al leer el nombre parpadeó: *K. Manetti*.

—¿Manetti? ¿Algún pariente suyo? —inquirió divertido.

Theresa sonrió.

—Uno de esos dos hijos a los que a veces me entran ganas de estrangular —respondió ella, haciéndolo reír—. Los dos son unos abogados estupendos —añadió orgullosa—. Y los dos han seguido la misma senda que su padre, que en paz descanse, que también lo era.

—Los llamaré —le dijo Jackson, doblando el papel para luego guardárselo en el bolsillo.

Theresa inspiró y cruzó los dedos mentalmente. Había hecho todo lo que estaba en su mano; al menos por el momento.

—Estupendo. Bueno, ¿y por qué no me cuenta lo que tenía en mente?

Jackson parpadeó.

—¿Perdón?

—Sobre la fiesta —le recordó Theresa.

—Ah, es verdad. Disculpe, es que hoy tengo un montón de cosas en la cabeza.

—Si es un mal momento... —comenzó ella.

No tenía problema en aplazar aquella reunión. Por lo que a ella respectaba, había logrado mucho más de lo que esperaba. Cuanto antes se marchase, antes podría acercarse a ponerle unas cuantas velas a Santa Ana. Nunca estaba de más tener un poco de respaldo.

—Entre usted y yo, señora Manetti... me temo que si tenemos que esperar a un buen momento tendremos que esperar bastante —le dijo Jackson en confianza. Se echó hacia atrás en su asiento——. Bien, le contaré lo que tenía en mente...

Kate oyó un par de golpes en la puerta de su despacho antes de que ésta se abriera y asomara la cabeza de su hermano.

—Kate, necesito que me hagas un favor.

Irritada porque estaba haciendo algo que estaba intentando terminar, Kate le lanzó una breve mirada.

—No pienso llamar a otro de tus ligues de una noche para decirle que has salido de la ciudad. Si no quieres volver a verla, sea quien sea, llámala tú; ya eres mayorcito.

—En primer lugar, no es un ligue de una noche. Llevo dos semanas saliendo con Allison.

—Por favor, que alguien llame a la prensa —murmuró ella sin mirarlo, mientras continuaba tecleando.

Kullen hizo como si no la hubiera oído.

—Y en segundo lugar, no tiene nada que ver con eso. Lo que pasa es que tengo que estar en Tustin dentro de media hora y por error Sheila ha citado a un cliente nuevo a las doce y media. ¿No podrías ocuparte tú de él?

Kate dejó de teclear y se echó hacia atrás para mirar a su hermano. ¿Por qué había algo que no le cuadraba?

—¿Así de simple? No habrá gato encerrado, ¿no?

Kullen subió las manos y le dirigió una mirada inocente.

—Pues claro que no. Jackson Wainwright es un nuevo cliente. Su abogado murió justo cuando quería arreglar un asunto de un fondo fiduciario según tengo entendido —ladeó la cabeza—. Tú Puedes con eso, ¿no? —la picó. Sabía que no había mejor forma de convencer a su hermana que lanzarle un desafío—. Además, preguntó por K. Manetti, y como tenemos el mismo apellido ni se dará cuenta del cambio.

—Tendría que estar ciego para no darse cuenta —replicó ella.

—Tienes razón; soy muchísimo más guapo que tú —bromeó Kullen. Cuando su hermana le lanzó una bola de papel, se agachó entre risas para esquivarla, pero el tiro de Kate falló casi por medio metro—. Lanzas como una chica —la picó burlón.

—Porque soy una chica, idiota —Kate le echó un vistazo al calendario sobre su mesa—. De acuerdo, puedo dedicarle media hora a ese Wainwright, pero ni un minuto más, porque luego tengo que ir al juzgado para registrar el cambio de nombre de la señora Greenfield.

Kullen miró su reloj.

—Estupendo, gracias. Me voy pitando.

—¡Me debes una! —le gritó Kate mientras salía.

—Lo sé, lo sé... —respondió Kullen con una sonrisa en los labios, alejándose por el pasillo.

Kate estaba tan inmersa en lo que estaba haciendo que cuando llamaron a la puerta de nuevo ni lo oyó. Volvieron a llamar, con más fuerza, y esa vez sí lo oyó. Kate resopló exasperada. «¿Y ahora qué?».

Miró su reloj. Eran las doce y veinte; aún faltaban diez minutos para que se presentara el nuevo cliente de Kullen.

—Pasa, Sheila —dijo sin molestarse en apartar la mirada de la pantalla del ordenador. Estaba demasiado ocupada tecleando—. En un segundo te atiendo. Quiero terminar esto antes de que aparezca el muerto con el que me ha cargado mi hermano —murmuró mientras oía la puerta cerrarse—. ¡Listo! —exclamó triunfante, tecleando la última palabra del documento.

Al alzar la vista dio un respingo. Sentado frente a su mesa había un hombre guapísimo vestido con lo que parecía un traje hecho a medida. Un hombre que estaba sonriéndole.

—Hola —lo saludó vacilante.

—Hola.

Al ver que él no decía nada más, le preguntó:

—¿Y usted es...?

La sonrisa en los labios de él se hizo más amplia.

—El muerto con el que la ha cargado su hermano. Creo.

Dios, ¿por qué no habría levantado la vista al oírlo entrar? ¿Y por qué lo había dejado pasar Sheila sin avisarla?

—¿Jackson Wainwright? —inquirió.

El hombre asintió.

—El mismo.

Kate se aclaró la garganta. Tenía que poner remedio a su metedura de pata.

—Lo del muerto lo decía en el buen sentido, por supuesto —murmuró aturullada.

Los ojos azules de él brillaron divertidos.

—No sabía que «cargarle el muerto a alguien» pudiese tener connotaciones positivas.

—Lo siento; yo... —balbució Kate, sintiendo que las mejillas se le teñían de rubor. Se levantó—. Discúlpeme —le dijo mientras pasaba a su lado en dirección a la puerta.

Jackson Wainwright se puso de pie, visiblemente contrariado, y se giró, siguiéndola con la mirada.

Kate salió, y cuando volvió a entrar avanzó hacia él con paso seguro y le tendió la mano.

—Soy Kate Manetti —se presentó esbozando una sonrisa—, y esto se llama «primera impresión, toma dos».

Por un momento se temió que pensara que estaba riéndose de él, pero Jackson Wainwright se echó a reír de buena gana, y supo que había conseguido una segunda oportunidad. Kate respiró aliviada, aunque hasta ese momento no se había dado cuenta de que había estado conteniendo el aliento.

Capítulo 2

K ATE se irguió en su sillón, inspiró y le preguntó a Jackson con una sonrisa:

—Bien, señor Wainwright, ¿qué puedo hacer por usted?

Los labios de él se curvaron en una sonrisa seductora.

—Soy nuevo en la ciudad —respondió, pero luego, al darse cuenta de que eso no era del todo cierto, se corrigió—: Bueno, no en el sentido estricto de la palabra.

—¿Perdón?

—En realidad me crié aquí, en Bedford —le explicó él.

—¿Y luego decidió probar sus alas y abandonar el nido?

Él volvió a sonreír.

—Exacto.

—¿Y cuánto hace que voló del nido?

Ahora que estaba de regreso le parecía que hubiese sido el día anterior, pero no era así.

—Hará unos doce años, contando los años que pasé en la universidad.

—¿Y qué lo ha traído de nuevo aquí?

—Un ascenso... y un asunto familiar —contestó él.

—¿Y cuál de las dos cosas ha pesado más en su decisión de mudarse aquí? —inquirió Kate.

No apartó sus ojos de los de él, convencida de que sería capaz de cazarlo si mentía. Era una habilidad especial que había desarrollado gracias a Matthew, y aún tenía la sensación de que había gato encerrado en todo aquello.

Él se quedó callado un instante, como si estuviera sopesando su respuesta.

—Aún no estoy muy seguro.

Aquello tampoco era del todo cierto. El ascenso había sido muy importante para él, pero sabía perfectamente cuál de los dos motivos había pesado más, y que precisamente por eso se sentía resentido. Sus padres le habían inculcado que la familia era lo primero, y su madre le había suplicado con su último aliento que cuidara de Jonah. Él le había dado su palabra de que lo haría. Probablemente, él era lo único que separaba a su hermano de la autodestrucción a la que parecía abocado.

Kate asintió.

—Bueno, al menos es usted honrado.

—Por fuerza tengo que serlo. Está en mi contrato

—cuando ella lo miró confundida, se explicó—: Soy director de zona del Republic National Bank, y la gente espera de los directivos de los bancos que seamos honrados.

Kate enarcó una ceja.

—Yo creo que nos conformaríamos con que se abstuvieran de asfixiarnos a comisiones.

Él esbozó una media sonrisa antes de ponerse serio.

—Ya. En fin, la razón por la que estoy aquí es ese asunto familiar que mencioné antes. El que fuera nuestro abogado durante años, Morton Bloom, falleció en la noche del domingo al lunes de un infarto.

Al comprender que estaba siendo sometida a una «entrevista» para ocupar ese puesto que había quedado vacante, Kate se irguió y trató de parecer sincera al expresar sus condolencias.

—Lo lamento mucho.

El tono sincero y compasivo de sus palabras sorprendió a Jackson, y sólo se le ocurrió una explicación posible.

—¿Lo conocía?

—No, pero si ha sido su abogado durante tantos años imagino que debían considerarlo un amigo y que habrá dejado su huella en su familia y en usted.

La verdad era que Jackson no estaba seguro de cuáles eran sus sentimientos respecto a la muerte del viejo Mort aparte del hecho de que lo había irritado, porque era un contratiempo con el que no había contado. De golpe y porrazo se había encontrado con que tenía que buscar un nuevo abogado.

Probablemente muchos tacharían su actitud de insensible, pero no lo era. De hecho, aunque se consideraba un hombre compasivo, cualquier cosa relacionada con Jonah lo enervaba.

Las cosas habían cambiado mucho de la época en la que él había sido un chiquillo que idolatraba a su hermano mayor. Vivaz, abierto, y con un don especial que hacía que se le perdonase todo, Jonah había sido como una brillante estrella... hasta que sus padres y él se habían dado cuenta de lo débil que era en realidad su carácter.

Jackson no había olvidado el día que se encontró a su madre sentada a oscuras en su dormitorio, llorando en silencio. Era la primera vez que habían llevado a Jonah al hospital. Él tenía entonces diez años y Jonah catorce. Jackson había creído que su hermano estaba enfermo, y en cierto modo así era, ¿porque qué era la adicción a las drogas sino una enfermedad? La verdad era que Jonah había sufrido una sobredosis.

Había sido entonces cuando su hermano había empezado a caerse del pedestal al que lo había encumbrado. Además, había sido muy protector con su madre, y cualquier cosa que le hiciera daño a ella encendía su ira. Recordaba que muchas veces había sentido ganas de pegarle un puñetazo a Jonah a pesar de que su hermano era el doble de alto y fuerte que él.

—Supongo que cuando has vivido ciertas cosas acabas endureciéndote —respondió, y al ver que ella lo miraba sin comprender, añadió—: Mis padres murieron en un accidente de tráfico. Y cuando estaba en la universidad también viví la muerte de una persona muy querida que... en fin —concluyó sin terminar la frase, encogiéndose de hombros.

No quería hablar de aquello en ese momento; no quería recordar cómo se había sentido cuando su compañero de cuarto lo había despertado para decirle que Rachel había sido arrollada, cuando cruzaba el paso de cebra hacia la residencia de chicas, por un conductor borracho que se había salido de la carretera y se había metido en el campus.

El tipo iba a ciento cuarenta, y seguramente se habría dado a la fuga si no hubiese sido porque estampó su flamante Ferrari contra un árbol. Tanto Rachel como aquel borracho bastardo habían muerto antes de que llegara la ambulancia.

Kate se preguntó si estaría diciéndole la verdad, o si sólo estaría diciendo aquello porque sonaba efectista.

—Siento su pérdida —le dijo.

—Gracias —respondió Jackson—, pero estoy aquí por los vivos, aunque no estoy seguro de si eso será cierto por mucho tiempo más —añadió pensando en la caída en picado de Jonah.

—¿Podría explicarme eso?

—Mi hermano Jonah tiene una personalidad propensa a las adicciones —dijo Jackson. Había habido indicios desde el principio, pero nadie había querido reconocerlo—. Cada vez que se cura de una acaba cayendo en otra. Ha estado metido en drogas, ha sido un alcohólico, un fanático religioso, ha tenido trastornos de la alimentación... y ahora se ha enganchado al juego.

Ser el hermano de un hombre como aquél debía ser una pesada carga, pensó Kate.

—Ya veo. Lo siento mucho.

Él soltó una risa seca.

—Si mi hermano no tuviera esos problemas yo no estaría aquí, así que puede que esto sea algo bueno para usted.

A Kate le pareció un comentario bastante cínico, por mucho que luego lo suavizase con una sonrisa.

—Espero que eso también me lo vaya a explicar.

Jackson se quedó mirándola un momento antes de tomar una decisión.

—Lo haré, pero no con el estómago vacío. ¿Tienes usted planes para la hora del almuerzo?

Aquella pregunta la pilló con la guardia baja.

—Pues aparte de almorzar no tengo ningún plan. Pero luego tengo que ir a presentar unos papeles al juzgado.

Y él tenía que volver a su oficina, pero para eso aún faltaban un par de horas.

—¿Tiene que estar allí a alguna hora concreta?

Aunque había pensado ir cuando terminase con él, la verdad era que no había prisa y que podía ir en cualquier momento hasta la hora a la que cerraban.

—Antes de las cinco.

Él asintió.

—Estupendo; para esa hora ya habremos acabado con la fase uno.

Parecía que a aquel hombre le gustaba expresarse mediante acertijos.

—¿La fase uno?

—Conocernos un poco.

Una alarma se disparó en la cabeza de Kate. ¿Aquello era una reunión de trabajo o una farsa? Entornó los ojos y le dijo:

—Me temo que no le sigo.

—Estoy invitándola a comer para que podamos hablar con más detenimiento de esto. Iremos en mi coche —respondió él, que ya estaba poniéndose de pie.

Kate levantó una mano, como si fuera un guardia de tráfico.

—Alto, alto —dijo. Necesitaba que le aclarase aquello. Si sólo pretendía que hubiese una relación abogada-cliente entre ellos estaría dispuesta a hacer alguna que otra concesión, pero si lo que quería era ligársela, ya podía ir olvidándose. No necesitaba que otro guaperas pusiera su vida patas arriba—. ¿Para qué tenemos que conocernos?

—Bueno, si usted no quiere hacerme ninguna otra pregunta ni saber nada más de mí, por mí perfecto, pero yo sí necesito conocerla algo mejor —respondió él mirándola a los ojos—. No esperará que le confíe la fortuna de mi familia sin saber con quién estoy tratando.

Tal vez no hubiese peligro en almorzar con aquel hombre en un restaurante lleno de gente, pensó Kate. Claro que, aunque siguiesen hablando en términos generales, como hasta ese momento, ¿cómo podría ignorar aquella extraña electricidad estática que parecía flotar en el aire entre ellos? Además, cuando la miraba como estaba mirándola en ese momento, no podía evitar que su mente se viese asaltada por pensamientos muy poco profesionales.

—Imagino que ha venido usted a nuestro bufete por recomendación de alguien —dijo.

Jackson volvió a sentarse y le dedicó una sonrisa que hizo que al cabo de un segundo, Kate tuviera que recordarse que tenía que respirar. De nuevo empezaron a dispararse las alarmas en su cabeza, pero no podía rechazar a un posible cliente sin fundamento. El director del bufete, Harrison Rothchild, el socio y sucesor de su padre, no era un hombre muy comprensivo, ni que perdonara los errores.

—Pues la verdad es que sí —respondió él—, aunque debo decir que no vino precisamente de una persona imparcial.

—Bueno, la mayoría de nuestros clientes quedan muy satisfechos con nuestros servicios y nos recomiendan, si se refiere usted a eso.

La sonrisa de él se hizo más amplia, como si le hubiese hecho gracia algo y no quisiese compartirlo con ella.

—No lo dudo, pero fue su madre quien me recomendó a... Iba a decir a su hermano, pero veo que comparten la misma inicial, y su madre escribió «K. Manetti» en el papel, así que no sé si a quien me recomendó fue a su hermano o a usted.

El cerebro de Kate se había quedado paralizado por un instante cuando pronunció la palabra «madre».

—¿Mi madre? —repitió.

—Sí —asintió él—. Una dama bajita y delgada, bien vestida, ojos vivaces, una sonrisa que me recuerda bastante a la suya ahora que lo pienso, y...

Kate levantó la mano para interrumpirlo.

—Sí, es ella.

Por amor de Dios... Otra vez no...

—¿Y puedo saber en qué contexto tuvo lugar esa conversación? —le preguntó, conteniendo su irritación.

—He contratado sus servicios para una fiesta que vamos a organizar —respondió Jackson—. Según parece el banco ya había contratado su servicio de catering en otras ocasiones y quedaron muy satisfechos.

Kate sintió deseos de ir donde estaba su madre, agarrarla por el pescuezo, y apretárselo... sólo hasta que le prometiera que no volvería a hacer aquello nunca más.

—Mi madre es muy buena en su trabajo —dijo en un tono formal, conteniendo su enfado.

—¿Y usted? —inquirió él, volviendo las tornas—. ¿Es buena en su trabajo?

Kate no vaciló. Tal vez en el plano de lo personal su vida fuera un desastre, pero no pondría en duda ni por un instante sus capacidades como abogada.

—Mejor que buena —le aseguró—. Y puedo darle una lista de referencias, si lo desea, de mis clientes actuales —añadió.

—Se lo agradezco, pero no es necesario que se moleste. Me gusta juzgar a las personas por mí mismo.

—Y cree poder juzgarme almorzando conmigo —dijo ella, haciendo un esfuerzo por impedir que su voz destilase sarcasmo.

Él sonrió divertido.

—Exacto.

Bien. Si lo que quería era que almorzasen, almorzarían, pensó Kate, pero no sin que le respondiese una pregunta.

—De acuerdo. Pero antes de que salgamos, querría saber qué clase de servicios requerirá usted de mí.

Jackson se le ocurrían unas cuantas respuestas para esa pregunta, algunas de las cuales podían hacerle ganarse un bofetón. Y lo más curioso era que ni siquiera sabía por qué estaban pasándole por la cabeza esas ideas. Kate Manetti era una mujer muy atractiva, de eso no había duda, pero no había ido allí para flirtear con ella. ¿En qué estaba pensando?

Tal vez, pensó, lo que pasaba era que llevaba tanto tiempo absorbido por el trabajo, que algo en su interior estaba rebelándose, recordándole que había vida más allá.

—Mis padres adoraban a Jonah. Era el primogénito, el niño bonito. Se metía a cualquiera en el bolsillo, y aún es capaz de hacerlo cuando se lo propone, pero era muy débil de carácter, y con el tiempo mis padres tuvieron que rendirse al hecho de que había que salvar a Jonah de sí mismo. Por eso, cuando redactaron su testamento, en el cual dividían la herencia a partes iguales entre él y yo, constituyeron un fondo fiduciario con la cantidad que correspondía a mi hermano. Cada mes recibiría una generosa asignación, pero la mayor parte permanecería intacta en ese fondo hasta que él cumpliera los treinta y cinco años —Jackson hizo una pausa, deseando para sus adentros, como tantas otras veces, que Jonah fuese la clase de hermano que habría querido que fuese. Detestaba tener que ser el malo, controlarlo todo el tiempo igual que un policía—. Y los cumple el mes que viene.

A Kate no le resultó difícil leer entre líneas.

—Y usted no quiere que se haga con ese dinero.

—Exacto —asintió él, sin andarse con rodeos—. Si lo hace, o estará muerto dentro de un mes por una paliza de sus acreedores, o se quedará sin un céntimo en seis. Está en su naturaleza, y por mucho que he intentado ayudarle siempre vuelve a caer.

Jackson sabía que lo que estaba pidiéndole no era fácil de hacer, ni tampoco ortodoxo. De hecho, dentro de los términos legales, Jonah tenía todo el derecho a recibir por fin su herencia, y lo que él pretendía era, en el sentido más estricto de la palabra, contravenir los deseos de sus padres mediante una hipotética fisura legal, y ampliar la edad límite para que pudiera tener acceso a ese dinero.

La única razón por la que sus padres habían escogido los treinta y cinco había sido porque habían creído sinceramente que a esa edad por fin habría sentado la cabeza. Pues no, sorpresa: seguía siendo un niño.

Miró a Kate.

—¿Se ve capaz de ayudarme, señorita Manetti, o le viene grande a su bufete?

Kate alzó la barbilla.

—Al bufete no sé, pero a mí me gustan los retos, señor Wainwright.

—Me alegra oír eso —respondió él poniéndose de pie de nuevo—. Bien, pues vamos a comer.

Kate había creído que al aceptar el desafío podrían prescindir de lo de conocerse mejor, pero parecía que no. En fin, se dijo, de todos modos tenía que comer.

Sacó su bolso del último cajón de su escritorio, se levantó también y se lo colgó.

—¿Aún estoy a prueba?

—Bueno, me ha dicho que se ve capaz, pero yo aún tengo que juzgar si es la persona que busco —respondió él. Kate se quedó mirándolo, como si quisiera decir algo—. ¿Qué?

Las sospechas de Kate aún no se habían disipado, pero decidió dejarlo correr por el momento.

—Nada.

—Antes me ha preguntado qué esperaré de usted si la contrato. Pues bien, una de las cosas que esperaré de usted será que sea sincera conmigo.

—Muy bien —murmuró ella, deteniéndose junto a la puerta—. ¿De verdad necesita los servicios de nuestro bufete?

—¿Qué iba a estar haciendo aquí si no los necesitara?

Su madre no podía engañarla. Kate sabía muy bien qué pensamientos habrían cruzado por su mente al enterarse de que Nikki iba a casarse, y estaba segura de que en la iglesia a la que iba todos los domingos debía haber un santo sudando a mares por todas las velas que le habría puesto. Claro que preguntarle a aquel hombre si lo había enviado su madre con el pretexto de requerir sus servicios como abogada podía parecer algo petulante. Por eso, para no meter la pata, no fuera a estar confundiéndose, se tragó la pregunta y se obligó a esbozar una sonrisa.

—Tiene razón —asintió cordialmente—. ¿Por qué iba a haber venido aquí si no necesitase un abogado? —miró su reloj. ¿Cómo se había hecho tan tarde?—.

Bueno, si vamos a ir a almorzar deberíamos marchar-
nos ya.

—Elija usted el sitio —le dijo él—. Yo llevo fuera
tanto tiempo que supongo que habrán cambiado muchas cosas en Bedford. Me han dicho que mi restaurante favorito cerró hace años.

—¿Cuál era? —inquirió ella.

Una sonrisa cálida se dibujó en los labios de Jackson, como si lo hubiera asaltado un buen recuerdo.

—Gin-Ling.

—¿Le gusta la comida china?

—Sí, me gusta mucho.

De acuerdo, tenían algo en común, pero eso no
quería decir nada, pensó Kate. No iba a caer en la
trampa de su madre.

—Pues si quiere, conozco un chino que le encantaría —le dijo.

Él rostro de él se iluminó.

—Estupendo. Puede indicarme cuando nos suba-
mos al coche.

Bueno, pensó Jackson mientras le abría la puerta
para que saliera, cuanto menos sacaría de aquello una
buena comida y tal vez un nuevo restaurante favorito.
Y con suerte, añadió para sus adentros, acabaría consiguiendo una abogada, que además era muy atractiva.

Capítulo 3

EL China Pearl no era un restaurante muy grande, pero siempre estaba muy concurrido.

Después de conducirlos hasta un reservado al fondo, el maître les entregó sendas cartas, y Kate hizo como que leía la suya a pesar de que se la sabía de memoria, puesto que no habían cambiado los platos desde hacía casi un año.

—Bueno —dijo al cabo de un rato, cerrándola y dejándola sobre la mesa—, ¿y va a quedarse a vivir aquí en Bedford, o es sólo algo temporal hasta que arregle la situación con su hermano?

—Por desgracia no será como ponerle un parche a un roto —respondió Jackson—. Jonah necesita a alguien que lo vigile de cerca y que lo atienda, no a alguien que lo llame una vez por semana para saber cómo le va.

Parecía que se tomaba aquella responsabilidad muy en serio, pensó Kate. No era algo muy común. Al especializarse en casos relacionados con asuntos de familia había descubierto que a la mayoría de la gente le temblaba la mano cuando se les pedía que hicieran lo que tenían que hacer para ayudar a sus familiares, bien porque temían hacerles daño, o porque no estaban dispuestos a cargar con ciertas responsabilidades.

¿Habría dicho aquello Wainwright sólo para quedar bien, o habría hablado en serio cuando le había dicho que quería proteger a su hermano de sí mismo? En cualquier caso, parecía que sí necesitaba un abogado, y empezaba a picarle la curiosidad.

—Por lo que dice, da la impresión de que su hermano puede llegar a ser una carga bastante pesada.

Jackson se encogió de hombros mientras bajaba de nuevo la vista a su carta.

—Ya lo es. A Jonah no le gusta que lo controlen; sólo quiere hacer su voluntad —respondió.

Ése había sido el error de sus padres. Jonah siempre había estado dotado de talento para el arte, y en un intento por impulsar ese talento, sus padres, y en especial su madre, lo habían colmado de caprichos y atenciones y le habían consentido todo.

Alzó la vista y añadió:

—Para serle sincero, tengo la sensación de que ésa fue la razón por la que el viejo Mort sufrió un ataque al corazón. Es posible que el estrés de intentar mantener a mi hermano a raya y fuera de la cárcel fuera lo que acabó con él.

—¿De la cárcel? —repitió ella.

—Lò han arrestado varias veces por desorden público —le explicó Jackson—. Como bañarse en una fuente frente al ayuntamiento a la una de la madrugada.

—No veo que eso sea motivo para que lo arrestaran.

—Estaba bañándose desnudo —añadió Jackson.

—Ah. Vaya, entonces quizá debería ir aprovisionándome de medicamentos para la hipertensión —murmuró Kate, y las comisuras de sus labios se arquearon antes de que añadiera sarcástica—: Espero que no se lo tome a mal, pero debo decir que con eso no me anima precisamente a aceptar el trabajo.

—Sólo quería que fuera plenamente consciente de dónde se está metiendo, Kate —le respondió él—. Mi hermano tiene un encanto especial que conquista a cualquiera, pero puede que acaben entrándole ganas de matarlo, y necesito saber si se ve capaz de manejar la situación, o si debería buscar a otra persona.

—No sería la primera vez que contemplase la posibilidad de un homicidio justificable —le aseguró ella con una sonrisa—. Mi hermano también tiene un encanto especial.

Una camarera ataviada con un vestido chino azul oscuro se acercó para dejar sobre su mesa una tetera, y se retiró, indicándoles con su silencio que podían tomarse el tiempo que necesitasen para decidir qué iban a tomar.

Kate tomó la tetera y llenó la tacita de Jackson y luego la suya.

—Hábleme más de Jonah.

Jackson inspiró. ¿Por dónde empezar? ¿Y cómo

decir lo que quería decir sin parecer que estaba resentido? No estaba resentido; sólo cansado, y estaba empezando a perder la esperanza de que Jonah sentara algún día la cabeza.

—Intentará engatusarla para que le dé lo que quiere; y si no lo consigue...

—No lo conseguirá —le aseguró ella.

Por experiencia, Jackson sabía que a las mujeres les resultaba difícil decirle no a Jonah, pero no quería presuponer cuál sería el comportamiento de su nueva abogada hasta que hubiera tenido la oportunidad de verla interactuar con su hermano.

—Si no lo consigue intentará intimidarla, sólo que no se le da muy bien, así que recurrirá a la culpa.

—¿A la culpa?

Jackson asintió.

—La maneja con la misma maestría que un cirujano el escalpelo. Intentará hacerla sentirse culpable por negarse a darle lo que quiere. A Jonah se le da muy bien manipular a la gente. Lleva toda la vida haciéndolo, igual que hacía con nuestros padres.

A Kate le pareció detectar más de una emoción encontrada en su voz. Parecía que tenía una relación bastante complicada con su hermano.

—¿Están muy unidos?

Respondió él para sus adentros. Otra cosa que no podía evitar echarle en cara a Jonah. Echaba de menos la relación que habían tenido de niños. Echaba de menos sentirse orgulloso de su hermano mayor en vez de agotado por intentar evitar que se destruyese a sí mismo.

Jackson tomó un sorbo de té y se quedó callado un instante antes de contestar.

—Sí lo estábamos, cuando éramos niños. Ahora soy el malo de la película —contestó con una risa áspera—. Jonah tiene más confianza con los desconocidos que se cuelgan de él en los clubs nocturnos que frecuenta que conmigo. Siempre está acompañado por un nuevo mejor amigo.

Mientras lo escuchaba, Kate tuvo que hacer un esfuerzo por concentrarse en lo que Jackson estaba diciendo, y no en sus atractivas facciones. ¿Acaso no había aprendido la lección después de tantos chascos como se había llevado con los hombres? Los guapos no eran más que depredadores que consideraban a las mujeres como trofeos que se dedicaban a coleccionar.

—Lo quiere mucho, ¿eh? —inquirió cuando él se quedó callado.

Jackson se encogió de hombros y tomó otro sorbo de té.

—Eso no tiene nada que ver.

—No hay por qué avergonzarse —observó ella—. Si no quisiera a su hermano le dejaría hacerse con su parte de la herencia, se desentendería de él y seguiría con su vida.

—A lo mejor es que no quiero que se me asocie a un escándalo. Porque eso es lo único que puede pasar si Jonah recibe todo ese dinero: acabará descontrolado.

—Comprendo que quiera evitar esa clase de repercusiones, pero hemos tenido presidentes con algún familiar que se había visto envuelto en un escándalo, y todos sobrevivieron —apuntó Kate—. Además, la gente que de verdad importa lo juzgará a usted por sus actos.

—Me parece que ha olvidado el propósito de este almuerzo. Se suponía que era para que yo la conociese mejor a usted, y no al revés.

Kate sonrió divertida.

—Las cosas no siempre salen según lo previsto.

—No, ya lo creo que no —asintió él, pensando en la vida que había planeado con Rachel años atrás.

La camarera regresó en ese momento y les preguntó si ya habían decidido qué querían tomar. Kate asintió.

—Yo tomaré la langosta al estilo cantonés, la sopa de huevo y un rollito de primavera.

La camarera se giró hacia Jackson. Éste seguía sin tener claro qué pedir, pero al oír a Kate decidió que su elección no sonaba mal.

—Yo tomaré lo mismo —le dijo a la camarera, tendiéndole su carta.

La chica esbozó una sonrisa, y cuando se hubo alejado, Kate entrelazó las manos frente a sí y le preguntó a Jack:

—Bueno, ¿qué quiere saber de mí?

«Cómo sería despertarme contigo a mi lado». Jackson no sabía de dónde había salido ese pensamiento. Lo que sí sabía era que se sentiría más cómodo si su abogada no fuese tan atractiva. O si hubiese sido un hombre en vez de una mujer. Le resultaba difícil concentrarse.

—Lo que usted quiera contarme.

Kate se sirvió un poco más de té y se llevó la taza a los labios para tener unos momentos para pensar.

Extraña forma de llevar a cabo una entrevista de trabajo, pensó. ¿Lo que ella quisiera contarle? ¿Quería hacerla sentirse más cómoda?, ¿o hacer que se relajase antes de pasar a las preguntas de verdad?

Y luego estaba ese pensamiento que no dejaba de aguijonearla, recordándole que su madre lo había enviado. Existía la posibilidad, aunque cada vez le pareciese menos probable y tal vez fuese sólo una paranoia suya, de que todo aquello fuese un montaje.

—Pues le diré que si busca un buen abogado, no lo decepcionaré —dijo. Y para que no creyese que estaba tirándose un farol, añadió—: Mi hermano y yo somos la tercera generación de una familia de abogados. Mi padre ayudó a fundar el bufete, y su padre era un abogado criminalista. Y, si le pregunta, mi hermano le dirá que lo llevo en la sangre. No hay nada que me guste más que una buena discusión en la que pueda exponer mis argumentos y defender mi punto de vista. Si decide contratar nuestros servicios... mis servicios, le aseguro que me esforzaré por hacer todo lo que me pida.

Esas últimas palabras se quedaron flotando en el aire, y Kate rogó para que él no las malinterpretara, porque de pronto le parecía que habían sonado como una promesa sensual. ¿Qué le estaba pasando? Normalmente elegía sus palabras con más cuidado.

Inspiró profundamente y concluyó:

—Y si le preocupa que su hermano vaya a engatusarme para obtener el dinero del fondo, le aseguro que no tiene por qué preocuparse. Es usted quien paga, y yo sólo seré un instrumento.

—Un instrumento, ¿eh? —repitió él. Aquella analogía le hizo gracia, pero decidió que sería mejor no hacer ningún comentario al respecto—. ¿Así que se ve capaz de mantener a salvo el fondo de mi hermano?

—Sí —respondió ella con confianza.

—¿Cómo?

—Bueno, no digo que vaya a ser pan comido —admitió Kate—, pero creo que hay una manera de cambiar los términos del fideicomiso. Por lo que me ha dicho, sus padres lo redactaron así porque no consideraban que Jonah fuera lo bastante maduro para administrar ese dinero, ¿correcto?

—Correcto.

—Pues si podemos demostrar que aún no ha llegado al grado de madurez que debería tener un hombre de treinta y cinco años, el grado que sus padres establecieron para que pudiera disponer del dinero, tal vez podamos conseguir que se suba ese límite de edad, o hacer que se especifique que deberá cumplir otros requisitos —le explicó—. De no cumplirse, seguirían las cosas como hasta ahora: continuaría recibiendo una asignación mensual indefinidamente —concluyó.

—¿Y cómo pretende hacer eso? —insistió Jackson.

—Reuniendo informes sobre el comportamiento irresponsable de su hermano. Entrevistaría a sus amigos, a los policías que lo hayan detenido... Así tendríamos algo en lo que apoyarnos. Luego se los entregaría al juez y pediría que evite que se hagan efectivos los términos del fideicomiso —explicó Kate. Había esperado que Jackson se mostrase aliviado, pero en vez de eso lo vio fruncir el ceño—. ¿Ocurre algo?

Jackson estaba pensando en las repercusiones que tendría hacer algo así.

—No quiero humillarlo públicamente.

—No tiene por qué ser algo público —lo tranquilizó ella—. Sólo necesitamos encontrar a un juez con corazón y que sea comprensivo. Además, no haría nada sin consultárselo antes. ¿Le parece justo?

Jackson asintió.

—Me parece justo.

En ese momento los interrumpió la camarera, que llegaba con los platos que habían pedido, pero cuando se hubo marchado, Jackson le dijo a Kate:

—El trabajo es suyo. O quizá debería decir «tuyo», porque ahora que vamos a ser abogado y cliente, creo que deberíamos empezar a tutearnos.

Kate asintió.

—Bien. Bueno, pues para empezar necesitaré todos los papeles del fideicomiso tan pronto como sea posible.

—Por supuesto —respondió él—. Te los enviaré por mensajero. O mejor, ¿por qué no vienes a las oficinas del banco este viernes a las cinco y te los entrego en persona? —como ella lo estaba mirando sin comprender, Jackson se explicó—: ¿Recuerdas esa fiesta de la que te hablé, ésa en la que tu madre va a encargarse del catering? Se celebra el viernes. Como soy el nuevo director, es una especie de fiesta para romper el hielo con la gente que va a trabajar para mí. Sería estupendo tener también a alguien que no trabaje para mí —añadió con una sonrisa.

—Técnicamente sí que trabajo para ti —apuntó ella.

Pero Jackson no se dio por vencido.

—Sí, pero el ver allí una cara conocida me ayudaría a estar un poco más relajado —le dijo—. Aunque no lo creas, esa clase de eventos me ponen nervioso.

—Bueno, no queremos que estés tenso —contestó Kate, sin saber cómo declinar su invitación.

Ella, en cambio, sí que iba a estarlo.

Cuando salieron del restaurante era más tarde de lo que Kate había pensado, y después de que Jackson la llevara de vuelta al bufete, apenas tuvo tiempo de subir a su despacho para recoger los papeles que necesitaba para ir al juzgado para solicitar el cambio de nombre de la señora Greenfeld.

Aquel trámite también le llevó más tiempo del esperado, casi dos horas, porque el juzgado estaba lleno; nada nuevo. Cuando terminó allí, pensó en irse a casa directamente, pero luego recordó que tenía demasiado papeleo esperándola en el bufete y regresó allí. Con suerte, tal vez podría estar en casa a las seis. Pero probablemente no tendría tanta suerte.

Apenas se había sentado tras su escritorio con un profundo suspiro, cuando Kullen asomó la cabeza a través del hueco de la puerta, provocándole una sensación de *déjà vu*.

—Bueno, ¿cómo fue? —le preguntó su hermano alegremente, entrando y cerrando tras de sí.

Dio un par de pasos y se detuvo para mirarla y ver

cómo estaba de receptiva. Quería estar preparado para una huida rápida si se hacía necesaria, porque sabía que había sido su madre quien les había mandado a aquel nuevo cliente, y le había dicho expresamente que se asegurara de que fuese Kate quien lo atendiera.

Su hermana lo miró furibunda.

—Ni siquiera debería hablarte.

Kullen contrajo el rostro.

—¿Tan mal ha ido?

Ella negó con la cabeza.

—No, la verdad es que no.

—Ah, ¿así que era guapo?

Aquello hizo sospechar a Kate. Si su hermano no conocía a Wainwright, ¿por qué estaba sugiriendo aquello?

—¿Y eso a qué viene? Además, el que lo fuera o no, no tiene nada que ver con que fuera bien.

Kullen, que no podía decirle que su madre le había mencionado ese pequeño detalle, se encogió de hombros.

—Ya me conoces; siempre estoy haciendo comentarios sexistas.

—No te convencería mamá para que desaparecieras, ¿no?

Kullen estuvo a punto de preguntarle cómo lo sabía, pero se mordió la lengua a tiempo.

—No, ya te lo dije: Sheila se equivocó y le dio cita cuando ya tenía otra en mi agenda. Y gracias a que eres una adicta al trabajo no he tenido que renunciar a esa cita.

De repente, Kate lo vio claro.

—¿No sería una cita con Allison? —inquirió entornando los ojos.

Kullen lo habría negado si hubiese pensado que podría funcionar, pero sabía que era inútil. De algún modo, Kate siempre lo pillaba cuando no estaba siendo sincero con ella.

—¿Por qué será que no puedo mentirte?

Kate se rió y sacudió la cabeza.

—No será porque no lo hayas intentado. Es porque te conozco demasiado bien. Además, se te nota perfectamente cuando mientes.

—¿Se me nota? ¿En qué?

—Se te hinchan las aletas de la nariz cuando lo haces —respondió ella, y frunció el ceño al pensar en esa mujer con la que su hermano había estado perdiendo el tiempo—. Creía que ya habías dejado a esa «barbie» cabeza hueca.

Él sonrió divertido aun cuando intentó que su voz sonara seria.

—Oye, un poquito de respeto. Estás hablando de la «barbie» cabeza hueca de la que estoy enamorado.

Kate dudaba mucho que su hermano hubiera estado enamorado alguna vez. Como mucho encaprichado.

—Ya. Por lo menos durante lo que queda del día —respondió cáustica.

—¿Qué otra cosa tenemos, sino el momento presente? —dijo él con mucho teatro.

Kate suspiró. Tal vez ella no tuviera apenas vida social, pero lo de su hermano era exagerado. Podría aprovechar mucho mejor su tiempo.

—En serio, Kullen, no sé qué es lo que ves en esa mujer. Tiene el cerebro de un mosquito.

—¿Y qué? No voy a hacerle un test de inteligencia.

Sabía que podía aspirar a algo mejor, pero también que, si lo dijera en voz alta, su hermano lo negaría.

—Eres imposible, Kullen.

—Pero soy feliz —replicó él con una amplia sonrisa—. Muy, muy feliz. Deberías probarlo alguna vez.

Ella se puso a la defensiva.

—¿El qué, salir con Allison?

—No —respondió él, poniéndose serio—, ser feliz. No todos los hombres son unos cerdos.

«No, sólo los hombres por los que me siento atraída». Kate cerró los ojos un segundo.

—No vayas a ponerte como mamá.

—Eh, ella lo hace porque te quiere —respondió Kullen, retrocediendo un par de pasos.

—Acuérdate de eso cuando empiece a hacer de celestina contigo.

Kullen esbozó una sonrisa traviesa.

—Antes tendrá que pillarme. Además, ahora mismo, tú eres su pequeño proyecto, y dada tu reticencia a colaborar, me parece que va a estar ocupada contigo durante muuucho tiempo.

Kate le señaló la puerta.

—Largo.

Él ya iba a salir cuando le guiñó un ojo y le dijo:

—No te enfurruñes, Kate. Los dos sabemos que no te duran mucho los enfados que tienes conmigo.

—Pues te aseguro que esta vez voy a intentar que me dure —le informó ella. Y cuando su hermano estaba saliendo, alzó la voz para añadir—. Y no lo olvides, me debes una.

Kullen se volvió.

—¿Cómo dices?

—Que me debes una por haber aceptado a tu cliente —le respondió Kate con retintín.

La curiosidad se apoderó de Jackson.

—¿O sea, que de verdad necesitaba un abogado?

—Pues sí, extrañamente sí.

Kullen se rió.

—Vaya... Mamá está mejorando.

—Tú ríete; ya te llegará tu sanmartín.

Él sonrió de oreja a oreja.

—Eso no sucederá.

—No subestimes a mamá —le advirtió Kate—. Cuando se le mete algo en la cabeza es como un perro de presa que agarra a su víctima por la yugular y no la deja escapar.

—Primero tendrá que acorralarme —dijo Kullen justo antes de que la puerta se cerrara tras él.

«Ya lo hará, Kullen», le respondió ella para sus adentros. «Ya lo hará».

Capítulo 4

KATE tenía toda la intención de llamar a su madre para hacerle saber que no le hacía gracia que la manipulara de aquella manera, pero justo cuando iba a hacerlo sonó el teléfono. La llamaban porque se había convocado una reunión general. Por el momento tendría que dejar a un lado los asuntos personales, pero cuando llegara a casa la llamaría, se dijo.

Sin embargo, cuando acabó la jornada y regresó a casa de lo único de lo que tenía ganas era de meterse en la cama.

El día siguiente fue igual de ajetreado, y sin saber cómo, se encontró de repente en el viernes, el día de la fiesta a la que la había invitado su nuevo cliente.

Echando la vista atrás, Kate no estaba segura siquiera de por qué había aceptado su invitación. Quizá era porque se sentía un poco atraída hacia aquel hombre, sugirió aquella impertinente vocecilla en su mente. Fuera como fuese, y tenía que reconocer que sí era atractivo, estaba dispuesta a luchar contra esa atracción con todas sus fuerzas.

Le había llevado mucho tiempo reponerse después de romper con Matthew. Estaba cansada de hacerse ilusiones para que luego esas ilusiones acabasen siendo machacadas por hombres que no merecían la pena.

Irónicamente, con Matthew había creído que había encontrado al hombre perfecto: guapo, inteligente, con ambiciones... Y había habido química entre ellos, ese algo mágico que le hacía a una sentir mariposas en el estómago.

Ya no se fiaba de la química. La había cegado y no le había dejado ver cosas de las que, de otro modo, se habría dado cuenta antes, como el hecho de que Matthew era uno de esos hombres para los que la palabra «fidelidad» no era más que eso, una palabra.

Por todo eso, esa mañana, al levantarse, se había propuesto vestirse de un modo sobrio para darle a entender al señor Wainwright que su relación era estrictamente profesional, pero era como si una parte de ella se hubiera rebelado, y se había encontrado dejándose el cabello suelto, en vez de recogérselo, como hacía siempre que tenía un juicio, se había pintado un poco, y aunque se había puesto un traje de chaqueta y falda, distaba mucho de lo que solía ponerse para dar una imagen de abogada seria y solvente. El traje, de color turquesa, llamaba la atención; la falda, de tubo, le quedaba ligeramente por encima de la rodilla, dejando al descubierto sus torneadas piernas; y la blusa era color crema, a juego con los zapatos de tiras que tenían casi tres centímetros más de tacón que los que solía ponerse para trabajar.

Cuando bajó y se miró en el espejo del vestíbulo vaciló. Parecía una de esas abogadas que salían en las películas, tan arregladas y sofisticadas. Si no fuera porque ya iba tarde subiría a su habitación otra vez y se pondría uno de esos trajes oscuros que la hacían parecer varios años mayor. O al menos eso fue lo que se dijo mientras salía.

—Oye, qué guapa estás —le dijo Kullen, nueve horas después al cruzarse con ella en el pasillo, cuando iba a salir para ir a la fiesta.

Kate se detuvo un momento y lo miró.

—Lo dices como si te sorprendiera.

—Es que estoy sorprendido —admitió él—. Había olvidado lo guapa que puedes llegar a ser cuando no estás intentando impresionar a Rothchild con tu intelecto.

Su padre siempre había dicho que ningún hombre creía que una mujer pudiese ser a la vez guapa e inteligente, y le había aconsejado que, si quería llegar a algún sitio en el mundo de la abogacía, tenía que escoger cómo quería que la viesen los demás: si como una mujer bonita o una mujer inteligente.

Kate se había tomado aquel consejo muy en serio y había escogido mostrarse como una mujer inteligente, vistiéndose de una manera sobria que no llamara la atención. Pero como no tenía el menor interés en escuchar las observaciones pseudo-intelectuales de su hermano, fingió no comprender a qué se refería.

—No voy a tratar siquiera de descifrar ese comentario tuyo; me quedaré con el cumplido y me iré.

—Ahora que lo mencionas... —dijo él mirándola de arriba abajo—, ¿dónde vas?

—A lo mejor me voy simplemente a casa.

Kullen sacudió la cabeza.

—¿Así vestida? ¿Y maquillada? Algo me dice que no. ¿Tienes una cita, Katie? —inquirió con incredulidad.

Había sido un día muy largo, y Kate estaba empezando a irritarse y perder la paciencia.

—¿Qué, es que ahora mamá te tiene espiando para ella?

—¿Has pensado alguna vez que a lo mejor es que me preocupo por ti? —le espetó él, poniéndose serio.

Kate sabía que se preocupaba por ella, igual que ella por él, pero también sabía que no por eso iba a perder una oportunidad de hacerla rabiar.

—No, nunca se me había ocurrido.

Kullen se puso una mano en el corazón y le dijo con mucho dramatismo.

—Me has herido.

—No te preocupes; tu herida sanará —le aseguró ella—. Pero no te olvides de ponerte las inyecciones; la exposición prolongada a las «barbies» cabeza hueca puede hacer que las heridas se infecten —añadió mirándolo por encima del hombro mientras se daba la vuelta.

Y cuando se alejaba hacia los ascensores oyó tras de sí las risas de su hermano.

Una media hora después, tras ir a paso de caracol por culpa del tráfico, Kate dejó su coche en el aparcamiento que había frente al banco. Le había llevado treinta minutos hacer un recorrido de diez manzanas. ¡Increíble!

El edificio del Republic National Bank tenía diez plantas, y si era impresionante de día, más lo era de noche, parcialmente iluminado.

Kate tuvo que pasar por un control de seguridad en el vestíbulo antes de poder dirigirse a los ascensores. Mientras esperaba con otras personas para subir a la última planta, se le pasó por la mente la idea de darse la vuelta y salir de allí.

Podría ponerle alguna excusa a Wainwright, decirle que le había surgido algo en el último minuto, pero eso sería huir, y la hija de Anthony Manetti jamás huiría ante ninguna situación.

Además, ¿de qué tenía miedo?, se preguntó mientras entraba en el ascensor. Sabía perfectamente lo que pasaría si cedía a la química que había entre ellos, y precisamente por eso no lo haría.

No había nada que temer, se dijo para tranquilizarse, pero a pesar de todo sintió como los nervios le atenazaban el estómago a medida que subían, planta tras planta.

Según le habían explicado a Jackson, aquel salón había sido antes una sala de conferencias. Entre otras cosas, se había derribado la pared este, uniéndola con la sala contigua, y se había logrado un espacio el doble de amplios que se utilizaba para todo tipo de eventos y celebraciones.

Como movido por una fuerza magnética, Jackson, que estaba charlando con Ed Wynters, el vicepresidente de Préstamos Equity, giró la cabeza hacia la puerta, y vio que acababa de entrar su nueva abogada.

Era tan bonita que estaba seguro de que si Jonah la viera querría añadirla a sus trofeos, se dijo, y sin saber muy bien por qué, sintió de pronto un impulso de protegerla.

—Disculpe —le dijo a Wynters—; acabo de ver a alguien con quien necesito hablar un momento.

Wynters se giró para ver de quién se trataba, y sus labios se curvaron en una sonrisa lobuna.

—Te entiendo; si yo no estuviera felizmente casado, también querría hablar con ella.

Jackson, que ya estaba alejándose entre la gente, no respondió.

—Al final has venido —le dijo a Kate cuando llegó junto a ella.

Kate se volvió al oír su voz.

—Te dije que vendría —le recordó, omitiendo que de camino allí se había pensado un par de veces dar media vuelta.

—Sí, lo sé, pero pueden pasar tantas cosas en unas pocas horas...

El que pareciera leer en ella como en un libro abierto incomodaba a Kate. Ésa no era la imagen que quería dar, la de una mujer vacilante, indecisa.

—Bueno, pero por suerte no ha pasado nada —respondió, obligándose a esbozar una sonrisa—. ¿Y bien, has traído esos papeles contigo?

—¿No me digas que pretendes agarrarlos y salir corriendo? Quédate unos minutos —la instó él, poniéndole una mano en la cintura para conducirla hacia la mesa del bufé—. Disfruta de la comida; es deliciosa —entonces se acordó de que era su madre quien se había encargado del catering, y se rió por haberlo olvidado—. Pero imagino que eso ya lo sabrás, ¿no?

Kate respondió con una sonrisa algo forzada. Sí, su madre era una cocinera excelente, de eso no había duda. Sus defectos eran otros: tenía que aprender a no meterse en los asuntos ajenos.

—Además, quería hacerte unas preguntas —añadió Jackson.

Kate no le estaba prestando atención. No podía ignorar la sensación de que estaba siendo observada, y paseó la vista por la sala intentando localizar a su madre, aunque sabía que, con toda la gente que había, encontrar una cara entre la multitud no era tarea fácil.

Pero apostaría su sueldo de todo un año a que su madre rondaba por allí.

Theresa Manetti tenía por costumbre estar presente en todas las fiestas para las que contrataban su servicio de catering para asegurarse de que todo estuviese perfecto... y solucionar cualquier problema que pudiese presentarse.

Claro que si su madre sabía que estaba allí, probablemente estaría intentando pasar desapercibida.

«Sal de donde estés, madre... No podrás seguir escondida durante mucho tiempo».

De pronto, Kate se dio cuenta de que su nuevo cliente le estaba preguntando algo, y obligándose a esbozar una sonrisa centró su atención en él.

—Perdón, ¿qué decías? Creí haber visto a alguien que conozco, pero era otra persona.

—Te preguntaba si te apetece beber algo —respondió Jackson, señalando la barra del bar con un ademán.

Kate asintió y se dirigieron allí. En fin, ¿qué daño podía hacer que se quedase un poco?, se dijo. Además, tampoco tenía nada urgente que hacer.

—Un vodka con naranja —le dijo al hombre que estaba tras la barra.

Los ojos de Jackson recorrieron su figura, desde los pies hasta el rostro, y Kate casi sintió como si unos dedos invisibles la acariciaran.

—Pensé que pedirías algo más exótico —comentó.

¿Por qué le parecía de repente que hacía calor allí? ¿Había entrado otro centenar de personas?, ¿o es que se estaba acabando el oxígeno?

—Me gusta el vodka con naranja —respondió con la boca seca.

—Intentaré recordarlo —le respondió él, y por algún motivo esa respuesta sonó como una promesa.

—Señora Manetti, nos estamos quedando sin servilletas —le dijo Eva, una guapa pelirroja a la mujer que era poco menos que una santa a sus ojos.

Gracias a Theresa Manetti había conseguido aquel trabajo que le permitiría ahorrar lo suficiente como para seguir sus estudios y no tener que dejar la universidad.

—Hay más en la furgoneta —le respondió Theresa sacando las llaves de su bolsillo. Se las tendió y le dijo—: Toma, y llévate a Jeffrey contigo. Está aparcada en el sótano, justo al salir del ascensor.

Eva esbozó una sonrisa paciente.

—No me hace falta que me acompañe Jeffrey, señora Manetti. Puedo ir a por las servilletas yo sola.

—Pero Eva, el resto del edificio está vacío y tú eres una joven muy atractiva —le dijo Theresa, dándole unas palmaditas cariñosas en la mejilla. «Los jóvenes no le tienen miedo a nada», pensó. No eran conscientes de los peligros que acechaban detrás de cada esquina—. Mejor ir con precaución que tener que llorar luego. Anda, hazlo por mí; llévate a Jeffrey contigo.

—Se preocupa usted demasiado —respondió Eva en un tono afectuoso.

Theresa se rió suavemente.

—Mi hija me lo dice constantemente.

—Mi madre nunca se preocupa por mí —le confesó Eva. Se quedó callada un momento y añadió—: Es agradable que alguien se preocupe de ti. Gracias, señora Manetti; iré a buscar a Jeffrey.

—Ésa es mi chica.

Cuando Eva se hubo marchado, Theresa lanzó una mirada hacia donde estaba su hija, hablando con Jackson Wainwright, pero justo en ese momento se le acercó uno de los camareros para preguntarle algo sobre los canapés, y sin darse cuenta se encontró de nuevo muy ocupada con todos los detalles que debía atender.

—Bueno, ¿qué preguntas eran ésas que querías hacerme? —inquirió Kate.

Llevaban varios minutos charlando de cosas sin importancia, y tenía la impresión de que Jackson estaba tratando de flirtear con ella. Lo peor era que no podía evitar responder a su flirteo, pero en su defensa podía decir que le pasaría a cualquier mujer con sangre en las venas. Siempre y cuando no se permitiese tomárselo en serio, no habría problema.

Él tomó un trago de su copa y le sonrió, mirándola a los ojos.

—¿Estás así de centrada todo el tiempo?

—¿Ésa es una de las preguntas que querías hacerme, o sólo algo que se te acaba de pasar por la cabeza? —inquirió ella, devolviéndole la pelota.

Estaba empezando a sentirse acalorada otra vez, y no estaba segura de si era por el modo en que Jackson estaba mirándola o si era que el vodka con naranja se le estaba subiendo a la cabeza. En cualquier caso, pedir una bebida alcohólica no había sido una buena idea.

—¿Tu respuesta sería distinta en un caso y en otro? —le preguntó él.

De acuerdo, si quería jugar, jugarían. Así tal vez le daría esos papeles.

—Sólo estoy aquí como abogada, y precisamente por eso estoy intentando mantenerme centrada en lo que me ha traído aquí.

—Así que... si te hubiera pedido que vinieses, no como mi abogada, sino como la mujer extraordinariamente atractiva que eres, ¿no estarías así de centrada?

La intensidad de su mirada había hecho que se le secara la boca, y Kate no contestó hasta no haber tomado otro sorbo de su bebida.

—No lo sé, pero he venido a recoger esos papeles; los que me permitirán ampliar la validez del fideicomiso de tu hermano, ¿recuerdas?

—¿Crees que podrías olvidarte de eso durante unas horas? —le pidió él—. Es viernes, y el viernes empieza el fin de semana. No tienes que ponerte con ello hasta el lunes por la mañana.

Cuando Kate tuvo que recordarse que tenía que respirar, se dio cuenta de que aquello no iba bien; nada bien. Se aclaró la garganta y le respondió:

—Es que me gusta llevarlo siempre todo por delante, y a veces eso significa echar algunas horas del fin de semana.

La sonrisa de Jackson pareció filtrarse a través de sus huesos, y Kate sintió como si se estuviera derritiendo.

—Ya veo. Bueno, desde luego tengo que decir que me alegro de que tu madre me diera tu nombre además del de tu hermano, y que tu hermano no estuviera disponible, porque es evidente que como abogada vales cada centavo del dinero que voy a pagarte. Y por cierto, ya que hablamos de eso...

Kate se había perdido.

—¿De dinero? —inquirió confundida.

—No —replicó él riéndose—, de tu madre —señaló con su copa—. Está allí mismo.

Kate se volvió, y no sólo la vio, sino que sus ojos se encontraron.

—Sí, eso veo.

Al ver que Kate no hacía ademán alguno de saludarla con la mano ni de ir junto a ella, Jackson sintió curiosidad.

—¿Es que no os habláis?

—No, es que está trabajando; y no quiero molestarla —respondió Kate.

Además, si se acercaba, en vez de hablar, lo más probable era que se pusiese a pegarle gritos delante de toda aquella gente, añadió para sus adentros.

—De modo que éste era el motivo por el que no me podías prestar el dinero cuando te lo pedí el otro día —dijo alguien de pronto, en tono acusador.

Jackson y Kate se volvieron a la vez al oír aquella voz masculina detrás de ellos, aunque a Jackson no le habría hecho falta girarse para ver de quién se trataba.

—Estoy muy dolido de que no me invitaras a esta pequeña fiesta que estás celebrando, hermano. Pero aún puedes arreglarlo —le dijo el hombre a Jackson, casi de un modo magnánimo.

Sus ojos recorrieron lentamente el cuerpo de Kate, que se sintió como si de repente se hubiese quedado desnuda y estuvo a punto de levantar las manos para taparse.

—¿No vas a presentarme a esta preciosa criatura?

Kate supo por instinto que tenía que ser Jonah.

Capítulo 5

LA tensión hizo que los hombros de Jackson se pusieran rígidos, y se preparó mentalmente, convencido de que Jonah le iba a montar una escena. No le había dicho nada sobre aquella fiesta, y se preguntó si se habría presentado allí precisamente ese día por casualidad, o si se habría enterado y tendría intención de estropearle el evento.

—Jonah, éste no es el momento —le dijo bajando la voz.

—Ya lo creo que lo es, hermanito —le aseguró Jonah, sin apartar los ojos de Kate—. Y ahora dime quién es esta encantadora criatura.

Jackson la miró, como pidiéndole permiso para presentarla, y ella asintió con la cabeza.

Con disimulo, Jackson los condujo a un rincón apartado y menos concurrido.

—Jonah, te presento a nuestra nueva abogada, Katherine Manetti. Kate, te presento a Jonah, mi hermano mayor.

Cuando Kate le tendió la mano, Jonah la tomó entre las suyas, y sus ojos castaños la escrutaron con curiosidad.

—Siempre es un placer conocer a una mujer hermosa, ¿pero para qué necesitamos una abogada? —preguntó lanzándole una breve mirada a Jackson—. ¿O eres tú quien la necesita? ¿No será que estás preparándote por si te acusan por malversación de fondos o algo así, hermanito?

—Va a ocupar el lugar de Mort.

—Ah, sí... —asintió Jonah, sin soltar la mano de Kate—. Nuestro querido Mortie... —se inclinó hacia Kate, que casi se echó para atrás por el pestazo a alcohol de su boca, y bajando la voz, como si fuera a contarle algún oscuro secreto, le dijo—: El pobre Mortie se ha ido al gran juzgado de los cielos. O a donde sea que van los abogados inútiles y molestos —le sonrió, y Kate comprendió entonces lo que Jackson le había dicho acerca de su «encanto especial». Tenía una sonrisa capaz de desarmar a cualquiera—. No pretendo ofenderla, bella señorita, ¿pero para qué necesitamos a otro Mortie, aunque sea del género femenino? —era evidente que la pregunta iba dirigida a su hermano aunque siguiera con los ojos fijos en ella—. Lo único que hacía era vigilar ese estúpido fondo fiduciario con puño de hierro, como un ogro. Además, su trabajo habría terminado el mes que viene de todos modos. Justo el día de mi cumpleaños, cuando cumplo el número mágico, ¿recuerdas, Jackson?

—Lo recuerdo —respondió su hermano, manteniendo a raya sus emociones—. Y por eso precisamente necesitamos a la señorita Manetti.

Los labios de Jonah se curvaron en una sonrisa si-
bilina.

—Bueno, a mí se me ocurren un montón de razones por las que podríamos... o yo al menos... necesitar a la señorita, aunque ninguna tiene que ver con
ese condenado fondo.

—Ya basta, Jonah —le ordenó Jackson.

Jonah apenas pareció prestar atención al tono de
advertencia en la voz de su hermano.

—¿Ya basta de qué? Sólo me estoy divirtiendo un
poco —dijo mirándole con insolencia.

—Jonah, me parece que ya es hora de que...

Kate sabía que iba a decirle que se marchase, y se
temía lo que iba a pasar: que Jonah se negaría y empezarían a discutir, con lo que conseguiría exactamente lo que estaba segura que Jackson quería evitar:
una escena. Por eso, se colocó entre ellos y le sugirió
al mayor de los Wainwright:

—Jonah, ya que soy tu abogada, ¿qué te parece si
vamos a algún sitio donde podamos hablar más tran-
quilos y conocernos mejor?

Jonah sonrió como un crío que acabara de ganar a
su hermano en algún juego, y mirándolo por encima
de la cabeza de Kate, le dijo:

—Lo siento, hermanito, parece que la dama prefiere el encanto a la inteligencia.

Kate estaba cometiendo un error, pensó Jackson.
No tenía ni idea de cómo era Jonah, ni de lo que era
capaz cuando se emborrachaba.

—Kate, no tienes por qué... —comenzó a decirle.

Sin embargo, ella ya había entrelazado su brazo con el de Jonah, y volviendo la cabeza hacia él, lo interrumpió:

—Cuando empiezo a trabajar con un nuevo cliente me gusta saber un poco más de él.

Con la mirada parecía estar diciéndole que era mejor que se mantuviese al margen, y que sabía lo que estaba haciendo.

Jackson se debatió entre la caballerosidad y la lógica. Sólo llevaba unas semanas en Bedford, y la idea de aquella fiesta era integrarse con la gente con la que iba a trabajar. No quería darles una mala impresión enzarzándose allí con su hermano. No era el momento ni el lugar para airear los trapos sucios. Sólo esperaba que Kate supiera de verdad lo que estaba haciendo.

—Hay una cafetería a la vuelta de la esquina —le dijo Kate a Jonah—. ¿Por qué no vamos allí?

—Mi piso tampoco está lejos de aquí —contestó Jonah en un tono sugerente—. También podríamos ir allí.

«Puedes esperar sentado», le respondió ella para sus adentros.

—Sí, pero no tenemos que dar ni dos pasos para ir a la cafetería —replicó ella.

Jonah dejó escapar un suspiro.

—Está bien, está bien. Iremos a la cafetería —repitió, asintiendo con resignación.

Jackson sabía por qué estaba haciendo Kate aquello, y no le parecía bien. Jonah era su problema, y ella no tenía por qué cargar con él; sólo era su abogada.

—Kate...

—Asúmelo, Jackie, la señorita ya ha elegido —lo picó Jonah.

Y tras decir eso, con la confianza en sí mismo que le otorgaba el llevar a Kate del brazo, Jonah la condujo fuera.

Cuando llegó el ascensor, Kate se soltó del brazo de Jonah para entrar. No tenía la menor intención de continuar cerca de él más tiempo del estrictamente necesario.

Con suavidad pero también con firmeza, le dijo:

—No vuelvas a poner a tu hermano en un apuro así, Jonah.

Él esbozó una sonrisa divertida. Parecía impresionado.

—Vaya, la dama saca las uñas... Me gustan las mujeres con carácter.

En un abrir y cerrar de ojos llegaron a la primera planta, y cuando salieron del edificio, Kate giró la cabeza hacia él y le preguntó:

—¿Por qué haces eso?

Jonah enarcó las cejas.

—¿El qué?

—Comportarte como si fueras una caricatura de la oveja negra de la familia —respondió ella mientras doblaban la esquina.

Jonah se encogió de hombros.

—Tal vez porque lo soy.

Habían llegado a la cafetería, y Jonah abrió la puerta y la sostuvo para que entrara. Estaba bastante llena, pero consiguieron encontrar una mesa libre. Al poco rato les atendió un camarero, y Kate pidió café para los dos a pesar de las protestas de Jonah, que quería algo más fuerte. Luego, cuando el camarero se hubo marchado, Kate retomó la conversación diciéndole:

—A mí me parece que eres más que una oveja negra, que debajo de esa coraza sarcástica se esconde mucho más.

—Si quieres intentar quitarme las piezas de la armadura una a una y ver qué hay debajo, me quedaré muy quieto y te dejaré —le dijo en un tono obsceno.

Al poco rato les llevaron los cafés que Kate había pedido y ella tomó un sorbo del suyo.

—Tu hermano me ha dicho que tienes talento para el arte, para la pintura —le dijo.

El día que habían almorzado juntos, Jackson le había contado que sus padres habían hecho todo lo posible por impulsar esas dotes creativas, comprándole lienzos, un caballete, pinceles, óleos...

Jonah se encogió de hombros.

—Ya hace mucho que no pinto.

—A lo mejor es que tienes miedo de ese talento —sugirió ella—. Puede que no te atrevas a explorarlo. Pero si no echas toda la carne en el asador nunca sabrás si podrías llegar a algo. Por eso, en vez de intentarlo, te refugias en toda clase de excesos.

Él la miró fijamente.

—Y a lo mejor tú eres una psiquiatra frustrada.

La aspereza de su tono no la achantó. Era evidente que aquella respuesta no era más que un acto reflejo, el erizo amenazándola con sus púas porque estaba asustado. Le había tocado la fibra sensible. Jonah era una oveja descarriada que intentaba ocultar sus defectos con una fanfarronería abrasiva.

—Tu hermano se ha mudado aquí a Bedford para estar más cerca de ti.

—Más bien para tenerme controlado —gruñó Jonah irritado—. Además, nadie se lo ha pedido.

—Cierto, pero tal vez es que sea capaz de reconocer un grito de auxilio cuando lo oye.

—Tampoco ha gritado nadie —replicó Jonah con desdén, pero luego la expresión de su rostro se suavizó, y sonriendo de nuevo, le dijo—: No, tienes razón; mi hermano es un buen chico que ha pasado un verdadero calvario conmigo.

Kate tenía la sensación de que Jonah querría que las cosas fuesen de otra manera, pero no sabía cómo cambiarlas.

—¿Y entonces por qué no te apiadas de él y le das un respiro?

Jonah esbozó una sonrisa lobuna.

—Porque es lo que él espera. Tengo una reputación que mantener, ¿sabes? Además, ser un metepatas es lo que mejor se me da.

—Estoy segura de que no piensas de verdad eso de ti —le dijo Kate.

Jonah se encogió de hombros, en una clara muestra de desprecio a sí mismo.

—Ya lo creo que sí.

—Pues no tiene por qué ser así —dijo ella en un tono suave.

Jonah, que no parecía querer continuar con aquel tema, cambió el rumbo de la conversación.

—Cuando por fin tenga acceso a ese maldito fondo, Jackson ya no tendrá que volver a saber nada de mí si no quiere.

Kate se quedó mirándolo en silencio antes de preguntarle:

—¿Y qué piensas hacer con el dinero?

—Disfrutarlo —respondió él con entusiasmo.

—Querrás decir gastártelo.

Él se rió.

—Es una forma de verlo. Si quieres puedes ayudarme a gastarlo. No me vendría mal tener a un bombón como tú a mi lado ahora que voy a vivir a lo grande. Es un montón de dinero —le dijo con un guiño, como si le estuviera haciendo una confidencia—. Claro que imagino que eso tú ya lo sabes.

La verdad era que no sabía aún los detalles exactos. Kate lo observó pensativa mientras tomaba otro sorbo de su café.

—¿Y qué harás cuando te quedes sin dinero?

Él se encogió de hombros, dando a entender que eso no le preocupaba.

—Tardaré bastante en gastármelo todo; ya lo pensaré en su momento —contestó con un matiz de impaciencia en su voz. A Jonah no le gustaban los obstáculos, porque en vez de empujarlo a luchar, lo hacían desistir—. ¿Sabes?, me recuerdas a mi hermano. A él también le preocupa el futuro. Y el futuro no es más que... en fin, algo lejano que aún no ha pasado. ¿Quién sabe?, a lo mejor la palmo antes de que me quede sin dinero.

Kate pensó en lo que le había dicho Jackson sobre la afición de su hermano a las drogas y su tendencia a mezclarse con gente poco recomendable.

—Puede ser, pero imagino que no es eso lo que quieres.

—Ahora mismo lo que quiero —murmuró él inclinándose hacia ella— es que me caliente los pies una mujer preciosa y con mucha clase.

Kate ignoró sus insinuaciones y, tratándolo como a un cachorrillo excitable, le dijo:

—No digo que la idea no resulte tentadora, pero eres mi cliente, Jonah, y hay ciertas reglas que debemos respetar.

—No soy tu cliente —protestó él—; tu cliente es Jackson.

—En realidad, los dos sois mis clientes —lo corrigió Kate.

Por el momento no había necesidad de entrar en detalles.

Jonah suspiró. Cualquier cosa por la que tuviera que esforzarse no merecía la pena.

—¿Eso es un no?

—Un no por razones éticas —contestó ella con una sonrisa.

—Pues es una pena —dijo Jonah decepcionado—, porque habría sido una noche increíble.

Como no le costaba nada halagarlo un poco para no herir su orgullo, Kate respondió:

—Estoy segura de que sí.

El rostro de Jonah se iluminó. Era evidente que había malinterpretado sus palabras y creía que iba a conseguir lo que quería después de todo.

—Bien, pues entonces... ¿por qué no...?

—Me expulsarían del colegio de abogados, Jonah —lo cortó ella—. ¿Quieres que te busque un taxi?

Jonah la miró confundido.

—¿Por qué? ¿Voy a alguna parte?

—A tu casa.

Kate le había pedido un café con la esperanza de que se despejase un poco, pero Jonah ni lo había tocado.

—Pero mi coche... —comenzó Jonah, señalando con un gesto vago el otro lado de la calle a través del cristal junto al que estaban sentados.

Parecía como si el aparcamiento se hubiera movido, pensó. O tal vez era la tierra la que se había movido. Fuera como fuera se dio cuenta de que lo que estaba señalando era una joyería.

—... seguirá ahí mañana por la mañana —dijo Kate. No iba a dejarlo conducir en ese estado—. ¿No querrás arriesgarte a que te quiten el carné o a matar a alguien en la carretera?

Una sonrisa boba se dibujó en la cara de Jonah.

—Oh, Katie... ¡Te preocupas por mí!

—Tu hermano me ha dicho que ha tenido que ir más de una vez a comisaría a pagar una fianza para que no pasaras la noche allí porque te habían arrestado por embriaguez o por causar desórdenes públicos.

—Sí, el bueno de Jackie es como la caballería; siempre tiene que venir en mi auxilio. Se merece algo mejor.

Kate no hizo ningún comentario al respecto.

—Pero algún día se te acabará la suerte y Jackson ya no podrá ayudarte. Si me aceptas un consejo, creo que deberías replantearte tu modo de vida ahora que aún estás a tiempo.

—¿Sabes? No eres tan divertida como pareces —se quejó Jonah.

Kate se rió.

—No es la primera vez que me lo dicen —admitió.

Claro que los hombres que se lo habían dicho habían sido sapos disfrazados de príncipes azules.

Jonah pagó los dos cafés, salieron, y Kate, aprovechando que se acercaba un taxi que iba libre, silbó y levantó la mano para pararlo. El taxista se detuvo junto a la acera, y Kate le abrió la puerta a Jonah para que entrara.

Jonah se subió, y alzó sus ojos hacia Kate, que aún estaba sujetando la puerta, con una mirada de perro perdido.

—¿Seguro que no quieres venir conmigo?

Kate sonrió.

—Seguro. Que descanses, Jonah.

—Descansaría mejor contigo en mi cama —gruñó él.

«Ni en tus sueños», respondió ella para sus adentros. Cerró la puerta y se despidió de él con la mano. El taxista se volvió para preguntar a Jonah dónde quería que lo llevara, y cuando éste le dio la dirección, después de una última mirada lastimera a Kate, se alejaron calle abajo.

Kate suspiró, y por un momento pensó en volver a la fiesta, porque Jackson no le había dado los papeles que había ido a recoger, pero estaba cansada.

Ya los recogería el lunes, decidió, echando a andar hacia el paso de cebra para cruzar al aparcamiento, donde había dejado su coche.

Bueno, al menos había evitado que Jonah montase una escena en la fiesta, y había tenido la oportunidad de conocer en persona a la oveja negra de la familia Wainwright, y aunque era más una oveja gris que una oveja negra, no resultaba difícil imaginar la carga que había debido ser para Jackson durante todos esos años.

Al llegar a casa, Kate decidió que lo primero que iba a hacer era darse un buen baño relajante. Se lo había ganado. Sin embargo, apenas había cerrado la puerta y se había quitado los zapatos cuando llamaron al timbre.

Kate dio un respingo. «¿Quién será?», se preguntó irritada. No estaba esperando a nadie. Kullen tenía la mala costumbre de presentarse sin avisar, pero nunca un viernes por la noche. Se quedó callada y quieta un instante, esperando a ver si quien quisiera que fuese se marchaba, pero el timbre volvió a sonar.

Kate suspiró y, dándose por vencida, se dirigió hacia la puerta. Abrió, pero sólo una rendija, sin quitar la cadena, y para su sorpresa se encontró con un repartidor con un ramo enorme de rosas blancas.

—Entrega para la señorita Manetti —dijo.

—Un segundo —respondió ella.

Cerró, retiró la cadena, y abrió del todo. El chico le tendió el ramo, y Kate lo tomó aturdida y se quedó mirándolas. Nunca le habían enviado flores.

—¿Seguro que son para mí? —le preguntó al chico.

Él levantó la carpetilla que llevaba para mostrár-
sela.

—La dirección y el nombre que hay en su buzón
concuerdan —respondió—. ¿Es Katherine Manetti?

—Eh... sí —balbució ella.

—Pues entonces firme aquí —dijo el chico tendiéndole un bolígrafo y señalándole la parte inferior
de la hoja.

Kate garabateó su nombre y le devolvió el bolígrafo.

—Gracias. Que las disfrute —murmuró el mucha-
cho, y se dio media vuelta para irse.

Kate cerró la puerta con la espalda, y tomó la tarjeta que llevaba el ramo para leerla. *Gracias. J.
Wainwright*, era lo único que decía. Kate frunció el
ceño. ¿Sería de Jonah, que quería agradecerle que
hubiese ido a tomar un café y charlar con él, o de
Jackson para darle las gracias por haberse llevado a
su hermano antes de que montase una escena?

Cerró los ojos un instante y rogó por que las flores no fueran de Jonah. Si se las había mandado él,
eso significaba que sabía dónde vivía, y era capaz de
presentarse allí. No le hacía ninguna gracia que un
cliente invadiera su intimidad.

Miró el anverso de la tarjeta, donde figuraba el
número de teléfono de la floristería. Lo primero que
haría al día siguiente nada más levantarse, se dijo, sería llamar e intentar averiguar si esa J era de Jonah o
de Jackson. Pero en ese momento la esperaba el
baño, y no lo iba a hacer esperar, se dijo sonriendo.
Buscó un jarrón para poner las flores, y después de
dejarlo en la mesita del salón subió al piso de arriba.

Capítulo 6

CUANTO más rato se quedaba en la bañera, menos ganas tenía Kate de salir. Pero tenía que hacerlo, se dijo, o se quedaría dormida. Todo el cansancio y el estrés parecían haberse desvanecido. Desde luego, un baño caliente hacía maravillas. «Sólo un ratito más», se dijo, pero justo en ese momento le pareció que oía el timbre de la puerta otra vez. «¿Quién será ahora?».

Frunciendo el ceño, salió de la bañera, y estaba poniéndose el albornoz cuando volvieron a llamar. ¡Pero bueno!, ¡qué prisas!

Mientras bajaba las escaleras descalza, como la parte superior de la puerta de entrada era de vidrio esmerilado, pudo ver lo que parecía la silueta de un hombre, a juzgar por sus anchos hombros. ¿Sería otro repartidor?

Al llegar a la puerta se detuvo y preguntó:

—¿Quién es?

—Soy Jackson.

Aliviada de que no fuera Jonah, Kate abrió la puerta antes de que, un segundo después, pasaran dos preguntas por su mente: qué estaba haciendo allí y cómo sabía dónde vivía.

Kate se sintió vulnerable de repente, pero se repuso rápidamente y abriendo la puerta del todo para que pasara, le preguntó:

—¿La fiesta acabó antes de lo que pensabas?

«La fiesta acabó en cuanto tú te marchaste», se encontró respondiendo Jackson para sus adentros. Claro que no iba a admitir eso en voz alta. Había un buen número de razones para no hacerlo, y la más importante de todas era que no quería que su nueva abogada pensara que Jonah y él eran iguales. No, él era el hermano civilizado.

Aunque a decir verdad, en ese momento se sentía más bien como un cavernícola, presa de sus hormonas, con aquella preciosa mujer delante de él, que probablemente no llevaba nada debajo del albornoz. Además, el olor a jazmín y vainilla que desprendía Kate no lo dejaba pensar.

—Eh... no, acabó cuando tenía que acabar. Es sólo que quería venir para darte las gracias en persona por llevarte a Jonah —le dijo con una sonrisa amarga—. Nunca se ha preocupado por las consecuencias que puedan tener sus actos —en ese momento sus ojos se posaron en el jarrón con las rosas blancas sobre la mesita del salón—. Ah, veo que llegaron mis flores.

¿Sus flores? Kate giró la cabeza en esa dirección. De modo que había sido él quien las había enviado...

—Oh, sí. Gracias, son preciosas. Aunque debiste hacer el pedido en cuanto me fui de la fiesta para que llegaran tan pronto.

—Es lo que hice —asintió él.

Aun así, a Kate no dejaba de asombrarla. Ella había abandonado la fiesta poco después de las seis, y a esa hora la mayoría de las floristerías ya no hacían entregas.

—No puedo creer que lograras encontrar una floristería que aceptase hacer una entrega a esas horas.

—Te sorprendería lo que se puede conseguir cuando te ofreces a pagar el triple.

Kate lo miró con unos ojos como platos. Teniendo en cuenta el precio al que estaban las rosas, si había pagado el triple le habría salido por un ojo de la cara.

—No hacía falta que... —protestó.

—Pues claro que sí —replicó él.

—¿Y si hubiera sido alérgica a las flores? —inquirió ella divertida.

—Pero no lo eres.

Ella enarcó una ceja.

—¿Y eso cómo lo sabes?

—Del mismo modo que sabía tu dirección —respondió él con la sonrisa de un niño al que lo hubieran pillado haciendo una travesura—. Me gusta estar bien informado con respecto a las personas a las que contrato.

—No te preocupes, no me ofende —respondió ella. Por supuesto que la molestaba que la hubiese investigado, pero al fin y al cabo estaba en su derecho—. Soy una persona muy segura de mí misma, y los abogados tenemos algo de pistoleros a sueldo.

Jackson no se la imaginaba de pistolera, aunque, a decir verdad, sí que se la podía imaginar vestida sólo con una botas altas y un cinturón de cuero con sus cartucheras y sus revólveres enfundados en ellas... Se aclaró la garganta, apartando aquella fantasía de su mente. ¿Qué diablos le pasaba?

—Simplificando las cosas, me has contratado para proteger a Jonah de sí mismo aunque a él no le haga gracia la idea —añadió Kate.

Él se puso tenso al instante.

—¿Se lo has dicho?

—Todavía no —se apresuró a tranquilizarlo ella—. Pero de lo que no hay duda es de que cuando lo haga no le gustará.

—Yo me ocuparé de decírselo. Tú no tienes que pasar por eso.

—Puedo hacerlo, Jackson —le dijo Kate con una sonrisa divertida—. Ya no soy una niña.

De eso no había duda, pensó él, mirando de reojo el escote del albornoz, que se había abierto un poco. Se obligó a apartar la vista y le preguntó:

—¿He interrumpido algo?

—Oh, no. Justo estaba saliendo de la bañera cuando has llamado.

—¿Relajándote?

Ella se encogió de hombros.

—Algo así.

—¿Jonah no intentó...? —comenzó a decir Jackson.

—No, ya lo viste; estaba bastante bebido. Le llevé

a la cafetería de la esquina y luego lo metí en un taxi. Tendrá que ir a por su coche mañana; lo dejó en el aparcamiento que hay al otro lado de la calle.

—Wallace lo recogerá por él.

—¿Wallace?

—Wallace Brubaker, el asistente personal de Jonah —le explicó Jackson—. Lleva años a su servicio y Jonah depende de él para todo. No sería capaz de vestirse por las mañanas sin la ayuda de Wallace —añadió esbozando una media sonrisa.

Kate enarcó las cejas.

—Pues quizá vaya siendo hora de que tu hermano aprenda a hacer las cosas por sí solo —sugirió—. Eso lo acercaría un poco más al mundo real.

El olor a vainilla y jazmín que desprendía Kate estaba volviendo loco a Jackson. Necesitaba que se vistiera, y pronto.

—Y ya que hablamos de eso... ¿no crees que tú también deberías hacerlo?

Kate parpadeó confundida.

—¿Hacer qué?

—Vestirte —respondió él, apartando la vista.

Kate bajó la vista al albornoz y vio, para su espanto, que se le había aflojado un poco y que estaba dejando entrever bastante de su pecho desnudo.

—Oh —musitó, sintiendo que los colores se le subían a la cara mientras se apresuraba a apretar el cinturón y cerrarse un poco más el albornoz—. Sí, supongo que debería vestirme —murmuró.

Jackson asintió, manteniendo la vista alejada de ella.

—Buena idea. Yo te esperaré aquí abajo.

Kate se preguntó si sería consciente de que acababa de autoinvitarse a quedarse, o si sería algo que hacía por costumbre, sin pensar. En cualquier caso, lo notaba tenso, y por alguna razón dudaba que esa tensión tuviera que ver con el asunto de Jonah.

Se detuvo después de subir unos escalones, y sin poder resistirse, se volvió para preguntarle:

—¿No será que te hago sentir incómodo, verdad, Jackson?

Él se acercó al pie de la escalera y miró hacia arriba con una sonrisa inescrutable en los labios.

—Ni te lo imaginas.

Kate sintió que una oleada de calor la envolvía, y aquello le sirvió de advertencia: estaba pisando un terreno resbaladizo, y era mejor no tentar a la suerte.

—Vuelvo enseguida —le dijo, y subió el resto de escalones mientras Jackson intentaba, sin éxito, no fijarse en cómo el albornoz se pegaba a las curvas de su cuerpo.

Kate se vistió en menos de cinco minutos. Parte de su prisa se debía a que no quería tener a Jackson esperando, pero también a que una parte de ella temía que Jackson se lo pensara mejor, dejase a un lado su caballerosidad y decidiese subir a «ayudarla» a vestirse. La sola idea de estar desnuda con él, hizo que un intenso calor aflorase en su vientre.

Cinco minutos después bajaba las escaleras aún descalza, con unos vaqueros y un suéter azul oscuro y el pelo recogido en una coleta. El único maquillaje que se había puesto, y a toda prisa, había sido un poco de carmín. Parecía una chica en su primer año de universidad y no una abogada que se había licenciado con las mejores notas de su promoción en la universidad de Stanford.

Jackson estaba justo donde lo había dejado, al pie de la escalera, sólo que mirando hacia la puerta. Cuando la oyó bajar se volvió, y estaba a punto de comentar que nunca había visto a una mujer arreglarse tan rápido, pero aquel comentario murió en sus labios nada más posar sus ojos en ella. De hecho, tuvo que hacer un esfuerzo para cerrar la boca.

Hasta ese momento le había parecido que Kate era una criatura bellísima y sofisticada, pero la joven que tenía ante él era pura dulzura, pura inocencia.

—¿Y tu hermana mayor? —le preguntó.

Kate sonrió azorada.

—Muy gracioso. A veces me gusta vestirme informal —le dijo.

—Bueno, puedo asegurarte que muy pocas mujeres se atreverían a dejarse ver en público sin maquillaje alguno —observó Jackson.

—Yo a esto no lo llamaría «en público»; más bien diría que esto es un contexto íntimo.

Justo después de pronunciar esas últimas palabras se dio cuenta de que Jackson podía malinterpretarlas. De haberse tratado de Jonah, no tenía la menor duda de que lo habría hecho, y en ese momento estaría intentando quitárselo de encima.

Roja como una amapola, murmuró:

—Ya sabes a qué me refiero.

Por supuesto que sabía qué había querido decir, pensó Jackson. Suerte que uno de los dos era capaz de mantener la cabeza fría. Centrándose en el asunto que lo había llevado allí, le tendió un sobre grande que había tenido bajo el brazo hasta ese momento.

—Al final no pude dártelo en la fiesta.

Kate lo tomó y alzó sus ojos hacia los de él.

—¿Son los papeles del fideicomiso?

Jackson asintió.

Kate agradecía que hubiera ido hasta allí para llevárselos, pero no tenía que haberse tomado tantas molestias.

—No hacía falta que los trajeras esta noche —le dijo.

Él se encogió de hombros.

—Era lo menos que podía hacer después del favor que me hiciste llevándote a Jonah.

Kate sonrió.

—Bueno, Jonah no es tan malo.

—No dejes que él te oiga decir eso —le advirtió Jackson muy serio—, o estará jurándote amor eterno al cabo de una semana.

—No te preocupes. No era una observación personal; sólo una observación desde el punto de vista de una abogada —lo tranquilizó ella—. Además, no tengo intención de tener nada con él tampoco.

Aquella última palabra se le había escapado sin querer, y al mirar a Jackson se dio cuenta de que no le había pasado desapercibido ese pequeño matiz.

—¿Tampoco? —repitió en un tono que denotaba interés.

Sin embargo, Kate siempre había tenido a gala el ser rápida de reflejos, y así lo demostró.

—Lo que quiero decir es que nunca tendría un romance con un cliente; jamás —dijo—. Puedo mostrarme comprensiva y prestarles un hombro sobre el que llorar, y puedo ofrecerles mi mano, para que se aferren a ella en los momentos difíciles, pero el resto de mi cuerpo es terreno vedado.

Jackson se rió divertido. Kate lo tenía encandilado con su encanto, y también intrigado. Sin embargo, no quería dejarse llevar por esos sentimientos, porque conocía la otra cara de la moneda, y hacía mucho tiempo que había decidido que no iba a volver a pasar por algo así.

—Al final tendré que pagarle un plus a tu madre por haberme dado tu nombre aquel día —le dijo—. Creo que aunque hubiese llamado a todos los abogados que figuran en la guía, no habría encontrado a ninguno como tú.

De pronto, Kate sintió que el estómago se le llenaba de mariposas, algo que no le había ocurrido desde Matthew, y tuvo la impresión de que aquello no era un buen presagio. Todo lo contrario; significaba problemas.

Capítulo 7

¿TE apetece un café? —le ofreció Kate a Jackson, esforzándose por no parecer nerviosa.

De pronto sentía una necesidad urgente de mantenerse ocupada, de hacer algo con sus manos. Aquello no era normal en ella, y no estaba segura de saber manejar una situación así, pero tenía la esperanza de que todo iría bien si se mantenía ocupada hasta que se le pasasen los nervios.

«Lo que me apetece no es precisamente un café», respondió Jackson para sus adentros, y aquel pensamiento lo sorprendió tanto como imaginaba que la habría sorprendido a ella si lo hubiese dicho en voz alta. Sin embargo, no iba a seguir por ese camino, por tentador que fuese.

No podía decir que hubiese llevado la vida de un monje durante los últimos años, pero la muerte de

Rachel en la universidad lo había marcado. El dolor que lo había sacudido al perderla no era algo por lo que quisiese volver a pasar. La forma más fácil de que eso no ocurriese era evitar involucrarse en una relación seria, y eso era lo que había hecho hasta entonces. Cuando empezaba a salir con una mujer y veía que podía ir a más, cortaba con ella.

Y ésa era la sensación que tenía con Kate. Le gustaba muchísimo, y tenía la impresión de que podía haber algo entre ellos; no algo casual, sino algo serio.

Además, Kate era su abogada, y si surgiera algo entre ellos sería como desvirtuar la esencia misma del motivo por el que la había contratado, y si Jonah lo descubría, sería capaz de usarlo como carnaza para atraer a los tiburones de la prensa y apoyarse en eso para reclamar lo que le correspondía por derecho.

Sin embargo, a pesar de todo, Jackson no podía dejar de preguntarse cómo sería sentir el cuerpo de Kate apretado contra el suyo, y el no poder satisfacer su curiosidad le hacía aún más difícil ignorarla.

Las comisuras de los labios de Jackson se arquearon en una sonrisa breve y enigmática.

—No, pero gracias. Debería irme; ya te he quitado bastante tiempo.

—No pasa nada. Aunque si te vas a sentir menos culpable, puedo cobrarte por horas e incluir... —Kate miró su reloj— la media hora que llevas aquí en mis honorarios —bromeó.

Jackson se rió.

—¿Significa eso que me vas a cobrar también el tiempo que estuviste en la fiesta?

—Aún no lo he pensado —respondió ella sonrién-dole con picardía—. En un principio sólo iba a por estos papeles —dijo levantando el sobre que Jackson acababa de darle—. No, es broma, no soy tan ruin. Considéralo un regalo.

—¿Y el tiempo que estuviste con Jonah en la ca-fetería?

—Eso también.

—Vaya, debo decir que me he llevado una verda-dera ganga al contratarte —contestó él.

—Me lo han dicho muchas veces —respondió Kate con una sonrisa deslumbrante.

Jackson sintió de pronto que la atracción entre ellos era aún más fuerte, y se dijo que debía irse an-tes de que encontrase alguna excusa para quedarse y acabase haciendo lo que se suponía que no debía ha-cer.

—Bueno, como decía, será mejor que me vaya ya —murmuró—. Gracias otra vez por echarme una mano con Jonah.

—No hay de qué —replicó ella, y fue a abrirle la puerta. Cuando él hubo cruzado el umbral y se volvió hacia ella, levantó el sobre y le dijo—: Le echaré un vistazo y te llamaré. El miércoles, como muy tarde.

Jackson asintió.

—Estupendo —dijo, pero permaneció allí, frente a ella.

No recordaba cuándo había sido la última vez que había deseado de esa manera besar a una mujer. Te-nía que ser porque era como la fruta prohibida, se dijo, desesperado por comprender por qué le estaba pasando aquello. Sabía que no debía besarla, y por eso se moría por hacerlo; no había ningún misterio. Lo que tenía que hacer era resistir hasta que esa ansia se desvaneciese.

—Bueno, pues ya nos veremos —dijo.

«Vete ya», le rogó ella en silencio. No sabía cuánto tiempo más podría seguir ignorando la tensión sexual que chisporroteaba entre ellos.

—Sí, ya nos veremos —repitió, sintiendo que su firme decisión de no sucumbir a esa atracción se estaba resquebrajando.

«¿Vas a besarme o no, Jackson? Antes estaba casi desnuda delante de ti. ¿Es que eres de hierro o qué?». Tal vez en vez de un baño caliente debería haberse dado una ducha bien fría.

—Buenas noches —murmuró él.

Se dio la vuelta, y justo cuando ella iba a cerrar se giró sobre los talones y puso la mano en el marco de la puerta para impedírselo.

—¿Te has olvidado de algo? —inquirió ella, fingiéndose calmada, aunque el corazón se le había subido a la garganta.

Jackson estaba pensando que debía haberse vuelto loco.

—Kate...

A Kate se le cortó la respiración.

—¿Sí? —susurró con la boca seca.

Él había empezado aquello, y tenía que terminarlo antes de que Kate pensara que estaba trabajando para un tonto de pueblo.

—¿Complicaría mucho las cosas si te besase ahora mismo?

Kate logró que su semblante permaneciera en calma. Podía controlar aquello; podía hacerlo. No era más que mera atracción física; nada más.

—Eso depende.

—¿De qué depende? —inquirió él.

Una leve sonrisa acudió a los labios de ella.

—De cómo beses.

Jackson, que no se había dado cuenta siquiera de que había estado conteniendo el aliento, respiró aliviado.

—¿Quieres averiguarlo?

Kate alzó la barbilla.

—Nunca le he dado la espalda a un desafío.

—Me alegra oírlo —murmuró él antes de rodearla con sus brazos y atraerla hacia sí.

Cuando los labios de Jackson descendieron sobre los suyos, Kate no había esperado que la tierra bajo sus pies se moviera. Tal vez que se estremeciera un poco, pero no que se moviera. ¡Qué equivocada había estado!

Al principio el beso comenzó siendo tierno, dulce, pero abrió una puerta a otra dimensión, y Kate se encontró cayendo al vacío. Era como si todo lo que los rodeaba hubiera desaparecido, como si estuviesen envueltos en un calor abrasador.

Se aferró a sus hombros para no perder el equilibrio, temiendo estrellarse contra el fondo del abismo y romperse en mil pedazos, aunque lo que le daba más miedo era que el beso terminase antes de que quedase saciada.

Al apretar su cuerpo contra el de él, Kate se arrepintió de haberse vestido, y al mismo tiempo se sintió aliviada de haberlo hecho, porque si aún llevase puesto sólo el albornoz, no había duda de que aquel beso los habría terminado llevando a su cama.

En el momento en que sus labios tocaron los de Kate, Jackson fue consciente de que desde un primer momento había sabido lo intensos que serían sus besos. Desde ese primer instante había sabido que aquella mujer vivaz e inteligente de sensuales curvas y cabello oscuro como la noche tenía la capacidad de hacerlo estallar en llamas.

Lo que tenía que hacer era no olvidar aquello. Podía satisfacer su curiosidad besándola, como estaba haciendo, pero sabía que no debería dejar que las cosas fueran más allá. Eso sería violar un buen número de reglas, aunque en ese preciso momento no era capaz de recordar ninguna con claridad.

Tomó el rostro de Kate entre ambas manos, e hizo el beso un poco más profundo antes de ponerle fin de mala gana. Tenía que hacerlo; era una cuestión de supervivencia: la suya.

Cuando levantó la cabeza, le quedó un cosquilleo en los labios.

—Estaré esperando tu llamada —le dijo, dando un paso atrás.

Luego se volvió y se alejó, antes de que sus instintos más básicos le hicieran levantarla en volandas, llevarla al dormitorio, y hacerle el amor sin preocuparse por las consecuencias.

Kate cerró la puerta, apoyó la espalda contra ella y se deslizó hasta quedar sentada en el suelo, con los brazos y las piernas lacios, como si se le hubiesen vuelto de gelatina. «Madre mía...».

Probablemente se debía a que parecía que se le

habían fundido una o dos neuronas, pero no recordaba haber reaccionado ante un hombre de aquella manera. Ni siquiera con Matthew. No era que Matthew no la hubiese excitado, pero aquello era algo que iba más allá de la atracción física. Si Jackson no se hubiese marchado, habría acabado arrancándole la ropa.

«Por amor de Dios, Kate, tienes que controlarte. ¿Acaso no has aprendido la lección a estas alturas de la película?».

Asiéndose al pomo, se levantó del suelo. Necesitaba una copa, se dijo. O quizá varias. Cualquier cosa para no subirse al coche e ir a casa de Jackson a terminar lo que él había empezado.

Para cuando llegó el miércoles, Kate había tenido tiempo de sobra para recobrar el sentido común, y se alegraba de no haber seguido sus impulsos y haber dejado que Jackson se marchara el viernes por la noche. De no haberlo hecho, de haberse acostado con él, se habría arrepentido.

Pero eso no significaba que el recuerdo de aquel increíble beso se hubiese disipado, ni que hubiese pasado de un sobresaliente alto a un notable bajo. No, seguía siendo un sobresaliente alto, pero tendría que contentarse con que se quedase en un mero recuerdo.

No podía permitir que algo así volviese a ocurrir. No podía dejarse llevar otra vez. Había veces en que, cuando no se tomaba un camino, lo mejor era no volver la vista atrás. Sobre todo cuando una sabía a donde conducía ese camino.

Había llegado a la oficina una hora antes de lo

que estaba establecido en su horario, y tenía termina-
das más de dos terceras partes del esbozo que estaba
preparando para sustituir el fideicomiso.

Después de romper con Matthew, cada vez que
algo la preocupaba, había adoptado la costumbre de
volcarse en el trabajo para no pensar, y en aquella
ocasión le estaba sirviendo para canalizar toda aquella energía desatada que corría por su interior.

En su despacho, mientras continuaba familiari-
zándose con los entresijos de aquella división del Republic National Bank y de sus filiales, Jackson, que
tenía la mirada fija en la pantalla del ordenador, frunció el ceño.

Estaba mirando una columna de números en una
hoja de Excel. Había estado haciendo una comproba-
ción al azar de algunas cuentas, y por pura causalidad
se había topado con que los números no cuadraban;
faltaban pequeñas cantidades aquí y allá.

Había estado tirando del hilo durante las últimas
tres horas, documento tras documento, y su tensión
había ido yendo en aumento. Cada vez que pensaba
que simplemente había cometido un error, volvía a
encontrarse con otra pequeña inconsistencia, una china en el zapato. El problema era que no se trataba de
una piedrecita, sino de fondos que faltaban. Fondos
del banco. Alguien estaba robando, desviando fondos. Y parecía que el hecho había empezado al mismo tiempo que lo habían trasladado allí. ¿Era sólo
una coincidencia, o era algo deliberado?

De momento le era imposible rastrear quién estaba detrás de todo aquello, pero se temía que pudieran acabar culpándolo a él. ¿Por qué querría nadie prepararle una encerrona como aquélla? ¿O estaría tal vez reaccionando como un paranoico?

Jackson se pasó una mano por el rostro, intentando pensar, intentando ordenar sus pensamientos. Aquello era lo último que necesitaba. ¡Cómo si no tuviera bastante con su hermano y con la atracción que sentía por Kate! Si sus sospechas eran ciertas, aquello sería la gota que colmaba el vaso.

¿Pero qué podía hacer? ¿Podía scr que algún otro directivo estuviese aprovechando el ligero descontrol de ese periodo de transición que había provocado su traslado? Después de todo, había reemplazado al anterior director de zona, Alan Jefferies, a quien, según le habían contado, habían tenido que «convencer» para que aceptase una jubilación anticipada. ¿Lo habían convencido... o lo habían coaccionado? Y si había sido lo segundo... ¿por qué lo habían hecho?

¿O sería un empleado que estaba retirando fondos sin que nadie se diese cuenta para pagar quizá sus deudas de juego? Bien conocía él esa clase de situación, por culpa de la adicción que había sufrido Jonah.

¿Y si su hermano tenía algo que ver? Todas aquellas elucubraciones no le llevarían a ninguna parte; no tenía suficiente información. Maldijo entre dientes. Le estaba entrando dolor de cabeza.

En ese momento sonó el teléfono. Jackson resopló y lo tomó para contestar.

—¿Diga?

—Ya tengo el esbozo del nuevo fideicomiso —dijo una voz femenina al otro lado de la línea.

Al reconocerla, una sensación cálida lo invadió. Kate...

—¿Tan pronto? —inquirió sorprendido.

Cierto que ella le había dicho que lo llamaría el miércoles, pero sabía que no era su único cliente, y no había creído que fuese a dejarlo todo para ocuparse de su caso. Además, aún quedaban tres semanas hasta el cumpleaños de Jonah; había tiempo. La oyó reírse.

—Bueno, la que sabe, sabe —dijo Kate—. No, ahora en serio, ha resultado más sencillo de lo que había pensado, gracias a lo extensamente documentados que están sus excesos. Prácticamente te lo ha puesto en bandeja.

Jackson inspiró; había tomado una decisión. Necesitaba hablar con alguien de aquello. Lo lógico habría sido que hablase con uno de los abogados del banco, pero no sabía cuántas personas podrían estar implicadas en aquel desvío de fondos, ni si sus sospechas eran correctas. Además, a pesar de los años que llevaba trabajando para el banco, allí era el nuevo, y tenía que andarse con cuidado. Tenía que averiguar quién estaba robando, y cuánto llevaba robado.

—Necesito verte —le dijo a Kate sin más preámbulos.

—¿Me lo estás pidiendo como abogada tuya que soy, o...? —Kate no terminó la frase.

—¿Hay una tercera opción?

—No que yo sepa, pero no me cierro a nada por principio —respondió ella riéndose.

—Necesito hablar con alguien de confianza —le dijo Jackson finalmente—. ¿Crees que podrías acercarte hasta aquí?

—Pues claro; saldré ahora mismo para allí —respondió Kate—. Sólo necesito un par de cosas y...

Jackson oyó que abría un cajón. ¿No estaba reaccionando de un modo exagerado?, se reprendió. Aquello no era normal en él.

—No —la interrumpió abruptamente.

—¿No? —repitió ella contrariada.

—No vengas. Probablemente estoy haciendo una montaña de esto.

Kate no sabía a qué se refería con «esto», pero era evidente que había algo que lo preocupaba.

—Yo no te considero un alarmista —le dijo—, así que a menos que me pille un atasco o algo así, estaré ahí en veinte minutos.

Jackson sacudió la cabeza.

—No, lo digo en serio, déjalo. Me sabe mal hacer que lo dejes todo y salgas corriendo para...

Pero mientras hablaba, Kate había colgado. Ya había salido.

Capítulo 8

KATE no llegó al despacho en veinte minutos como le había dicho, sino en quince. En cuanto Jackson la vio aparecer en el umbral de la puerta abierta se levantó de su mesa y la rodeó para recibirla. Le agradecía que hubiese acudido a su llamada, pero seguía sintiéndose culpable por haberla hecho ir hasta allí sin estar seguro de que no estaba haciendo una montaña de un grano de arena.

Mientras él cerraba la puerta, Kate se acomodó en la silla frente a su mesa y dejó su maletín en el suelo. Jonah fue a sentarse de nuevo, y Kate lo miró expectante.

—Bueno, ¿qué era eso de lo que necesitabas hablar? —le preguntó.

Tenso, Jackson se frotó la nuca con la mano y resopló.

—Creo que alguien del banco está desviando fondos.

Ella abrió mucho los ojos. Aquello era lo último que había esperado que fuera a decirle.

—Yo pensaba que hoy en día, con los avances tecnológicos y las medidas de seguridad que hay, eso era casi imposible.

Sí, había programas de seguridad que salvaguardaban el dinero de los clientes y los inversores, pero quien fuera que estuviera haciendo aquello, no lo estaba haciendo de un modo virtual.

—En estas cosas a veces los métodos más simples son los que mejor funcionan. La gente pensaría que los artífices de esto son unos hackers capaces de reventar el sistema de seguridad informático del banco, pero no hay nada que apunte en esa dirección.

—¿Entonces cómo sabes que alguien está robando?

—Porque faltan pequeñas cantidades aquí y allá —respondió Jackson—. Alguien está robando, y lo está haciendo físicamente, y con disimulo, para no llamar la atención.

Kate se quedó pensando un momento.

—¿Y no lo habrán grabado vuestras cámaras de seguridad? —inquirió.

Jackson ya había pensado en eso.

—Aún no lo he comprobado —admitió—. Temo que en cuanto pida que las revisen estaré poniendo sobre aviso a quien quiera que esté haciendo esto.

En eso tenía razón, pensó Kate. Claro que cabía la posibilidad de que estuviese viendo fantasmas donde no los había, de que se tratase de un error de cálculo.

—¿Estás seguro de esto? —le preguntó—. Acabas de incorporarte al puesto y supongo que todavía no habrás podido ponerte al día de cómo funciona todo. Es posible que haya algo que se te haya pasado por alto.

Jackson sacudió la cabeza.

—He repasado todo cinco veces —le dijo—. Las cifras no cuadran. Como te he dicho, las cantidades que faltan son muy pequeñas, pero no es un error.

Intrigada, Kate se inclinó hacia delante y apoyó los antebrazos en la mesa para preguntarle:

—¿Y de cuánto estamos hablando?

Jackson no necesitaba volver a mirarlo. Lo tenía todo en la cabeza.

—Al menos diez mil dólares —dijo—. Sé lo que estás pensando —añadió antes de que ella abriera la boca—, que dentro de un orden no es tanto dinero, pero no por eso deja de ser menos grave.

—No era eso lo que iba a decir —replicó Kate—. Puede que no sea mucho para ti, o para el banco, pero diez mil dólares es una fortuna para la gente de a pie, que muchas veces tiene que hacer malabarismos para llegar a fin de mes.

Aún recordaba las estrecheces con las que habían vivido su amiga Nikki y su madre años atrás. Sólo la gente a la que le sobraba el dinero podría decir que diez mil dólares no era demasiado.

—Pero dejando eso a un lado, primero tendrás que comprobar las cintas de las cámaras de seguridad —continuó, recapitulando—. ¿Has pensado en investigar a tus empleados?

—¿Investigarlos? Bueno, antes de contratarlos se

comprueban las referencias que nos dan y su titulación y...

Kate sacudió la cabeza.

—Me refería a algo un poco más reciente —recalcó ella.

Por lo que él sabía, sólo se hacía al contratar a los empleados.

—¿Dónde quieres ir a parar? —inquirió.

Jackson tenía razón en que para un banco diez mil dólares no eran demasiado, pero a una persona acosada por sus acreedores podían salvarle el cuello.

—Puede que tengas a algún empleado que esté viviendo por encima de sus posibilidades, o que tenga una adicción al juego, como le pasaba a tu hermano.

—Yo también lo estaba pensando; supongo que no sería mala idea averiguarlo.

Kate asintió.

—¿Conoces a alguien que pudiera hacerse cargo? ¿Tal vez alguien que trabaje con vosotros? —inquirió él esperanzado.

—Pues... sí y no —contestó ella.

—¿Qué quieres decir?

—Conozco a alguien que podría ocuparse, una detective privada, pero no trabaja con nosotros.

Jackson enarcó una ceja.

—¿Una mujer?

Parecía que a la humanidad aún le quedaba mucho por evolucionar, pensó Kate con un suspiro. Aquélla era una de las últimas fronteras.

—No pongas esa cara. Además, hay preguntas que un hombre no podría hacer porque resultaría sospechoso, mientras que si las hace una mujer la gente lo achacará a mera curiosidad.

Bueno, aquello tenía su lógica, pensó Jackson. En realidad le daba igual que el detective fuera hombre o mujer con tal de que fuera competente y concienzudo.

—Me gustaría que esa investigación fuera confidencial. ¿Es una persona en la que pueda confiar?

—Sin ninguna duda —respondió Kate con una amplia sonrisa—. Somos amigas desde niñas y te aseguro que puedes confiar plenamente en ella. Es muy buena en su trabajo. La llamaré y veré si está libre.

Ahora que ya había decidido por dónde empezar, Jackson estaba ansioso por poner el plan en marcha.

—Cuanto antes mejor. Quiero que esto se resuelva lo antes posible.

Kate comprendía su inquietud.

—Lo entiendo.

Abrió su bolso y sacó la tarjeta de negocios de Jewel. Se sabía de memoria el número del móvil de su amiga, ¿cómo no iba a saberlo con todas las veces que la llamaba?, pero no el número de su oficina. Nunca lo había utilizado. Hasta entonces.

Después de marcar el número en su móvil, esperó, pero Jewel no respondía a la llamada y acabó saltándole el contestador.

—*Ha llamado a Investigaciones Parnell. En este momento no puedo atenderle. Por favor, deje su nombre y número de teléfono después de la señal y me pondré en contacto con usted tan pronto como me sea posible.*

Kate esperó a la señal y le dejó un mensaje:

—Jewel, soy Kate. Tengo un trabajo para ti. Uno de mis clientes necesita de tus servicios. Llámame cuando escuches este mensaje; es urgente —cerró el móvil y volvió a guardarlo en el bolso—. En cuanto se ponga en contacto conmigo te llamaré —le dijo a Jackson—. ¿Quieres echarle un vistazo al borrador que he hecho para extender la validez del fideicomiso de Jonah? —le preguntó—. Quería que lo revisaras en caso de que hayas cambiado de opinión, antes de presentarlo cn el juzgado.

—¿Por qué iba a haber cambiado de idea? —inquirió él.

Kate era una persona optimista por naturaleza, y creía que, hasta en las situaciones más desesperadas, los milagros eran posibles.

—Bueno, pensé que tal vez Jonah podría haber tenido una revelación repentina que le hubiera hecho decidir hacerse con el timón de su vida —apuntó.

Jackson enarcó las cejas.

—Si eso pasara, organizaría otra fiesta, una por todo lo alto, y volvería a llamar a tu madre para que se ocupara del catering —dijo—. No, me temo que eso jamás ocurrirá.

Conocer a Jonah le había permitido a Kate formarse su propia opinión sobre él. Le había parecido inofensivo, aunque también bastante superficial y caprichoso. No era difícil imaginar lo exasperante que debía ser tratar con él de un modo más asiduo.

—Ya. Supongo que debe ser como tener a Peter Pan por hermano —comentó.

—Sí, sólo que los actos de Peter Pan nunca amenazaron con llevar a la bancarrota a Campanilla ni a los Niños Perdidos —respondió Jackson.

Era un tema muy serio, pero Kate no pudo reprimir la sonrisilla que acudió a sus labios. Tomó su maletín del suelo, sacó los papeles de él, y se los tendió a Jackson.

—Ten.

Jackson los tomó y lo ojeó, deteniéndose a leer más detenidamente algún párrafo.

—¿Y bien?, ¿qué te parece? —le preguntó ella al cabo de un rato.

—Creo que está perfecto —respondió Jackson—. ¿Estás segura de que esto se sostendrá si Jonah intenta impugnarlo?

Sus dudas ofendieron un poco a Kate.

—Por supuesto. ¿Pero crees que lo hará?

Jackson asintió. No era un hombre dado a hacer apuestas, pero se apostaría el cuello a que lo haría, y estaba seguro de que no lo perdería.

—Ni lo dudes. Ya lo oíste el otro día; está ansioso de que llegue el día de su cumpleaños para hacerse con el dinero. Tengo la impresión de que ya sabe en qué va a gastarse una buena parte de él... si es que no lo ha usado ya para apalabrar una apuesta o una deuda.

Estaba intentando prepararse mentalmente para la reacción de Jonah cuando se enterase de que iba a intentar resucitar el fideicomiso y alargarlo unos cuantos años más. Seguramente se mostraría dolido e indignado a pesar de que en el fondo de su corazón tenía que saber que si hacía aquello era sólo por su bien.

Como Jackson acababa de darle su aprobación, era hora de dar el siguiente paso, se dijo Kate. Guardó los papeles y se levantó. Aún tenía tiempo para acercarse al juzgado.

—Bien, pues si no hay nada que quieras añadir o cambiar, iré al juzgado a presentarlo —le dijo—. Y en cuanto Jewel se ponga en contacto conmigo te llamaré —repitió.

Jackson asintió y se levantó también para acompañarla a la puerta.

—De acuerdo.

Cuando llegaron a la puerta, Kate se detuvo y se volvió hacia él. Escrutó su rostro un instante, y creyendo adivinar lo que había tras la expresión de su rostro, le dijo:

—No te preocupes, Jackson. Con la ayuda de Jewel atraparemos a quien esté detrás de todo esto. No podrías poner este asunto en mejores manos.

—No, estaba pensando en Jonah —murmuró él—, deseando que las cosas fueran distintas.

Aquello debía ser muy duro para él, pensó Kate. Sabía lo horrible que sería para ella si se abriese entre Kullen y ella una brecha como la que había entre Jackson y su hermano. Se sentiría dolida, destrozada, enfadada. La enfurecería que algo tan frío como el dinero pudiera interponerse entre ellos.

—Tal vez te dé una sorpresa y entre en razón después de todo —dijo para animarlo—. A lo mejor simplemente es de esas personas que tardan en despertar. Ya sabes, de ésas que, cuando ya las has dado por perdidas, un buen día maduran y sientan la cabeza.

Aunque Jackson quería creerlo, sabía que aquello era como pedir un imposible.

—¿También crees en papá Noel? —le preguntó con una sonrisa triste.

—Con la misma convicción que cuando era niña —le dijo ella sin dudar un instante, con esa convicción que lograba poner de su parte al jurado en los juicios.

El brillo en los ojos de ella hizo que una sensación cálida invadiera a Jackson, y su entusiasmo le devolvió algo de esperanza. Antes de que pudiera pensárselo mejor, le preguntó:

—Kate, ¿tienes planes para esta noche?

¿Planes? Hacía una eternidad que no salía; eso cuando no se quedaba en la oficina haciendo horas extra.

—Bueno, tenía pensado intentar localizar a Jewel para hablar con ella —comenzó a decir. ¿Por qué de pronto se le había acelerado el pulso? Jackson no estaba pidiéndole salir. Bueno, tal vez le estuviera pidiendo una cita, pero no podía aceptar. Si lo hacía, podría empezar a difuminarse la línea divisoria en su relación abogada-cliente. ¿Podría «empezar» a difuminarse?, se repitió con ironía—. ¿Y tú?, ¿tienes pensado hacer algo?

Él la observó atentamente mientras respondía:

—Pensaba salir a cenar.

—Ah, qué bien —contestó ella como una tonta, aunque su mente bullía de actividad, como una colmena, haciendo una lista de pros y contras.

Sin saber por qué se encontró intentando hacer que la balanza se inclinase a favor de los pros, aunque sabía que debería estar haciendo lo contrario.

Sin apartar los ojos de ella, Jackson le preguntó:

—¿Querrás acompañarme?

—¿Una cena de negocios? —inquirió ella. Sabía que no lo era, pero a algo tenía que agarrarse para decir que sí. Hizo como que se lo pensaba un momento y respondió—: Claro, ¿por qué no?

Jackson no quería hablar de negocios esa noche.

—Bueno, yo más bien estaba pensando en...

—Una cena de negocios —lo interrumpió Kate con firmeza. Para aliviar su conciencia tenía que verlo así.

Jackson se dio cuenta de que era mejor no insistir. Con tal de poder pasar unas horas a solas con ella, le daba igual la etiqueta que ella quisiera ponerle.

—Pues no se hable más; una cena de negocios —dijo—. Te recogeré...

—Nos reuniremos allí —lo contradijo ella, cortándolo de nuevo.

Así el peligro sería menor, porque si iba a recogerla a casa estaba segura de que acabarían besándose otra vez.

—De acuerdo, nos veremos en el restaurante —asintió él al instante, pero como le picaba la curiosidad, no pudo resistirse a preguntar—: ¿Es por alguna razón en particular?

—Eres mi cliente —le recordó ella—, y las apariencias son importantes.

A Jackson nunca le habían preocupado demasiado las apariencias, pero entendía que a ella sí le importase, sobre todo cuando era un tema de trabajo. Probablemente le preocupaba qué podrían pensar otras personas de su bufete.

—Supongo que tienes razón. ¿No quieres saber a qué restaurante vamos a ir? —preguntó divertido.

—Por supuesto; si no difícilmente podremos encontrarnos —respondió ella con una sonrisa.

—Había pensado en Swift's —le dijo Jackson—. ¿A las seis?

Era un restaurante con bastante fama porque ofrecían carne de vacuno de la mejor calidad cocinada de las formas más variadas. No había vuelto a ir desde que se había mudado a San Francisco, y tenía curiosidad por saber si la comida seguía siendo tan buena como la recordaba.

—A las seis —asintió ella—. Y respecto a lo otro... mi oferta sigue en pie —añadió.

Él la miró sin comprender.

—¿A qué te refieres?

—A que si quieres puedo hablar con Jonah para explicarle lo del nuevo fideicomiso —respondió Kate—. No creo que se vaya a poner a rugirle a una mujer.

Jackson soltó una risa seca.

—Normalmente no lo haría, pero dado que también eres abogada y has puesto todo esto en marcha, puede que haga una excepción.

Kate no se dejaba intimidar fácilmente. Por su trabajo como abogada de familia se había visto en medio de virulentas disputas entre parientes, y había sobrevivido.

—Bueno, pues hasta las seis —repitió ella, y se obligó a marcharse antes de que se sintiera tentada de quedarse.

Capítulo 9

SI esto es una cena de trabajo... ¿en qué se supone que estás trabajando? —le preguntó Kate a su reflejo, que la miraba desde el espejo de la puerta de su armario.

La cama, a sus espaldas, parecía estar hundiéndose bajo el peso de las prendas de ropa que había ido arrojando sobre ella en busca del modelo perfecto. Hasta el momento le había encontrado faltas a todos y cada uno de los que se había probado.

De hecho, el vestido que estaba mirándose en ese momento... No, jamás se pondría eso para una cena de trabajo. Si se ponía eso parecería que estaba intentando seducirlo.

—¿Y no querrás que Jackson se haga una idea equivocada, verdad? —reprendió a su reflejo antes de empezar a bajarse el vestido por las caderas.

Cuando cayó al suelo, lo recogió y lo lanzó a la creciente pila sobre la cama.

Plantada allí en ropa interior, Kate frunció el ceño al darse cuenta de que le sudaban las palmas de las manos. ¿Por qué estaba tan nerviosa?, se preguntó irritada. Aquello no era una cita; simplemente era una reunión con un cliente, y daba la coincidencia de que iba a tener lugar en un restaurante; eso era todo. Y el que fuera guapísimo... bueno, ella no tenía la culpa. Era algo completamente ajeno a ella.

Tenía que centrarse, se dijo, y fue a sentarse en el único hueco de la cama que no estaba cubierto de ropa.

Sabía perfectamente cual era el problema de fondo. En lo profesional nunca dudaba; confiaba en su instinto y en su experiencia, pero en cambio, en lo personal el instinto le fallaba un poco.

¿Un poco? ¿A quién quería engañar? Le fallaba bastante. De acuerdo, por completo. Ella, que era capaz de leer como en un libro abierto en los miembros del jurado en un juicio, en el abogado de la otra parte, y hasta en el más impasible de los jueces, no había acertado con ninguno de los hombres con los que había salido. Y le habían quedado cicatrices que lo atestiguaban.

Esa falta de instinto en lo emocional era lo único que podía explicar que no se hubiera percatado de ninguno de los signos de alarma cuando había estado a punto de casarse con Matthew McBain, el guapo y exitoso abogado criminalista. Había oído rumores de que lo habían visto tonteando con alguna mujer, y el propio Kullen le había avisado de que no era trigo limpio, pero ella, doña inocente, se había negado a creerlo.

Hasta que las pruebas de sus engaños habían sido tan evidentes que sólo un ciego podría haberlas ignorado. Con el corazón hecho pedazos le había dado a Matt el pasaporte, y según las malas lenguas esa misma noche la había pasado en la cama de otra mujer. Matt nunca había tenido problemas para volver a levantarse cuando sufría un revés, pensó con cinismo; todo lo contrario que ella. Después de aquello, por fin había reconocido que tenía que cortar de raíz su propensión a enamorarse de guaperas que acababan resultando ser auténticas sabandijas, y la única forma de hacerlo que había encontrado era no salir con ninguno.

Hacía mucho tiempo de la última vez que había tenido una cita. Tal vez pudiera engañar a otros con esa fachada de chica fuerte a la que nada le hacía daño, pero no podía engañarse a sí misma.

Y en ese momento, a pesar de que no hacía más que repetirse que aquello no era más que una cena de negocios, la verdad era que tenía miedo. Miedo de volver a comportarse como una tonta; miedo de dejarse llevar por el deseo, o por su corazón y acabar sufriendo por ello. ¿Por qué se estaba haciendo aquello?, se preguntó en silencio.

—No vas a iniciar una relación con él —le dijo a su reflejo—; vas a un restaurante a cenar con él; eso es todo. Fin de la historia —añadió alzando la voz—. Estás haciendo una montaña de esto. Y ahora vístete y márchate —se ordenó con firmeza.

La Kate del espejo, sin embargo, no parecía muy convencida.

Con un suspiro se giró para mirar la pila de ropa que había amontonado en la cama. Esperaba poder encontrar algo decente que no necesitase de una visita a la tabla de planchar, porque ponerse a planchar era lo último que le apetecía en ese momento.

Justo cuando había encontrado un vestido que le pareció que merecía un aprobado, oyó sonar su teléfono móvil. El sonido se oía muy amortiguado, porque provenía de algún lugar debajo de la inmensa pila de ropa.

—Ay, Dios —masculló, y empezó a arrojar ropa al suelo en un intento desesperado por encontrar el teléfono antes de que dejara de sonar.

Quizá fuera Jackson que llamaba para cancelar la cena. Y probablemente sería lo mejor, se dijo, porque si no había cena, no había posibilidad de que cometiese ninguno error.

Sin embargo, a pesar de estar diciéndose eso, las puntas de los dedos se le pusieron frías. ¿A quién quería engañar?

Justo en el instante en que la melodía del móvil estaba terminando, lo encontró por fin. Lo abrió a toda prisa, y sin pararse siquiera a mirar el nombre de quien llamaba en la pantalla, contestó:

—¿Jackson?

—No, soy Jewel —contestó la voz de su otra mejor amiga al otro lado de la línea—. ¿Quién es Jackson? —inquirió con curiosidad.

—Un cliente —se apresuró a responder Kate. Bueno, era la verdad, ¿no?

—Un cliente, ¿eh? —murmuró Jewel. Kate contrajo el rostro. Conocía ese tono muy bien—. ¿Y qué más es?

Kate no estaba de humor para las pullas de su amiga, y se puso de inmediato a la defensiva.

—¿A qué te refieres? —le preguntó.

Cuando Jewel contestó, Kate supo por su voz que estaba sonriendo con malicia.

—A nada. Es sólo que te noto como... sin aliento.

—Estaba intentando encontrar el móvil antes de que colgaras. Se me había quedado debajo de una pila de... —no, mejor no mencionar lo de la ropa; eso sería un tremendo error—. Es igual —dijo—; me alegra que hayas llamado. ¿Oíste mi mensaje?

Si creía que Jewel se iba a olvidar del asunto, se equivocaba.

—No me cambies de tema, Kate. Vamos, desembucha.

—¿Que desembuche? ¿De qué hablas? —inquirió, fingiendo no comprender.

Sin embargo, hasta a ella misma su respuesta le sonó forzada. Desde luego como actriz no habría tenido ningún futuro.

—Venga, Kate, que no me chupo el dedo —le dijo Jewel—. Me gano la vida siguiendo a cónyuges infieles, y no se me escapa nada. Y por eso sé perfectamente cuando alguien me está mintiendo.

—Pues me parece que tu radar de mentiras no funciona muy bien, porque estás viendo algo donde no lo hay —replicó Kate—. ¿Oíste mi mensaje? Te llamé porque tengo un cliente que necesita que lleves a cabo una investigación de la manera más discreta posible.

Jewel suspiró cansada.

—¿Hombre o mujer?

—Pues... ambos, en realidad.

—¿Ambos? —repitió Jewel con incredulidad—. Creo que me he perdido... ¿Tu cliente está casado y a su cónyuge le van los hombres y las mujeres?

De pronto, Kate comprendió su confusión y lo que debía estar pensando.

—¡No! —exclamó—. No quiere que sigas a su cónyuge; de hecho ni siquiera está casado.

Como la mayoría de los trabajos que le encargaban tenían que ver con cónyuges infieles, Jewel no se esperaba esa respuesta.

—¿Ah, no?

—No. Es director de zona del Republic National Bank, y quiere que investigues a los empleados de las sucursales a su cargo —le explicó Kate—. Necesita asegurarse de que no hayan irregularidades, como que de repente alguno haya abierto un depósito con mucho dinero en otro banco, o que de un mes para otro estén gastando cantidades desorbitadas. Cosas así —luego, para convencerla, le lanzó un anzuelo bajo la forma de un desafío. Jewel era tan competitiva como ella—. ¿Te ves capaz?

—¿Bromeas? ¿Una investigación en la que no tenga que utilizar una cámara telescópica para sacar fotos de gente sudorosa en una habitación de motel? Por favor, Kate, creo que voy a llorar de felicidad.

Kate se rió. Jewel siempre había tenido una vena dramática.

—¿Significa eso que estás disponible?

—Ya lo creo —respondió Jewel con entusiasmo—. Y aunque no lo estuviera, dejaría lo que estuviera haciendo para estarlo. Esto será una bocanada de aire fresco comparado con lo que he estado haciendo hasta ahora —saboreó aquel pensamiento medio instante antes de hacer las preguntas pertinentes—. Bueno, y dime: ¿cuándo, dónde, quién y cómo?

—Mi cliente te contestará a eso mejor que yo. Te pondré en contacto con él. Su nombre es Jackson Wainwright y...

—Jackson Wainwright... —repitió Jewel, como quien paladea una bebida, intentando averiguar a qué le recuerda—. ¿No salió en el periódico porque se había liado a puñetazos con un policía que intentaba detenerlo por alteración del orden público?

—No, ése es su hermano, Jonah, la oveja negra, y es una historia aparte que no tiene nada que ver. Jackson vivía y trabajaba en San Francisco y acaba de mudarse aquí para tener vigilado a su hermano mayor antes de que se haga daño.

—¿Y dónde entra entonces eso de investigar a sus empleados? —inquirió Jewel—. ¿O es que quiere que yo también le eche un ojo a su hermano?

—No. Cree que alguien está desviando fondos desde una de las sucursales del banco. Por eso necesita tu ayuda. Le dije que no encontraría a nadie mejor.

—Tú sí que sabes hacer sentir bien a una amiga. Dile a ese Wainwright que para cuando nos veamos necesito que me tenga preparada una lista con los nombres de todos los empleados y su número de la seguridad social. Así podré ponerme con ello.

—Estupendo —dijo Kate—. Bueno, ¿y cuándo podría tener lugar esa entrevista? Está ansioso por aclarar este asunto cuanto antes.

—Cuando a él le venga mejor. Mi horario de trabajo es flexible. Además, el marido al que estoy siguiendo ahora me ha dado suficiente material como para que su mujer lo deje pelado. El tipo no tiene una, sino dos amantes. Esta misma noche puedo darle carpetazo. Pregúntale si le va bien el lunes por la tarde.

Kate oyó a su amiga suspirar de nuevo. Sabía exactamente lo que Jewel estaba pensando: que esa clase de trabajo, espiar a cónyuges infieles, era algo denigrante, y que estaba capacitada para mucho más. Si aceptaba esa clase de casos era sólo para pagar las facturas, a la espera de que saliera algo mejor. Tal vez aquélla fuera la oportunidad que había estado esperando; tal vez aquello le abriría las puertas a otras cosas más interesantes, que supusieran verdaderos desafíos.

—Estupendo. Se lo diré en la cena de esta noche —dijo Kate, y nada más pronunciar esas palabras se dio cuenta de que se había delatado.

—Cena, ¿eh? —murmuró Jewel divertida.

—Es un cena de negocios —se apresuró a puntualizar Kate, pero el daño ya estaba hecho.

—Ya.

—No, en serio —insistió Kate. Quería que Jewel la creyera—. Estoy redactando un nuevo fideicomiso para su hermano. Está a punto de vencer el plazo del que firmaron sus padres, y...

—No tienes que explicarme nada, Kate —le aseguró Jewel—. Estoy de tu parte. Soy tu amiga, ¿recuerdas?

—Pues si quieres seguir siéndolo y sabes lo que te

conviene, más vale que dejes de usar ese tonillo de «a mí no me engañas» —le advirtió Kate.

—A sus órdenes —respondió Jewel con mucha guasa—. Que sí, mujer, ya lo dejo —dijo entre risas—. Bueno, llámame tan pronto como tengas esa cita.

Aquella petición dejó completamente desorientada a Kate.

—¿Cómo?

—Cuando Wainwright te haya dado día y hora para que hable con él —le aclaró Jewel, y no pudo resistirse a preguntarle—. ¿Por qué?, ¿qué creías que quería decir? —inquirió, haciéndose la inocente.

Kate miró su reloj. Dios, iba a llegar tarde. Ella nunca llegaba tarde. El estómago se le lleno de mariposas.

—Tengo que dejarte, Jewel —le dijo a su amiga antes de cerrar el teléfono. Tenía exactamente cinco minutos para vestirse o llamar a Jackson para decirle que no iba a poder ir a la cena.

—Estás preciosa —dijo Jackson levantándose de su asiento cuando el maître acompañó a Kate hasta su mesa.

Había empezado a pensar que había cambiado de opinión en el último minuto y que iba a darle plantón, pero la espera había merecido la pena, pensó admirando su esbelta figura. El corto vestido negro que llevaba acentuaba las curvas de su cuerpo.

El cumplido hizo que se le subieran los colores a Kate, que agradeció la tenue iluminación del local.

—Gracias. En realidad iba mal de tiempo, así que no he tenido la ocasión de ser muy selectiva. Me puse lo primero que me encontré al abrir el armario.

Jackson dudaba que el proceso hubiese sido tan apresurado, porque estaba demasiado guapa, pero no vio razón alguna para no seguirle el juego.

—Pues el look «acelerado» te sienta muy bien. Deberías emplearlo más a menudo.

Kate entornó los ojos y escrutó su rostro antes de decirle:

—Sabes que estoy mintiendo, ¿no?

—Bueno, «mentir» es una palabra demasiado fuerte —observó él, y luego añadió con una sonrisa divertida—: Aunque nunca he conocido a ninguna mujer que se ponga lo primero que se encuentra al abrir el armario. La apariencia es importante para vosotras. Pero lo que he dicho lo mantengo: si a alguien podría sentarle bien el look «me importa un pepino mi aspecto», es a ti.

Kate jugueteó con los bordes de su carta.

—Gracias... creo.

—Pretendía ser un cumplido —le aseguró Jackson, y luego se echó hacia atrás en su asiento—. Bueno, ¿quieres que pidamos primero? ¿O has traído algo en tu bolso que quieras enseñarme, para que podamos fingir que esto es una cena de negocios y no te sientas incómoda por estar aquí? —añadió con una media sonrisa.

En otras circunstancias, Kate se habría sentido ofendida, pero Jackson lo había dicho con tanta naturalidad, que se encontró sonriendo ella también.

—No tengo nada que enseñarte —admitió—. Pero

puedo contarte algo que entra dentro de la categoría de trabajo.

—De acuerdo —dijo él apoyando los antebrazos en la mesa—; dispara.

—Jewel me llamó esta tarde —al ver que Jackson no daba muestras de reconocer el nombre, añadió—: Mi amiga, la que es detective.

—Ah, sí —respondió él, recordando entonces—. ¿Cuando podría entrevistarse conmigo?

—Me ha dicho que podría hacerte un hueco el lunes por la tarde, si te va bien.

Jackson sacó su smartphone, lo abrió, y consultó su agenda. Asintió con la cabeza, volvió a cerrarlo, y se lo guardó otra vez en el bolsillo de la chaqueta.

—El lunes me va bien. ¿A las dos?

—A las dos —repitió Kate asintiendo—. Se lo diré.

—Estupendo —dijo Jackson—. Bueno, y ahora que ya hemos acabado con el trabajo, y que podemos considerar esto oficialmente como una cena de negocios, ¿qué vas a querer? —inquirió abriendo su carta.

«A ti, sobre una bandeja de plata, y aderezado con perejil». Kate parpadeó aturdida. Aquel pensamiento parecía haber salido de la nada, como si hubiese estado esperando para tenderle una emboscada. Quizá hacía demasiado tiempo de la última vez que había tenido una cita, pensó.

O a lo mejor era que necesitaba empezar a ir al gimnasio otra vez. Si hacía ejercicio durante una hora al día después del trabajo, sin duda estaría demasiado cansada como para tener esa clase de pensamientos.

Además, aquello también tendría otras ventajas, como por ejemplo que estaría en mejor forma.

Le lanzó una mirada de reojo a Jackson, y lo encontró mirándola con una ceja enarcada. Parecía que seguía esperando a que eligiera algo de la carta.

—¿Qué tal es el bistec aquí? —preguntó, mirando la segunda página.

—Excelente. De hecho, por lo que recuerdo de las veces que he comido aquí, pidas lo que pidas seguro que no te equivocas.

Kate cerró su carta y la dejó en la mesa.

—Bueno, pues entonces creo que ya he elegido. Y lo pediré poco hecho; la carne me gusta jugosa.

Sus ojos se encontraron en ese momento, y la sonrisilla en los labios de Jackson le dijo que había interpretado sus palabras de otra manera.

De pronto, las manos se le habían puesto frías; volvía a estar como un flan. Las bajó disimuladamente a su regazo, y las deslizó por debajo de sus muslos. Necesitaba calentárselas de alguna manera que no fuera frotándoselas, como una pueblerina.

Se les acercó una camarera.

—¿Saben ya lo que van a pedir?

—Café —respondió Kate al instante—. ¿Me podría traer un café, por favor? Ah, y un bistec —añadió, procediendo a explicarle cómo lo quería.

Cuando la chica hubo tomado nota también de lo que quería Jackson y se hubo marchado, él le preguntó:

—¿Café? —normalmente eso se pedía al terminar la cena, no al principio—. ¿Tienes planeado pasarte toda la noche en blanco?

No necesitaba el café para eso, pensó ella, lanzándole otra mirada discreta. Estaba tan agitada que probablemente no pegaría ojo en toda la noche. Pero como no podía dejar la pregunta de Jackson en el aire, murmuró:

—Nunca se sabe.

Capítulo 10

LA comida estaba deliciosa, tal y como le había dicho Jackson que sería, más que a la altura de la calificación de cinco tenedores que tenía el restaurante. Lo único mejor que la comida, sin embargo, en opinión de Kate, fue la conversación.

Cuando la camarera volvió para llevarse sus platos y preguntarles si querrían postre, Kate sacudió la cabeza.

—Creo que por esta noche he cubierto mi cupo.

La chica miró a Jackson.

—La verdad es que yo también estoy bastante lleno, pero... —le echó otro vistazo a la parte de atrás de la carta. Sólo con leer los nombres y la descripción de los postres se le hacía a uno la boca agua—. La copa de helado cremoso de moka y chocolate blanco con nueces suena bien —bajó la carta y miró a Kate—. ¿Pedimos una para compartir?

La mera idea de tomar un solo bocado más hizo que Kate se sintiera aún más pesada.

—Dudo que en mi estómago quede sitio siquiera para una cucharada.

—Anda ya; siempre hay sitio para el helado —la instó Jackson alegremente, inclinándose hacia delante para tomar su mano—. Venga, Kate, sé un poco aventurera.

Ella enarcó una ceja.

—¿Te parece que comer helado es ser aventurero?

—En tu caso sí —la picó él—. Por algo hay que empezar.

Kate suspiró y, tendiéndole su carta a la camarera, capituló:

—Está bien —le dijo a Jackson—, pero sólo tomaré un par de cucharadas; el resto te lo comes tú.

—Ése no es el significado de «compartir», pero bueno —respondió él. Miró a la camarera—. Una copa de helado de moka y chocolate blanco para compartir.

La chica asintió, se metió las dos cartas bajo el brazo, y después de apilar sus platos, se alejó con todo.

—Más vale que no tarde mucho —comentó Kate—. Siento que toda esa comida se está expandiendo en mi estómago, rellenando el poco espacio libre que queda —dijo con humor.

Jackson sonrió divertido.

—Seguro que eres de ésas que por lo general no cena nada para guardar la línea.

Kate asintió. No se equivocaba. Por culpa del trabajo casi no tenía tiempo de ir al gimnasio, o de salir a caminar a buen paso, así que tenía que vigilar lo que comía para no ganar peso.

—Normalmente hago sólo dos comidas al día, con algún pequeño tentempié entre horas.

La verdad era que tenía una figura estupenda, pero a él no le parecía que le hiciera falta preocuparse por lo que comía.

—Estás bien como estás —le dijo—. Yo me preocupo cuando veo a una de esas mujeres tan delgadas que parece que vaya a llevárselas el viento.

Al poco rato volvió la camarera con la copa de helado que habían pedido y dos cucharillas largas. El helado tenía un aspecto delicioso, pero Kate lo miró como si fuera una bomba.

—Me da igual que digas que siempre hay sitio para el helado; toda esa cantidad de azúcar seguro que acaba acumulándose en alguna parte.

—Yo tomaré la primera cucharada —se ofreció Jackson, añadiendo luego con sorna—: Es un trabajo sucio, pero alguien tiene que hacerlo —deslizó la cuchara entre sus labios, y cerró los ojos, saboreando el helado. Cuando volvió a abrirlos, le dijo—: Está incluso mejor que el bistec.

—Eso me cuesta creerlo —contestó ella.

—Muy bien, santo Tomás —murmuró Jackson hundiendo la cuchara de nuevo en el helado—. Compruébalo tú misma —dijo acercándosela a los labios.

Kate sintió que una oleada de calor la invadía, pero abrió la boca y dejó que Jackson deslizara la cucharilla dentro de ella. Kate se preguntó si sería sólo una impresión suya, o si aquello era tan erótico como parecía. Un cosquilleo delicioso le recorrió la espina dorsal.

—¿Un poco más? —le preguntó Jackson en el tono más sensual que había oído nunca. El corazón estaba martilleándole en los oídos de tal modo que apenas podía oírlo.

—Sí, por favor —murmuró ella.

Jackson le ofreció otra cucharada, y luego tomó una él sin apartar sus ojos de los de ella. A Kate le dio de pronto la impresión de que la temperatura hubiera subido al menos quince grados. O quizá más.

A partir de ese momento todo se volvió muy difuso. Fue como si una burbuja enorme los engullera a los dos, aislándolos de todo lo que los rodeaba. Era como si sólo existiesen ellos dos, y aquella copa de helado.

Era increíblemente excitante estar compartiendo la misma cuchara, pensó Kate sin poder evitarlo, y para cuando se acabaron el helado, se sentía como si en vez de haber tomado algo frío hubiese estado tomando lava.

La camarera regresó al cabo de un rato.

—¿Desean algo más los señores?

Ya lo creía que sí, respondió Jackson para sus adentros. Algo tan simple como tomarse un helado a medias con Kate lo había puesto al rojo vivo.

Alzó la vista hacia la camarera y negó con la cabeza antes de tenderle su tarjeta de crédito. Cuando la chica se hubo alejado, le preguntó a Kate:

—¿Querrías venir a mi casa a tomar una copa?

A Kate, a pesar de que no había tomado una gota de alcohol, la cabeza le daba vueltas.

—No creo que sea una buena idea —murmuró—. La verdad es que estoy algo mareada; ¿no te parece que hace calor aquí? Debe ser por eso —dijo abanicándose con la mano.

A Jackson la bebida le daba igual; lo importante era la compañía.

—Pues un café entonces —sugirió en un tono quedo—. O un zumo de naranja, o una Coca-Cola light, o lo que te apetezca.

No era que lo que estaba ofreciéndole no le apeteciera, pensó Kate. El problema era que lo único que aplacaría su sed sería él, y aquello no era una buena idea.

Aquél era el momento en el que ella debería declinar su invitación diciendo algo inteligente y divertido, o al menos coherente. «De acuerdo» no eran las palabras que quería pronunciar, pero fueron las que cruzaron sus labios.

La camarera regresó en ese momento con la tarjeta de crédito de Jackson y el ticket. Jackson lo firmó, y sacó una generosa propina de su cartera que le tendió a la chica junto con el ticket.

—¡Vaya! —exclamó la camarera con una sonrisa de oreja a oreja—. Gracias, señor.

—No hay de qué —contestó él, devolviéndole la sonrisa.

Kate no pudo evitar preguntarse si lo habría hecho para impresionarla, o si siempre sería tan generoso.

—¿Tus propinas siempre son así? —le preguntó cuando la chica se hubo marchado.

—Sólo cuando me atienden bien y quedo satisfecho con el servicio.

Jackson se levantó, rodeó la mesa para retirarle la silla, y cuando la ayudó a ponerse el chal, sus dedos rozaron sus hombros desnudos, aunque no habría sabido decir si había sido una caricia intencionada o accidental, aunque independientemente de eso el resultado habría sido el mismo: aquellas mariposas revoloteándole como locas en el estómago.

Kate sintió la fresca brisa de la noche en cuanto salieron fuera, y la agradeció enormemente, aunque para mantener las apariencias se apretó el chal un poco más.

—Mi coche... —comenzó a decir mientras señalaba en la dirección donde lo había dejado aparcado.

—Si quieres puedo hacer que venga a recogerlo mi chófer para que te lo lleve a casa —le ofreció Jackson.

—¿Tienes chófer? —inquirió ella sorprendida.

—Sí, aunque sólo recurro a él cuando tengo que ir al aeropuerto, o a alguna reunión de trabajo en otra ciudad; cosas así —respondió él—. No soy de las personas a las que les gusta que le sirvan, aunque no puedo negar que la comida que hace Rosa, mi cocinera, es la mejor del mundo, y no sabría que haría sin Elsa, mi ama de llaves —añadió—. Pero, volviendo a lo que estábamos hablando, si lo prefieres puedo traerte de vuelta aquí luego... o mañana —dijo mirándola atentamente para ver su reacción—; lo que tú quieras.

Bueno, al menos estaba dejándole elegir sin presionarla, pensó Kate. El problema era que en ese preciso momento, ella no se sentía con fuerzas para rechazarlo, aunque tampoco quería depender de él.

—Supongo que también podría tomar un taxi para volver aquí después —apuntó.

—Hay todo un abanico de posibilidades —asintió Jackson.

Se quedaron mirándose a los ojos largo rato.

—Sí, supongo que sí —murmuró ella.

Jackson la tomó de la mano, entrelazando sus dedos con los de ella, y la condujo al sitio donde tenía aparcado su coche, un Mercedes descapotable plateado, que en ese momento tenía la capota bajada.

—Bonito coche —le dijo Kate.

—Gracias —respondió él mientras le abría la puerta—. Siempre he sentido debilidad por las cosas bonitas —le confesó con una sonrisa.

Sus ojos se encontraron de nuevo y Kate sintió que se derretía. No había duda de que Jackson sabía cómo seducir a una mujer.

—¿Aquí es donde vives? —exclamó Kate con incredulidad, mirando boquiabierta a través del parabrisas la enorme casa frente a la que se habían detenido—. ¡Pero si parece una mansión!

Las puertas de la verja se abrieron cuando Jackson tecleó un código apuntando con un mando a distancia.

—No es tan grande —protestó riéndose.

¿Que no? Sólo el jardín que estaban atravesando con el coche era más grande que su casa.

—No, supongo que comparada con el palacio de Versalles no lo es —asintió.

En vez de meter el coche en el garaje, Jackson decidió aparcar frente a la entrada. Luego se bajó, y rodeó el vehículo para abrirle la puerta a Kate, que seguía mirando la casa boquiabierta.

—Supongo que a mí no me parece tan grande porque me crié aquí —comentó Jackson—. Esta casa perteneció a mis padres.

Kate sacó las piernas del coche y tomó la mano que Jackson le ofrecía. La verdad era que siempre le había gustado que un hombre se mostrase caballeroso, y no le parecía que eso fuese incompatible con ser una mujer fuerte e independiente.

Después de lo que Jackson le acababa de decir, que aquélla había sido la casa de sus padres, Kate se encontró mirando la casa desde otro punto de vista.

—¿Significa eso que tu hermano también vive aquí? —inquirió curiosa.

Jackson negó con la cabeza y bendijo a sus padres en silencio por el buen acuerdo que habían tenido.

—Mis padres le compraron un apartamento hace catorce años —le explicó mientras subían las escaleras de la entrada. Al llegar a la puerta tecleó otro código de seguridad en el panel de control—. A mi madre no le gustaba el estilo de vida que llevaba, y sabía que no había manera de hacerlo cambiar.

—¿Ojos que no ven, corazón que no siente? —adivinó Kate.

La sonrisa triste de Jackson le dijo que no se había equivocado.

—A veces nos vemos obligados a hacer lo que no queremos hacer —murmuró. Abrió la puerta, y dejó que ella pasara primero.

Para Kate fue como adentrarse en otro mundo. Había tenido varios clientes a los que les sobraba el dinero, y su familia y ella no eran pobres ni mucho menos, pero aquello era como otro nivel.

—Entonces, ¿vives aquí solo? —inquirió. Ya sólo el vestíbulo era casi más grande que el primer apartamento en el que ella había vivido al independizarse—. ¿No tienes que ir echando miguitas para encontrar la salida por las mañanas?

Jackson se fingió muy serio mientras hacía como que lo pensaba.

—No, creo que hace bastante que ya no tengo que hacerlo —respondió, y luego, tomándola de la mano, señaló hacia el interior de la casa con un movimiento de cabeza—. No muerde —le prometió.

«Tal vez, pero la pregunta del millón es si muerdes tú», se dijo ella para sus adentros.

A cada paso que daban la casa le parecía aún más grande. De hecho, parecía más grande desde dentro que desde lo que parecía por fuera.

—¿Si hablas en voz alta se oye el eco? —le preguntó a Jackson.

—Un poco —respondió él divertido—. De niño solía imaginarme que el vestíbulo era la entrada a un reino mágico, y que en el sótano vivía un dragón. Cada noche, me emperraba en que tenía que ir a matarlo. Si no, me negaba a irme a la cama.

Kate podía imaginárselo luchando contra un feroz dragón, y el saber que había tenido las mismas fantasías que cualquier otro niño, hizo que le pareciera más cercano. Y mucho más atractivo.

—Ya veo, un dragón que resucitaba cada día —comentó riéndose—. Debía ser todo un reto para un niño pequeño; ¿cuántos años tenías?

—Treinta. No, es broma —se apresuró a aclarar Jackson cuando ella se le quedó mirando—. Tendría unos ocho años —le dijo sonriendo—. Nunca se lo había contado a nadie —le confesó.

—¿Temías que pensaran que tenías demasiada imaginación? —aventuró ella, intentando continuar aquella conversación en el mismo tono intrascendente.

Sin embargo, lo cierto era que la había conmovido que hubiese compartido aquel pequeño pedazo de su vida con ella. Siempre y cuando no se lo estuviera inventando, por supuesto.

—Algo así —respondió Jackson, haciéndola pasar a un salón con un equipo impresionante de home cinema—. La imaginación de mi madre no iba más allá de sospechar que mi padre tenía romances con otras mujeres, y la imaginación de mi padre se limitaba a inventarse excusas con las que explicar a mi madre por qué pasaba tan poco tiempo con nosotros. No eran santos —le confesó—. Aunque sólo tenía ocho años, me daba perfecta cuenta de que tenían problemas. La imaginación era mi único refugio.

Kate se mordió el labio. Se sentía mal por él, pero tenía la impresión de que Jackson no quería que lo compadecieran.

—Vaya —murmuró—. Supongo que no erais la familia feliz que sale en las series de televisión.

Jackson asintió.

—Más bien éramos como una de las que salen en los melodramas.

Jackson sabía que su visión cínica del matrimonio y su aversión al compromiso tenía sus raíces en lo que había vivido de niño. Eso, junto con el dolor que le había causado la muerte de Rachel, era lo que lo había llevado a la vida de eterno soltero que llevaba.

Kate seguía mirando de hito en hito a su alrededor.

—¿Y esas personas que mencionaste antes... el chófer, la cocinera, el ama de llaves... están aquí ahora? —inquirió.

Claro que, probablemente, aunque sí estuvieran, no llegase siquiera a verlos, se dijo. Aquel lugar era inmenso.

Jackson sacudió la cabeza.

—No, no viven aquí.

Kate volvió a mirar a su alrededor, como para asegurarse de que no había nadie más.

—Entonces... ¿estamos solos en este caserón?

—Completamente —respondió él con una sonrisa lobuna, atrayéndola hacia él—. ¿Asustada?

Kate no iba a mentirle.

—Puede que un poco.

Sin embargo, lo que la asustaba no era aquella enorme casa vacía, sino el estar allí, a solas con él, o más exactamente la fuerte atracción que sentía hacia él. La química siempre había sido su perdición.

Jackson se quedó callado un momento, leyendo entre líneas.

—Si quieres puedo llevarte de vuelta a donde dejaste el coche —le ofreció caballerosamente.

Kate alzó la vista hacia él.

—Ni se te ocurra.

Arrojó su bolso de mano sobre una mesita baja que tenía cerca, le rodeó el cuello con los brazos, y antes de poder contenerse lo besó, reavivando los rescoldos de la pasión que descansaban en el interior de ambos. De inmediato saltaron chispas.

En cuanto sus labios se tocaron, Kate supo que aquella noche no volvería a casa. Hacía demasiado tiempo de la última vez que había hecho el amor con un hombre; demasiado tiempo de la última vez que había sentido unos brazos fuertes como los de Jackson en torno a su cintura.

Lo único que tenía que hacer era recordarse que aquello no era nada serio; que lo único que esperaba obtener esa noche era placer.

Cuando Jackson hizo el beso más profundo, sintió que todo su cuerpo vibraba, pero si había creído que sería capaz de ejercer algún control sobre la situación, estaba muy equivocada, porque de pronto se sentía como si estuviese precipitándose en caída libre por el tiempo y el espacio.

Era como si estuviese ardiendo por dentro. Aquello era una locura, y lo sabía. Quería tomar todo lo que pudiera y saborearlo antes de que aquel momento perfecto se esfumase.

Matt, el tipo con el que había sido tan estúpida de creer que iba a pasar toda su vida, siempre le había hecho el amor como si la casa estuviese ardiendo y tuviesen que apresurarse. Su objetivo era alcanzar el clímax, y luego relajarse, disfrutando de su efecto sedante. Solía decir que lo relajaba más que tomarse una copa después de cenar, poniéndola al mismo nivel que el whisky o el vodka.

Por eso, se quedó muy sorprendida cuando oyó que Jackson le susurraba al oído:

—Pisa un poco el freno, Kate; ¿qué prisa hay? Tenemos toda la noche.

El calor del aliento de Jackson en su cuello no hizo otra cosa que excitarla aún más. Fue como echar gasolina al fuego.

Capítulo 11

CON las palabras de Jackson resonando aún en su mente, Kate echó la cabeza hacia atrás y lo miró.

—¿Toda la noche? —repitió vacilante.

¿Estaba dando por hecho demasiadas cosas?, se preguntó Jackson, echando el freno.

—Bueno, a menos que tengas que ir a algún sitio, por supuesto —aclaró, acariciándole los costados suavemente con los nudillos.

Kate se estremeció por dentro. De pronto no podía pensar con claridad.

«No», respondió para sus adentros. «Aquí es donde quiero estar».

—No —susurró—, no tengo que ir a ningún sitio.

Una sonrisa afloró a los labios de él.

—Bien —murmuró.

Jackson volvió a inclinar la cabeza para besarla, y en cuanto sus labios se tocaron saltaron chispas de nuevo, haciendo que a Kate se le acelerara el pulso y que su cuerpo se preparara para lo que esperaba fervientemente que ocurriera.

Jackson se tomó su tiempo, desvistiéndola lentamente, dejando que el deseo se apoderara de él. Hacer el amor era como bailar un tango, y se afanó en guiarla cuidadosamente, paso a paso, con paciencia, y manteniendo a duras penas el control sobre su propio deseo.

Kate lo excitaba de tal modo, que pronto se encontró queriendo renunciar a ese autocontrol y llevarla a las cotas más altas de placer. Sobre todo cuando notó que su respiración se estaba tornando jadeante, y que el pulso parecía habérsele vuelto loco.

Sin embargo, estaba decidido a resistir, por ella, si no por él. Tenía la sospecha de que el último hombre que había pasado por la vida de Kate no había sabido apreciarla. Por las prisas que ella había mostrado en un primer momento, le daba la sensación de que aquel tipo la había considerado como un juguete que podía dejar tirado cuando se cansase, alguien con quien pasar el rato.

Por un instante la furia lo invadió, pero se recordó que ese sentimiento no tenía cabida en aquel baile. Lo único que le importaba era el placer de Kate.

El modo en que ella respondía a sus besos, a sus caricias, a la lenta y exhaustiva exploración que estaba haciendo de sus curvas, estaba llevándolo al límite a pesar de sus esfuerzos por controlarse.

Estaba disfrutando enormemente de cada una de

sus reacciones, saboreándolas y anticipando los siguientes pasos.

Kate se sentía igual que si se hubiese adentrado en el Jardín del Edén. Era como si fuera su primera vez, sólo que mucho, mucho mejor. No podía decir que tuviese mucha experiencia, los hombres que habían pasado por su vida podían contarse con los dedos de una mano, pero todo lo que había experimentado con ellos palidecía en comparación con el placer que Jackson le estaba dando en ese momento.

Le faltaba el aliento. Aquellas sensaciones que Jackson le estaba descubriendo, que estaba despertando en ella, le habían sido totalmente desconocidas hasta ese día. Nunca habría imaginado que pudiese experimentar algo semejante. No había palabras para expresarlo.

Una vocecilla le advirtió de que estaba dejando que aquello fuera demasiado lejos, que tenía que tener cuidado, pero Kate no le prestó atención.

Y entonces, justo cuando creía que su cuerpo no podría soportar ni un ápice más de aquel fiero placer, sintió que Jackson la atraía hacia sí, alineando su cuerpo con el de ella. Luego entrelazó sus dedos, y se incorporó sobre los codos para mirarla a los ojos con una sonrisa en los labios.

Al instante siguiente estaba deslizándose dentro de ella, haciéndose uno con ella.

La hipnótica expresión en sus ojos cautivó el alma de Kate. No habría podido apartar la vista aunque su vida hubiera dependido de ello. Jackson comenzó a moverse, despacio al principio, con unas embestidas lentas y tentadoras. Pero después, ella se encontró moviendo las caderas también, y poco a poco el *tempo* se fue haciendo más rápido, como la lengua de Jackson momentos antes, cuando había estimulado la parte más íntima de su cuerpo hasta llevarla al clímax por primera vez.

El poco aliento que le quedaba la abandonó cuando empezó a sacudir sus caderas aún más deprisa, en un intento por seguirle el ritmo, por responderle con la misma intensidad. Si ella iba a estallar en llamas, él lo haría también.

Kate lo estrechó contra sí, rodeándolo con sus brazos, apretando su cuerpo sudoroso contra el de ella. Desprendían tanto calor que parecía un milagro que no se hubiesen fundido el uno con el otro. Si el mundo fuese a acabarse en ese momento, no le importaría nada; sería una manera maravillosa de morir.

Cuando alcanzaron la cresta de la ola, con el corazón aún desbocado, Kate dejó escapar un profundo suspiro de satisfacción, y se hundió en los cojines del enorme sofá en el que se habían tumbado.

Poco después se disipaban los últimos acordes del intenso clímax, y Kate sintió como el abrazo de Jackson se relajaba. Sin embargo, no retiró sus brazos, ni se apartó de ella. No quería hacerlo. Quería seguir pegado a ella, sentir los latidos de su corazón bajo su pecho.

De pronto se sentía abrumado. El mundo no se había desintegrado a pesar de lo increíble que había sido aquella experiencia, a pesar de los sentimientos que lo habían sacudido, y que eran completamente nuevos para él. Allí había ocurrido algo, algo en lo que necesitaba pensar, que necesitaba analizar. Necesitaba ordenar sus ideas. Y sin embargo...

Sin embargo, el deseo de volver a hacerlo estaba tomando fuerza, aunque no con la rapidez con que él habría querido, ni cambió el hecho de que quería seguir abrazado a ella el resto de la noche. Probablemente durante el resto de su vida.

Kate levantó la cabeza para mirarlo, pero él no fue capaz de leer la expresión de su rostro.

—¿Ocurre algo? —le preguntó.

¿Le habría hecho daño? ¿Estaba disgustada? Hacer el amor por primera vez con otra persona era un poco como caminar por una cuerda floja: excitante, pero tremendamente difícil.

—No, sólo quería ver si te habías quedado dormido.

Era algo que había acabado por esperar por norma, como le había pasado con Matt. Sin embargo, Jackson aún tenía aún sus brazos en torno a ella y estaba despierto.

Él se rió suavemente. Estaba aún demasiado excitado, a pesar del cansancio, como para quedarse dormido.

—Pues ya ves que no —dijo—. ¿Por qué?, el último tipo con el que estuviste se quedaba dormido —pudo leer la respuesta a su pregunta en los ojos azules de ella. ¿Cómo podía ser? Kate había despertado cada célula de su cuerpo; ¿cómo podía haberse quedado dormido aquel tipo después de hacer el amor con ella?—. ¿Padecía narcolepsia, o algo así?

—No, sólo era un hombre típico —contestó Kate—. Bueno, al menos yo hasta ahora pensaba que era lo típico en un hombre.

Jackson subió una mano para peinarle el cabello con los dedos, y le acarició la mejilla.

—Ya veo. ¿Alguna queja sobre mí como amante?

—No —replicó ella con vehemencia—. Dios, no —no podía dejar de sonreír—. En una escala del uno al diez, te pondría un quince.

Jackson se rió, aunque no estaba seguro de sí debía sentirse halagado o preocupado.

—No pretendía sacar nota.

—Lo sé —contestó ella—, por eso ha sido tan increíble.

Jackson intentó unir las piezas. Se incorporó sobre el codo y escrutó su rostro en silencio.

—Ese tipo... ¿te pedía que le pusieras nota? —inquirió con incredulidad.

—Bueno, no expresamente, pero... —Kate no terminó la frase, y dejó que él sacara sus propias conclusiones.

Jackson la atrajo hacia sí.

—Pues no pretendo meterme con él porque no lo conozco, pero quien quiera que fuese ese payaso, estás mucho mejor sin él.

Los ojos de ella sonrieron al tiempo que frenaba un repentino impulso de pasar las manos por su pecho.

«No puedes dejarte llevar», se dijo. «Si no te dejas llevar, luego no acabarás con el corazón roto».

—Lo sé —respondió.

A Jackson, sin embargo, le pareció que había algo más detrás del suspiro que escapó de sus labios junto a aquellas dos palabras.

—¿Quieres hablar de ello? —le preguntó—. Se me da bien escuchar.

—Seguro que sí —murmuró ella. Se quedó callada un momento, y luego añadió—: No te lo tomes a mal, pero es que esto me resulta un poco raro: estar hablando de mi exnovio tumbada aquí contigo, desnuda.

Jackson no dijo nada, sino que tomó la manta de punto que había sobre el respaldo del sofá, y la cubrió con ella.

—Ya está —dijo—. Ahora tienes un aspecto tan respetable como una ancianita el domingo camino de misa —añadió con una sonrisa—. Si quieres contarme algo ya no tienes excusa.

Kate sacudió la cabeza y se rió.

—Dudo que esté tan respetable como dices.

—Es igual; cuéntamelo —insistió él en un tono suave, persuasivo.

—No creo que sirva de nada hablar de ello —replicó Kate—. No han sido más que trece meses con alguien que resultó que no se merecía ni diez minutos de mi tiempo. ¿Por qué debería dedicarle ni un segundo más?

Jackson dedujo que aquel tipo la había engañado o se había negado a comprometerse. Posiblemente las dos cosas, puesto que la una no excluía a la otra, pero al final se decantó por la primera.

—Te engañaba.

Kate se dio cuenta de que Jackson no le había preguntado, sino que había hecho una afirmación, y no vio motivo alguno para negarlo.

—Sí, y lo peor es que parecía que todo el mundo lo sabía menos yo… —apretó los labios—, hasta que lo pillé con las manos en la masa.

Jackson contrajo el rostro, compadecido.

—Espero que lo echaras.

—Bueno, habría sido un poco difícil, porque era su casa —le confesó Kate—. Fui yo la que se marchó.

Jackson la besó en la cabeza.

—Es igual; el resultado supongo que fue el mismo.

Probablemente, Jackson no se daba cuenta de lo dulce que estaba siendo con ella, pensó Kate. Y no tenía por qué. Al fin y al cabo ya se había acostado con él.

—Sí —asintió ella—, una desolación total.

—Y tenía motivos para quedarse desolado al haber perdido a una mujer como tú.

—No, fui yo la que se quedó... —Kate se calló y levantó la cabeza para mirarlo—. ¿Esas frases te salen solas, o es que te las preparas?

Jackson contestó a su pregunta con una observación:

—Eres muy suspicaz.

—Perdona si te he ofendido, pero es que cuando te has quemado una vez jugando con cerillas, empiezas a mirarlas de un modo muy diferente —le confesó Kate con una sonrisa amarga.

—Bueno, las cerillas pueden tener su utilidad —apuntó él en un tono seductor, mientras sus dedos se deslizaban lentamente por la curva de su cadera—. Cuando enciendes una puedes arrojar luz sobre las sombras y alejar la oscuridad. Y también pueden ayudarte a encender un fuego para cocinar, o para hacer café, o para esterilizar instrumental médico...

Kate levantó las manos.

—Está bien, para, me rindo. Ya lo he captado —le pidió riéndose—. ¿Cómo acabaste haciéndote banquero? Con esa labia que tienes serías capaz de venderle neveras a los esquimales.

Jackson sacudió la cabeza.

—Las neveras pesan un poco para ir con una a cuestas —respondió él muy serio.

Kate se echó a reír, y cuando su risa cesó y miró a Jackson, sintió que estaba excitándose de nuevo. Podía oír el susurro de su líbido, y los párpados le pesaban, pero no de cansancio, sino de deseo.

—Me gustaría que dejaras de hacer eso —le dijo a Jackson con esfuerzo.

Él también estaba sorprendido por la intensidad del deseo que Kate despertaba en él.

—No es que no esté preparado para hacer o dejar de hacer cualquier cosa que me pidas, pero parece que estás disfrutando. ¿Exactamente qué es lo que quieres que deje de hacer? —inquirió.

A Kate le estaba empezando a faltar de nuevo el aliento. Era increíble el efecto que aquel hombre tenía en ella, pensó.

—Que me hagas reír todo el tiempo y me mires de esa manera —le respondió—. Me cuesta concentrarme; mi mente no hace más que irse por otro lado.

Él esbozó una sonrisa traviesa.

—Um... ¿Y a qué lado se va exactamente?

Kate intentó inspirar, pero sus pulmones se negaban a cooperar, y el pulso se le estaba acelerando de nuevo.

—Ya sabes a donde.

Jackson le acarició la mejilla con el dorso de la mano, y observó cómo se dilataban las pupilas de Kate.

—No, dímelo tú —susurró contra sus labios, haciéndola estremecer.

Kate sentía que, si no se apartaba, acabaría lanzándose sobre él.

—Estás consiguiendo que me entren ganas de hacerlo de nuevo.

La misma sonrisa traviesa volvió a curvar los labios de Jackson.

—Eso está hecho —murmuró deslizando una mano por debajo de la manta.

En cuanto la tocó, Kate sintió que se abría como una flor para él, y de pronto notó que el miembro de Jackson estaba empujando contra su muslo.

—¿Eres capaz de hacer eso? —inquirió mirándolo con unos ojos como platos.

Jackson se rió.

—No estoy muy seguro de a qué te refieres con «eso».

Azorada, Kate se explicó:

—Hacer el amor más de una vez.

En un primer momento, Jackson no contestó. Aún estaba procesando sus palabras y su asombro. Pero entonces creyó comprender y sacudió la cabeza.

—Me parece que todo este tiempo has estado saliendo con los hombres equivocados —le dijo, preguntándose con clase de cavernícolas se había ido topando.

Tiró de la manta y la arrojó al suelo. Kate no la necesitaría; sería él quien le diera calor. Estaba dispuesto a demostrarle a Kate cuánto tiempo podía aguantar antes de hacerla suya por segunda vez.

—Vaya, vaya... ya era hora.

Kate estuvo a un paso de soltar un chillido del susto. Había intentado entrar en su despacho sin ser vista porque llegaba una hora tarde, pero a la vista estaba que no lo había conseguido.

Volviéndose con la excusa ya preparada, vio a su hermano acomodado en el sofá, como si hubiera estado esperándola. ¿Por qué?

—Ya sé que llego tarde, pero no por eso tienes que tenderme una emboscada en mi propio despacho —le dijo—. Casi me da un ataque del susto.

Ignorándolo y siguiendo su rutina de siempre, fue a sentarse y guardó el bolso en el cajón. La noche anterior debía haber dormido como mucho cuatro horas y, aunque pareciera mentira, no estaba cansada en absoluto. Aquello no le había pasado desde sus años de universidad.

—Cuando he dicho que ya era hora, no me refería al hecho de que has llegado tarde —le dijo Kullen—. Lo decía porque por tu aspecto parece que te hayas arreglado a todo correr para venir a la oficina, y deduzco que es porque al fin te has ligado a alguien —le explicó con una sonrisa perversa—. Bien por ti, Katie.

Kate apretó los dientes, porque detestaba que usase ese diminutivo, pero por aquella vez lo dejó pasar. No iba a picar el anzuelo.

—¿En eso basas tu suposición? —inquirió poniendo los ojos en blanco, con la esperanza de que su fingida indiferencia lo convenciese—, ¿en que parece que me haya vestido a toda prisa?

—En eso... y en el hecho de que ayer fui a hacerte una visita, y no estabas en casa. Y por si quieres saber qué hora era, pasaban de las once.

—¿Y si estaba dormida?

Kullen la miró largamente.

—¿Lo estabas?

Debería haber recordado con quién estaba hablando: el playboy número uno de Occidente. Kate volvió a poner los ojos en blanco.

—Éste no es el momento, ni el lugar para hablar de nuestra vida privada.

—Ajá... eludes la pregunta —murmuró Kullen, asintiendo satisfecho—. Ya tengo mi respuesta.

A Kate no le gustaba que fuese capaz de leer en ella como en un libro abierto. Toda mujer tenía derecho a tener sus secretos.

—Te equivocas —insistió ella.

—Lo que tú digas —contestó él riéndose—. Si de verdad hubieses estado en casa, durmiendo, me lo habrías dicho, pero en vez de eso has evitado responder a la pregunta. Caso cerrado.

¿Quería jugar? Bien, pues jugarían.

—Te digo que te equivocas —repitió cruzándose de brazos.

—Lo siento, hermanita, ya es tarde. Tuviste tu oportunidad, y las has perdido —replicó. Sentándose al borde del asiento con mirada de niño travieso, le preguntó—: ¿Lo conozco?

—Como sigas por ahí puede que no conozcas a

nadie dentro de un par de minutos —lo amenazó ella—. No te olvides de que era a mí a quien el tío Charlie le contó todas sus historias de la guerra, y que me enseñó cómo tenderle una emboscada a un hombre y matarlo sin hacer ruido.

Kullen, que no parecía intimidado en absoluto por sus palabras, se levantó y fue hacia la puerta.

—Te veo muy peleona... —murmuró asintiendo con la cabeza—. Debe haber sido una noche muy ardiente. En fin, me alegro por ti —repitió antes de salir, cerrando tras de sí, y justo a tiempo de esquivar la caja de pañuelos de papel que Kate le había lanzado, y que cayó al suelo con un golpe seco.

Sin embargo, en cuanto su hermano se hubo marchado, una amplia sonrisa se dibujó en los labios de Kate mientras recordaba distintos momentos de la noche anterior. Sí, había sido una noche increíble que se había alargado hasta el amanecer, y a lo largo de la mañana, por mucho que lo intentó, no logró dejar de sonreír.

Capítulo 12

OH, Kate, que encanto de hombre... ¿Dónde lo encontraste? ¿Está libre? ¿Puedo quedármelo?

Las preguntas emergieron como disparos de bala de la boca de Jewel cuando llamó a Kate por el móvil. Hacía unos minutos que había terminado su entrevista con Jackson, y acababa de salir a la calle.

Kate, que había ido al juzgado y volvía a la oficina en coche, había parado junto a la acera al oír el móvil, segura de que sería su amiga, y estaba ansiosa por saber cómo le había ido, y por supuesto conocer su opinión de Jackson.

Respondió a sus preguntas por orden:

—Es un cliente que me pasó Kullen; no que yo sepa; y eso tendrías que preguntárselo a él.

Aunque conocía a Jewel de toda la vida y nunca les

había ocultado nada ni a Nikki ni a ella, prefirió no decirle que se había acostado con él. Al menos de momento. Tanto Nikki como Jewel sabían que su última relación había sido un auténtico desastre, y si se lo contaba estaba segura de que empezarían a darle a lo suyo con Jackson una importancia que no tenía.

Reprimió un suspiro, y esforzándose por parecer lo que era oficialmente, su abogada, y para que Jewel se olvidara de lo guapo que era Jackson y de si estaba disponible, le preguntó:

—¿Y bien?, ¿crees que puedes ayudarle a investigar lo del desvío de fondos?

—Sin problemas —le aseguró su amiga—. Me ha dado los nombres de los empleados de la sucursal donde parece que viene el origen del mal. Será pan comido. Vivimos en la era de la ley de protección de datos, pero toda esa información está en el ciberespacio, esperando a que alguien la encuentre. Sólo tengo que averiguar si alguno de esos empleados está viviendo por encima de sus posibilidades, o si de repente está firmando cheques con un buen montón de ceros.

Luego se quedó callada un instante, y cuando volvió a hablar, Kate pudo notar por su voz que estaba sonriendo.

—La pregunta del millón es: ¿no podrías hacer que Kullen me mandase a mí también a algún cliente que le sobre? —inquirió—. ¿Kate? —la llamó al ver que no contestaba—. ¿Sigues ahí?

Kate no le había contestado de inmediato porque estaba sopesando los pros y los contras de su siguiente movimiento.

—Sí, sigo aquí —murmuró. «Al diablo», pensó. De todos modos, Jewel acabaría enterándose antes o después. Y conociéndola, seguramente no tardaría mucho en descubrirlo—. Escucha, creo que deberías saber que en realidad Jackson no era exactamente un cliente de Kullen. Jackson había contratado el servicio de catering de mi madre para una fiesta del banco, y cuando le comentó que necesitaba un abogado, ella le recomendó nuestro bufete, y en el papel donde le apuntó los datos de contacto, escribió *K. Manetti*. Y cuando Jackson llamó por teléfono para pedir una cita...

—Pensaron que preguntaba por Kullen —dedujo Jewel.

—Exacto.

—¿Y piensas que tu madre sólo puso la inicial a propósito?

—No lo pienso, estoy segura. De lo que no estoy segura es de si Kullen está compinchado con ella. No sé por qué me da que puede que llamara a mi hermano para saber si le había llamado algún «nuevo» cliente llamado Jackson Wainwright y le dijo que me lo pasara a mí.

Jewel se rió.

—Hay que decir que es mejor que uno de esos vales de regalo que te dan en las tiendas —comentó con mucha guasa.

Para ser detective privado, parecía que se le escapaba lo obvio:

—Jewel, mi madre está entrometiéndose otra vez en mi vida; es evidente.

—Bueno, es tu madre —apuntó Jewel—. Es lo que suelen hacer las madres. Al menos éste no está nada mal y... —de pronto se quedó callada—. Espera un momento... está con alguien, ¿verdad?

Kate no comprendía cómo había llegado de pronto a esa conclusión, y no quería que pudiera siquiera sugerir eso la próxima vez que hablara con Jackson.

—Conmigo no —contestó.

Si había esperado que Jewel dejara el tema, estaba muy equivocada.

—Has respondido demasiado rápido, Kate. ¿Hay algo entre vosotros?

Kate evadió la pregunta.

—Es un cliente, Jewel, y necesita que vuelva a poner en pie un fideicomiso.

Al oír las risas de su amiga, supo que no podía engañarla.

—¿Y le has puesto en pie algo más?

—¿Qué quieres decir con eso? —balbució Kate azorada, aunque sabía perfectamente a qué se refería.

Jewel suspiró.

—Si te tengo que explicar eso, Manetti, supongo que la respuesta es no.

Kate, que no quería seguir por ahí, le espetó:

—Bueno, tú limítate a hacer tu trabajo y a encontrar las respuestas que necesita.

—¿Te has planteado que tal vez la única respuesta que necesita es «sí»? —la pinchó Jewel.

Por amor de Dios, Jewel era peor que su madre, pensó Kate.

—Mira, esta conversación se está volviendo demasiado complicada para mí, y tengo que irme —respondió, y colgó antes de que Jewel pudiera decir otra palabra.

Kate continuó sentada un buen rato con la mirada perdida a través del cristal del parabrisas. Era probable que la noche pasada hubiese sido la mejor noche de su vida, y que Jackson fuese el mejor amante que había conocido hasta la fecha, pero, aun así, tenía miedo de dejar que aquello fuese a más. «Te quiero» eran sólo dos palabras, pero decirlas porque de verdad se sentían... eso era algo completamente distinto.

Sabía que no podía permitir que sus pensamientos siguiesen por ese camino. No quería volver a tropezar con la misma piedra, como le había pasado una y otra vez. Lo que tenía que hacer era no perder la perspectiva; si lo hacía, todo iría bien. Entretanto, tenía trabajo por hacer, y unos papeles que entregar a Jackson.

Jack se quedó callado un buen rato mientras repasaba el documento definitivo del fideicomiso, apoyado en el borde de su escritorio. Todo parecía bastante bien atado.

Aquello no le iba a hacer ninguna gracia a Jonah, eso por descontado, pero él al menos tendría la tranquilidad de que su hermano no acabaría siendo un indigente, que sería lo que ocurriría si recibiera todo el dinero de la herencia y se le permitiese gastarlo sin control. El fideicomiso era la única manera de tenerlo controlado.

Jackson dejó los papeles sobre la mesa y alzó la vista hacia Kate, de pie frente a él. No había podido dejar de pensar en ella ni un momento desde la noche que habían pasado juntos, dos días atrás. Sólo habían pasado dos días, y el deseo que sentía por ella no había disminuido, sino que se había intensificado. Era algo casi abrumador, y lo tenía preocupado, porque le recordaba a lo que había sentido con Rachel, y el dolor que había sentido cuando la había perdido. Estaba en un buen lío, pero curiosamente no podía dejar de sonreír.

—No le puedo poner ni un pero; está perfecto —le dijo a Kate.

—Me alegra que estés satisfecho con el documento. Lo he pulido al máximo teniendo en cuenta todo lo que hablamos.

Jackson se quedó callado un momento, y le dijo de pronto.

—He estado pensando que quizá debería hacerme un testamento.

—¿Un testamento? —repitió ella preocupada.

Jackson todavía era muy joven. ¿Se habría hecho una revisión médica y le habrían detectado alguna enfermedad? ¿O sería sólo que estaba siendo previsor?

—Bueno, la idea de hacer un testamento siempre me ha dado bastante repelús, pero si me pasara algo no quiero que mi dinero acabe prisionero de una larga disputa legal.

Kate respiró aliviada. Sólo estaba siendo previsor.

—Lo comprendo. Y haces muy bien. Hay mucha gente que no hace más que posponerlo porque les parece que si hacen su testamento sería como invitar a la Muerte.

Los labios de Jackson se curvaron en una sonrisa seductora.

—Oh, yo por eso no tengo problema; la otra noche me alcanzó en tus brazos y he resucitado.

Kate sintió que se le subían los colores a la cara, y la sonrisa de Jackson se volvió aún más traviesa antes de colocarse detrás de ella y rodearle la cintura con los brazos.

—Fue una noche increíble —murmuró junto a su oído.

Kate carraspeó.

—Jackson, estás haciendo que me resulte muy difícil concentrarme en el trabajo.

Oír eso lo llenó de satisfacción.

—Bien. Eso significa que aún no te has cansado de mí.

Debía estar bromeando, pensó Kate. Aquel hombre besaba tan bien que cuando la besaba casi parecía pecado, y el dominio que había demostrado de las artes amatorias la había maravillado. Aunque vivieran mil años, estaba segura de que no sería ella la que se cansase de él. Probablemente sería al revés, pero eso era algo en lo que no quería pensar, aunque era inevitable. Ya había pasado por eso antes, y lo sabía mejor que nadie. Los hombres tan atractivos se cansaban pronto de estar con una sola mujer; necesitaban más variedad.

Kate inspiró profundamente en un intento por calmar la ansiedad que le produjeron esos pensamientos. Era una profesional, una abogada, y en ese momento lo que tenía que hacer era actuar como tal.

—Imagino que querrás que el testamento esté en

la misma línea que el fideicomiso —dijo, y luego, para explicarse mejor, añadió—, que tu hermano no reciba todo el dinero de golpe si te ocurre algo, sino una asignación mensual.

Jackson apoyó la barbilla en su hombro y asintió.

—Exacto. Parece que hubieras leído mi mente.

Kate se rió.

—Bueno, no hace falta ser adivina para imaginarlo.

—¿Y qué estoy pensando ahora? —le preguntó Jackson, inclinándose para besarla en el cuello.

Kate sintió que un escalofrío de placer la recorría de arriba abajo.

—Ahora mismo estás consiguiendo que me entren ganas de hacer algo que puede crearme problemas. Estamos trabajando —le recordó.

Le pagaba por horas por ser su abogada, no su amante, aunque en ese preciso instante habría escogido lo segundo si le hubieran dado a elegir.

—Yo a esto no lo llamo trabajo —murmuró él.

La caricia del cálido aliento de Jackson en su cuello la estaba volviendo loca. Dios... Quería arrancarse la ropa; y de paso a él la suya.

Dejó escapar un suspiro tembloroso, luchando contra el calor que la estaba invadiendo, contra la pesadez de sus párpados.

—Jackson...

—Podríamos vernos esta noche —le dijo él, haciéndola girarse para que lo mirara—. Me han regalado un par de entradas para un musical. ¿Te apetece acompañarme?

Kate sonrió.

—Me encantaría.

Jackson sonrió también.

—Estupendo, te recogeré a las cinco y media.

A Kate le pareció un poco pronto. La mayoría de los espectáculos no empezaban antes de las siete y media o las ocho.

—¿A las cinco y media?

Jackson asintió.

—Es en el teatro Ahmason, en Los Ángeles. Empieza a las siete y media, pero los atascos de Los Ángeles pueden ser infernales.

Aunque a Kate le atraía mucho la idea de ir a ver un musical con él, la verdad era que no le importaría nada quedarse atrapada dentro del coche con él en medio de un atasco.

Claro que si le dijera eso, estaba segura de que no sólo echaría para atrás a Jackson, sino que saldría huyendo como alma que lleva el diablo, y ella estaba decidida a disfrutar de aquello mientras durase.

Miró su reloj. Había pasado allí más tiempo del que debía.

—Tengo que irme.

—¿Estaría fuera de lugar que un cliente se despidiera de su abogada con un beso?

Kate sabía que debería decirle que sí, que efectivamente estaría fuera de lugar, pero en vez de eso respondió:

—Bueno, yo no diría tanto; es sólo que no es lo habitual.

—Ajá... una abogada hermosa e inteligente que se rebela contra lo establecido; una combinación explosiva —murmuró Jackson antes de besarla.

Kate podría haberse dejado llevar por aquel beso, perderse en él, además de perder la noción del tiempo, pero eso llevaría a otras cosas, y estaban, después de todo, en el despacho de Jackson. Podría entrar alguien en cualquier momento, se dijo, aunque no pudo evitar preguntarse, sonriendo para sus adentros, cómo de rápido podría vestirse Jackson. Un pensamiento muy poco profesional.

—Hasta esta tarde —susurró, apartándose de él.

Luego nada más cruzar la puerta, empezó a contar los minutos que faltaban para las cinco y media.

—Jonah, no puedo prestarte ese dinero.

Jackson detestaba discutir con su hermano. Kate y él estaban a punto de salir a cenar, y sólo habían pasado por su casa para que él dejara el informe que Jewel había preparado para él.

Jonah se había presentado allí justo cuando iban a salir. Kate había cruzado unas palabras con Jonah, que le había respondido con monosílabos, y luego los había dejado a solas para que hablaran.

En cuanto había abandonado el salón, Jonah había ido directamente al grano: necesitaba cincuenta mil dólares, y los necesitaba ya.

Jonah se quedó mirándolo furibundo; su resentimiento era tan evidente que resultaba casi tangible.

—No tendrías que hacerlo si tu novia abogada y tú no me hubierais apuñalado por la espalda, volviendo a blindar mi dinero en ese condenado fondo. Es mío —gruñó irritado.

Cuando Jackson le había dicho a su hermano, dos

semanas atrás, que no iba a recibir el dinero de su herencia el día de su cumpleaños, Jonah había palidecido, y había empezado a suplicarle y gritarle. Jackson se había mostrado inamovible, y después de haberse desahogado, al final Jonah se había marchado dolido y hecho una furia.

Aquella visita repentina había empezado de un modo un poco más civilizado, pero tenía el presentimiento de que no seguiría en ese tono mucho tiempo.

—Lo he hecho por tu bien —le insistió cansado.

Si hubiera podido, Jonah lo habría fulminado con la mirada.

—¿Es eso lo que dirás en mi funeral? ¿Que lo hiciste por mi bien? —gritó—. ¿No lo entiendes? —le dijo, debatiéndose entre el miedo y la ira—. Le debo un montón de pasta a esos tíos, y te aseguro que no son de los que se andan con chiquitas.

—¿Y si lo sabías por qué te has endeudado con ellos? —quiso saber Jackson.

—Porque no entraba en mis planes tener que deberles dinero —gritó Jonah—. ¡Pensaba ganar! —desesperado, intentó enfocar el problema desde otro ángulo—. Escucha, tú tienes un puesto importante en ese banco en el que trabajas, ¿no?

Jackson lo miró con incredulidad.

—Jonah, no puedo quitarle dinero al banco para que pagues tus deudas de juego.

—No sería quitárselo, sólo sería un préstamo —le insistió Jonah con aquella sonrisa que tantas veces había ablandado a su madre.

Sin embargo, con él no funcionaba.

—Ya. ¿Y cómo se supone que piensas devolverlo?

La sonrisa de Jonah flaqueó un poco, dando paso a la desesperación en sus ojos.

—Lo devolveré; lo prometo.

Jackson se sentía agotado mentalmente. Lo único que quería era salir a cenar con Kate y olvidarse de todo en vez de tener que seguir allí, luchando en lo que era una batalla perdida.

—Jonah, la mayor parte del tiempo no tienes dinero ni para un café; ¿cómo crees que vas a poder devolver ese dinero que me estás pidiendo?

—Ya se me ocurrirá algo, ¿de acuerdo? —le contestó Jonah, poniéndose a la defensiva.

—¿Que se te ocurrirá algo? No sé, podría ocurrírsete buscar un trabajo; ya sé que es un concepto nuevo para ti, pero al menos podrías intentarlo —respondió Jackson con sarcasmo.

—No es culpa mía que esté bloqueado. Quería intentar pintar algo para venderlo, pero no me viene la inspiración. Estoy intentando relajarme para que llegue. Por eso voy al casino, porque me relaja.

—¿Ah, sí? —dijo Jackson—, pues yo, desde luego, no te veo muy relajado.

—Porque me has hecho polvo —le espetó Jonah—. Me robas mi dinero, y encima ni siquiera tienes la decencia de hacerme un préstamo.

—Jonah, soy tu hermano, ¿recuerdas?, el mismo que te ha hecho un montón de préstamos a lo largo de todos estos años. Y es como tirar el dinero a un pozo sin fondo. Mira, se ha acabado; no voy a hacerlo más —le dijo Jackson con firmeza. No era una amenaza, sino una constatación.

Al ver que todos sus intentos habían caído en saco roto, Jonah recurrió a su vieja táctica: la culpa.

—Bueno, supongo que si esos tipos me matan, todos tus problemas se habrán solucionado, ¿no?

Kate, que estaba en la habitación contigua, esperando educadamente a que terminaran de hablar, ya no aguantaba más. No quería escuchar una conversación que era privada, pero Jackson, y sobre todo Jonah, habían ido subiendo el tono, y lo estaba oyendo todo. Y cuanto más oía, más difícil le resultaba continuar allí sentada. Tenía que ir allí y decir algo antes de explotar.

Cuando finalmente entró en el salón, los dos estaban discutiendo tan acaloradamente, que ni siquiera se percataron de su presencia. Kate se aclaró la garganta y alzando la voz, les dijo:

—Disculpad.

Cuando Jackson se volvió hacia ella, Kate pudo ver lo tensas que estaban sus facciones. Parecía al límite de su paciencia.

—Ahora no, Kate.

Ella, sin embargo, no estaba dispuesta a callarse.

—Sí, ahora sí, tengo que decir algo.

Una sonrisa cínica acudió a los labios de Jonah.

—¿Tú también vas a iluminarme con tu sapiencia, Kate?

Kate se interpuso entre los dos y se volvió hacia Jonah.

—No sé si soy la persona indicada para iluminarte o no, pero creo que necesitas que alguien te diga ciertas cosas —le espetó—. Si Jackson te da ese dinero, ¿qué harás?

—¿Ponerme de rodillas y adorarte? —inquirió él, no con sarcasmo, sino como si esperara que ésa fuera la respuesta que ella quería oír.

—No, lo que harás será utilizar el dinero para pagar esa deuda...

Jonah la miró como si fuera tonta.

—Hombre, evidentemente; es lo que...

Kate alzó su mano para interrumpirlo.

—Déjame terminar. Pagarás esa deuda, y luego ingresarás en una clínica de rehabilitación.

Jonah se puso furioso.

—Ya no soy un drogadicto.

—No, ahora eres adicto al juego —le espetó Jackson, haciendo fuerza con Kate—. Lo único que has hecho ha sido sustituir una adicción por otra.

—Vas a recobrar el control sobre ti —continuó Kate como si ninguno de los dos la hubiera interrumpido—, y vas a volver a pintar.

—¿Crees que no he intentado volver a pintar? —le dijo Jonah, visiblemente ofendido.

—Sí, eso creo —le contestó ella muy calmada—. Pero ahora vas a hacerlo, sin excusas —subrayó.

Jackson estaba mirándola con verdadera admiración.

—¿Y si me niego a ir a rehabilitación? —respondió Jonah beligerante.

Esa vez fue Jackson quien recogió el guante.

—No te daré el dinero.

Jonah se volvió hacia él.

—¿Qué quieres, que me maten? —le preguntó fuera de sí.

—Lo que quiero es que la situación no llegue a eso —respondió Jackson. A pesar de que estaba haciendo un esfuerzo por hablar más calmado, su voz delataba la agitación que había en su interior—. Lo que quiero es creer que aún queda en ti algo del hermano al que idolatraba de niño.

Jonah agachó la cabeza y se metió las manos en los bolsillos. Miró a Jackson, después a Kate, y luego a su hermano otra vez.

—¿No hay otra manera?

Kate sacudió la cabeza.

—No la hay —dijo con firmeza.

Jonah exhaló un suspiro tembloroso.

—Entonces supongo que no tengo elección —murmuró. Alzó la vista hacia Kate y le dijo—: Ya he pasado por esto antes, ir a una de esas clínicas, y ya lo ves, no ha servido de nada —masculló con amargura.

—Esta vez sí funcionará —le dijo Kate con convicción.

Jonah se rió.

—Eres una de esas optimistas recalcitrantes, ¿eh? —bromeó. Luego, mirando a su hermano, le dijo—: Me gustaban más las mujeres con las que salías antes; no intentaban mangonearme.

—Pero yo soy vuestra abogada —le recordó Kate—, y asegurarme de que las cosas van bien entre vosotros es parte de mi trabajo.

Jonah suspiró.

—Al menos a Mortie lograba intimidarlo —rezongó con nostalgia.

Una media sonrisa asomó a los labios de Kate.

—Pero yo no soy Mortie.

—Sí, ya me he dado cuenta —Jonah dejó caer los hombros y claudicó—. Está bien, lo intentaremos a tu manera.

Kate sonrió.

—Estupendo.

Jackson no dijo nada, pero Kate sintió que contaba con su aprobación cuando le rodeó la cintura con el brazo, y supuso que eso jamás lo había hecho con Mortie.

Capítulo 13

JACKSON se apoyó en la puerta que acababa de cerrar y se quedó observando a Kate un buen rato.

—¿Tienes idea de lo increíblemente sexy que me pareces en este momento? —le preguntó.

Jonah acababa de irse con un cheque en el bolsillo, pero si no cumplía su promesa de someterse a un tratamiento de rehabilitación, él anularía el cheque de inmediato. Aún no podía creérselo, y era todo gracias a Kate.

Era como un rayo de sol que hubiera entrado en su vida. En sus vidas, se corrigió. No alcanzaba a imaginar cómo había podido vivir hasta entonces sin ella.

—Pues no, no lo sé —murmuró Kate, riéndose suavemente—, pero espero que pienses decírmelo.

Jackson fue hasta ella con una sonrisa lobuna en los labios.

—Haré algo mejor, te lo demostraré.

—Mucho mejor —asintió ella, sonriendo también.

—¿Sabes?, nunca pensé que pudiera excitarme una mujer tan mandona, pero parece que estaba equivocado —le dijo Jackson guiñándole un ojo antes de tomarla de la mano para conducirla hacia la escalera.

Kate giró la cabeza en dirección a la puerta.

—¿No vamos en la dirección equivocada? —le preguntó sorprendida.

Jackson se detuvo.

—¿Quieres hacer el amor en el vestíbulo?

—¡No! —exclamó Kate riéndose—. Pero creía que habías dicho que habías hecho una reserva para cenar en The Belle of the Mississippi.

Era un restaurante muy afamado en el que había que reservar con varios días de antelación.

—Y la he hecho, pero siempre podemos dejarlo para un poco más tarde —respondió Jackson tirando de nuevo de ella mientras avanzaba de espaldas hacia las escaleras—. Tengo contactos.

—¿Y qué pasa si esos contactos te dicen: «lo siento, Jack, pero con tan poco tiempo es imposible reservar»? —lo picó ella.

—En primer lugar, nadie me llama Jack. Y en segundo lugar... —se encogió de hombros con indiferencia—, en el peor de los casos contamos con las sobras que quedan en la nevera. Ayer Rosa hizo carne asada.

—Me encanta la carne asada.

Kate había dicho aquello con tanto sentimiento,

que Jackson sospechó que en realidad no se refería a la carne, sino a otra cosa.

Comprendía que no se atreviera a hablar de lo que sentía, porque era exactamente lo que le ocurría a él. Sentía algo por ella; estaba seguro, pero cuando iba a dar voz a esos sentimientos, vacilaba. Aquello era algo difícil para él. Ya había pasado por eso y había acabado con el corazón roto de dolor. Necesitaba ir despacio; tenía que asegurarse de que era amor verdadero y no algo pasajero. Por eso, hasta que no estuviera seguro, cuanto menos dijera, mejor.

Además, ¿qué pasaría si le dijera «te quiero», y Kate repitiese esas dos palabras como el eco, sólo por lástima, o porque sería incómodo si no lo hiciera?

O, peor aún, ¿y si no repitiese siquiera esas palabras? ¿Y si sólo le respondía el silencio, un silencio ensordecedor?

—Sí, a mí también —dijo él—. Y el rosbif.

Por el momento sería mejor dejarlo así. Al menos hasta que ella le dejase entrever de algún modo que podía expresar sus sentimientos porque ella sentía lo mismo.

En cuanto llegaron al rellano superior, comenzó a desvestirla. Kate, que había pensado que esperaría a llegar al dormitorio, estaba encantada de haberse equivocado.

—¿Qué estás haciendo? —lo picó, apartándose de él entre risas cuando le bajó la cremallera del vestido.

—No perder ni un segundo —respondió él muy serio.

Y, antes de que Kate pudiera decir nada más, la

atrajo hacia sí y la besó en los labios, poniendo fin a la conversación.

—¿Estás segura?

Sentado en su despacho varias semanas después, Jackson miró el informe que Jewel acababa de entregarle. Kate también estaba presente.

¿Cómo era posible?, se preguntó con incredulidad. La persona que estaba detrás del desvío de fondos era precisamente la persona de la que menos habría sospechado.

Precisamente por eso, se respondió a sí mismo, porque aquella persona parecía tan inocente a primera vista...

—Completamente —dijo Jewel.

Técnicamente hablando, el trabajo de Jewel debería haber concluido cuando había acabado de recopilar información sobre las finanzas de los cajeros de la sucursal y de sus gastos, pero como Jewel era como era, había ido más allá.

De hecho, había ido mucho más allá: había continuado investigando porque se había encontrado con algunos detalles bastante sospechosos que habían despertado su curiosidad, y había encontrado más de lo que esperaba.

Jackson alzó la vista después de leer la segunda página.

—Aquí dice que Lincoln Mutual denegó la solicitud de Elena Ortiz de un préstamo de quince mil dólares —dijo sorprendido.

Aquél era el nombre de una de las cajeras de la

sucursal que le había pedido a Jewel que investigase.

Jewel asintió y le resumió el resto del informe.

—Todos los viernes a la una, Elena va a un restaurante de comida rápida en la esquina entre Alton y Jeffrey. Pide un refresco y se sienta en una mesa. Al cabo de unos minutos llega un tipo de pelo negro y se sienta con ella. Cruzan unas palabras, y ella le pasa un sobre. Después Elena se levanta y se va. Nunca se termina el refresco.

—¿Chantaje? —inquirió Jackson, diciendo en voz alta lo primero que se le pasó por la cabeza.

Jewel asintió, y miró a Kate antes de decir:

—Eso pensé yo. Seguí a ese tipo y apunté la matrícula de su coche. Sólo que no es su coche, sino un coche de alquiler. Según el sitio donde lo había alquilado, alquila un coche diferente cada viernes, y siempre paga en efectivo.

—¿Y no tenía que enseñarles su permiso de conducir antes de que le dieran el coche? —inquirió Kate.

—Sí, y de hecho tenían una fotocopia en el archivo. Y... conseguí convencerles para que me hicieran una fotocopia de esa fotocopia —miró a Jackson mientras metía la mano en el bolso—. ¿Quieres verla?

—Ya lo creo —respondió él, tendiéndole la mano.

Jewel sacó una hoja doblada y se la entregó. Jackson la desdobló y leyó el nombre en voz alta:

—Diego de la Vega.

Kate frunció el ceño.

—¿Diego de la Vega? Genial, así que vamos detrás de El Zorro —murmuró. Al ver que Jackson la miraba sin comprender, le explicó—: Diego de la Vega es el nombre del personaje de El Zorro, igual que Clark Kent es el nombre del personaje de Superman; su identidad secreta. Parece que este tipo tiene sentido del humor.

—Pues a mí desde luego no me hace ninguna gracia —masculló Jackson con expresión grave. ¿Cuánta más gente había implicada? ¿O serían sólo ellos dos?—. Has hecho un gran trabajo, Jewel —abrió un cajón para sacar su chequera, y rellenó un cheque con la cifra que habían acordado, más un plus por las horas extras que le había dedicado. Después de firmarlo, lo arrancó y se lo tendió—. ¿Por qué no me dejas unas cuantas tarjetas? Puedo dárselas a otra gente que necesite de un buen investigador privado con iniciativa.

—Te lo agradecería mucho —le dijo Jewel, sacando unas cuantas tarjetas de su bolso. Se las dio, y tomó el cheque, pero cuando vio la cifra que había escrito, hizo ademán de devolvérselo—. Te has debido equivocar al escribirlo; esto es demasiado —balbució aturdida.

—No me he equivocado —replicó él—. Es lo que te mereces —le dijo con una sonrisa. Gracias a ella tenía a la persona que había estado robando dinero, y el banco volvía a estar a salvo—. Gracias Jewel —dijo tendiéndole la mano.

—Gracias a ti —respondió ella estrechándosela. Se dirigió a la puerta, y al llegar a ella se detuvo un momento para mirar a Kate—. Te llamaré —le dijo. Y luego se marchó.

Kate se quedó pensando en la cajera y en lo que le iba a pasar. La había conocido en la fiesta del banco, y al recordar a la chica, bajita, delgada y tímida, sintió lástima de ella.

—Deberías hablar con esa mujer —le dijo a Jackson.

Las facciones de él se ensombrecieron ligeramente.

—Ya lo creo que lo voy a hacer. Le pienso decir unas cuantas cosas antes de despedirla.

—No, me refería a hablar con ella e intentar averiguar qué está pasando, por qué ha estado haciéndolo. Dale la oportunidad de explicarse —le imploró.

Kate vio la ira contenida en su rostro. Conocía bien a Jackson y sabía que sin duda se sentía responsable. Al fin y al cabo, él era el que estaba al mando, y podía caérsele el pelo si aquello llegaba a oídos de sus superiores.

—Yo te diré lo que está pasando: que está robando al banco.

—Pero puede que tenga una razón para hacer lo que ha estado haciendo.

Jackson sacudió la cabeza.

—No es problema mío —replicó, yendo hacia la puerta.

Kate se interpuso en su camino.

—Es cierto, pero no es sólo una cajera; también es una persona, y me atrevería a decir que es la clase de persona que no robaría a menos que se viese abocada a ello como último recurso.

La expresión de Jackson era impasible.

—¿Y eres capaz de intuir todo eso sobre ella sólo con haber hablado con ella unos minutos en una fiesta?

A Kate no le pasó desapercibido el sarcasmo en su voz, pero sabía que no debía tomárselo como algo personal. Jackson sólo estaba disgustado; nada más.

—Tengo buen instinto para estas cosas —le dijo Kate. «Aunque para otras no», añadió para sus adentros, pensando en su propensión a sentirse atraída por los hombres equivocados—. Llámala un momento para que venga y habla con ella —le pidió. Luego se le ocurrió una idea mejor—. O deja que hable yo.

—No puedo hacer eso —le respondió Jackson tajante—. Eres mi abogada, no la abogada del banco.

En eso tenía razón, pero Kate no estaba dispuesta a darse por vencida.

—Bueno, pues al menos deja que esté presente mientras hablas con ella.

¿Y qué justificación podía haber para eso?

—¿En calidad de qué, de mi conciencia?

Kate ladeó la cabeza.

—Si quieres verlo así...

Jackson enarcó una ceja. ¿Qué creía que iba a hacer, saltarle a la yugular a aquella mujer?

—No te rindes nunca, ¿eh? ¿Siempre eres así de tenaz?

—Es deformación profesional —respondió ella con una sonrisilla divertida—. Por cierto, ¿cómo le va a Jonah?

Por primera vez en mucho tiempo, Jackson tenía razones para albergar esperanzas respecto a su hermano.

—Sale de la clínica este fin de semana. Voy a ir a recogerle y va a pasar unos días conmigo —le dijo.

Quería estar a su lado por si Jonah sufría una recaída. De pronto se dio cuenta de que, a diferencia de otras veces, había pensado «por si» en vez de «cuando». Era agradable tener esperanzas.

—No quiero ser demasiado optimista, pero lo encontré muy bien cuando hablé con él —le confesó.

—Pues yo creo que debes ser optimista —lo animó Kate—; tienes que dejarle ver que estás seguro de que vencerá sus adicciones y que va a salir adelante.

—¿No será demasiada presión para él? Jonah no responde bien cuando está bajo presión.

Kate, como siempre, intentó ver el lado positivo.

—Siempre será mejor eso que dejarle que piense que estás esperando a que vuelva a estropearlo todo.

Jackson se quedó pensando en ello un momento.

—Tal vez tengas razón —concedió.

—Por supuesto que tengo razón; soy tu abogada —contestó ella alegremente—. Y ahora manda llamar a Elena.

Jackson apretó los labios y fue a su mesa para pulsar el botón del interfono.

Elena Ortiz apenas medía un metro cincuenta, estaba tan delgada que la única manera de que pesase cincuenta kilos sería que una amiga se subiese a la báscula con ella, y llevaba el cabello negro recogido en un moño, como si quisiera aparentar más de los veintidós años que tenía.

Cuando entró, los miró a ambos con los ojos muy abiertos. Se la veía tan frágil que parecía que fuera a quebrarse en cualquier momento.

—¿Quería verme, señor Wainwright? —inquirió con una vocecita que parecía salirle del cuello de la camisa.

—Sí, Elena. Siéntate, por favor —le dijo Jackson, señalando la silla frente a su mesa, junto a la de Kate—. Ésta es mi abogada, Kate Manetti.

—¿Su abogada? —repitió Elena nerviosa.

—Le he pedido al señor Wainwright que me permitiera estar presente —le explicó Kate, tendiéndole su mano.

Sabía por instinto que la chica habría pensado lo peor al oír la palabra «abogada», y que debía estar asustada. No podía evitar sentir lástima de ella, y sus sospechas se confirmaron cuando Elena estrechó su mano y vio que la tenía helada.

—¿Estás contenta aquí, Elena? —le preguntó Jackson.

A Kate no le pasó desapercibida la expresión de alivio que cruzó por el rostro de la chica. La pobre debía estar pensando que aquello era sólo una especie de evaluación, o al menos rogando para que lo fuera.

—Oh, sí, muy contenta —respondió con entusiasmo.

Jackson asintió, y fue al grano.

—Entonces, si estás contenta de trabajar aquí, ¿por qué estás robando al banco?

Elena abrió mucho los ojos y palideció. Parecía que fuera a desmayarse en cualquier momento.

—¿Qué? No... no, yo no estoy robando —dijo agitada.

—No servirá de nada que lo niegues, Elena —respondió Jackson con mucha calma—. He hecho que te siguieran —la agitación de la chica crecía por momentos—. ¿Quién es ese hombre al que le entregas un sobre cada viernes?

En vez de contestar, Elena se tapó el rostro con las manos y se echó a llorar.

Kate no fue capaz de seguir guardando silencio.

—Si nos lo dices podremos ayudarte —cruzó una mirada con Jackson, que no parecía estar de acuerdo en absoluto con su forma de llevar aquello. Sin embargo, estaba segura de que podrían conseguir más tratando con comprensión a la asustada cajera—. Elena, por favor, necesitamos que nos cuentes por qué estás haciendo esto.

Al cabo de un rato, la chica levantó la cabeza. Las lágrimas rodaban por sus mejillas.

—Si no le doy el dinero, la matará.

—¿A quién? —inquirió Jackson.

—A mi hermana pequeña. Lupe —contestó Elena. Cada palabra parecía costarle un esfuerzo sobrehumano, y cada vez que inspiraba se le escapaba un sollozo—. Le dije que esperara; se lo supliqué. Le dije que ahorraría el dinero suficiente para que pudiera venir a Estados Unidos —se volvió hacia Kate, como apelando a sus instintos maternales—. Pero sólo tiene diecisiete años y no tiene paciencia —apretó los labios antes de continuar—. Pagó a una banda para que la ayudaran a pasar a California.

—¿Ese tipo es un coyote? —le preguntó Kate.

Así era como llamaban a los hombres que cobraban grandes sumas de dinero a la gente desesperada que quería cruzar la frontera aprovechando la oscuridad de la noche. Muchos de ellos nunca llegaban a lograrlo. El desierto estaba regado con los cuerpos de aquellos pobres desgraciados que se habían puesto en las manos de los coyotes.

Elena sacudió la cabeza.

—No, es parte de una organización —contestó—. Trafican con drogas, con personas... con mujeres —añadió en un hilo de voz, horrorizada—. Ése es el destino que le espera a mi hermana si no les pago a tiempo cada «plazo», y si no les pago todo lo que me han pedido, la matarán.

—¿Cuánto te han pedido? —le preguntó Jackson.

Llevaba la cuenta de cuánto dinero había desaparecido en los últimos dos meses, pero quería ver si esa cifra cuadraba con la que le diese Elena.

—Quince mil dólares —dijo la chica—. Quince mil más —se corrigió—. Lupe les dio cinco mil. No sé de dónde sacó el dinero —les confesó Elena, con la voz temblorosa de desesperación.

Era evidente que estaba a punto de derrumbarse, que no sabía a quién acudir, ni qué hacer, pero que estaba intentando mantenerse fuerte y que eso le estaba provocando una tensión tremenda.

Alzó la mirada hacia Jackson, y le suplicó.

—No quería hacerlo, señor Wainwright. No quería robarle al banco. Siempre he sido una buena persona, pero no tengo dinero. Intenté pedir un préstamo, pero no me lo concedieron, y es la única hermana que tengo... —su voz se quebró y prorrumpió en nuevos sollozos.

Kate la rodeó con sus brazos y la atrajo hacia sí.

—Rescataremos a tu hermana —le prometió, acariciándole el cabello—. Y no te preocupes por el dinero; se repondrá.

—¿Voy a ir a la cárcel? —inquirió Elena temerosa.

Kate no quería angustiar más a la pobre chica, que bastante tenía ya encima con todo lo que estaba pasando.

—Buscaremos una solución —le dijo, y en cuanto le hizo esa promesa notó que Jackson, que se había levantado y había ido junto a la ventana, estaba mirándola con el ceño fruncido.

Había logrado enfadarlo. No era su intención, pero su conciencia le decía que tenía que aliviar el sufrimiento de aquella pobre chica, no empeorarlo.

—Lo primero que tenemos que hacer es encontrar la manera de recuperar a tu hermana y pararle los pies a ese Diego de la Vega y a su organización.

—Se lo agradecería tanto... —dijo Elena entre sollozos.

—¿Puedes volver a tu puesto, Elena? —le pidió Jackson—. Necesito tener unas palabras con mi abogada.

Elena se levantó de inmediato.

—Por supuesto, señor Wainwright. Y gracias, muchísimas gracias a los dos —les dijo emocionada.

En cuanto la puerta se hubo cerrado tras ella, Jackson se volvió hacia Kate, pero ella alzó una mano antes de que pudiera hablar.

—Ya sé lo que me vas a decir.

—No, no creo que lo sepas —replicó él.

No estaba enfadado porque hubiese usurpado su autoridad, ni porque hubiese dado por hecho que iba a hacer lo que le había dicho a Elena que iban a hacer. Lo que le preocupaba era la seguridad de Kate. Era la clase de persona capaz de lanzarse sin pensar al ojo del huracán.

—Esto no es un episodio de *Ley y orden*, Kate —le dijo—. Esos tipos no tienen escrúpulos a la hora de matar a alguien. No puedes negociar con ellos ni razonar con ellos. Es demasiado peligroso.

Kate esbozó una sonrisa.

—Lo sé. Razón de más para quitarlos de la circulación y meterlos en la cárcel, ¿no crees? Dudo que la hermana de Elena sea la primera persona a la que mantienen como rehén para extorsionar a sus familiares. Y probablemente ahora mismo tampoco sea la única. Pero no tienes que preocuparte; no tengo intención de ir a su guarida montada en un caballo blanco —le dijo—. Pero sí conozco a unas cuantas personas que trabajan en el Departamento de Inmigración. Cuando Elena le pague a esos sabandijas el resto del dinero y recupere a su hermana, los agentes de Inmigración entrarán en escena y los arrestarán. Todo dentro de la legalidad.

Jackson no parecía muy convencido. ¿Estaba preocupado por ella, o lo que le preocupaba era la reputación del banco? Aquel pensamiento la molestaba, aunque no habría sabido decir por qué.

—¿Estás enfadado porque le he dicho que no va a ir a la cárcel?

—Esa decisión no nos corresponde a nosotros —le dijo Jackson.

—Pues claro que sí, porque depende de ti el decidir si llamar o no a la policía por ese desvío de fondos. Puedes decir que sólo ha sido un error de registro, o un problema del software. Pasa más a menudo de lo que creerías.

—En otras palabras, mentir y encubrir el robo —Jackson apretó los labios.

—No, darle una segunda oportunidad a Elena —lo corrigió Kate—. Se ha visto entre la espada y la pared, Jackson. ¿Qué habrías hecho tú si esa gentuza tuviese retenido a tu hermano y no tuvieses dinero para rescatarlo?

—Habría buscado otra manera.

Kate se encogió de hombros.

—Porque eres más listo.

—¿Y ahora qué? ¿Me estás lisonjeando para convencerme de que ocultemos esto bajo la alfombra?

Kate esbozó una sonrisa inocente.

—¿Está funcionando?

Jackson suspiró y sacudió la cabeza.

—Está bien, llama a esos amigos tuyos de Inmigración.

Kate cruzó los dedos mentalmente mientras sacaba su móvil del bolso, pero antes de marcar le dio a Jackson un beso largo y apasionado.

—¿Y eso? —inquirió él cuando hubo recobrado el aliento.

—Un anticipo de lo que vendrá después —le dijo ella guiñándole un ojo.

Capítulo 14

EN el momento en que Jackson le dio luz verde, Kate no perdió tiempo y se puso en contacto con el agente Howard Brady. Habían sido compañeros de colegio, y también había sido amiga de su mujer, Shelly, desde mucho antes de que se casaran.

Después de la universidad se habían mantenido en contacto mandándose tarjetas en Navidad, y así había sido como había descubierto que Howard ocupaba un puesto importante en el Departamento de Inmigración.

Quedó con él para almorzar, y lo sondeó, exponiéndole un escenario supuestamente hipotético para preguntarle cuál sería la actuación que tendría el Departamento en un caso como el de Elena.

Hacia la mitad se dio cuenta de que Howard sabía que en realidad no estaban hablando de una situación hipotética, pero aún así le siguió el juego y la escuchó hasta el final.

Mediante unos cuantos halagos cuidadosamente escogidos, logró que le diera su palabra de que se mostrarían benevolentes, y hasta consiguió que se lo pusiera por escrito en una servilleta de papel. Cuando tenía esa garantía a buen recaudo en su bolso, le dio el resto de los detalles.

Le contó a Howard que, por lo que Elena les había dicho, el tipo que tenía a su hermana como rehén, o bien era el jefe de una organización que traficaba con personas, o cuanto menos uno de sus cabecillas.

—Puedo ponéroslo en bandeja —le prometió con entusiasmo—, pero sólo cuando nos haya dicho dónde tienen a la hermana de Elena. Si lo detenéis antes la matarán.

Howard se quedó callado un momento mientras masticaba el bocado que tenía en la boca.

—Y ese director del banco, Wainwright... —dijo finalmente—. ¿Puede dar fe de lo que me estás diciendo?

—Hasta la última sílaba.

Howard asintió y apartó su plato.

—Muy bien; trato hecho.

Elena parecía asustada cuando Kate le presentó a Howard, y aún más cuando le dijo que iban a ponerle un micrófono oculto para su próximo encuentro con el secuestrador de su hermana. Sin embargo, puesto que no tenía otra salida, accedió. No había otra manera de rescatar a Lupe.

Kate habría querido acompañarla, pero sabía que si se salían de la rutina establecida, el tipo se largaría y le perderían la pista a Lupe.

—Estoy segura de que todo irá bien —le dijo Elena, a pesar de que la voz le temblaba.

Irguió los delgados hombros, y entró sola en el restaurante de comida rápida.

Unos minutos después, incapaz de quedarse sentada esperando, Kate entró también y se mezcló con los otros clientes, que a esa hora del día eran en su mayoría oficinistas que iban a tomar allí un bocado rápido por un precio barato.

El plan era que, puesto que aquél era el último pago, Elena le iba a decir al tipo que había dejado el sobre escondido en un lugar seguro, y le daría la dirección una vez la llevase junto a su hermana y la dejasen libre.

Cuando lo hizo, el traficante gruñó y maldijo, pero finalmente accedió a sus condiciones, y le prometió que la llevaría con su hermana.

Luego, entornando los ojos con malevolencia, añadió:

—Pero si me estás mintiendo respecto al dinero, será la última mentira que digas, y tu hermana no volverá a respirar.

Dicho eso se incorporó, agarró a Elena por el brazo para levantarla de su asiento, y la condujo fuera del local.

A Kate casi se le paró el corazón cuando vio la expresión inhumana en el rostro del tipo cuando pasó junto a ella. Contó hasta cinco y los siguió, fingiendo dirigirse a su coche.

En vez de eso corrió hasta una furgoneta. Dentro de ella estaban vigilando Howard y su compañero.

Mirando a un lado y a otro con discreción para asegurarse de que no estaba siendo observada, llamó una vez y entró. El compañero de Howard ya estaba poniendo en marcha el motor.

—Vámonos —le dijo Kate.

Howard la miró atónito.

—Pero tú eres una civil; no podemos llevarte con nosotros —protestó.

—Me da igual —replicó ella—. Soy responsable de lo que pueda pasarle a esa chica porque yo la convencí para hacer esto, y no podemos perderla de vista. ¡Vámonos! —le ordenó Kate a su compañero.

Howard farfulló algo entre dientes y le dio un par de palmadas a su compañero en el hombro. Momentos después se ponían en marcha.

Al final las cosas salieron mejor de lo que habían esperado, pensó Kate, inmensamente aliviada cuando todo hubo terminado. Había habido algunos momentos muy tensos, en los que parecía que su plan iba a irse al traste, pero después del asalto de Howard y su compañero al almacén donde tenían a Lupe, liberaron también a otras treinta chicas. Cuando Elena y su hermana se abrazaron, las dos se echaron a llorar. Fue un encuentro muy emotivo.

Como Kate y Howard habían tirado de unos cuantos hilos, Lupe iba a poder quedarse en el país a cambio de testificar en contra de aquellos tipos, mientras que Elena, por su parte, testificaría contra ellos por el chantaje al que la habían sometido. No había duda de que los traficantes iban a pasarse una larga temporada en chirona.

De regreso a la oficina de Jackson, Kate se pilló tarareando una canción. Las cosas no podían haber salido mejor, pensó, sintiéndose muy feliz. Jackson había querido ir con ellos, pero tenía una reunión que no había podido posponer, y por eso ella iba a informarle de cómo había ido todo.

Al principio no notó nada raro. La reunión había terminado, y Jackson la escuchó atentamente en su despacho. Parecía un poco más callado que de costumbre, pero Kate simplemente pensó que tendría muchas cosas en la cabeza con todo lo que había ocurrido.

Su rostro se ensombreció notablemente cuando llegó a la parte en la que se había subido en la furgoneta y habían seguido a Elena y al traficante.

Jackson pensó que debía haberla oído mal. No podía haber dicho lo que creía que había dicho. La Kate que conocía no era una inconsciente.

—¿Que hiciste qué?

Kate estaba tan metida en la narración de los hechos, que por un momento no comprendió qué le estaba preguntando, ni por qué parecía tan enfadado. En el tiempo que llevaban juntos no le había visto jamás esa expresión.

—Me parece que no te... —comenzó a decir, pero él no le dejó acabar la frase.

—¿Cómo pudiste hacer algo así?

¿Acaso no comprendía el riesgo tan grande que había corrido? Un riesgo completamente innecesario. ¡Y podían haberla matado!

Un escalofrío recorrió la espalda de Jackson, una reminiscencia de cómo se había sentido cuando le habían dado la noticia de que aquel borracho había arrollado a Rachel. Dios, no podría volver a pasar por aquello; no podría soportar que el dolor volviera a desgarrarle las entrañas.

—¿Te parece que ha sido una buena idea irte a correr por sucios callejones detrás de esos tipos? ¡Son traficantes, por amor de Dios! ¡Podrían haberte matado!

Su tono irritó a Kate. Estaba haciendo que pareciera una loca, una inconsciente.

—No me fui a correr detrás de ellos —lo corrigió—. Iba subida en una furgoneta.

Jackson sacudió la cabeza con incredulidad. Un paso en falso y podrían haberle disparado. ¿Acaso había perdido el juicio? ¿En qué estaba pensando? ¿Y él?, ¿en qué estaba pensando él?, ¿por qué estaba exponiéndose otra vez a sufrir como había sufrido con la muerte de Rachel?

—Como si eso supusiera alguna diferencia —la increpó—. No deberías haberlo hecho. Deberías haberle dejado eso a Howard y a su compañero.

Quizá Jackson todavía no se había dado cuenta de qué clase de persona era, pensó Kate. Quizá no significaba lo bastante para él como para que intentara comprender por qué había hecho lo que había hecho.

¿Iba a resultar que era otro sapo disfrazado de príncipe? ¿Serían ciertos sus temores de que fuera igual que el resto? Kate sintió una punzada en el pecho.

«Maldita sea, mamá, te dije que esto pasaría si volvías a intentar entrometerte en mi vida. ¿Por qué tuviste que entrometerte?».

—No se me da bien quedarme al margen —le dijo irritada.

—Pues a lo mejor deberías aprender a hacerlo.

Si le hubiera pasado algo no habría podido vivir con eso el resto de sus días. No se habría podido recuperar nunca de un golpe así. Si no se hubieran conocido, si no le hubiese hablado de aquel problema del banco, Kate jamás se habría implicado en algo tan peligroso.

—Si a ti te gusta ver los toros desde detrás de la barrera, me parece muy bien, pero no puedes imponerme que sea como tú —lo acusó Kate, antes de poder contener su lengua.

Jackson la miró con los ojos entornados.

—¿Qué se supone que quieres decir con eso?

Kate no iba a explicarle lo que él ya sabía.

—Me parece que está bastante claro —le dijo con una calma que contrastaba con el enfado que estaba apoderándose de ella.

Jackson no estaba de humor para juegos.

—Si lo estuviera, no te lo estaría preguntando, ¿no te parece? —casi le gritó.

Kate resopló irritada. Tal vez fuera que era un poco espeso.

—¿Cuánto tiempo llevamos viéndonos?

Jackson se sintió como si lo hubieran dejado de pronto en medio de un bosque en plena noche con los ojos vendados. Sabía la respuesta, casi siete semanas, pero aquello no tenía nada que ver con la conducta temeraria de Kate.

—¿Qué diablos tiene que ver eso con lo que estamos hablando?

Dios. Aquello era peor de lo que pensaba, se dijo Kate. Verdaderamente, Jackson no se enteraba de nada. O más probablemente, le daba igual. Y ella parecía que no aprendía. ¿Cómo, después de todo por lo que había pasado, podía haber vuelto a tropezar con la misma piedra?

—Todo —le contestó—. ¿Con qué derecho te crees a decirme lo que puedo y no puedo hacer?

—No lo sé, ¿tal vez porque soy el hombre con el que has estado acostándote todo ese tiempo? —le espetó él.

«El hombre que te ama demasiado y que no podría soportar seguir viviendo si te pasara algo», añadió para sus adentros. Todo ese tiempo había hecho lo correcto al no abrirle su corazón, se dijo, al protegerse. Aquello no podía funcionar.

Kate estaba cada vez más convencida de que no se estaba equivocando. A Jackson no le importaba lo que ella quisiera; sólo quería controlarla. Y el que ella estuviera enamorada de él no cambiaría nada. Había sido una idiota por haber vuelto a bajar la guardia, por haberse enamorado de él. «Ya está. Otro príncipe que se ha convertido en sapo».

—¿Eso es lo único que eres? —le preguntó desafiante.

Aquella conversación estaba volviéndose cada vez más complicada y más ridícula, pensó Jackson. Si tenía que explicarle ciertas cosas, tal vez no hubiera nada que explicar.

—¿Qué es lo que quieres de mí? —le espetó exasperado.

—Según parece, es inútil porque no me puedes

dar nada más —Kate tomó su bolso y se lo colgó del hombro—. Tengo que irme —no le dio ocasión a decir nada más, sino que se fue derecha a la puerta, y al llegar a ella se volvió y le dijo—: Le prometí a Elena y a su hermana que volvería a las oficinas del Departamento de Inmigración para estar a su lado. Creí que querrías saber cómo había ido todo; nada más.

—Kate...

Pero ella no se quedó a escuchar lo que iba a decir, sino que abrió la puerta y salió. Le costó un esfuerzo inmenso no dar un portazo, pero sabía que eso habría sido infantil por su parte. Le habría sentado bien, pero habría sido infantil, y el dolor que sentía no tenía nada de infantil.

Se obligó a no apretar el paso, a caminar con dignidad, pero dio igual porque Jackson no fue tras ella, ni intentó detenerla, y, mientras seguía caminando, el dolor que sentía en el pecho se volvió aún peor.

Jackson se quedó mirando la puerta por la que Kate se había marchado. Estaba enfadado y no lograba comprender qué acababa de ocurrir. Hasta que ella había entrado por esa puerta, se había pasado la mañana sintiéndose como si su vida pendiera de un hilo. Más de una vez se había recriminado por haber dejado que Kate fuera con los agentes y con Elena. Podía haberle pasado cualquier cosa. De hecho, la última media hora antes de que Kate llegara, la había pasado maldiciéndose por no haberle impedido ir. O, ya que ella se había empeñado en ir, por no haberla acompañado al menos. Pero tenía una reunión de trabajo a la que no podía faltar, y en un momento de debilidad se había guardado para sí sus protestas.

Sin embargo, no podía dejar de pensar en que algo podría haber salido mal, y hasta en ese momento, a toro pasado, se le revolvía el estómago de sólo imaginarlo.

La idea de perder a Kate se le antojaba insoportable. Sería como volver a pasar por lo que había sufrido con la muerte de Rachel, y aún no sabía cómo había sobrevivido a aquello. No podía, no quería volver a pasar por algo así.

A pesar de todo, se sentía vacilante, debatiéndose entre ir tras ella y decirle lo que sentía, o batirse en retirada y cortar por lo sano, recuperar el control sobre sí mismo antes de perderlo por completo.

La decisión voló de sus manos en el instante en que sonó el teléfono. Al contestar, lo saludó la voz del vicepresidente del banco al otro lado de la línea. Lo necesitaban en la sucursal de Aliso Viejo. Su vida privada se veía desplazada por las obligaciones que conllevaba su vida profesional.

—Salgo ahora mismo —le dijo.

Quizá fuera lo mejor; quizá acababan de salvarle la vida.

Kate hizo lo posible por no quedarse quieta, porque entonces empezaría a pensar, y a darle vueltas a su discusión con Jackson. Se mantuvo ocupada ayudando a Elena y a Lupe a arreglar las cosas, tirando de todos los hilos posibles para asegurarse de que las dos hermanas no serían deportadas.

Aunque Jackson no había intentado ponerse en contacto con ella después de que ella se marchase enfadada, era un hombre de palabra, y estaba segura de que evitaría que el banco demandase a Elena por el desvío de fondos.

Entre lágrimas, Elena le dijo que le estaría agradecida durante el resto de su vida, y con una sonrisa afectuosa, Kate le había dicho:

—No hay de qué, pero no te metas en más líos. Y si necesitáis algo, no dudéis en acudir a mí —añadió dándole su tarjeta.

Elena la apretó contra su pecho y se despidió con la mano mientras Kate se alejaba en su coche.

Resuelto aquello, Kate intentó seguir manteniéndose ocupada con el trabajo. Llegaba temprano a la oficina y se quedaba hasta tarde, pero al final tenía que irse a casa.

A una casa en la que sólo la esperaba aquel vacío que se le clavaba como un cuchillo en el alma. Encendía la televisión nada más entrar por la puerta, y la dejaba puesta hasta que salía por la puerta a la mañana siguiente, en un intento por llenar el silencio.

No podía dormir, y había perdido el apetito. Era diez vez peor que cuando había cortado con Matt, pensó. Nunca habría creído que se pudiera llegar a sentir tanto dolor, y lo peor era que no había ningún lugar donde pudiese esconderse de él.

El repentino cambio en el comportamiento de Jackson la había pillado desprevenida. Hasta ese momento ni siquiera había habido un atisbo de ese aspecto de su carácter. Había sido perfecto durante todo ese tiempo. Lo responsable que se mostraba con su hermano, su forma de conducirse en el trabajo, su generosidad... todo aquello parecía decir a gritos que era un hombre decente, amable, un buen tipo. Cierto que, a medida que pasaban las semanas, ella había empezado a preocuparse más y más al ver que no decía nada de lo que sentía por ella, pero había tratado de ser paciente, recordándose que cuando se quería conseguir algo, había que tener paciencia y confiar.

Sin embargo, había esperado y esperado, y si Jackson sentía algo por ella, se lo había guardado para sí. Y cuando encima había dado por hecho que podía darle órdenes sin siquiera expresarle un mínimo de afecto, aquello había sido la gota que había colmado el vaso.

¿Cuándo aprendería?, se reprendió mirando al techo de su dormitorio, tendida en la cama en medio de la oscuridad. ¿No se había dicho un montón de veces que estaba cansada de besar príncipes para descubrir que no eran más que sapos? ¿Cuántas veces tendría que tropezar con la misma piedra para meterse en la cabeza que no todo el mundo estaba destinado a encontrar a alguien con quien compartir su vida? Ella no entraba en ese grupo, en el grupo de gente a la que se le encendían los ojos y vivían felices por siempre jamás. Cuanto antes aceptase aquello, mejor. Kate hundió el rostro en la almohada y lloró.

Llevaba dos semanas así. Aquélla era la tercera noche que deambulaba por su casa como un fantasma por la noche, incapaz de conciliar el sueño. Su madre la había llamado varias veces para que se vieran, pero ella se había excusado una y otra vez en que tenía mucho trabajo.

No iba a hablar con su madre de Jackson, y sabía que eso era lo único de lo que su madre quería hablar.

Si no lograba dormir más de diez minutos seguidos acabaría desmoronándose, pensó desolada.

Tal vez necesitaba que le recetasen unas pastillas para dormir. No quería tener que recurrir a eso, pero si seguía así acabaría invadiendo el carril contrario al ir o al volver del trabajo, y la sola idea de herir a otra persona en un accidente causado por ella le daba terror.

«Mañana a primera hora llamaré al médico y...». ¿Eso había sido el timbre de la puerta? Kate, que estaba en la cocina, se quedó quieta y escuchó. Sí, ¡era el timbre de la puerta!

Miró el reloj del microondas. Eran casi las once. ¿Quién podría ser a esa...? «Ay, Dios, ahora no», pensó cerrando los ojos, pidiéndole al Cielo que le diera fuerzas. Seguro que era su madre. Como no había conseguido que accediera a que quedaran para verse, había decidido presentarse allí. «Márchate, mamá».

El timbre volvió a sonar, con más insistencia, y luego una cuarta vez. Kate suspiró. Conociendo a su madre sabía lo tenaz que podía llegar a ser. Era capaz de pasarse toda la noche llamando hasta que le abriese la puerta.

—Está bien, está bien, ya voy... —gritó mientras se dirigía al vestíbulo arrastrando los pies y frotándose los ojos—. ¿Se te ha ocurrido que podría estar durmiendo? —añadió enfadada.

—¿Estabas durmiendo? —inquirió una voz masculina al otro lado de la puerta.

Kate, que acababa de poner la mano en el pomo,
dio un respingo y alzó la vista. ¡Jackson!

—Tu madre te envía sopa de pollo —anunció
Jackson levantando un envase de plástico para que lo
viera a través del cristal esmerilado.

Kate abrió la puerta.

—¿Has ido a ver a mi madre? —inquirió con incredulidad. No se había molestado en llamarla...
¿pero había ido a hacerle una visita a su madre?

—Como no traías manual de instrucciones, necesitaba hablar con alguien que te conociese mejor que
yo para que me diese consejo —le tendió el envase
con el caldo—. Me dijo que esto te vendría bien.

Kate lo tomó y lo dejó sobre la mesita que tenía al
lado.

—¿Consejo sobre qué? —le preguntó, debatiéndose entre echarle los brazos al cuello o estrangular-
lo.

—¿Puedo pasar? —le pidió él.

Kate suspiró, abrió la puerta del todo y se hizo a
un lado.

—Claro, pasa —respondió en un tono de fingida
indiferencia aunque el corazón le martilleaba como
un loco en el pecho—. ¿Consejo sobre qué? —repitió, cerrando la puerta.

Dios, cómo la había echado de menos, pensó
Jackson. Su rostro, su perfume... No le había mentido. Se había encontrado tan perdido que había acudido a su madre para pedirle consejo sobre cómo recuperar a la mujer que amaba. Porque había cometido

un error tremendo, creyendo que podría mirar hacia otro lado y seguir su camino. No podía; la amaba y quería tenerla a su lado. Cinco minutos, cinco años, cinco décadas... no le importaba; se contentaría con lo que el destino quisiese darles.

En ese momento lo que quería era acariciarla, abrazarla, pero antes tenía que resolver aquello.

—Pues... necesitaba consejo sobre cómo podía disculparme contigo.

—¿Sabes siquiera porque quieres disculparte? —le preguntó Kate.

«El chico ha venido a disculparse; no vayas a ponerte como la Santa Inquisición». ¡Dios, era la voz de su madre metida en su cabeza! Ya era oficial: se había vuelto loca.

Jackson esbozó una sonrisa tímida.

—Por haber hecho que te apartaras de mí por el miedo que tenía de mis sentimientos, por el miedo a perderte.

—A lo mejor es porque llevo varios días sin dormir, pero eso que acabas de decir no tiene ningún sentido —murmuró Kate frunciendo el ceño.

—Por eso fui a ver a tu madre; porque no podía seguir así.

Kate se había perdido.

—¿Así cómo?

—No podía soportar la idea de pasar un día más sin verte.

Ay, Dios. No iba a dejarse derretir por esas palabras, se dijo Kate con firmeza. No hasta que le hubiese oído decir lo que necesitaba oírle decir.

—Es un buen comienzo; continúa.

—Bueno, no he preparado un discurso ni nada pare...

—No te estoy pidiendo un discurso —replicó ella con suavidad, y luego le dio una pista—; estoy pidiéndote que me digas qué era lo que sentías.

Eso era fácil, pensó Jackson.

—Vacío. Perdido. Solo.

—¿Y? —insistió ella.

—Y sentía que si no volvía a verte, sería capaz de cometer una estupidez.

—¿Por qué?

Jackson estaba empezando a sentirse frustrado, pero Theresa le había aconsejado que fuese sincero, que dejase que fuese su corazón el que hablase, y eso fue lo que hizo.

—Cuando me dijiste que habías ido con esos agentes, lo único en lo que podía pensar era en que podrían haberte matado, que podría haberte perdido en un abrir y cerrar de ojos. Y eso me habría matado a mí también —inspiró—. Te he echado mucho de menos, Kate; muchísimo.

—¿Y? —insistió ella de nuevo.

Jackson suspiró.

—¿Y te quiero?

Kate apretó los labios para reprimir una sonrisa.

—¿Eso es una pregunta o una afirmación?

—Puede ser lo que tú quieras que sea —le dijo él exasperado—. Pero no, no es una pregunta. No sé si tú sientes lo mismo, pero te quiero, Kate —inspiró—. Para mí no es fácil pronunciar esas palabras.

—Lo sé —Kate se quedó mirándolo un buen rato. Él le había mostrado sus cartas; ahora le tocaba a ella

hacer lo mismo—. Respecto a lo que yo siento... —
cerró los ojos un instante, buscando en su interior el
valor suficiente para continuar, al tiempo que se preguntaba si podría llegar a arrepentirse de aquello.
Pero amar era arriesgarse, se dijo. Y quizá, y sólo
quizá, quizá por una vez fuese a resultar que aquel
príncipe no era un sapo disfrazado—. Yo también te
quiero.

Jackson la rodeó con sus brazos de inmediato,
pero Kate le puso las manos en el pecho para detenerlo. Aún había algunas preguntas que requerían
respuestas.

—Cuando has dicho que me querías, ¿lo has dicho porque de verdad lo sientes, o sólo porque es lo
que crees que quería oír?

—Sí. Y sí. Sí, lo he dicho porque de verdad lo
siento, y porque he pensado que era lo que querías
oír.

—¿Y si hubieses creído que no era lo que quería
oír no lo habrías dicho? —inquirió Kate.

Jackson le peinó el cabello con los dedos. Cómo
había echado de menos poder tocarla...

—Mis padres siempre me dijeron aquello de que
«hechos son amores y no buenas razones». Creo que
con las palabras no basta, que también hay que de-
mostrarlo.

—Sí, pero a veces tampoco está de más decir lo
que se siente —apuntó ella.

—Ese tipo con el que estuviste prometida... ¿te
dijo que te quería? —inquirió él, queriendo hacerle
ver lo que intentaba explicarle.

—Bueno, sí —admitió ella a regañadientes.

—¿Y te quería? ¿Te quería como tú te merecías que te quisiese? —insistió Jackson—. Yo creo que no, porque si te hubiera querido, no te habría engañado con otras mujeres.

De acuerdo, en eso tenía razón, pensó Kate, pero eso no significaba que no fuera importante que un hombre le dijese a una mujer que la quería. Las mujeres necesitaban oír esas palabras.

—Escucha, puede que...

—Yo jamás te engañaré —continuó Jackson—, porque estaría muy feo que engañase a la madre de mis hijos.

Kate alzó una mano para interrumpirlo.

—Un momento. ¿Cómo puede ser que hasta hace un momento no hayas sido capaz de decirme que me querías, y ahora de repente vaya a ser la madre de tus hijos?

—Bueno, al menos ésa es la esperanza que tengo —le dijo él. Sus ojos sonreían cuando se miraron en los de ella—. No de inmediato, claro está; me gustaría que tuviéramos un par de años para nosotros antes de formar una familia.

¿Acababa de pasar por alto que antes de eso tenía que proponerle matrimonio?

—¿No estás dando demasiadas cosas por sentado?

—No —respondió Jackson, antes de sacar una cajita de terciopelo de su bolsillo. Primero se lo había enseñado a la madre de Kate, para demostrarle que iba en serio, antes de pedirle ayuda. Abrió la caja y le ofreció el anillo de plata que había dentro, con un pequeño diamante con forma de corazón engarzado en él—. Katherine Manetti, ¿querrá hacerme el hombre más feliz del mundo?

De pronto, a Kate le faltaban las palabras. Se le había hecho un nudo de emoción en la garganta.

—¿Y cómo podría hacer eso?

—Casándote conmigo.

Kate inspiró temblorosa, en un intento por controlar los latidos de su corazón desbocado.

—No está mal —murmuró—. Aún te falta pulir tu declaración un poco, pero casi lo tienes.

Jackson la miró a los ojos.

—¿Eso es un sí?

Kate le dejó que le pusiera el anillo antes de rodearle el cuello con los brazos. Aquella noche iba a dormir como un bebé. Por fin.

—¿Tú qué crees? —le respondió.

Jackson le rodeó la cintura con los brazos.

—Que si no te beso ya voy a explotar.

—Pues no...

Los labios de Jackson se cerraron sobre los de ella antes de que Kate pudiera terminar la frase, pero no importó demasiado, porque a veces, cuando dos personas se quieren, hay cosas que no hace falta decir.

JULIA™

MARIE FERRARELLA
BUSCANDO
LA FELICIDAD

HARLEQUIN™

Capítulo 1

ESTABA acostumbrado al desorden. El desorden estaba en todas partes; en su escritorio, en el despacho de la universidad… Pero eso era un desorden bajo control. Si era necesario, Christopher Culhane sabía dónde encontrar prácticamente cualquier libro en su inmensa biblioteca, ya fuera de matemáticas o de cualquier disciplina de física. Y también podía localizar cualquier nota que hubiera escrito en los últimos nueve meses.

Miró a su alrededor. La estancia en la que se encontraba debía de ser el salón. Seguramente ése era el aspecto de la casa de Dorothy después de que el tornado la lanzara por los aires hasta la cumbre de la Bruja Malvada del Este. O a lo mejor incluso peor…

Su hermana pequeña, Rita, nunca había sido buena ama de casa. Cuando era niña su habitación era un desastre, a pesar de los muchos esfuerzos de su madre.

No obstante, mirando atrás podía ver que la habitación de Rita nunca había estado tan mal, sobre todo comparándola con lo que tenía ante sus ojos. ¿Cómo podía una persona vivir de esa forma? La respuesta a esa pregunta lo inquietaba profundamente...

Reprimiendo un suspiro, Chris se frotó la cara con ambas manos y trató de serenarse un poco. Las últimas treinta y seis horas habían sido una pesadilla.

—¿Te encuentras bien, tío Chris?

Aquella vocecilla sonaba increíblemente adulta y algo temerosa.

Era su sobrino, Joel. Tenía cinco años, pero era tan pequeño y menudo que parecía tener alguno menos. Sin embargo, en cuanto abría la boca parecía un hombre adulto atrapado en un cuerpecito de niño.

—No tendrás un dolor de cabeza o algo así, ¿no? —le preguntó.

Sus ojos marrones estaban llenos de preocupación.

—No —le dijo Chris, sacudiendo la cabeza.

Teniendo en cuenta todo lo que había pasado en los últimos días, era una pregunta más que razonable. Según lo que les había contado a la policía y a él mismo, su madre se había quejado de un fuerte dolor de cabeza y entonces se había desplomado en el suelo. A diferencia de todas las otras veces que se había desmayado a causa del alcohol o las drogas, esa vez Rita Johnson no había abierto los ojos. Joel la había sacudido una y otra vez, en vano. Aquel aneurisma había estallado sin previo aviso. Había sido el niño quien había tenido que llamar al servicio de emergencias y

le había dicho al policía que su madre tenía un hermano en la ciudad.

«El chico nos dijo que no quería que usted viniera
porque no se llevaba bien con su madre…», le había
dicho el policía a su llegada.

Chris se había enterado de la noticia al terminar su
última clase de física del día. La secretaria del decano
le había entregado una nota que decía que llamara al
Blair Memorial Hospital y que hablara con el doctor
MacKenzie. El mensaje sólo decía que se trataba de
su hermana. Mientras marcaba el número del hospital
había sentido un gélido escalofrío y desde entonces
todo había ido mal. Habían pasado casi tres años desde la última vez que había visto a su hermana Rita.
Ella lo había querido así. Aunque apenas pudiera pronunciar correctamente, eso sí se lo había dejado muy
claro.

Le había gritado que se fuera de su casa y de su
vida.

«¡Tengo muchas cosas de las que ocuparme y no
necesito otro de tus sermones!», le había dicho, furiosa. Tratar de razonar con ella era inútil, así que no había tenido más remedio que pasar por la casa de vez
en cuando sin que ella lo viera, sólo para asegurarse
de que el chaval estaba bien. Le mandaba un cheque
todos los meses y así, por lo menos, sabía que al chico
no le faltaba de nada. Su hermana quería a su hijo y
jamás hubiera dejado que muriera de hambre. Sin embargo, si hubiera tratado de interferir en su vida, ella
se hubiera tomado la revancha de alguna forma, así
que la mejor opción había sido mandarle dinero para
Joel y mantenerse al margen.

Sólo podía esperar que, a su manera, Rita le diera a su hijo el cariño que necesitaba.

Al llegar al hospital para identificar a su hermana, Chris había tenido que lidiar con sus propias emociones. Y nada más darle la espalda al cuerpo sin vida de su hermana, se había encontrado con aquellos ojos tristes y adultos que lo miraban intensamente. La última vez que había visto al pequeño no tenía más de dos años de edad, pero por aquel entonces ya sabía que era muy listo, un niño prodigio.

Dolido por aquella pérdida sin sentido, Chris se había acercado al niño lentamente. Aunque se hubiera comportado como un adulto hasta ese momento, al final no era más que un niño asustado que acababa de perder a su madre. No tenía ni idea de cómo hablarle a un niño tan pequeño. Él estaba acostumbrado a tratar sólo con adultos. Los niños no eran más que pequeños seres humanos que formaban parte del paisaje o del mobiliario urbano, igual que los bancos, las flores, los edificios… No tenía contacto directo con ninguno y no estaba listo para darle la peor noticia de su vida a un niño tan pequeño. Al final, no obstante, no había tenido que decir mucho. Joel lo había mirado con ojos serios y le había hecho la pregunta sin rodeos.

—Mi madre está muerta, ¿verdad?

Él había asentido con la cabeza y Joel había hecho lo mismo, sin decir ni una palabra más…

Ya había pasado un día y medio de aquello, pero todavía no le había oído llorar y ya empezaba a pensar que nunca lo haría.

No era nada normal. Sin saber muy bien qué hacer, Chris le llevó de vuelta a la casa en la que vivía con su madre y, nada más entrar por la puerta, se llevó una desagradable sorpresa. El caos que reinaba en aquella casa era algo inconcebible. Había periódicos por todas partes, comida podrida en platos de papel y montones de ropa sucia. En cuanto entraron, Joel empezó a recoger cosas. Se movía de forma sistemática, como si fuera algo rutinario para él. Era evidente que el niño necesitaba una mínima apariencia de orden, sobre todo en ese momento. Horrorizado, Chris llamó a la funeraria para hacer algunos preparativos y después llamó a un servicio de limpieza. Para su sorpresa, la mujer le dijo que podían estar allí a la mañana siguiente; antes, incluso, si era realmente necesario. Chris hubiera querido que acudieran en ese preciso instante, pero estaba tan cansado que prefirió dejarlo para la mañana siguiente.

—Siento todo este desorden —dijo, disculpándose ante la señora de la limpieza nada más abrirle la puerta.

La limpiadora, la señora Cecilia Parnell, entró y miró a su alrededor lentamente. Aquello debía de parecerle un campo de batalla.

—No se preocupe —le dijo a aquel hombre tan educado, esbozando una sonrisa—. Si no hubiera este desorden, no necesitaría los servicios de mi empresa y todos estaríamos vendiendo herramientas en una ferretería —le dijo con entusiasmo, abriéndose camino entre los montones de papeles y tocando cosas aquí y allí—. Si no le importa que le pregunte, ¿cuánto tiempo hace que…? —no terminó la frase.

No quería decir la palabra «limpiar». No había necesidad de ofender a nadie.

—Oh, no es mi casa —le dijo Chris rápidamente—.
Es la casa de mi hermana.

—¿Y quiere darle una sorpresa? —aventuró Cecilia.

Chris sintió una punzada de dolor en el corazón.
No debería haberse quedado al margen. Debería haber
ido a verla de nuevo; debería haber insistido en ser
parte de su vida. A lo mejor ella hubiera sobrevivido
si…

—Es demasiado tarde para eso —dijo en voz alta.

Ella le miró con ojos curiosos.

Chris respiró hondo.

—Mi hermana acaba de morir.

Cecilia sintió compasión por aquel hombre.

—Oh, lo siento mucho —miró a su alrededor de
nuevo.

Detrás de ella estaban Kathy y Ally, preparando las
cosas. Horst estaba trasladando la aspiradora indus-
trial, mascullando algo en alemán.

—¿Entonces quiere limpiar bien la casa para venderla?

—¡No! —gritó Joel de repente, tirando del brazo
de su tío—. ¡No la vendas! ¡No puedes venderla! Ésta
es mi casa.

No quería causarle ningún dolor al pequeño y no
tenía intención de venderla. Sin saber muy bien cómo
hacerlo, puso su brazo sobre los hombros del niño.

—No voy a vender la casa, Joel. Sólo quiero que
puedas andar tranquilamente sin tropezar con todo.
No quiero que vayas a enfermar o algo —añadió.

Cecilia no tardó en atar todos los cabos.

—¿Es su sobrino? —le preguntó.

Él asintió y dio un paso adelante, sin soltar al chico.

—Éste es Joel.

Sorprendida al ver que el niño le estrechaba la mano, Cecilia le dio un efusivo apretón.

—Encantada de conocerte, Joel —le dijo y entonces miró a Chris—. ¿Y su padre?

«La pregunta del millón de dólares…», pensó Chris.

—No tengo ni idea —dijo finalmente, tragándose un suspiro.

Había pedido dos semanas libres por asuntos familiares y sólo podía esperar que ese tiempo fuera suficiente para encontrarle.

—Encontrarle va a ser mi primera prioridad, después de hacer que este sitio sea habitable.

«Oh, sí. Muy bien. Muy bien», pensó Cecilia.

Justo cuando pensaba que nunca le ocurriría a ella, o más bien a su hija, Jewel, las cosas tomaban un giro inesperado. Sus dos mejores amigas habían encontrado maridos para sus hijas entre los clientes de sus respectivos negocios.

El plan maestro había sido de Maitzie. Su futuro yerno había acudido a ella para comprar una casa y Maitzie le había vendido la casa y le había conseguido a una pediatra para su hija. Nikki, la hija de Maitzie, jamás hubiera podido imaginar que iba a conseguir marido a través de su propia madre. Y Theresa, por su parte, había encontrado a Jackson mediante su negocio de catering. Kate y Jackson iban a casarse pronto.

Cecilia había abandonado toda esperanza hacía mucho tiempo, pero por fin había llegado la oportunidad de su hija Jewel. Christopher Culhane no sólo necesitaba que le limpiaran la casa, sino que también necesitaba encontrar a alguien, y ése era el punto fuerte de su hija.

Entusiasmada, la buena señora sonrió. La suerte estaba de su lado, por fin.

—Yo conozco a una investigadora privada muy buena, si le interesa —dijo, intentando sonar desinteresada.

La expresión de alivio de Chris casi la hizo saltar de alegría. Tenía un buen presentimiento.

Jewel olió una rata.

Por mucho que le hubiera gustado decir «gracias, pero no», no estaba en posición de hacerlo, aunque la oferta de trabajo le hubiera llegado a través de su madre. Suspiró.

Iba conduciendo, rumbo a la casa de aquel hombre. Eran tiempos duros para los investigadores privados. Las esposas que sospechaban de sus maridos habían decidido ahorrarse el dinero. Los divorcios eran demasiado caros y como casi todo su negocio se basaba en seguir a los maridos de mujeres celosas, ya empezaba a tener demasiado tiempo libre. Antes de recibir la llamada de su madre, ya se estaba planteando preguntarle si necesitaba ayuda en el negocio de la limpieza. Odiaba estar sin hacer nada, por no hablar de las facturas que había que pagar. Aquel trabajo era como un pequeño paréntesis, con una recompensa.

Por una vez no tenía que seguirle la pista a nadie

hasta un lúgubre motel. No obstante, el trabajo se lo había conseguido su madre y ella sabía muy bien lo que se traía entre manos con sus amigas. Ese pacto que habían hecho... Theresa, Maitzie y su madre estaban decididas a casar a sus respectivas hijas a toda costa y las dos primeras ya habían pescado a un candidato. Su madre era la última y, por consiguiente, ella.

—¿Es verdad? —le había preguntado a su madre por teléfono y también en persona. Se había pasado por su oficina para hablar con ella cara a cara y así averiguar si se trataba de una trampa.

Cecilia Parnell le había jurado que los datos eran verdaderos.

—Si no puedes creer a tu propia madre, ¿entonces en quién puedes confiar? —le había dicho su madre.

Sin embargo, la situación era de lo más sospechosa, sobre todo porque no le había dado un número de teléfono, sino una dirección. Ella hubiera preferido llamar antes, pero su madre le había dicho que aquel hombre necesitaba un detective desesperadamente y que llamar era innecesario.

—No es que tengas muchas cosas estos días, ¿no? —le había dicho su madre—. No tienes una agenda que seguir.

«Triste, pero cierto», pensó Jewel.

Hubiera querido negarlo, contradecir a su madre, pero mentir no era lo suyo. Además, su madre siempre sabía cuándo mentía y no tenía sentido intentarlo siquiera.

Y allí estaba, parando el coche delante de aquella casa, en una mañana de otoño, a punto de hacer algo sólo para satisfacer a su madre. Bajó de su modesto coche, fue hacia la puerta y llamó. A lo mejor no sería tan malo. Cruzó los dedos.

Cuando la puerta se abrió, Jewel se encontró con un niño que la miraba con los ojos más adultos que jamás había visto. Parecía que estaba esperando a que ella hablara primero.

—Hola.

No hubo ni el más mínimo gesto de entusiasmo en aquella carita triste.

—Hola —repitió el chico.

Jewel sonrió y se agachó frente a él.

—Soy Jewel. ¿Cómo te llamas?

El niño sacudió la cabeza.

—No puedo decírtelo.

Jewel se quedó desconcertada un momento, pero no tardó en entenderlo todo.

—Porque no puedes hablar con extraños —le dijo—. Haces bien.

El niño siguió mirándola con unos ojos enormes y serios.

—Estoy aquí para, eh… —Jewel miró el papel que tenía en la mano y comprobó el nombre—. Para ver a un tal Christopher Culhane —dobló el papel—. Supongo que es tu padre.

El niño sacudió la cabeza.

—Soy su tío —dijo un hombre, yendo hacia la puerta.

Parecía estar sin aliento, como si estuviera moviendo muebles, o haciendo ejercicio.

Jewel lo miró fijamente. Parecía que el gusto de su madre había mejorado mucho. Aquel hombre era alto y moreno, arrebatadoramente guapo.

—¿En qué puedo ayudarla?

Jewel se quedó en blanco un instante.

«Cálmate. No es oro todo lo que reluce».

—En realidad he venido para ayudarle a usted —le dijo.

Él la miró sin comprender nada.

—Soy Jewel Parnell —le dijo, dándole una tarjeta identificativa—. Me estaba esperando, ¿no?

Lo que Chris esperaba en realidad era un hombre. La mujer que había limpiado la casa de su hermana le había hablado de un tal Jay Parnell…

De repente se dio cuenta de que no era un nombre, sino una inicial.

—¿Usted es el detective privado?

—Sí —le dijo Jewel—. ¿Quiere que le dé referencias? —añadió en un tono jovial.

No era la primera vez que alguien se sorprendía al ver a una mujer detective.

—Bueno, en realidad…

—No, por favor —le aseguró Jewel y entonces abrió el bolso. Sacó una carpeta y se la dio—. Son cartas de recomendación de mis clientes satisfechos.

—¿Y dónde están las de sus clientes insatisfechos?

Las palabras salieron de su boca antes de que pudiera pensarlo dos veces.

—No hay —dijo ella con un toque de orgullo y entonces levantó la barbilla ligeramente.

Él miró la carpeta y después la miró a ella.

¿Qué podía perder?

Además, sería agradable tener a alguien más con quien hablar, aparte de su sobrino.

—Adelante —le dijo, apartándose de la puerta.

Capítulo 2

JEWEL miró a su alrededor. La casa parecía limpia y ordenada, pero, aparte del jarrón con flores que su madre ponía siempre, aquella habitación no tenía ningún toque personal.

«Qué triste», se dijo a sí misma.

Su propio apartamento era todo un monumento a la vida de Jewel Parnell. Y no podía ser de otra manera. Había muchos recuerdos de vacaciones, fotografías de su madre, de ella… Ésas eran las cosas que daban calor de hogar, las cosas que hacían que un lugar tuviera personalidad.

Pero la casa en la que estaba en ese momento no tenía calor de hogar. No parecía que un niño pudiera crecer en ese lugar.

Su madre no había querido darle detalles; sólo le había dado el nombre y la dirección del cliente. El señor Culhane estaba buscando a alguien; eso era todo lo que su madre le había dicho.

El niño la miraba con ojos intensos, como si estuviera memorizando sus rasgos. Aquellos ojos marrones escondían muchas cosas; toda una vida encerrada en el cuerpo de un niño.

—Me gusta tu casa —dijo Jewel finalmente para romper el hielo.

—Bueno... —dijo el niño.

Jewel lo miró fijamente y se encogió de hombros.

—A mamá no le gustaba limpiar —añadió el chico, levantando una ceja—. Pero yo limpiaba cuando podía.

Jewel sintió que se le partía el corazón.

—¿Cómo te llamas?

—Joel —dijo el pequeño en un tono serio.

—Yo me llamo Jewel. Jewel Parnell —dijo, estrechándole la mano como si fuera un adulto—. Ahora que no somos extraños, ¿me dices cuántos años tienes?

—Cinco —le dijo él niño.

Más bien sonaba como si tuviera veinticinco.

—¿Qué puedo hacer por usted? —dijo Jewel, volviéndose hacia Culhane.

—El tío Chris quiere que encuentre a mi padre —dijo el niño con tristeza.

—¿Tu padre desapareció de repente?

—No precisamente. Fue hace tres años —dijo Chris.

Jewel retrocedió un paso y los miró a los dos.

—¿Hay alguna razón en particular por la que quiera encontrarle ahora, y no tres años antes?

—Mi madre me dijo que estábamos mucho mejor sin él.

—Entiendo. ¿Su madre es su cuñada? —preguntó, mirando a Chris.

—Mi hermana.

Jewel entendió que lo hacía por su hermana. La familia tenía que tomar las riendas cuando una persona lo necesitaba.

—¿Podría hablar con su hermana? —preguntó, mirando a su alrededor, como si esperara encontrarla en cualquier sitio.

—Bueno, creo que va a ser un poco difícil, a menos que sepa hablar con los muertos.

Chris notó el sarcasmo que teñía su voz. No podía culpar a Rita por el aneurisma, pero sí podía culparla por todo lo que había ocurrido antes. Podía culparla por no escucharle cuando le decía que entrara en un programa de rehabilitación.

Le había prometido que se haría cargo de todos los gastos, incluyendo una niñera para Joel.

«Maldita sea, Rita, ¿por qué lo echaste todo a perder? ¿Por qué hiciste algo así? Tenías un hijo».

Jewel le escuchaba con atención, sintiendo la tensión que vibraba en su voz. Tenía que recopilar toda la información si quería resolver el caso. La privacidad no era una buena aliada en su profesión. Había aprendido una buena lección del primer caso en el que había trabajado.

La esposa había olvidado mencionar que su marido era un francotirador condecorado de los marines que no soportaba estar lejos de su arma ni un segundo.

Casi le había volado la cabeza al ver el flash de la cámara.

Teniendo en cuenta lo que Culhane acababa de decirle, sólo podía sacar una conclusión.

—Está… —Jewel estuvo a punto de decir «muerta», pero no pudo hacerlo. El niño estaba muy cerca—. ¿Ha fallecido?

—Mi madre está muerta —dijo el niño sin rodeos.

—Ya —dijo Jewel, pensando que el niño era muy valiente—. ¿Cuándo murió? —preguntó, mirando a Chris y después al niño.

—Hace dos días —le dijo Chris.

—¿Y el funeral? —preguntó Jewel—. ¿Cuándo es el funeral?

Chris reprimió un suspiro. Se sentía como si todo se estuviera desmoronando. En un día cualquiera, hubiera estado en su despacho, en la universidad, corrigiendo, trabajando en algún libro de texto, en tutoría con los alumnos… A él no le importaba ayudarles, pero los que solían buscarle eran del sexo femenino, siempre interesados en tener una tutoría privada. Algunos ni siquiera asistían a sus clases. Sin embargo, mantenerlos a raya siempre era preferible.

—Dentro de dos días —le dijo, aunque no entendiera muy bien el objetivo de la pregunta. Estaba buscando a su cuñado, no a su hermana.

—Muy bien. Entonces no es demasiado tarde —dijo ella.

Chris no tenía ni idea de qué estaba hablando.

—Creo que no la entiendo.

—¿Cuántas esquelas ha tenido que publicar? —preguntó Jewel, insistiendo.

—¿Cómo?

—Esquelas —repitió, pronunciando con cuidado—. Son noticias que se publican en los periódicos para informar de que ha falleci…

—Ya sé lo que son las esquelas —le dijo él, interrumpiéndola—. Lo siento, no quería interrumpirla.

Jewel se dio cuenta de que aquello tenía que ser muy duro para él. Recordaba muy bien lo que había sentido cuando había perdido a su padre. Su madre y ella se habían apoyado la una en la otra, y también en amigos.

—¿No tiene a nadie que le ayude?

—A mí —dijo Joel de repente.

Jewel miró al chico con ternura.

—Claro que sí —dijo, intentando sonar entusiasta.

El chico parecía más capaz que cualquier adulto.

—Pero todo esto debe de ser nuevo para ti —dijo con una sonrisa—. Tendréis que ayudaros el uno al otro —volvió a mirar a Chris Culhane—. En cuanto a las esquelas…

—No tiene sentido publicar ninguna esquela —dijo Chris, encogiéndose de hombros. Miró a Joel y se dio cuenta de que no tenía por qué saber que su madre llevaba años codeándose con drogadictos y traficantes—. Según tengo entendido, Rita llevaba mucho tiempo sola. No tenía muchos amigos.

Jewel miró al niño. No había cambio alguno en la expresión de su rostro, pero había algo nuevo en sus ojos.

—El cuñado que está buscando… Si vive en algún lugar del condado, quizá lea la esquela y venga al funeral.

Chris pensó en Ray un momento. Jamás había conocido a nadie tan egoísta.

—¿Y qué le hace pensar que vendrá?

—Varias cosas —dijo Jewel—. Escepticismo. Curiosidad. Remordimientos… Hay muchas razones por las que una persona acude a un funeral. No siempre se trata de honrar al difunto.

La expresión de Chris Culhane se volvió sombría.

—Está dando por sentado que sabe leer —dijo él, en un tono de resentimiento.

—O a lo mejor tiene a alguien que le lea —dijo ella rápidamente.

Chris Culhane esbozó una leve sonrisa que le hacía parecer más joven, más accesible. Ojalá hubiera tenido un profesor así en la universidad…

De repente Chris se dio cuenta de que ni siquiera le había ofrecido algo de beber.

—Lo siento. Todo esto me ha dejado desconcertado. ¿Le apetece algo de beber?

—No —dijo ella, sonriendo y mirando hacia el sofá—. Pero sí me vendría bien sentarme un poco.

Chris se sintió como un idiota.

—El sofá es muy cómodo —dijo el niño de pronto, entrelazando sus dedos con los de ella—. Sobre todo aquí —añadió, llevándola hacia allí.

—Gracias —dijo ella. Le sonrió y se sentó.

Chris Culhane se sentó en el butacón que estaba justo al lado del sofá.

—Joel lo lleva mucho mejor que yo.

Jewel lo miró fijamente un momento.

—¿Su hermana y usted estaban muy unidos?

—Hace tiempo —dijo él—. Antes de que todo se fuera al garete —dijo, mirando a su sobrino.

—¿Y cuándo se fue todo al garete? —preguntó Jewel, por pura curiosidad.

Chris vaciló un momento y entonces miró a su sobrino. No podía hablar libremente teniéndole tan cerca. El niño absorbía todo lo que decía y no quería hacerle sentir peor.

—Joel, ¿por qué no vas a jugar con la consola de videojuegos? —le dijo, señalando la sala de estar.

—No tengo —le dijo el niño.

Chris lo miró fijamente.

Eso era imposible. Le había mandado algo más de dinero a Rita por el cumpleaños del niño, y le había pedido que le comprara una consola y algunos videojuegos. Se lo había escrito en una nota y se lo hubiera dicho por teléfono si ella hubiera contestado, pero después de doce llamadas perdidas, se había rendido.

—¿No tienes?

—No —dijo Joel, sacudiendo la cabeza.

—Bueno, yo tengo una consola portátil en el bolso —dijo Jewel.

Por el rabillo del ojo vio que Culhane la miraba con ojos incrédulos.

—La uso cuando estoy haciendo vigilancia —dijo ella—. A veces puede ser muy aburrido y esto me ayuda a mantenerme despierta.

Chris la miraba con un gesto de escepticismo.

—Muy bien… —dijo, dándole la consola al niño—. ¿Por qué no vas a jugar en la sala de estar? Así no te molestaremos.

Joel la miró con ojos de complicidad. Su mirada

dejaba claro que entendía lo que estaba ocurriendo, pero le seguía la corriente de todos modos.

—Le envió una videoconsola a Joel, ¿no? —preguntó en cuanto el niño se marchó.

—Le envié dinero a mi hermana para que le comprara una —dijo él y entonces la miró—. ¿Cómo lo sabía?

—No fue difícil encajar las piezas del puzle.

Él la volvió a mirar con ojos de duda.

—Lo adiviné por la cara que puso.

—Usted también parecía sorprendida —señaló él.

—Un poquito, sí. Todos los niños que conozco se mueren por una videoconsola. Pero usted parecía realmente asombrado.

—Sí —dijo él, cambiando de postura para verla mejor.

—Soy buena fisionomista y se me dan bien los niños. Y saco sobresalientes —añadió en un tono bromista.

Hizo una pausa y le miró fijamente. Rabia, dolor, confusión… En sus ojos había muchas emociones. ¿Pero cuál ganaría al final?

—¿Entonces tengo el trabajo? —preguntó ella—. ¿O prefiere comprobar las referencias? —señaló la carpeta que le había dado antes.

Él gesticuló con la mano, restándole importancia a sus palabras. Estaba dispuesto a fiarse de ella. Además, no tenía ganas de entrevistarse con nadie.

—Tiene el trabajo.

—Muy bien. En cuanto a los términos…

—La señora Parnell ya me ha informado acerca de sus honorarios —le dijo él, haciendo un gesto con la mano.

—Oh, ¿en serio? —dijo Jewel, intentando no sonar molesta. Su madre no tenía derecho a hablar de esos temas.

Él asintió.

—Me dijo que eran más que razonables. Además, me comentó que, si no me lo parecían, podía llamarla y ella se ocuparía de ello. Me dijo que trabajaba con usted. Entiendo que ha trabajado muchas veces para ella.

—Digamos que sí —dijo ella—. Es mi madre.

Él pareció sorprendido.

—¿Eso supone alguna diferencia?

Él lo pensó un momento.

—No.

—Muy bien. Como ya nos hemos ocupado de eso, necesitaré toda la información que pueda darme.

—¿Acerca de Ray?

—Acerca de todo.

De repente pareció que él se cerraba por completo.

—Acerca de su hermana, su cuñado, su sobrino… Lo primero que voy a hacer es contactar con los periódicos para que pongan una esquela. Voy a necesitar su nombre completo, su fecha de nacimiento, los datos del resto de hermanos…

—No hay ninguno.

—¿Hijos…?

—No.

Jewel sacó una grabadora del bolso y la encendió.

—Muy bien. Tiene que decírmelo todo; todo lo que le venga a la mente cuando piensa en su hermana.

El aparato empezó a grabar…

El silencio.

Capítulo 3

JEWEL levantó la vista. No parecía un hombre que trataba de organizar sus propios pensamientos. Más bien parecía un hombre que estaba resignado a guardar silencio.

—La grabadora funciona mejor si hay algo que grabar —le dijo con suavidad—. A lo mejor en el futuro sí, pero, de momento, las máquinas no han avanzado tanto como para poder grabar los pensamientos.

Aquello era duro para él. La rabia se mezclaba con un sentimiento de culpa. ¿Hubiera podido hacer algo para impedirlo? ¿Rita seguiría viva si hubiera insistido en verla, si la hubiera obligado a ver a un médico?

Chris soltó el aliento.

—No sé qué decir.

—Esto no va a constar en ningún archivo ni nada parecido —le dijo Jewel—. Sólo es para ayudarme a recordar lo que me diga —hizo una pequeña pausa—. ¿Conoció al padre de Joel?

—Oh, sí. Lo conocí —le dijo en un tono reticente.

—¿Y cuál fue su primera impresión? —le preguntó Jewel, aunque ya supiera que no había sido buena.

Él se encogió de hombros y trató de contener las emociones.

—Quería que me cayera bien, por mi hermana. Pero yo sabía que era un patán, un aprovechado. Sabía que en algún momento Rita se arrepentiría de haberse involucrado con un tipo así y…

—Espere un segundo —dijo Jewel, levantando un dedo.

El niño acababa de entrar en la habitación. Estaba junto a la puerta, con la consola en la mano.

—¿Qué pasa, Joel? —le preguntó, volviéndose hacia él.

El chico fue hacia ella. Parecía triste.

—No sé cómo…

—No sabes cómo hacer… ¿qué?

Joel suspiró y le entregó la consola.

—No sé jugar con ella.

Parecía muy avergonzado.

—¿Ninguno de tus amigos tiene una?

Joel sacudió la cabeza.

—¿Ninguno?

—No —dijo el pequeño—. No tengo amigos.

Jewel apretó los labios. Esa posibilidad no se le había ocurrido. Era demasiado pequeño como para ser un solitario.

—¿Y en el colegio? ¿No hay nadie en el colegio con quien te guste hablar o salir?

—No voy a colegio —le dijo Joel sin más.

Chris se quedó perplejo. Miró a su sobrino, anonadado. Si alguien tenía que ir al colegio, ése tenía que ser su sobrino Joel.

—¿Estás de broma?

—Mamá me dijo que tenía que quedarme en casa con ella —dijo Joel con seguridad—. Me dijo que necesitaba que la ayudara en casa.

—¿Con qué? —le preguntó Chris, sintiendo una profunda culpa.

¿Cómo había podido dejar que las cosas llegaran tan lejos?

—Con el desayuno, la comida. Me dijo que le gustaba cómo lavaba la ropa.

Jewel miraba a Chris Culhane. El hombre debía de estar culpándose a sí mismo. Paró la grabadora un momento, miró al chico y tocó el asiento que estaba a su lado.

—Ven y siéntate conmigo, Joel —le dijo.

El niño obedeció.

—Estoy segura de que a tu madre le encantaba tenerte cerca y sé que eras una gran ayuda para ella, pero tienes que ir al colegio. Es importante que aprendas cosas, a leer, escribir…

—Sé leer.

—¿Ah, sí? —dijo Jewel—. ¿Te enseñó tu madre?

Joel sacudió la cabeza.

—Alakazam me enseñó.

Chris pensó que aquel nombre sonaba como el de un amigo imaginario.

—¿Quién?

—Así se llama un personaje de un programa de la

tele —le dijo ella—. Es uno de esos programas didácticos para niños, para ayudarlos a aprender cosas básicas, como leer, sumar y restar… Me parece que su hermana dejaba a Joel al cuidado de la televisión. Menos mal que hay programas como ése —añadió, sonriéndole a Joel—. Va a tener que matricularlo en un colegio —dijo, mirando a Chris.

El hombre frunció el ceño y Jewel pensó que no debía de tener ni idea de cómo hacer todo ese papeleo. El apuesto Chris Culhane parecía uno de esos académicos despreocupados.

—¿Su esposa se ocupa de esas cosas?

—¿Qué? No. No estoy casado.

—Entiendo —dijo Jewel, pensando que su pregunta había sido innecesaria.

¿Cómo iba a estar casado si era su madre la que le había conseguido el trabajo?

—¿Quiere que le ayude a matricularlo en un colegio?

En cuanto le hizo la pregunta, Culhane la miró con ojos de alivio.

—Muy bien. Lo tomaré como un «sí».

Joel estaba jugando a su lado. Cuando le miró, parecía muy triste.

—¿Qué sucede, cariño?

—¿Tengo que irme?

—Te gustará ir al colegio. Ya verás. Vas a conocer a muchos chicos de tu edad y podrás jugar con ellos. Harás muchos amigos.

El niño no parecía muy convencido.

—¿Y si no les gusto?

Jewel le miró como si eso no fuera posible.

—¿Cómo no les vas a gustar? —le preguntó, incrédula—. Eres un chico muy simpático —le dijo, sonriente—. ¿Quieres que te diga un secreto? —le dijo en un susurro—. Háblales de cosas que les interesan y les gustarás rápidamente.

—¿En serio? —dijo el niño, abriendo los ojos.

—En serio —dijo ella, en un tono exagerado—. Lo sé de buena tinta. Créeme —dijo y entonces señaló la videoconsola que el niño tenía en las manos—. ¿Quieres que te enseñe a usarla?

—Sí, por favor.

—Me encantan esos modales —dijo Jewel con entusiasmo—. No le importa, ¿verdad? —añadió, mirando a Chris—. Sólo será un momento —sonrió—. Y es gratis.

A Chris no se le había ocurrido preocuparse por el coste hasta ese momento. Estaba demasiado preocupado por otras cosas como para reparar en ese detalle.

—Adelante —le dijo, haciendo un gesto con la mano.

Jewel se volvió hacia el niño.

—Ya le has oído. Bueno, vamos a ver. Primero, tienes que sujetarla así —le dijo y empezó a explicarle cómo usarla.

Al principio le costó un poco, pero el chico no tardó en captarlo todo. En cuestión de unos minutos Joel estaba jugando con entusiasmo, matando alienígenas invasores.

Jewel le hizo señas a Chris y se fue a la cocina. No quería distraer al chico.

Se sentaron en la mesa de la cocina y entonces ella volvió a encender la grabadora.

—Bueno, ¿dónde estábamos?

—Esto se le da muy bien, ¿no?

—¿Buscar personas? Bueno, sí —dijo ella. No había tenido muchos casos de personas desaparecidas, pero siempre las había encontrado.

—No. Me refiero a hablar con niños —le dijo Chris, sacudiendo la cabeza.

—Oh.

Jewel miró hacia el salón. Joel estaba sentado en el sofá, concentrado en el juego y superando niveles a gran velocidad.

—Sólo son personas pequeñas —dijo ella—. Y yo todavía recuerdo cómo era ser un niño —le confesó—. Además, su sobrino parece muy listo. Creo que, si le hiciera algún test de inteligencia, resultaría ser superdotado.

—Espero que no —dijo Chris, mirando al chico.

Jewel no entendía nada. Un profesor universitario debería haberse alegrado de algo así.

—¿Por qué? Hacer exámenes es mucho más fácil si eres superdotado. Además, así no hay que estudiar tanto.

Chris seguía mirando al chico.

—Si eres diferente de alguna manera, la gente te mira de otra manera.

Jewel le miró fijamente.

—¿Habla por experiencia propia?

—¿Qué clase de información necesita? —le preguntó él, desviándola del tema.

Jewel captó la indirecta. Comprobó la grabadora y se dispuso a interrogarle.

—Dígame todo lo que recuerde del marido de su

hermana. Empecemos por su trabajo. ¿Recuerda la dirección?

—No trabajaba —le dijo Chris—. Por lo menos, no durante los años que pasó con Rita.

—¿Alguna vez duró en un puesto de trabajo?

Chris asintió.

—Solía trabajar en un taller de coches. Rita tuvo un accidente y el seguro la mandó a ese taller. Así conoció a Ray Johnson. Él le arregló el coche. Lo echaron un par de semanas después —frunció el ceño—. Ella pensaba que había sido muy romántico.

—¿Romántico? —preguntó Jewel, sin entender nada.

Chris asintió.

—Lo echaron por ausentarse del trabajo para salir con ella. Ella tenía diecinueve años y era demasiado ingenua para su edad.

—¿Y ésa es toda la vida laboral de Ray Johnson?

Chris se encogió de hombros.

—Por lo que sé, eso es todo.

—¿No recuerda el nombre del taller, por casualidad?

—No, pero recuerdo que estaba en Fairview con Carson. Yo la llevé a recoger el coche.

Si hubiera ido él solo, Rita jamás le hubiera conocido. Si no la hubiera llevado con él, a lo mejor estaría viva.

Jewel anotó la información y asintió con la cabeza.

—Es un comienzo. ¿Tiene una foto de Ray? —le preguntó con esperanza—. He visto que no hay fotos por aquí.

—Cuando se divorciaron, Rita quemó todas sus fotos. Decía que era parte del duelo.

Siempre hacía eso cuando terminaba con alguien para siempre, y seguramente había hecho lo mismo con las fotos que tenía de él cuando le había echado de su vida.

—Sí. Eso me suena de algo —dijo Jewel, asintiendo con la cabeza.

Chris soltó una triste carcajada. Por aquel entonces Rita ya estaba enganchada a las drogas y al alcohol, y su relación se deterioraba cada vez más porque él trataba de sacarla de aquel círculo vicioso.

—Rita estuvo a punto de quemar toda la casa —le dijo él—. Tuvieron que venir los bomberos para apagar el fuego.

Eso lo sabía muy bien porque el seguro del casero se había negado a pagar los desperfectos y había tenido que costear los arreglos de su propio bolsillo.

—Por suerte, lo atajaron a tiempo, y no llegó al desastre.

—¿Entonces no quedan fotos?

—Sí. En realidad, sí que hay… —dijo él en un tono de cansancio.

Ella le miró, expectante.

—Yo tengo una.

—¿Usted? —exclamó Jewel, sorprendida. Teniendo en cuenta que Ray Johnson nunca había sido santo de su devoción, jamás hubiera esperado que guardara una foto suya.

—Es una foto de la boda. Ella me la dio y yo nunca fui capaz de tirarla a la basura. Rita también aparecía en ella.

—Estupendo —dijo Jewel—. La necesitaré lo antes posible.

—No hay problema —dijo él—. No vivo muy lejos de aquí.

Jewel miró al chico, que seguía jugando en el salón. Parecía totalmente absorto en el videojuego.

—Bueno, le haré algunas preguntas más antes de que vaya a buscar esa foto, ¿de acuerdo? —siguió adelante sin esperar una respuesta—. ¿Recuerda si Ray estuvo en el ejército alguna vez o si trabajó en algo para lo que fuera necesario tomarle las huellas dactilares antes de casarse con su hermana?

—Nunca estuvo en el ejército, pero sí lo arrestaron, así que sus huellas deben de estar registradas en los archivos de la policía.

El tal Ray debía de ser toda una joya. No era de extrañar que la hermana de Culhane se hubiera divorciado de él.

Jewel no sabía si era buena idea buscarle, pero, no obstante, siendo el padre del niño, tenía derecho a saber que su exmujer había muerto. Además, siempre había una remota posibilidad de que hubiera cambiado...

—¿Por qué lo encerraron?

—Por desorden público. Debió de dar la nota, borracho como una cuba...

Aquél había sido el comienzo del fin del matrimonio de su hermana.

—Rita me llamó en mitad de la noche y me suplicó que pagara la fianza.

—¿Y usted lo hizo?

Chris resopló.

—Si de mí hubiera dependido, hubiera tirado al mar la llave.

—Pero no ha contestado a mi pregunta —señaló Jewel, mirándole fijamente. Era evidente que Chris Culhane quería mucho a su hermana y esa conversación debía de ser muy dolorosa.

—Pagó la fianza, ¿no?

Chris se encogió de hombros.

—Ella lloraba sin parar. Yo tenía miedo de que empezara a beber de nuevo. Estaba embarazada.

Jewel lo anotó todo y entonces levantó la vista.

—¿Está seguro de querer encontrarle?

Él asintió.

—Estoy seguro. Si no lo encuentra, los servicios sociales se llevarán a Joel.

Jewel frunció el ceño. Había algo que se le escapaba.

—No sé si he entendido bien… ¿Pero usted no es el tío de Joel?

Chris sabía adónde quería llegar, pero no quería hablar de ello.

—Sí, pero yo no puedo ocuparme de él.

—Bueno, me parece que sigo sin entender muy bien…

—No sé nada de criar niños —dijo él, interrumpiéndola.

—La mayoría de los padres primerizos tampoco —dijo ella—. Los niños no vienen con un manual de instrucciones. Según me han dicho, se aprende sobre la marcha.

Chris no pudo negar que tenía razón. Sin embargo, la idea de ser responsable de otro ser humano resultaba de lo más inquietante. No estaba preparado para algo así; no podía hacerlo. Le había fallado a Rita, y no quería fallarle a Joel. Por primera vez desde la muerte de sus padres, se alegraba de que no estuvieran vivos para ver lo que ocurría.

—Yo nunca estoy en casa —dijo—. Tengo mucho trabajo en la universidad, y mi casa es un lugar por el que suelo estar de paso.

Jewel le escuchó con atención, tratando de no juzgarle.

—Si no le importa que le pregunte, ¿en qué trabaja usted exactamente?

—Enseño física en la Universidad de Bedford.

—Una profesión muy bonita —dijo ella, asintiendo—. ¿Y eso es todo?

—También estoy escribiendo un libro en colaboración con otros profesores y me acaban de publicar un artículo en una revista científica de prestigio.

Ella guardó silencio, pero él no dijo nada más.

—Los profesores de física tienen hijos.

Él la miró con ojos perplejos. No la había contratado para que cuestionara su profesión y su forma de vida.

—Pero normalmente primero se casan.

Parecía irritado. Jewel se dio cuenta de que se había pasado de la raya.

—Lo siento… —le dijo, levantando las manos—. Eso no es asunto mío. Es sólo que, según lo que me cuenta, no creo que el padre de Joel esté dispuesto a hacerse cargo así como así, sobre todo si lleva tanto tiempo sin pasarse por aquí. ¿Cuánto hace desde que se marchó?

—No lo ha hecho —le dijo Chris.

—¿Y cómo lo sabe si hacía tiempo que no veía a su hermana?

Chris miró hacia el salón. El chico parecía feliz jugando con el videojuego. Sentía pena por él, pero las cosas eran como eran. No podía hacerse cargo de él de forma permanente; como mucho podía cuidarle durante una semana.

—Joel me lo dijo.

Jewel miró al chico y se preguntó qué pensaría de todo aquello; cómo reaccionaría al reencontrarse con el padre que llevaba tanto tiempo sin querer saber nada de él.

Aunque no quisiera involucrarse, no pudo evitar sentir una punzada de dolor en el corazón.

Capítulo 4

CON los rasgos de Ray Johnson grabados en la mente, Jewel dio un pequeño paseo entre las lápidas del cementerio. Hacía un día soleado en el sur de California, pero había mucha humedad. Se estaban celebrando muchos otros funerales en el cementerio al mismo tiempo. Observó a los asistentes con disimulo para ver si Ray andaba por allí, intentando pasar desapercibido.

Sin haber encontrado nada, Jewel se tragó un suspiro de frustración. Ray Johnson no estaba por allí, pero eso tampoco quería decir que no pudiera aparecer más tarde; si había leído la esquela… No había muchas posibilidades, pero había que intentarlo de esa manera.

Chris estaba convencido de que la muerte de su hermana pasaría desapercibida para los viejos amigos que habían perdido el contacto con ella y, como Rita llevaba mucho tiempo sin ir a la iglesia, no había motivo para una ceremonia religiosa. Simplemente le pidió a uno de los sacerdotes de la iglesia de San Juan Bautista que dijera unas palabras durante el entierro. Lo hacía más por Joel que por su propia hermana. Y también por sí mismo.

Ya habían pasado dos días, y Jewel, Culhane y su sobrino estaban frente a la que sería la tumba de Rita Johnson, escuchando al padre William Gannon. De repente, Jewel vio a una mujer vestida de negro que subía por una pendiente, en dirección hacia ellos. Parecía moverse deprisa, aunque los tacones se le hundieran en la tierra. Detrás de ella iban otras dos mujeres, también vestidas de negro.

Era su madre. Cecilia Parnell y sus dos amigas eran la viva estampa de la compasión.

Jewel se quedó sin palabras durante un segundo. A esas alturas ya pensaba que su madre no era capaz de sorprenderla, pero se había equivocado.

—Madre, ¿qué estás haciendo aquí?

Cecilia sonrió con afecto y miró a Culhane y después al niño.

—Vengo a darle mis condolencias a Chris y a Joel —dijo Cecilia sin más—. Lo peor que le puede pasar a una persona es la muerte de un ser querido. Pero aún peor que eso es que no asista nadie al funeral —dijo.

Jewel decidió creérselo durante un rato.

—¿Y Maitzie y Theresa? —le preguntó, señalando a sus dos amigas.

Theresa parecía un poco sofocada.

—Ellas piensan igual que yo —se volvió hacia Chris—. Chris, Joel… —dijo, sonriendo—. Éstas son mis mejores amigas, Maitzie Sommers y Theresa Manetti.

—También conocidas como las «Supernenas Casamenteras» —masculló Jewel con disimulo.

Cecilia le lanzó una mirada fulminante.

Las dos mujeres le estrecharon la mano a Chris y le dieron sus condolencias.

El padre Gannon se aclaró la garganta y las mujeres miraron hacia él.

—Continuemos, por favor…

—Claro, padre. Disculpe la interrupción —Theresa se disculpó en el nombre de todas y dio un paso atrás. Maitzie hizo lo mismo.

En lugar de ponerse al lado de su hija, Cecilia decidió pararse junto a Chris.

—¿Viene alguien más? —preguntó el padre Gannon.

Chris levantó una ceja y miró a Jewel.

—No. No viene nadie más —dijo ella, negando con la cabeza.

—Muy bien —dijo el padre Gannon y continuó con la ceremonia.

Tras pronunciar unas cuantas oraciones por el alma de Rita, el padre concluyó el servicio religioso sin más dilación. Tras echar un vistazo a su alrededor por última vez, Jewel miró al niño que estaba a su lado.

Joel parecía demasiado tranquilo, impasible… No había derramado ni una sola lágrima. Su madre, por el contrario, se había limpiado con el pañuelo en un par de ocasiones, y Theresa y Maitzie casi estaban sollozando. Sin duda recordaban otros funerales en los que habían estado. Todas ellas habían enterrado a un marido demasiado pronto en la vida. Incluso Culhane, siempre tan compuesto y circunspecto, parecía estar a punto de derramar alguna lágrima.

Jewel sintió ganas de preguntarle al pequeño por qué no lloraba, pero no fue capaz.

—Me gustaría quedarme más, pero tengo que asistir a un bautizo —dijo el padre Gannon nada más terminar.

Chris asintió con la cabeza.

—Un evento mucho más alegre —dijo, dándole un sobre con un cheque al sacerdote.

El párroco se guardó la donación y entonces vaciló un momento. Miró a Chris y después al niño.

—Si alguno de los dos necesita hablar... —le entregó a Chris una tarjeta con el número de su móvil y el de la iglesia.

Chris guardó la tarjeta sin siquiera mirarla. Bien podría haber sido una tarjeta de negocios cualquiera.

—Gracias, pero no será necesario.

—Joel y él no estarán solos, padre —dijo Cecilia.

Jewel miró a su madre fijamente y rezó para que Culhane no se hubiera dado cuenta de sus intenciones verdaderas. El afán de hacer de Celestina se le estaba yendo de las manos, sobre todo después de que Theresa y Maitzie hubieran encontrado unos buenos partidos para sus respectivas hijas. Dos almas gemelas...

Como si existiera tal cosa...

Había seguido a tantos esposos infieles como para saber que lo contrario era mucho más frecuente. Más del cincuenta por ciento de los matrimonios estaban condenados al fracaso desde un comienzo. Sólo podía esperar que Nikki y Kate tuvieran más suerte que la mayoría de la gente.

El padre Gannon se marchó y Jewel volvió a mirar a su alrededor. El hombre al que buscaba seguía sin aparecer. Ya fuera por desconocimiento o por otros motivos más complejos, Ray Johnson no se había presentado en el funeral de la madre de su hijo. Chris puso su mano sobre el hombro de Joel y lo guió hacia la salida del cementerio.

—Señoras, les agradezco mucho que hayan venido —dijo, volviéndose hacia las mujeres.

—Oh, pero no vamos a dejarles tan pronto —le dijo Cecilia en un tono moderadamente entusiasta.

—He traído comida —dijo Theresa—. Podemos prepararla en cuanto lleguemos a su casa.

Chris se quedó desconcertado. Dos de ellas eran unas perfectas extrañas y, sin embargo, estaban dispuestas a acompañarle durante todo el duelo. Ni Joel, ni Rita ni él mismo significaban nada para ellas.

Aquello no tenía mucho sentido, pero no podía negar que su forma de obrar suscitaba un cálido sentimiento en su interior.

—No tenían por qué molestarse tanto.

Jewel se vio obligada a intervenir. Su madre y sus amigas sólo tenían un objetivo en mente. Estaban decididas a casar a sus respectivas hijas contra viento y marea. Como Kate y Nikki ya estaban prometidas, sólo quedaba ella, sin contar con el hijo de Theresa, el hermano de Kate. Jewel solía albergar la esperanza de que concentraran sus esfuerzos en Kullen, sobre todo porque era mayor que ella, pero la edad de los hombres no parecía preocuparles tanto como la de las mujeres.

—Theresa se dedica a eso —dijo, dirigiéndose a Chris—. Lleva un negocio de catering. Y Maitzie… —añadió, señalando a la más animada del trío—. Es agente inmobiliario. Si quiere vender su casa o la de su hermana, hable con ella. Es muy buena en su negocio —miró a las tres mujeres—. Todas lo son.

—No hemos venido a hablar de negocios —dijo Cecilia rápidamente—. Hemos venido a ayudar.

Jewel sabía que lo decía de verdad.

—No se resista —le aconsejó a su cliente—. Deje que se ocupen de usted y del pequeño un rato. Si no, no le dejarán en paz. Son muy testarudas. Confíe en mí. Lo sé.

—Eso suena bien —dijo Chris, esbozando una media sonrisa.

Apreciaba de corazón lo que trataban de hacer las tres mujeres y, si le acompañaban a la casa, entonces no tendría que quedarse solo con el niño. Habían pasado varios días desde la muerte de su hermana; varios días extraños en compañía de Joel, sin saber qué hacer o qué decirle.

A las mujeres se les daban mejor esas cosas. Incluso la detective se llevaba mejor con el niño que él. Además, la impasibilidad del pequeño ya empezaba a preocuparle.

—¿Por qué no vienes en el coche conmigo y con mis amigas, Joel? —sugirió Cecilia—. No sé si recuerdo bien dónde está tu casa. Necesito que alguien me guíe. ¿Puede hacerlo, Joel?

Joel asintió con la cabeza sin dudarlo ni un momento.

—De acuerdo.

Era una estratagema. No había duda de ello, pero Jewel era incapaz de enfadarse con su madre en un momento como ése. Lo estaba preparando todo para conseguir que Culhane se quedara a solas con ella en el coche.

«Sólo es un coche, mamá. No es una isla desierta», pensó para sí. «Quedarme a solas con él durante diez minutos no bastará para que terminemos felices y comiendo perdices».

Sin embargo, no podía negar que Chris Culhane era impresionante. Le miró de reojo con disimulo; espaldas anchas, rasgos masculinos… No le hubiera importado terminar en su cama, pero siempre después de localizar a su cuñado. Poniéndose erguida, se dirigió hacia su propio coche.

Jewel Parnell caminaba como un soldado. Chris era consciente en todo momento de la cadencia de sus pasos. ¿Quién era en realidad aquella joven? ¿Quién era la mujer que se escondía detrás de aquella apariencia profesional y seria? ¿Y su madre? ¿Y esas mujeres que iban con ella?

Su propia familia siempre había sido un desastre. Sus padres se habían pasado la vida gritándose el uno al otro y dando portazos. No era que fueran malas personas, pero sí habían sido muy malos padres. Seguramente debía sentirse afortunado de haber salido bien. ¿Pero por qué él y no Rita? ¿Por qué no había podido ayudar a Rita? Por lo menos debería haberle impedido que se casara con Ray. Ése había sido el comienzo del fin para ella.

Haciendo acopio de toda su entereza, Chris miró a la investigadora privada en la que había puesto todas sus expectativas de encontrar a Ray Johnson. Subió al coche y guardó silencio hasta que salieron del aparcamiento.

—No estaba allí.

Jewel no tuvo que preguntar. Sabía que Culhane se refería a Johnson.

—No. No estaba por allí.

—¿Y ahora qué? —dijo Chris, impaciente.

Jewel observaba a su madre, que iba un poco más adelante. Después de tantos años, aún seguía conduciendo como si la persiguieran cien demonios. La gente solía quejarse de la gente mayor, pero su madre conducía el coche como si estuviera en un circuito de Fórmula Uno.

—Bueno, veré si puedo sacarle algo al encargado del taller donde trabajaba. ¿Quién sabe? A lo mejor sigue en contacto con Ray, o quizá le diera alguna dirección antes de cambiar de trabajo.

—¿Cambiar de trabajo?

—El hombre tendría que comer y pagar facturas.

Lo más probable es que hubiera encontrado otra mujer de la que aprovecharse. Eso era lo que mejor se le daba. Sobrevivir… como un parásito.

—¿Y si eso no sale bien?

—Hay otras formas —dijo Jewel, sin especificar mucho.

Esperaba que él le preguntara algo más, pero al ver que no lo hacía, le miró un instante. Parecía preocupado y no era difícil saber por qué. Había visto cómo miraba a Joel durante el funeral. El comportamiento del niño lo tenía desconcertado.

—No se preocupe.

Chris tardó un momento en asimilar sus palabras.

—¿Qué?

—No se preocupe. Cada persona se lo toma a su manera. A lo mejor todavía no se cree que sea verdad. A lo mejor todavía piensa que su madre aparecerá por la puerta en cualquier momento —se encogió de hombros—. O a lo mejor piensa que no es de hombres llorar —le miró de nuevo justo antes de girar a la derecha—. Usted no ha llorado —le dijo tranquilamente.

Culhane se puso erguido. ¿Acaso se estaba poniendo a la defensiva?

—No me gusta demostrar emociones en público.

Aunque quisiera ahondar más en esa cuestión, Jewel decidió dejarlo pasar.

—A lo mejor Joel piensa igual.

—Tiene cinco años.

—Quizá se fija en el único ejemplo masculino que ha conocido.

—¿En mí? —le preguntó Chris en un tono de incredulidad.

Sólo llevaban juntos unos días. La gente no creaba lazos afectivos tan rápidamente.

—Sí, usted —dijo Jewel.

Chris resopló.

—Se equivoca. La última vez que le vi, tenía dos años. ¿Cómo podría yo ser un ejemplo para él? No me recuerda.

—Puede que sí, puede que no. Yo recuerdo algo que mi madre me dijo que ocurrió cuando tenía un año y medio.

Chris pensó que se estaba inventando un poco las cosas. A lo mejor se había precipitado al contratarla.

—Eso no es posible.

—El cerebro funciona de una forma caprichosa —le dijo, pisando el acelerador.

Su madre se alejaba cada vez más.

—Todo lo que nos ha ocurrido en la vida, todo lo que hemos experimentado, todas las canciones que hemos oído, todo lo que hemos visto está grabado en algún sitio. Usted es científico. Debería saberlo.

—Ésa no es precisamente mi especialidad —le dijo él y entonces respiró hondo—. Entonces piensa que está tratando de imitarme.

—Está tratando de ser un hombre, y usted es el ejemplo más cercano que tiene. Ya le ha oído. No tiene amigos. Por tanto, no hay ningún ejemplo de padre en su vida, nadie en quién fijarse —sonrió, girando hacia otra calle.

—Sólo hace unos días que entré en su vida.

—El tiempo no importa —dijo ella—. Ya le ha visto. Ahora está aquí y él lo absorbe todo como una esponja.

—¿Entonces me está diciendo que, si lloro, Joel también lo hará? —le preguntó él, en un tono de incredulidad.

—A lo mejor.

—Bueno, pues no voy a llorar —le dijo con firmeza. No podía bajar la guardia ni un segundo. Si empezaba a recordar…

—Nadie le ha dicho que tiene que hacerlo.

Chris no opinaba lo mismo.

—Rita sabía lo que se hacía. Sabía que estaba malgastando su vida. Dejó los estudios. Dejó todo lo que nuestros padres querían para ella…

Probablemente ésa era una de las razones por las que lo había dejado todo.

—¿Dónde están sus padres?

—Muertos —dijo Chris con contundencia—. Mi padre fue atropellado por un camión y mi madre murió seis meses después. Parecía que ya no le quedaba nada por lo que vivir. Discutían mucho, pero se querían.

Aquello no tenía mucho sentido para Jewel. Su madre había sufrido mucho con la muerte de su padre, pero nunca había abandonado su deber de madre.

—Pero Rita seguía viva.

Chris se encogió de hombros.

—Por así decir. Rita cortó con todo el mundo, no sólo conmigo. No le gustaba aguantar sermones.

—Lo siento —dijo Jewel.

—No tiene por qué —dijo Chris, pensando que lo último que necesitaba era que sintieran pena por él.

Ella lo miró fijamente un instante y entonces detuvo el coche. Acababan de llegar a la casa de su difunta hermana.

—Si es eso lo que cree, entonces lo siento mucho más —le dijo.

Capítulo 5

EN cuanto Maitzie, Theresa y Cecilia entraron en la casa se pusieron manos a la obra. Jewel se quedó a un lado, observándolas.

«Es inútil resistirse», pensó para sí, preguntándose si Culhane o Joel sabían que no tenían escapatoria. Mientras Theresa servía la comida, la madre de Jewel se movía por toda la casa, poniéndolo todo en su sitio. Maitzie, por su parte, jugaba con Joel, y Jewel no tenía nada más que hacer excepto hablar con Culhane.

«Qué pena que esto no vaya a ninguna parte, señoras», se dijo.

Chris Culhane no parecía consciente de su potencial para la seducción, pero tampoco parecía estar en el mercado amoroso precisamente.

Una noche de sexo ardiente… Sí. Pero nada más. Una relación duradera no era más que una quimera.

—No es necesario —decía Chris.

Theresa insistía en darle un plato de comida. Habían llevado diversos guisos en cazuelas y bandejas, suficientes para alimentar a todo un pueblo si era preciso.

—No proteste —le aconsejó Jewel a Chris, aceptando un plato de su madre—. No servirá de nada. Es su forma de entretenerse.

Miró a su alrededor. Todo estaba impecable. Maitzie animaba al pequeño mientras éste jugaba con el videojuego. Ella había insistido en que se lo quedara.

—Les vas a quitar el brillo —dijo Jewel, mirando a su madre.

Cecilia Parnell se había quedado sin cosas que limpiar, así que había empezado a enjuagar los cucharones con los que servían la comida, aunque fueran a ser usados inmediatamente.

—No hay nada malo en conservar las viejas costumbres, Jewel. A veces una persona necesita que este mundo moderno le dé un respiro —se volvió hacia Chris—. ¿No crees, Chris?

Chris estaba distraído con una deliciosa y jugosa costilla asada. Cuando vio que Cecilia lo miraba con insistencia, se dio cuenta de que debía de haberle preguntado algo.

—¿Disculpe?

Jewel acudió en su ayuda. A lo mejor era un académico reputado, pero no era rival para un miembro del «triunvirato de Celestinas».

—Mamá, acaba de darle un mordisco a las costillas asadas de Theresa. Estará de acuerdo con cualquier cosa que le digas —dijo, sonriendo.

Le hizo un gesto a Chris, restándole importancia.

—No importa. Siga comiendo. Mi madre estaba elaborando una de sus teorías favoritas.

De repente, Joel y Maitzie gritaron de alegría. Joel había derrotado a las fuerzas alienígenas y salvado a la humanidad por enésima vez. Maitzie casi gritaba más que el niño.

—Este jovencito es muy listo —dijo, dirigiéndose a Chris—. ¿En qué curso estás, cariño? Si por mí fuera, mañana estarías en el instituto.

—No estoy en ningún curso.

—¿No? —le preguntó Maitzie, perpleja—. ¿Pero cómo es posible?

—No voy al colegio —dijo Joel, que ya empezaba a darse cuenta de que eso no era normal.

Maitzie miró al tío del chico y después a Jewel con una cara escéptica.

—¿No va al colegio?

—No —dijo Jewel antes de que Chris pudiera contestar—. Pero pronto irá.

Maitzie pareció aliviada.

—¿Lo habéis matriculado?

—Todavía no —dijo Chris.

—¿Le han… pinchado? —dijo Maitzie, vacilando. Como su hija era pediatra, siempre se preocupaba más que cualquier otro por los requisitos que un niño tenía que cumplir antes de entrar en el colegio.

Pero Joel no estaba dispuesto a dejar pasar las cosas así como así. Él también tenía muchas preguntas, sobre todo si el asunto le afectaba directamente.

—¿Pinchado? —preguntó, algo preocupado.

Jewel sabía que no era buena idea mentirle, así que le dijo la verdad directamente.

—Vacunas —le dijo, aunque su madre le hiciera toda clase de señas para que parara—. El médico te las pone para que no te pongas enfermo.

En lugar de poner cara de miedo, el niño sacudió la cabeza.

—A mí no me las han puesto —dijo sin más.

—¿No te han puesto vacunas?

Joel sacudió la cabeza.

—Nunca he ido al médico.

—Pues debes de haber sido un niño muy sano —dijo Cecilia, sorprendida.

Joel se encogió de hombros, como si no supiera si eso era verdad.

—Mamá me decía que podía curarme yo solo.

Las tres señoras se miraron con tristeza.

—¿Tu madre nunca te llevó al médico? —preguntó Chris.

Joel lo miró como si no entendiera a qué se debía el alboroto.

—No.

Chris sintió una ola de rabia. Al parecer, la hermana cariñosa y buena que había conocido había muerto no unos días antes, sino años atrás.

—¿Nunca?

—No —Joel empezó a moverse, intranquilo—. No te enfades con ella, tío Chris. Yo estaba bien.

—No está enfadado, cariño —Jewel fue hacia el niño y le puso el brazo alrededor de los hombros—. Sólo se preocupa por ti. Eso es todo.

—Puedo llamar a Nikki —dijo Maitzie—. Así sabremos si ha sido vacunado alguna vez. Hay una base de datos a la que puede acceder para averiguarlo —

dijo—. Estoy segura de que podrá verlo mañana —añadió con entusiasmo.

—¿Quién es Nikki? —preguntó Chris.

—La hija de Maitzie —dijo Theresa.

—Es muy buena pediatra —dijo Maitzie, orgullosa de su hija.

—Mañana es sábado —dijo Jewel—. No creo que pueda verle hasta el lunes.

—No importa —dijo Maitzie—. Nikki le echará un vistazo —dijo con seguridad—. Me lo debe. Yo le di la vida, así que la llamaré y se lo pediré —dijo, sacando el teléfono móvil.

Jewel miró a Chris. Éste parecía confundido, sin saber qué pensar. Aquel trío de mujeres nunca dejaba de sorprender.

—Todas son igual —le dijo—. Lo hacen sin querer. Son supermamás de los pies a la cabeza.

Chris miró a su sobrino. En ese momento era Theresa quien prestaba atención al chico. Y Joel estaba feliz, sonriendo como si acabara de volver a la vida, como una planta moribunda a la que acaban de regar por primera vez en mucho tiempo.

—Supermamás —dijo Chris, para sí—. No suena nada mal.

Jewel no podía hacer otra cosa que reír y negar con la cabeza. Chris Culhane no era más que un novato.

—Eso lo dice ahora. Intente vivir con ello durante un tiempo y después hablamos —hizo una pausa—. La hija de Maitzie es una pediatra estupenda. Si hay alguien que pueda hacerle un buen reconocimiento a Joel, ésa es ella —le dijo a Chris con entusiasmo—. Así no tendrá problemas al matricularle en el colegio.

Podría estar en su clase de infantil en menos de una semana, o a lo mejor en menos.

Chris miró a las tres mujeres mayores y después a Jewel.

—¿A qué…? ¿A qué colegio le llevo?

—Al que esté más cerca de su casa —le dijo Jewel—. Maitzie le ayudará a averiguar cuál es el que le corresponde a su distrito.

Chris no parecía entender mucho. Seguía con el ceño fruncido.

—¿Qué pasa?

—Si no encuentra a Ray en los próximos días, ¿qué dirección usamos para el colegio?

Para Jewel ése era un punto sin importancia. No había tantas escuelas de infantil en Bedford.

—¿No me dijo que vivía cerca?

—No tanto —dijo, bajando la voz para que Joel no pudiera oír.

Pero el chico ya había dejado de jugar y estaba escuchando la conversación.

—No me importa que se quede unos días… —dijo Chris—. Pero todos mis libros, las notas de mi investigación, todo eso está en mi casa.

Jewel no entendía muy bien cuál era el problema.

—Bueno, ¿por qué no pone su dirección de forma provisional? —le sugirió, mirando a Joel y sonriendo—. Ya veremos qué hacemos cuando yo encuentre a su padre.

—Que el niño esté fuera de su entorno durante tanto tiempo no es bueno para él —dijo Theresa de repente.

Jewel casi había olvidado lo impredecibles que podían llegar a ser su madre y sus amigas.

—¿Y qué hago entonces? —preguntó Chris, volviéndose hacia Theresa.

—Como su intención es buscar al padre del niño y probablemente vuelvan a vivir aquí, ¿por qué no usa esta dirección? —sugirió Cecilia.

Maitzie cerró el teléfono móvil y se metió en la conversación.

—¿Y si Jewel no logra encontrar a su padre?

Cecilia frunció el ceño, incrédula.

—Jewel podría encontrar una aguja en un pajar si fuera preciso.

—Entonces menos mal que no tengo que hacerlo —murmuró Jewel entre dientes. Se volvió hacia Chris—. Mi madre confía mucho en mí —le dijo en un tono ligeramente sarcástico.

—Bueno, qué suerte tiene —dijo Chris, sorprendiéndola.

Las tres mujeres asintieron con la cabeza. Sonriente, Cecilia le dio una palmadita a Chris en el hombro.

—En cuanto vi a este joven, supe que me iba a encantar.

—¿Y si Jewel lo encuentra, pero no quiere mudarse a la casa? —dijo Maitzie, echando más leña al fuego—. ¿Y si su padre quiere llevárselo con él? Debe de vivir en alguna parte.

Jewel se dio cuenta de que las cosas se le estaban yendo de las manos. Levantó los brazos e hizo un gesto conciliador.

—De acuerdo; de acuerdo —dijo, calmando los ánimos—. De momento matriculemos a Joel en el colegio. Así podrá conocer a chicos de su edad. Si las cosas cambian, ya nos ocuparemos de ello.

En cuanto las palabras salieron de su boca se dio cuenta del error que había cometido. Había hablado en plural, pero ya era demasiado tarde.

—Quiero decir que ya se ocuparán de ello —añadió, evitando mirar a Culhane.

Al final fue Maitzie quien rompió el silencio.

—A mí me parece que es un buen plan —dijo y agarró el móvil—. Llamaré a mi hija —dijo, mirando a Chris, como si esperara su aprobación.

Sabiendo que no tenía elección, Chris asintió con la cabeza. Maitzie fue hacia la cocina para hacer la llamada.

—¿Qué pasa? —preguntó Joel, tirándole de la blusa a Jewel—. ¿Qué sucede?

—Bueno, resumiendo, parece que pronto vas a tener muchos amigos —dijo ella con entusiasmo.

Sin embargo, Joel no se lo tomó como esperaba. Parecía molesto.

—No necesito amigos.

Jewel sabía que el niño debía de tener miedo, y podía entenderlo. Era difícil ser el nuevo en cualquier lugar, pero era mucho peor siendo un niño.

Miró a Chris Culhane. Aunque fuera arrebatadoramente guapo, parecía ser un solitario.

—Oye, espera, sí que tengo amigos —dijo Joel de repente.

—¿Ah, sí? ¿Quién? —le preguntó Jewel, curiosa.

Joel no vaciló ni un momento. Parecía muy serio.

—A ti. Y a esas señoras tan simpáticas.

Jewel sonrió y le acarició la cabeza.

—Qué bueno eres, Joel. Yo también soy tu amiga, pero también necesitas amigos de tu edad, cariño.

—¿Sólo puedo ser amigo de otros niños? —le preguntó Joel, desconcertado.

Jewel sintió un poco de pena por el chico. Sabía que Joel debía de estar atrapado entre el mundo de los adultos y el de los niños, dado su nivel de madurez; un extraño en ambos mundos. Pero probablemente estaba más seguro entre adultos.

Podían ignorarlo o rechazarlo, pero por lo menos no lo pondrían en ridículo como otros niños. No obstante, cuanto más tardaran en matricularlo en el colegio, más difícil le resultaría integrarse.

—Claro que no —le dijo Chris con firmeza—. También puedes tener amigos adultos.

Al oírle hablar, Jewel supo que él también había pasado por algo así a la edad de Joel.

—Tu tío tiene razón. Puedes ser amigo de quien quieras —le aseguró.

—¿Entonces tú eres mi amiga? —le preguntó Joel, mirándola a los ojos.

Chris estuvo a punto de decir algo, pero ella fue más rápida.

—Claro que sí —dijo, esbozando una sonrisa y rodeándole los hombros con el brazo—. Me encantaría ser tu amiga, Joel.

El niño sonrió de oreja a oreja.

—Bueno, pues ya está todo arreglado —anunció Maitzie, cerrando el teléfono móvil y volviendo a donde estaban los otros—. Nikki puede ver a Joel mañana a las diez. Le hará un reconocimiento y le pondrá las vacunas que necesite.

La sonrisa de Joel se desvaneció.

Capítulo 6

JEWEL no tenía intención de acompañar a Chris y a su sobrino a la consulta de Nikki. No quería molestar, ni meterse en donde no la llamaban. Pero esa mañana, justo cuando iba a salir por la puerta de su apartamento, le sonó el teléfono móvil.

Rápidamente dejó las llaves y pescó el móvil del rincón más profundo del bolso. Era un número oculto. ¿Su madre? ¿Alguna compañía telefónica?

Aunque las ganas de ignorar la llamada eran muy grandes, no podía hacerlo. Podía ser un cliente nuevo, o alguien que la llamaba para darle alguna pista anónima. Ya tenía a varios confidentes por ahí, buscando pistas sobre Ray Johnson…

Lo primero que había averiguado era que había seiscientos cincuenta y tres personas llamadas Ray Johnson en el país, y doscientos veinte vivían en California. Sin embargo, ésos sólo eran los que figuraban en el listín telefónico. Seguramente la cifra real era más del doble.

No obstante, sólo uno de ellos era el padre de Joel. Suspirando, abrió el teléfono móvil.

—¿Hola?

—¿Jewel?

Era una voz masculina y profunda.

—Soy Christopher Culhane. Siento molestarla, pero…

«Ah, si tú supieras…», pensó ella para sí.

Aquel hombre la «molestaba» de las formas más insospechadas, pero él no tenía ni idea.

—Usted es mi cliente, así que puede molestarme cuando quiera. Bueno, ¿qué puedo hacer por usted?

—Joel dice que no quiere ir al médico.

—Lo niños nunca quieren ir al médico.

Hubo una pausa al otro lado de la línea.

—¿Quiere que le acompañe? Nos vemos en la consulta de Nikki.

Se oyó un suspiro de alivio.

—Pero no creo que me crea si le digo que la veremos allí —dijo Chris, bajando la voz—. Creo que mi hermana no cumplía nada de lo que le prometía. No confía demasiado en los adultos.

—Páseme a Joel, Chris —le pidió—. Yo hablaré con él.

—¿Hola? —dijo una vocecilla al otro lado de la línea.

—Hola, Joel. Soy Jewel. ¿Por qué no quieres ir al médico?

—Estoy bien, Jewel. No necesito ir.

—Ya hemos hablado de ello, ¿no? Tienen que ponerte algunas vacunas para que puedas ir al colegio. No querrás ponerte enfermo.

—No me pondré enfermo si no voy al colegio.

—¿Pero cómo vamos a dejar que malgastes esa cabecita tan lista que tienes? Ni hablar. Vamos, Joel —le dijo en un tono persuasivo—. No me digas que un hombrecito fuerte y valiente como tú le tiene miedo a las agujas.

—No me dan miedo las agujas —le dijo el niño—. Me da miedo que me las claven.

Jewel le escuchaba, sorprendida. Ese chico podía llegar a ser presidente a los doce años. Miró el reloj. Se hacía tarde.

—¿Sabes qué? Estaré allí en unos minutos y os llevaré a tu tío Chris y a ti al médico. La doctora Connors va a la consulta sólo por ti, Joel —le recordó—. Y no estaría bien que la dejaras plantada. No querrás que se quede esperando en la consulta para nada, ¿verdad?

El niño suspiró.

—No, señora.

—Muy bien —exclamó Jewel, con entusiasmo—. Estaré allí enseguida.

La estaban esperando en la puerta cuando llegó. El rostro de Joel se iluminó nada más verla.

—¡Hola! —exclamó el niño, corriendo hacia el coche.

Abrió la puerta de atrás y subió enseguida.

—¡Hola, Joel! —le dijo ella, sintiendo un cariño repentino que le recorría el cuerpo.

Aunque tuvieran que ir en el asiento trasero, todo

los niños de esa edad trataban de subirse delante; todos menos Joel.

—Siento haberla llamado por esto —dijo Chris,
subiendo delante.

—Es parte del trabajo —dijo ella con entusiasmo.

—¿En serio? —le preguntó él.

Ella asintió con una sonrisa. Era una broma.

Chris sonrió también, algo desconcertado. Aquella
sonrisa había despertado algo extraño en él, algo para
lo que no estaba preparado.

—Voy improvisando sobre la marcha —admitió
Jewel—. Y parece funcionar por el momento —se
volvió hacia Joel—. ¿Te has puesto el cinturón?

—Sí, señora.

Ella asintió y entonces miró a su derecha.

—Tú también, tío Chris —dijo en un tono bromista—. No nos vamos hasta que te abroches el cinturón.

A Chris se le había olvidado completamente. Agarró la hebilla y trató de abrocharla, pero entonces se
dio cuenta de que estaba tirando en el sentido opuesto.
Cambió de mano y se lo abrochó por fin.

—¿No está acostumbrado a la velocidad? —le preguntó ella, intentando no reírse.

—¿Qué? —la pregunta lo había pillado fuera de
guardia—. Oh, no. No. Yo conduzco.

—¿Quiere conducir? —le preguntó ella, levantando las manos del volante.

Chris se sintió tentado de decir que sí, pero entonces se dio cuenta de que no era de buena educación
aceptar su oferta. No quería que pensara que era de
esos machistas que no soportaban ir en un coche con
una mujer al volante.

Sin embargo, no se paró a pensar por qué era tan importante lo que ella pensara…

—No. Conduzca usted. No me importa. Además, usted sabe el camino.

Jewel apretó los labios para no esbozar una sonrisa. No iban al Polo Norte precisamente.

—Sólo vamos al ambulatorio de Fashion Island.

Chris sacudió la cabeza.

—No conozco la zona.

Jewel le miró, sorprendida.

¿Cómo era posible que una persona que vivía en el sur de California no conociera Fashion Island, en Newport Beach?

Cada año, por Navidades, los comerciantes se esmeraban mucho y exhibían sus mejores decoraciones navideñas, intentando superar las del año anterior. Sus padres solían llevarla allí cuando era pequeña. Era una tradición que su hermana y ella habían continuado incluso después de la muerte de su padre. Aquel lugar era muy especial para ella.

—¿Es de aquí? —le preguntó, curiosa.

—¿Aquí? —repitió Chris.

—Del sur de California.

Chris entendió adónde quería llegar.

Él no salía mucho. Su trabajo consumía la mayor parte de su tiempo.

—Sí. Pero nunca he tenido tiempo de disfrutar de los centros comerciales y todas esas cosas.

Jewel apenas podía creerlo.

—¿Ni siquiera de niño?

—Ni siquiera de niño —dijo él con una amarga sonrisa—. No tenía forma de ir allí —añadió.

Trató de imaginarse a sus padres llevándolo de paseo, tal y como hacían los padres modernos, pero no pudo.

Jewel guardó silencio. Ya empezaba a entender por qué Rita Culhane no había sido una buena madre. No había tenido a nadie en quien fijarse. Era evidente que sus padres nunca habían pasado mucho tiempo con ella y con su hermano.

Miró por encima del hombro hacia Joel. El niño parecía absorto en sus propios pensamientos.

—Te gustará la doctora Nikki —le dijo—. Es una de mis mejores amigas, y le encantan los niños.

Joel apretó los labios y asintió con la cabeza.

Iban por MacArthur Boulevard. Había una pronunciada pendiente hacia abajo y al final del camino se veía el océano. Joel miraba a su alrededor. Era una mañana clara y radiante.

Jewel giró hacia el aparcamiento. Ya estaban allí. Como era sábado, podían aparcar en cualquier sitio. Había muy pocos coches. Nada más parar, salió del vehículo y abrió la puerta de atrás.

—¿Estás listo?

Respirando hondo, el niño asintió. Parecía que lo llevaban al patíbulo.

Jewel fingió no darse cuenta y le tendió una mano.

—Entonces vamos y acabemos de una vez —le dijo con entusiasmo.

—Acabemos —dijo Joel, asintiendo con firmeza.

Chris echó a andar detrás de ellos. Ella parecía estar tan a gusto con su sobrino… Si su cuñado seguía sin aparecer, a lo mejor podría llegar a algún tipo de acuerdo con ella para que cuidara del niño. Se llevaba tan bien con él que a lo mejor aceptaba hacerse cargo del pequeño.

Además, Joel parecía mucho más feliz con ella que con cualquier otra persona.

—Sígueme —dijo Jewel, conduciéndole a la consulta del médico.

Nada más llamar a la puerta, Nikki la abrió. La guapa rubia esbozó una sonrisa radiante nada más ver al niño.

—Éste debe de ser mi nuevo paciente —dijo con cariño.

Le puso una mano sobre el hombro y le invitó a entrar.

—He oído muchas cosas buenas sobre ti, Joel.

—¿Sí? —le preguntó el chico, perplejo.

—Sí —dijo ella—. Bueno, vamos a echarte un vistazo y así terminamos rápido. Y después, si quieres preguntarme algo, estaré encantada de contestar a tus preguntas, o si quieres que charlemos un rato… Soy toda tuya.

—¿Jewel puede venir conmigo? —le preguntó el niño.

Nikki se dio cuenta de que el chico no le soltaba la mano a su amiga.

—Creo que no habrá problema. Hay sitio para ella —dijo Nikki con una sonrisa—. Vamos —añadió, invitándole a entrar a otra sala.

—Su amiga es igual que usted —le dijo Chris a Jewel al oído, caminando detrás de ellas.

Jewel sintió el cosquilleo de su aliento en la base de la nuca y un calor repentino la recorrió por dentro. Por mucho que se dijera a sí misma que no quería más que sexo del bueno, en el fondo sabía que necesitaba sentir algo más; respeto, admiración, algo más que una atracción repentina... Necesitaba sentir algo más para irse a la cama con un hombre.

Se aclaró la garganta antes de contestar.

—Me lo tomaré como un cumplido —le dijo a Chris finalmente.

—Bueno, has pasado con honores —le dijo Jewel al chico unos cuarenta y cinco minutos después. Estaban saliendo del edificio.

—¿Lo ves? Ya te dije que no sería nada.

El chico no paraba de mirarse el brazo izquierdo, en el lugar donde le habían puesto las vacunas. Por la expresión de su rostro, no parecía saber muy bien si le dolía o no.

—Tengo una idea —dijo Jewel de repente—. ¿Por qué no vamos a tomar un helado? Invito yo —añadió, mirando a Chris.

—No queremos molestarla más —dijo él.

No quería tener que seguir batallando con la intensa emoción que ella suscitaba en su interior.

—¿Molestarme? —repitió ella en un tono incrédulo, mirando al chico—. Tomar un helado no me molesta en absoluto. No hay nada mejor que eso.

—¿Te gusta el helado? —preguntó el niño, sorprendido.

—¿Que si me gusta? El helado es mi gran debilidad —dijo, sonriendo—. Me gustan todos los sabores.

—¿En serio?

Joel la miraba con los ojos llenos de amor.

Jewel dibujó una X sobre su pecho y entonces levantó la palma de la mano como si estuviera prestando un juramento solemne.

—Te lo juro.

Chris siguió su mano con la mirada y Jewel sintió un calor repentino que corría por sus venas.

Como el complejo médico estaba tan cerca del mar, siempre hacía un poco de brisa.

—Después de tomar el helado podemos dar un paseo por la playa —sugirió.

Estaba segura de que Joel no había disfrutado de esas cosas en toda su vida.

—¿La playa? —repitió Chris como si eso estuviera al otro lado del mundo.

—Sí, a la playa. Ya sabe, arena, sol, agua… Gaviotas…

Chris tenía muchas cosas que hacer y libros que leer. Aquello era una pérdida de tiempo.

—No la estaremos entreteniendo.

—No le voy a cobrar por ello —dijo Jewel.

—No era eso lo que quería decir —dijo él.

Las cosas estaban cambiando y ya no tenía las cosas tan claras.

—Es sólo que ya la hemos molestado bastante.

Jewel lo miró fijamente, preguntándose en qué estaba pensando.

—Cuando me molesten demasiado, se lo haré saber —le dijo al tiempo que subían en el coche—. Ahora mismo me apetece muchísimo tomarme un helado —dijo, volviéndose hacia Joel—. ¿Y tú?

—Sí, por favor —dijo el niño, abrochándose el cinturón.

Eso era todo lo que necesitaba oír.

—Vamos a tomarnos un buen helado —dijo, arrancando.

Para su sorpresa, Chris puso su mano sobre el volante.

Jewel se volvió hacia él, sorprendida, expectante.

—Sólo una condición —le dijo él en un tono serio.

—¿Qué?

—Invito yo.

Ella esbozó una sonrisa.

Había esperado algo mucho más serio que una disputa sobre la cuenta.

—Le tomo la palabra.

—¿Qué palabra? —dijo Joel, que no había estado atento.

—Es sólo una expresión, cariño —dijo Jewel—. Quiere decir que acepto su invitación.

—Oh.

Jewel había satisfecho la curiosidad de Joel, pero había despertado la de Chris.

Y aquello era sólo el principio.

«¿El principio de qué?», se preguntó Chris.

Capítulo 7

Y O no quiero —dijo Chris cuando entraron en la vieja heladería que daba a la playa.

Todavía era pronto y el local estaba vacío.

Sacando la billetera, tomó un billete de veinte y lo puso sobre el frío mostrador de acero inoxidable, justo delante de Jewel.

—Adelante. Pida lo que quiera.

Jewel se volvió hacia él.

—¿Cuándo fue la última vez que se tomó un helado?

Chris no lo recordaba, y tampoco entendía adónde quería llegar.

—No me acuerdo.

—Bueno, eso está muy mal.

Jewel frunció el ceño.

—Le he visto comerse dos tajadas de la tarta de

queso de Theresa, así que sí le gustan los dulces. Si puede comer tarta de queso, seguro que también le gusta el helado —dijo y se volvió hacia el mostrador—. Un cucurucho de vainilla, por favor.

El empleado sirvió dos cremosas bolas en un cucurucho y se lo entregó a Jewel. Ésta se lo dio a Chris.

—Que lo disfrute.

No era una sugerencia. Era una orden.

Mirando al pequeño Joel, Jewel sonrió.

—Muy bien. Ahora te toca a ti. ¿Qué quieres?

Joel se lo pensó durante un instante.

—¿Puedo tomar dos bolas distintas?

—Claro que sí —le dijo Jewel con alegría—. Incluso tres tipos distintos, si quieres —añadió, guiñándole un ojo—. Pero tienes que prometerme que te lo comerás muy rápido para que no se derrita y te manches por todas partes.

—Con dos está bien —dijo el niño con un seriedad digna de un diplomático—. ¿Cuál es tu sabor favorito?

—Menta con pepitas de chocolate —dijo Jewel sin vacilar.

Joel no dijo nada. Simplemente asintió con la cabeza. Se puso de puntillas, miró todos los sabores que estaban en la cámara frigorífica y eligió rápido; una bola de menta con pepitas de chocolate y otra de vainilla, lo que ella había elegido para su tío Chris.

Jewel sonrió. Era evidente que el niño deseaba complacerlos por encima de todo.

—Muy bien, ¿y ahora qué? —preguntó Chris al recoger el cambio.

Jewel creyó ver un destello de alegría en sus ojos.

A lo mejor después de todo no era el hombre de piedra que parecía ser.

—Y ahora nos comemos los helados mientras damos un paseo.

—¿Al mismo tiempo? —preguntó Chris, sujetándoles la puerta para que salieran.

Jewel volvió a mirarle y vio que no se había equivocado.

—Ésa es la idea, pero la decisión es suya —le dijo en un tono bromista—. Oh, y también podría intentar divertirse un poco —añadió.

—No necesito un helado para divertirme —le dijo él.

—No, pero un helado tampoco hace daño —dijo ella, lamiendo su helado.

Normalmente no lamía los helados, sino que le daba pequeños mordiscos hasta acabar con él. Así desaparecía más rápidamente, pero también los disfrutaba más.

Le miró de reojo. Iban bajando por una estrecha y empinada calle con bungalows a ambos lados, rumbo a la playa. El cielo, que antes estaba claro y azul, se había encapotado.

—Bueno, ¿entonces qué necesita para divertirse? —le preguntó a Chris finalmente.

Al contestar a esa pregunta Chris no vaciló ni un momento. La ciencia siempre lo había sido todo para él.

—Entender cosas, conceptos que antes me eran incomprensibles.

Jewel tardó un instante en comprender lo que quería decir.

—Está hablando de su trabajo, ¿verdad?

Él asintió.

—La ciencia es cuadriculada, fiable… Y sus fronteras son ilimitadas. Siempre hay algo nuevo que aprender, que entender…

Jewel podía entender que alguien buscara el conocimiento, pero no a costa de todo lo demás.

—Puede que sea cuadriculada y fiable, pero no calienta la cama por las noches.

Chris no entendía adónde quería llegar.

—Eso nunca ha sido un requisito para mí.

Ella se encogió de hombros.

—Pues a lo mejor debería serlo —le dijo.

Antes de que pudiera responderle, ella se volvió hacia el niño.

—Bueno, ya estamos más cerca de poder matricularte en el colegio. ¿Ya tienes ganas?

El niño guardó silencio y se encogió de hombros, igual que ella había hecho antes.

—¿Tienes miedo? —le preguntó.

Su mirada decía que sí.

—No pasa nada por tener miedo —le dijo ella.

Él dejó de andar y la miró, sorprendido.

—¿No pasa nada?

—Claro que no.

Jewel siguió adelante y Joel comenzó a andar a su lado.

Chris iba al otro lado de ella.

—No tiene nada de malo siempre y cuando no dejes que ese miedo te impida hacer lo que tienes que hacer —añadió ella—. Tienes que enfrentarte a tus miedos y tomar las riendas.

—¿Y a qué miedos se tiene que enfrentar usted?
—le preguntó Chris de repente.

Jewel se volvió hacia él. No esperaba esa clase de
pregunta.

—Miedo al fracaso.

Con esa respuesta Jewel consiguió despertar su curiosidad.

—¿Y lo ha hecho? ¿Ha fracasado?

—No. Todavía no —dijo ella con entusiasmo.

De repente se topó con algo en la arena.

—Mira, Joel. Una caracola —se inclinó y la recogió.

Era pequeña y, sorprendentemente, estaba de una
pieza. Sopló sobre ella para quitarle la arena y entonces se la ofreció al niño.

—Si te la pones al oído, puedes oír las olas del mar.

En vez de ponérsela al oído para comprobarlo, Joel
se volvió y señaló las olas que iban y venían hacia la
orilla.

—Pero el mar está aquí mismo.

Ella apretó los labios para no reírse.

—Si te la llevas a casa, seguirás oyendo el mar.

El niño miró la caracola con cara de escepticismo.

—Creo… —le dijo ella a Chris—. Creo que hay
algo más que buscar, aparte del padre de Joel.

Chris no pareció entender.

—¿Eh?

—La infancia de este niño. ¿Dónde está? —dijo
ella, mirando al pequeño, que iba unos pasos por delante, contemplando el océano.

—No tiene nada de malo ser serio —dijo Chris, sin
entender por qué se preocupaba tanto.

—De vez en cuando, no, pero… ¿Todo el tiempo? Tiene cinco años, señor Culhane.

—Chris, por favor…

Jewel se sonrojó un momento y entonces prosiguió.

—Chris… A los cinco años, no debería analizar las cosas como los adultos. Debería estar corriendo por ahí, jugando, riendo…

Chris miró a su sobrino.

Había unas fotos de cuando era niño en un viejo álbum de la familia. El niño que aparecía en ellas bien podía haber sido Joel.

—Yo creo que no ha tenido muchas cosas de las que reírse.

Jewel pensó que probablemente tenía razón.

—Bueno, entonces necesita algo por lo que sonreír —dijo, mirándole fijamente.

—Pues entonces estás hablando con la persona equivocada —le dijo Chris en un tono seco.

Se terminó el helado.

—Se quedará conmigo hasta que encuentres a su padre.

Jewel hubiera querido decirle que Joel era de su sangre y que debía ayudarle, pero prefirió no presionarle más.

—El tiempo es algo muy subjetivo. Se pueden conseguir muchas cosas en un corto espacio de tiempo, si se hace bien todo.

Al ver que sus palabras no parecían hacerle efecto, decidió cambiar de táctica.

—¿Has visto *Días sin huella*? Ray Milland interpreta a un alcohólico que logra quedarse sobrio durante cuarenta y ocho horas.

Chris resopló. El nombre del actor le era vagamente familiar porque su madre solía ver esas viejas películas cuando él era niño.

—Esas viejas películas de Hollywood donde todo resultaba tan sencillo…

—Cierto —admitió Jewel—. Pero es más difícil dejar el alcohol que reír.

Aquel razonamiento complicado debía de tener sentido, a su manera, pero Chris tenía otra pregunta más importante.

—¿Te involucras tanto con todos tus clientes?

La respuesta era «no».

—La mayoría de mis clientes son gente recelosa, vengativa… Así que no me gustaría implicarme más de lo necesario —le dijo y entonces sonrió—. Me ha gustado mucho este cambio —añadió, pensando que se había involucrado nada más ver la carita del pequeño Joel.

—¿Entonces la respuesta es «no»? —le preguntó Chris, insistiendo.

A él le gustaban las cosas claras.

—No. No me implico tanto con todos mis clientes… Me gusta mantener las distancias con esa clase de gente. Sus vidas suelen ser muy tóxicas.

—¿Y entonces por qué haces esto? Pareces una chica lista, inteligente… Tiene que haber alguna cosa que puedas hacer para ganarte la vida que no sea esto.

Jewel no podía sino admitir que tenía razón. Había cosas que podía hacer, pero no había nada más que quisiera hacer. La investigación privada era su mundo.

Al terminar la universidad había barajado la posibilidad de hacerse policía, pero a ella nunca le había gustado recibir órdenes.

—Esto se me da bien —le dijo—. Se me da bien llegar al fondo de las cosas, ver lo que otras personas no son capaces de ver, seguir a esposos infieles… —añadió con un suspiro—. Así pago las facturas y de vez en cuando me topo con un caso que me motiva —admitió, mirando al niño—. Si quieres saber mi opinión, creo que tú lo necesitas a él, y él te necesita a ti.

—Lo que necesito es volver al trabajo. Y tú puedes ayudarme a hacerlo buscando a su padre.

Para eso la había contratado.

—Muy bien.

Jewel se terminó el cucurucho de helado y arrugó la servilleta.

—Y hablando de eso, creo que es hora de ocuparse de ese tema.

Estaba a punto de llamar a Joel para decirle que ya se marchaban, pero Chris la hizo detenerse.

—Espera.

Jewel miró a su alrededor, pero no vio nada.

—¿Por qué?

En lugar de contestarle, Chris tomó la servilleta arrugada de su mano, la abrió y le limpió la comisura del labio para quitarle una mancha de menta.

Jewel contuvo el aliento. No podía dejar de mirarle. Un profundo calor la recorría por dentro. Por un instante pensó en…

Pero no había motivos para pensar que algo fuera de lo común pudiera pasar. Todo era producto de su imaginación.

Seguramente era culpa de la comedia romántica que había visto la noche anterior...

—Tenías un poco de helado —dijo Chris, sintiendo que tenía que darle alguna explicación.

Le devolvió la servilleta.

—Gracias —dijo ella de forma automática.

El momento transcurrió a cámara lenta y entonces todo volvió a la normalidad.

Jewel sentía un cosquilleo en los dedos de las manos. Una estupidez... ¿Por qué iba a sentirse nerviosa si él no le había tocado ni un pelo? ¿Por qué se sentía de repente como una adolescente al final de su primera cita, esperando el tan deseado beso?

Chris seguía mirándola con curiosidad y no era capaz de encontrar las palabras adecuadas para explicarse.

Finalmente se rindió y decidió decir lo que tenía que decir: la verdad.

—Qué gracia. Creía que ibas a besarme.

Se había acercado tanto a la verdad que Chris se quedó en blanco. Era como si le hubiera leído el pensamiento.

—¿Y por qué iba a hacer eso?

Ella se encogió de hombros.

—No sé. ¿Porque querrías? —dijo, intentando mantener un tono ligero.

—¿Y si te hubiera besado? —le preguntó él, deseando escuchar su respuesta.

—Pues entonces te hubiera devuelto el beso —le dijo ella sin más.

Él asintió. No sabía que estaba sonriendo.

—Es bueno saberlo.

—¡Joel! —exclamó ella, cambiando de tema.

¿Qué había querido decir exactamente?

—Nos vamos a casa.

—¿A qué casa? —le preguntó el niño, yendo hacia ella.

«Buena pregunta», se dijo Jewel.

—A la tuya.

«Tuya por el momento», pensó.

—Gracias por venir tan pronto —le repitió Chris antes de bajar del coche veinte minutos más tarde.

Jewel se rió.

—Soy detective. No entiendo otra cosa que no sea «pronto» —añadió, riéndose.

El dulce sonido de su risa reverberó dentro de Chris. De alguna manera ese sonido le hacía sentir bien, relajado…

—Nunca había conocido a una mujer que estuviera lista tan rápido.

—¿A cuántas mujeres has conocido? —le preguntó Jewel, mordiéndose el labio.

«Una pregunta muy estúpida», pensó para sí.

—Tú eres la detective. Ya lo averiguarás.

Jewel hizo una pausa. No sabía si decir lo que pensaba o tomar el camino más fácil.

—Con sólo verte se sabe que debería haber habido muchas en tu vida —le dijo, optando por la sinceridad—. Pero tu entrega al trabajo me dice que eso es poco probable.

—Bueno, ¿entonces en qué quedamos, muchas o pocas?

—Tengo que pensármelo un poco —dijo en un tono bromista y entonces miró el reloj.

¿Cómo se le había hecho tan tarde? Tenía pensado tardar una hora, no medio día.

—Lo siento, pero tengo que irme.

Joel había bajado del vehículo y estaba al lado de su tío, mirándola con ojos grandes.

—Te veo el lunes, Joel —le prometió al chico—. Tenemos una cita con el director del colegio.

Joel frunció el ceño, igual que su tío cuando algo no le hacía mucha gracia.

—No te preocupes. Dolerá menos que las vacunas.

Joel no se lo creía, pero no se atrevía a contradecirla.

—¿Podemos dar otro paseo por la playa cuando terminemos?

Jewel sabía que tenía cosas que hacer, pero tampoco quería decirle que «no». Que no quisiera tener hijos no significaba que no le gustaran los niños.

—No veo por qué no.

Miró a Chris.

—¿Te parece bien, tío Chris?

Había estado a punto de besarla en la playa. Había tenido que hacer uso de todo su autocontrol para no cometer un error.

¿Y si volvía a ocurrir?

—No nos vendrá mal —le dijo él finalmente.

Si volvía a ocurrir, entonces ya se ocuparía de ello.

Jewel esbozó una sonrisa.

—Nos vendrá muy bien. Nos vemos el lunes, chicos —dijo, dando marcha atrás para salir del aparcamiento con una sonrisa en los labios.

Iba a ocurrir. De una forma u otra, antes o después, iba a ocurrir. No había duda alguna. Y sería maravilloso, arrebatador… Chris Culhane podía ser un hombre de pocas palabras, pero algo le decía que era un hombre de muchos recursos… en la cama.

Al final acabarían haciendo el amor. Podía sentirlo en la piel, en el estómago… Jamás había estado tan segura de algo en toda su vida.

Capítulo 8

TAN madrugador como siempre, Chris llevaba despierto más de tres horas, y dos trabajando.

De repente sonó el timbre de la puerta. Levantó la vista y frunció el ceño.

Era domingo. No era normal que alguien se presentara en su casa a esas horas, y menos en fin de semana.

Pero entonces se acordó. No estaba en casa. Era la casa de Rita. A lo mejor era alguien que había leído la esquela. Con un suspiro, dejó a un lado el papel donde estaba anotando cosas y fue a abrir.

A su alrededor había un montón de papeles con cálculos, ecuaciones… En ese momento él era el único que podía encontrarle sentido.

Antes de que pudiera levantarse del sofá, Joel pasó por su lado, corriendo hacia la puerta. El chico parecía más que entusiasmado.

—Yo abro —le dijo Chris, yendo detrás.

No quería que tomara la costumbre de abrir la puerta él solo. Para su sorpresa, el pequeño no trató de abrir la puerta, sino que se subió al butacón que estaba junto a la ventana y miró hacia afuera.

—¡Es Jewel! —anunció.

—¿Jewel? —repitió Chris, yendo hacia la puerta.

¿Qué estaba haciendo allí? No recordaba haber quedado con ella el domingo.

—¿Nos íbamos a reunir hoy? —le preguntó directamente, nada más abrir.

—Hola. ¿Y tú qué tal estás? —le preguntó Jewel en un tono irónico, sonriendo.

Joel estaba al lado de su tío, inquieto, encantado de verla.

—¡Hola, Jewel! —exclamó, sin esperar a que entrara en la casa.

Jewel sonrió de oreja a oreja.

—Bueno, eso sí que es una bienvenida —dijo—. Hola —añadió, mirando a Chris—. Y, respondiendo a tu pregunta, no. No teníamos planes para hoy. Pero me gusta informar al cliente en persona, en vez de llamar por teléfono. Además…

Levantó las dos bolsas que llevaba con ella. Un delicioso aroma salía de ellas.

—Pensé que no tendrías nada para desayunar, así que he traído algo. Tostadas, pasteles, salchichas y café.

A punto de poner las bolsas sobre la mesa, se detuvo un momento y miró a su alrededor, advirtiendo el desorden. Su madre lo hubiera puesto todo en su sitio en cuestión de minutos.

—Ya veo que te sientes como en casa —le dijo y se fue hacia la cocina, el único sitio que seguía impecable.

—Estoy trabajando —le dijo Chris, yendo tras ella.

—Ya veo —le dijo Jewel.

Puso las bolsas sobre la encimera de la cocina y se volvió hacia él.

—¿Quieres comer primero o prefieres que te dé las noticias?

Joel fue el que contestó.

—La comida.

—Comida, entonces —dijo Jewel, sonriendo y mirando a Chris.

Él parecía un poco sorprendido. Era evidente que no estaba acostumbrado a que nadie eligiera por él.

—Tienes que ser rápido cuando se trata de un niño pequeño, sobre todo cuando es superinteligente —dijo, mirando al niño.

—Lo tendré en cuenta —murmuró Chris.

Abrió un cajón y después otro, buscando los platos. Todavía seguía sin entender el sistema organizativo de su difunta hermana, a pesar de llevar muchos días en la casa. Cuando por fin los encontró, buscó cubiertos y lo puso todo sobre la encimera, delante de Jewel.

Aunque no hubiera elegido ninguna de las dos opciones, tampoco estaba deseando oír la noticia que ella tenía que darles. No era que le hubiera tomado cariño al niño ni nada parecido. Solamente pensaba que si ella había localizado a su cuñado, entonces ya no tendría más motivos para volver a verla. Y la idea de no volver a verla le inquietaba demasiado.

Jewel sirvió la comida rápidamente y Joel agarró una tostada.

—Están buenas —dijo el pequeño, contento.

—Me alegro de que te gusten —dijo ella—. Las tostadas son mi desayuno favorito, aunque también me gusta rellenar los cuadraditos de los gofres. Así, cuando me los como, están el doble de dulces. ¿Y a ti cómo te gustan? ¿Con sirope? ¿Con frutas? —le preguntó al ver que Joel no decía nada.

El niño se encogió de hombros y le dio otro mordisco a la tostada.

—No lo sé. Nunca los he probado.

Jewel levantó las cejas, perpleja.

—¿Y las tostadas?

Joel sacudió la cabeza, pero siguió comiendo.

Jewel frunció el ceño. Algunos de sus recuerdos más dulces de la infancia habían tenido lugar alrededor de una mesa, durante el desayuno.

—¿Y entonces qué desayunabas?

El niño se encogió de hombros, comiendo a toda prisa.

—Lo que encontraba por ahí. A veces cereales —añadió con una sonrisa insegura.

—Yo estaba en la universidad cuando me enteré de que la gente desayunaba otras cosas aparte de cereales —le dijo Chris a su sobrino.

El niño sonrió y, durante un breve instante, Chris sintió que estaban compartiendo algo.

Jewel, por su parte, intentaba sacarle el sentido a todo aquello.

—Estás de broma, ¿no?

—Yo nunca bromeo —dijo Chris con contundencia.

Jewel tardó un segundo en darse cuenta de que sí era una broma y entonces se rió.

—Lo siento. Había olvidado que estaba hablando contigo.

Miró hacia Joel.

El niño lo había devorado todo. No quedaba ni una mancha de sirope en el plato.

—Me parece que hay alguien que tiene mucha hambre —aseguró Jewel, mirándole con toda intención.

En cuanto habló, el pequeño levantó la vista y echó hacia delante el plato, con una mirada de esperanza en los ojos.

Ya no parecía tan retraído como cuando lo había visto por primera vez. Una buena señal… Sabía que debajo de aquella coraza había un niño de verdad.

—De acuerdo —dijo Jewel y le dio un gofre.

Joel miró el pastel un segundo.

—¿Puedo tomarlo como tú?

—Claro.

Con sumo cuidado, Jewel llenó todos los cuadrados del gofre con sirope de arce. Joel empezó a comérselo con gusto.

—¿Y tú? ¿Quieres algo? —le preguntó a Chris.

Lo que de verdad quería no tenía nada que ver con la comida.

Chris la miró de arriba abajo con disimulo.

De repente, sorprendido, ahuyentó esos pensamientos. ¿Cuándo había empezado a tener esa clase de ideas? Acababa de perder a su hermana y la única familia que le quedaba era un niño de cinco años de edad; un niño que tenía que ir con su padre.

Ella estaba esperando una respuesta. Chris lo sabía por cómo le miraba.

—No, gracias.

Pero Jewel no estaba dispuesta a rendirse tan fácilmente.

—¿Más café, entonces?

Siempre podía tomar más café. Había días en los que empezaba a trabajar a las siete y no volvía a casa hasta las diez. En esos días se alimentaba prácticamente de café. Lo mantenía despierto.

—Eso suena bien.

Ella hizo una pausa y lo miró fijamente antes de servirle la bebida. Algo llamaba poderosamente su atención y no podía evitar sentir una gran curiosidad.

—¿Qué?

—¿Tienes que pagar un peaje o algo así cuando usas más de tres palabras seguidas?

Chris siempre había sido parco en palabras, excepto cuando escribía sobre su investigación.

—¿Y por qué voy a usar doce palabras cuando puedo expresarme claramente con dos o tres?

—Oh, no lo sé —dijo ella.

Se sentó frente a él con una taza de café en la mano.

—Para muchas personas eso se llama mantener una conversación. La gente suele encontrarlo entretenido.

Él la miró por encima del borde de la taza.

—Ya hablas tú por los dos.

—De acuerdo, pero es agradable sentir que hay otra persona tomando parte en la conversación.

—Estoy trabajando en ello —le dijo él con una chispa en los ojos.

Ella sonrió de oreja a oreja.

—Eso es todo lo que pido.

Chris respiró hondo. No tenía sentido posponer lo inevitable. Más tarde o más temprano llegaría el momento.

—Dijiste que tenías noticias —le dijo, preparándose mentalmente.

Ella casi lo había olvidado. Estar cerca de ese hombre fuerte y silencioso ejercía un extraño influjo sobre ella.

—Digamos que sí.

Por el rabillo del ojo Jewel vio que Joel se había terminado el gofre. El niño la escuchaba atentamente.

—Digamos que sí —repitió Chris—. No te sigo.

—Bueno, no sé si es una noticia en realidad, sobre todo si no tienes nada nuevo que añadir.

Chris juntó las piezas del puzle fácilmente.

—El antiguo jefe de Ray no ha vuelto a saber nada de él —dijo, adivinando.

Jewel había necesitado más de dos horas para sonsacarle la información a Bud Redkin; dos horas siguiéndole por el taller y sacándole conversación…

—Sí. Eso es todo —dijo ella.

—¿Crees que dice la verdad?

Aquella pregunta la tomó por sorpresa. La mayoría de la gente hubiera dado por sentado que les decían la verdad, pero ella no. Había investigado a Bud Redkin para saber si tenía antecedentes de alguna clase, pero no había encontrado nada.

—Sí. Creo que me dijo la verdad. Redkin no gana nada mintiendo.

Ella era la experta, así que no había motivos para desconfiar.

Chris apartó la vista y respiró hondo. Una parte de él sentía una gran decepción, pero la otra parte... ¿Qué le estaba ocurriendo?

—¿Entonces eso es todo? —le preguntó.

Jewel le miró fijamente. Su rostro no revelaba nada. Era imposible saber qué sentía al respecto, pero tampoco quería preguntarle en voz alta.

El niño estaba muy cerca.

—No. Pero hay otras formas.

—¿Como qué?

A ella nunca le había gustado hablar de las cosas hasta que estuvieran hechas, pero él también tenía derecho a preguntar.

—Puedo averiguar si Ray Johnson cobró algún cheque después de dejar a tu hermana. A lo mejor podemos localizarle a través de Hacienda, si hizo su declaración de la renta —sugirió.

No podía dar nada por sentado, no obstante. A los tipos como Ray solían pagarles en negro.

—¿Y qué si hizo la declaración? —preguntó Chris—. Hacienda no suele dar información así como así.

Jewel bebió un sorbo de café y sonrió.

—Hay formas de averiguar cosas.

Aquella sonrisa misteriosa era totalmente irresistible para Chris. Podía sentir su embrujo sobre la piel.

—¿Qué clase de formas?

Jewel sacudió la cabeza. Su cabello le acariciaba los hombros.

—Confía en mí —le dijo—. Será mejor que no lo sepas.

Chris interpretó sus palabras de la única forma que podía hacerlo.

—No quiero que te veas obligada a hacer algo ilegal por mi causa —le dijo.

—No te preocupes —dijo ella en vez de decirle que lo que iba a hacer no era ilegal—. No me pillarán —añadió, dándose importancia.

—No. No quería decir… —dijo él, pensando que ella le había malinterpretado.

Jewel comenzó a reírse.

—Tienes que relajarte un poco, Chris —le dijo, poniéndole una mano sobre el hombro—. No te preocupes. No voy a terminar en la cárcel —le dijo sin especificar mucho.

Cuanto menos supiera, mejor.

—Sólo voy a sacarle el mejor partido posible a las leyes.

Chris no supo qué pensar. No sabía si estaba siendo sincera con él, pero sí sabía que era el momento de no preguntar más.

—Conozco a un tipo que me debe un favor y ése conoce a otro que… Bueno, dejémoslo ahí.

Chris quería guardar silencio, pero no podía. Habían surgido otros interrogantes; preguntas que no hubiera hecho en otras circunstancias.

—¿Qué clase de favor?

—Su hermana fue secuestrada porque debía dinero de drogas. Yo le ayudé a recuperarla.

Chris la miró fijamente, asombrado.

La mayoría de la gente hubiera exagerado mucho la historia, pero Jewel Parnell no era de ésos.

—Bueno, parece que no soy el único que es parco en palabras —le dijo.

Ella sonrió.

—A lo mejor me estás contagiando —se volvió hacia Joel para decirle algo, pero el niño ya no estaba en la habitación.

No le había oído marcharse.

¿Pero por qué se había marchado? Nunca antes lo había hecho.

—¿Dónde está Joel? —le preguntó a Chris.

Él debió de contestarle algo, pero no llegó a oírlo. De pronto oyeron un grito desgarrador proveniente de la parte de atrás de la casa. Era Joel.

Capítulo 9

CON el grito de Joel retumbando en los oídos, Chris corrió hacia la habitación de su sobrino. Esperaba encontrárselo tirado en el suelo, herido, sangrando…

Sin embargo, en el primer vistazo no encontró nada fuera de lo normal en la habitación. No había libros en el suelo, ni una silla volcada…

Joel estaba delante de su pequeña y destartalada estantería de libros, llorando como si nunca fuera a parar.

Chris fue el primero en entrar en la habitación, pero Jewel fue la primera en llegar al pequeño. Se arrodilló frente a él y lo revisó de arriba abajo para asegurarse de que todo estaba bien. No tenía ninguna herida. Puso sus manos sobre los hombros del pequeño.

—¿Cariño, qué pasa? ¿Qué te ocurre? Por favor, háblame.

Joel no era capaz de contestarle. Se ahogaba en sus propios sollozos. Lloraba como si le hubieran roto el corazón en mil pedazos.

Jewel miró a su alrededor, intentando averiguar qué había pasado.

—¿Se trata de tu madre, Joel? —le preguntó en un tono dulce.

El niño trataba de recuperar el aliento, pero no podía hacer más que señalar la estantería de libros. Jewel no sabía qué hacer. ¿Acaso había visto una fotografía de su madre que le había recordado algo?

—¿Qué sucede, cariño? No veo…

En ese momento lo vio. Vio lo que le hacía llorar descontroladamente.

En medio de los libros y trastos había un pequeño terrario agrietado. Dentro había una tortuga muerta.

Lentamente, consciente de la mirada de Chris, Jewel metió la mano en el terrario y sacó a la tortuguita. Le tocó a cabecita con la punta del dedo, pero el animal no reaccionó. Estaba fría. No había duda de que estaba muerta.

La dejó donde estaba y se volvió hacia Joel.

—Lo siento, Joel. Se ha ido.

—Era mi amiga —dijo el niño entre sollozos.

Chris no daba crédito a lo que estaba ocurriendo.

—¿Estás llorando por una tortuga? —le preguntó, perplejo—. ¿En serio?

Jewel sabía lo que venía.

—¿Nos disculpas un momento, Joel? Tengo que hablar con tu tío.

Le agarró del brazo y lo hizo salir al vestíbulo.

—No pestañeó durante el funeral —dijo él, mirándola con los ojos como platos—. No derramó ni una sola lágrima, ni antes, ni después. Ni una sola —repitió, levantando un dedo—. ¿Y ahora se pone a llorar como si se le cayera el mundo encima por la muerte de un estúpido reptil?

No entendía lo que estaba pasando. ¿Cómo podía llorar por una tortuga en vez de llorar por su madre?

—Sí se le está cayendo el mundo encima —le aseguró a Chris—. Así que estate tranquilo y deja de hablar.

Chris abrió los ojos aún más. ¿Le estaba mandando a callar? ¿Se había vuelto loco el mundo?

—Se siente solo. Joel no lloró por la muerte de su madre porque aprendió a esconder sus emociones. Ha sido el hombre de la casa durante mucho tiempo. No tenía tiempo para llorar. No tenía tiempo de compadecerse de sí mismo. Tenía que cuidar de su madre. Y cuando ella murió se comportó como hacía siempre, tragándose el dolor. Pero la tortuga era su mascota. Cuando jugaba con ella, era un niño normal y corriente. Cuando entró en la habitación y se la encontró muerta, ya no pudo aguantar más. Ésa fue la gota que colmó el vaso. Joel no sólo llora por haber perdido a su tortuga. Está llorando por todo. Pero, sobre todo, llora por perder a su madre.

Chris pensó un momento en lo que acababa de oír. Jamás hubiera pensado que la mente de un niño pudiera ser tan complicada.

—Esa licencia de investigador privado que tienes… ¿La sacaste junto con el título de Psicología?

Jewel sonrió.

—Soy diplomada en Psicología —le dijo, pensando que quizá no se daba cuenta de que hablaba en serio—. Pero no hace falta ser diplomado en Psicología para entender lo que está ocurriendo.

De repente se dio cuenta de que aún sujetaba el brazo de Chris y lo soltó rápidamente. Dio media vuelta y volvió a la habitación de Joel.

—Joel, ¿te gustaría que la enterráramos?

De pronto pensó que no sabía cómo se llamaba la tortuga.

—Lo siento, pero no sé cómo se llamaba tu tortuga.

Joel se secó las lágrimas de las mejillas con el dorso de la mano.

—Señor Tortuga.

—Oh, breve y sencillo —dijo, asintiendo—. ¿Te gustaría que la enterráramos?

Joel miró el pequeño terrario y entonces volvió a mirar a Jewel.

—¿Podemos hacerlo?

Jewel puso el brazo sobre los hombros de Joel.

—Por supuesto que sí. Pondremos al Señor Tortuga en una cajita de zapatos o lo envolveremos en un paño, como solían hacer en la antigüedad —añadió, al ver la cara que ponía el niño al oír lo de la caja de zapatos.

No debía de haber muchas por allí. Las zapatillas de Joel, deshechas y raídas, demostraban que los zapatos no eran precisamente una prioridad para Rita Culhane.

—¿Envolvían a la gente en un paño? —preguntó Joel, confundido.

—Le llamaban mortaja. Eran sábanas grandes y blancas.

Miró hacia Chris.

—Estoy segura de que tu tío podrá regalarte un pañuelo para enterrar al Señor Tortuga como es debido en el jardín de atrás.

Chris se acercó a ella.

—¿Tienes idea de lo duro que es el suelo por aquí? —le dijo al oído—. Es como intentar cavar en arcilla. No es muy fácil que digamos.

Pero Jewel no estaba dispuesta a dejarse amedrentar. Joel necesitaba pasar página, necesitaba sentir que podía retomar las riendas.

—Pero tú tienes buenos músculos —le dijo a Chris con una sonrisa, tocándole el bíceps—. Te apañarás bien.

Joel se secó las lágrimas que le quedaban y esbozó una tímida sonrisa, mirando a Jewel.

—¿Podemos hacerlo ahora?

—Claro que sí. Sólo necesitamos un pañuelo y una pala —se volvió hacia Chris—. ¿Puedes ayudarnos, tío Chris?

Chris reprimió un suspiro.

Aquello era demasiado, pero si ayudaba al chico a sobrellevar el dolor, estaba dispuesto a colaborar.

—Iré a ver si hay una pala en el garaje —dijo.

Le dio su pañuelo y abandonó la habitación de su sobrino.

Al final Jewel se salió con la suya y logró convencer a Chris para que fuera a comprar una pala a la ferretería. No había ninguna en el garaje y no era buena idea ponerse a cavar en ese suelo duro con una cuchara.

Una hora más tarde, pala en mano, Chris se puso manos a la obra, cavando un pequeño agujero y farfullando algo de vez en cuando.

Jewel se encargó de darle un funeral decente al animalito e incluso pronunció algunas palabras por el alma de la tortuguita. Un rato más tarde el Señor Tortuga yacía en el agujero, envuelto en su improvisada mortaja.

Joel fue el primero en despedirse, y después lo hizo Jewel.

—Éste no es el final, Señor Tortuga. No lo es. Esto es sólo el principio. El comienzo de una nueva aventura. Te has ido a un sitio donde nunca faltará la comida, donde todo el mundo se lleva bien con los demás. Descansa en paz, Señor Tortuga. Te lo has ganado.

Joel la miraba, sonriendo. Y Jewel supo que había dicho lo correcto. Al concluir el homenaje, se volvió hacia Chris. Pero él no decía nada.

—Te toca.

Chris frunció el ceño, confundido. Estaba seguro de que no había escuchado bien.

—¿Qué?

—Te toca —repitió ella.

Él siguió en silencio.

—Tienes que decir unas palabras por el Señor Tortuga.

Chris la miró como si estuviera loca, pero ella siguió mirándole fijamente, esperando.

Era tan testaruda como él.

Dando un paso adelante y con la cabeza baja, le presentó sus respetos a la tortuga muerta.

—Nunca llegué a conocerte, Señor Tortuga... —dijo, sintiéndose como un imbécil—. Pero estoy seguro de que fuiste un buen amigo para Joel. Ahora estás en el cielo y ya no tienes que preocuparte por salir derrotado en una carrera. Disfruta.

Jewel apretó los labios para no reírse.

—Eso ha sido muy bonito —dijo Jewel con suavidad.

Se volvió hacia el niño.

—¿Joel, te gustaría echarle un poco de tierra encima?

—¿Como hicimos con mamá? —le preguntó.

Ella asintió.

—Sí, igual —le aseguró.

Joel la miró con alegría en los ojos.

Se inclinó hacia delante, tomó un puñado de tierra y lo arrojó sobre la pequeña tumba. Jewel hizo lo mismo, distribuyendo la tierra de manera uniforme. Y entonces se volvió hacia Chris. Sorprendentemente, éste no parecía tan molesto como antes. Se agachó un momento, tomó un poco de tierra y lo tiró sobre la tortuga.

—Yo termino —les dijo.

Jewel estaba dispuesta a hacerlo ella misma, pero, al ver que él se ofrecía, sonrió.

—Te lo agradezco, Chris.

—Gracias, tío Chris —dijo Joel de repente.

Chris sintió que algo se ablandaba en su interior. A lo mejor Jewel sí que sabía lo que hacía. Lentamente empezó a echar tierra sobre la tumba y poco a poco empezó a sentir un cálido sentimiento, desconocido, inesperado... Miró a Jewel. Ella era la artífice de todo. Ella llevaba la luz que él seguía.

Jewel se quedó con ellos una hora más y entonces se marchó, diciendo que tenía algo que hacer. Joel se lo tomó bien, pero Chris no. ¿Qué sería lo que tenía que hacer?

Estuvo a punto de preguntarle, pero no lo hizo. La acompañó al coche, en cambio.

—Gracias por ser mi intérprete —le dijo cuando salieron fuera.

Ella levantó una ceja.

—No sé hablar la «lengua infantil».

—Pues tú también fuiste niño, una vez —le dijo ella, sonriente.

—Me lo creo, pero mi memoria no llega tan lejos.

—Sí que llega —le dijo ella, resistiéndose a aceptar esa excusa—. Haz el esfuerzo y verás cómo recuerdas cosas —le aseguró—. Hace tiempo tuviste su misma edad, y yo creo que tenéis más en común de lo que te imaginas.

Chris no pudo sino admitir que podía tener razón. Había cosas que Joel hacía o decía que despertaban recuerdos remotos, imágenes escurridizas que se presentaban en su mente...

Jewel sonrió. Sonrió de verdad, esbozando esa sonrisa que era como un sol de verano.

—Bueno, para ser un novato en esto, lo has hecho muy bien hoy —le dijo.

Chris se encogió de hombros. El mérito no era de

él. El sol ya casi se había puesto del todo y la niebla se había disipado. Lo últimos rayos de luz jugaban con el cabello de Jewel, envolviéndola de un halo incandescente. Deseaba enredar los dedos en aquella melena sedosa, pero no se atrevía.

—Lo he hecho bien porque tú me guiabas —le dijo finalmente.

No quería que se fuera tan pronto.

—¿Estás segura de que no tienes hijos?

—Claro que sí —le dijo ella, convencida—. Si los tuviera, lo sabría bien. Los niños se me dan bien. A lo mejor es porque nunca he dejado de ser una niña en el fondo —añadió, en broma.

Él la miró de arriba abajo, deleitándose con su hermosa figura.

—Oh, yo creo que sí que has dejado de ser una niña —le dijo—. Créeme.

Aquel tono sexy y cálido la hizo sentir un cosquilleo caliente a lo largo de la espalda que la dejaba sin palabras.

—¿Eso ha sido un cumplido?

Aquel cumplido, que se refería claramente a su cuerpo y no a su trabajo, sonaba demasiado personal.

Había que mantener las distancias.

—Sólo ha sido una observación.

—Ya veo —dijo ella.

Podía engañarse a sí mismo, pero no podía engañarla a ella.

La joven sonrió con indulgencia.

—Entonces, gracias por tu… «observación».

Él apartó la vista. Su rostro no revelaba nada.

—De nada.

—¿A qué horas quieres que venga mañana para ir al colegio?

«Cuanto antes…», pensó él.

Y fue entonces cuando se dio cuenta de que no quería que se marchara. Con ella todo parecía más fácil. En su presencia se sentía más seguro con Joel, como pez en el agua. Y también era mejor para el chico. Además, era agradable tenerla cerca.

La inesperada muerte de su hermana le había hecho tomar conciencia del paso del tiempo. A lo mejor había algo más en la vida que resolver largas ecuaciones cuadráticas… Pero tampoco podía decirle nada a ella. No quería darle una impresión equivocada y dejar que pensara que se sentía atraído por ella. La había contratado como investigadora y acostarse con ella no le traería más que problemas.

Fingió pensarlo un instante y entonces contestó:

—¿Qué tal a las diez?

Jewel siempre había sido muy madrugadora, un hábito que había heredado de su madre.

—Puedo venir antes si quieres —le dijo—. Así terminaremos antes y podrás irte a la universidad para adelantar trabajo.

Ella sabía que llevaba más de una semana sin pisar su despacho, desde la muerte de Rita.

La idea de volver a la normalidad, pisar el despacho, dar alguna clase… le resultaba de lo más tentadora. Ser profesor siempre había sido su meta principal. Eso era lo que hacía, lo que era. Sin embargo, todo estaba en el aire en ese momento.

Además, ¿qué iba a hacer con su sobrino? ¿Dónde iba a dejarlo mientras?

—Me gustaría, pero no puedo llevar a Joel conmigo durante las clases, y tampoco puedo dejarlo solo en casa.

—Lo sé. Los lunes mi madre se dedica a repasar la contabilidad de la empresa y después sus amigas y ella tienen la partida de póker semanal. Creo que podré convencerla para que se quede con Joel. Tendrá tres abuelas en vez de una. ¿Qué te parece?

Chris debería haber imaginado que ella podía resolverlo todo en un momento.

—Suena bien —le dijo—. Tú siempre tienes una solución para todo, ¿no?

Ella le miró. Había un deseo palpitante en su interior; un deseo que crecía más y más cada vez que estaba con él.

La lógica le decía que no debía actuar por impulso, pero las emociones le decían todo lo contrario, y así estaba atrapada en el medio de una batalla, vacilante y dividida. Sabía muy bien que los finales felices eran cosa de los cuentos de hadas. Tenía pruebas más que suficientes. No obstante, también sabía que el presente era todo lo que tenía.

«¿Y qué harías si te besara, Chris? ¿Te apartarías? ¿Huirías de mí? ¿O me devolverías el beso?».

—No. No para todo —le dijo ella, tranquilamente.

Chris sintió que sus palabras le llegaban muy adentro. Y a lo mejor fue ése el motivo por el que ocurrió, aunque tampoco estaba muy seguro. No era capaz de pensar con claridad.

Estaban hablando y un momento después ella estaba en sus brazos, y la estaba besando, tal y como deseaba...

Capítulo 10

JEWEL era consciente de todo, de su mirada, de su propio corazón, latiendo sin control, de la mirada de él… Era como si todo estuviera ocurriendo a cámara lenta. No quería moverse, por miedo a romper el hechizo. No quería salir de aquella deliciosa fantasía que se había apoderado de ella.

Pero no. No era una fantasía. En cuanto los labios de él rozaron los suyos propios supo que todo era real; muy real, lo bastante real como para subirle la temperatura unos cuantos grados.

La última vez que había sentido tanto calor, tenía una fiebre galopante. Saboreando el momento, le rodeó el cuello con ambos brazos y se entregó a aquella maravillosa sensación, devolviéndole el beso con pasión.

Chris sabía que debía disculparse por tomarse esa

libertad, y tenía intención de hacerlo, un minuto después... Pero todavía quería disfrutar de ese momento,
disfrutar de aquella sensación arrebatadora un poco
más. Sentía su cintura entre las manos, su sabor exquisito… Jewel sabía a tentación.

De pronto una ola de fuego lo recorrió por dentro.
¿Acaso había perdido la cabeza? ¿O la había encontrado? Haciendo un gran esfuerzo, retrocedió antes de
hacer algo de lo que pudiera arrepentirse, porque quería hacerle el amor, pero era una locura. Esquivando
su mirada durante un instante, se aclaró la garganta
para ganar tiempo.

—Lo siento —le dijo finalmente, mirándola a los
ojos—. No sé qué me ha pasado. No tengo nada que
decir en mi propia defensa excepto que últimamente
no me reconozco a mí mismo.

Jewel necesitó un momento para recuperar la compostura y también el aliento. Su corazón seguía latiendo a cien por hora. No era ninguna novata, pero nadie
la había hecho perder el sentido de la realidad de esa
manera.

—Bueno, entonces dile a ése al que no reconoces
que no pasa nada.

«Y haz que vuelva», pensó para sí.

—No pienso ponerme feminista contigo —añadió,
respirando hondo—. Los dos somos adultos aquí.

Se humedeció los labios y volvió a besarle.

—Muy adultos.

Él la miró fijamente, como si no supiera si tomarla
en serio o no.

—¿Entonces no te has ofendido? ¿No estás enfadada?

Ella sonrió de oreja a oreja. ¿Acaso no era evidente?

—Ni remotamente —le dijo.

—¿Y vendrás mañana? —le preguntó—. ¿Por Joel? —añadió rápidamente.

«Aunque tuviera que caminar descalza sobre la arena», pensó ella.

—Cuenta con ello —dijo, esbozando una sonrisa que venía de muy adentro—. Por Joel —dijo, repitiendo lo que él mismo había dicho.

Él le abrió la puerta del conductor y ella subió al coche.

—Gracias —le dijo.

«No. Gracias a ti», pensó ella, pero guardó silencio y se limitó a asentir con la cabeza. Arrancó el coche y puso la marcha atrás.

No llevaba más que unos minutos en camino cuando el móvil le sonó de nuevo. Con la vista fija en la carretera, buscó el «manos libres» en la guantera y contestó a la llamada justo antes de que fuera desviada al buzón de voz.

—Investigación Privada Parnell.

—Ya era hora. Bueno, ¿tienes algo nuevo que decirme?

Era su madre, hablando como si supiera lo que acababa de pasar entre Chris y ella. ¿Cómo se había enterado de que Chris acababa de besarla?

«Cálmate, Jewel. No tiene poderes. No puede saberlo. Sólo es tu madre y quiere cotillear un poco, como siempre».

—Sin novedad —le dijo en un tono inocente.

La luz del semáforo se puso en ámbar y, por primera vez en mucho tiempo, aminoró un poco en vez de apresurarse para pasar. Hablar con su madre siempre era un ejercicio de autocontrol y no era buena idea arriesgarse en mitad de una conversación con ella.

Un coche podía saltarse la luz roja y llevársela por delante.

—Todavía sigo buscando al padre de Joel.

—¿Y esperas encontrarlo en la casa de Joel?

Había un toque de burla en la voz de su madre.

—¿Crees que estará escondido en el armario? ¿O en la boca de Chris? Yo pensaba que ésa era la razón por la que le habías dado un beso. Para ver si el padre de Joel estaba escondido dentro.

—¿Pero cómo sab…? Muy bien. Ya basta, mamá. ¿Cómo demonios sabes que me besó?

—No jures en vano, Jewel —le dijo su madre—. Yo te he enseñado bien. Y en cuanto a eso, tú no eres el único miembro de la familia Parnell que es capaz de averiguar cosas, cariño.

—Tú no eres de los Parnell, mamá —señaló Jewel, recordándole lo que ella misma solía decir en muchas ocasiones—. En el fondo, sigues siendo una O'Hara.

Cecilia resopló.

—Tuve que aguantar a la madre de tu padre durante más de diez años, así que me lo he ganado.

Jewel recordaba lo exigente y majadera que había sido su abuela por parte de padre. Muchas veces su madre había tenido que hacer acopio de toda su fuerza de voluntad para no terminar estrangulándola. Cualquiera que hubiera conocido a Fiona Parnell, sabía que estaba en su derecho.

—Eso no te lo discuto.

Su madre se rió a carcajadas.

—Bueno, qué novedad.

Hizo una pausa.

—¿Me vas a decir cómo supiste que Chris me había besado o vas a seguir dándome la lata?

De repente, antes de que su madre pudiera decir nada, se dio cuenta. Había oído pasar un coche justo en el momento en que Chris la besaba.

—Pasabas por delante de la casa, ¿verdad?

Pensando en ello, se dio cuenta de que el vehículo había sonado como si estuviera aminorando, pero en ese momento había pensado que sólo se trataba de algún curioso que quería verlos besarse. Y estaba en lo cierto.

Había sido un curioso.

Había sido su madre.

Debería haberlo imaginado.

—Eras tú la del coche, ¿no, madre?

—No sé de qué estás hablando.

Casi podía ver a su madre dentro del coche, sacudiendo la cabeza y sonriendo.

—Te estoy hablando de un coche que aminoró al pasar por delante de la casa, y entonces aceleró y se marchó. Eras tú. No lo niegues.

Sacudió la cabeza.

—¿Qué motivo tenías para pasar por delante de su casa como un perturbado mental? Hay leyes que prohíben eso en este estado, ¿sabes? —le advirtió—. Podrías ir a la cárcel.

—No te pongas dramática, Jewel—. No estaba siguiendo a nadie —dijo Cecilia, con un toque de indignación—. Sólo iba a parar un momento para ver cómo estaban ellos. Tenía un paquete de galletas de chocolate de ésas que hace Theresa. Ya está experimentando de nuevo en la cocina, ¿sabes? —añadió, haciendo un paréntesis—. Pero ni siquiera tuve que parar para ver qué tal le iba a Chris.

Jewel se preparó para lo que venía. Podía oír cómo sonreía su madre al otro lado de la línea telefónica.

—Entonces hice bien, ¿no, Jewel?

Jewel supo que había acertado.

—Mamá, si quieres decir que hiciste lo correcto al enviarle a mí para que localice a su cuñado, entonces, sí, hiciste bien.

—Sabes perfectamente que no es eso lo que quiero decir, Jewel.

Había algo más que impaciencia en la voz de su madre.

—A lo mejor no, pero yo no voy a seguirte el juego con una respuesta. Mira, mamá, estoy en camino…

—Pero si tienes ese chisme, el «manos firmes».

—«Manos libres», madre —le dijo Jewel, corrigiéndola, no por primera vez—. Se llama «manos libres».

—Lo que sea —dijo Cecilia—. Tienes ese cacharro para que la policía no te multe.

Volvió a lo que quería decir en un principio.

—¿Por qué tienes que ser siempre tan testaruda para todo?

—Lo llevo en los genes —dijo Jewel con contundencia—. Lo saqué de mi madre.

—Te gusta, Jewel —dijo Cecilia, insistiendo—. Te he visto con él. En el cementerio, en la casa… Sé que te gusta.

Su madre había escogido la cara más simple de las cosas, pero había otra bastante más complicada.

No estaba dispuesta a involucrarse con alguien como su madre deseaba.

—Eso no tiene nada que ver.

—Sí que tiene —dijo Cecilia en un tono de sabiduría—. Si no hubiera sido yo quien lo puso en tu camino, probablemente a estas alturas ya te estarías preguntando si era el adecuado. Pero como yo lo preparé todo, porque a mí me gusta, estás empeñada en llevarme la contraria, y por eso no quieres tener nada con él.

Jewel no tenía tiempo para discutir. Además, no había forma de ganarle a su madre en una discusión.

—Tengo algo con él, mamá. Yo soy quien lleva el caso de su cuñado.

Su madre se rió un momento.

—Pues entonces deberías tener otra cosa con él.

—¡Mamá!

Jewel casi invadió el carril contiguo. Afortunadamente no había ningún coche.

Recuperándose, respiró hondo. Su madre y ella tenían una relación muy abierta, pero Cecilia nunca había sido tan directa.

—Ya no tienes catorce años. E incluso a esa edad sabías más de la cuenta. Lo que quiero decir es que la vida es muy corta y si encuentras a una persona decente e inteligente en tu camino, no debes salir corriendo en sentido contrario sólo porque a tu madre le guste también. Y si el hombre está como un tren, bueno, mucho mejor.

Jewel pensó que su madre estaba pasando por una segunda infancia.

—No me gusta que hables así, mamá. ¿Qué bicho te ha picado?

—Estoy preocupada por ti —dijo Cecilia.

—Pues deja de preocuparte —le dijo Jewel—. No hay nada de qué preocuparse.

—Si fueras madre, lo entenderías. Las madres se preocupan. Eso es lo que hacemos. Y no paramos nunca porque siempre hay algo de qué preocuparse. Christopher Culhane está como un tren y, si finges que no estás interesada, ya aparecerá alguna otra y te lo robará.

—Pues mejor así. Entonces será ella quien tenga que pasar por el divorcio, y no yo —dijo.

Pisó el acelerador y pasó por un semáforo antes de que se pusiera en rojo.

—Pero si ni siquiera te has casado, Jewel. ¿Por qué ibas a pensar en un divorcio ahora?

Su madre vivía en un mundo ingenuo, a pesar de todo lo que había pasado en la vida. Se había casado con su primer novio y, al igual que sus amigas, había permanecido junto a su esposo hasta el final.

«Hasta que la muerte los separe…», pensó.

Tanto su madre como Theresa y Maitzie habían tenido un buen matrimonio y el mundo moderno era totalmente desconocido para ellas.

—Porque, desgraciadamente, está a la orden del día, mamá —le dijo, pensando en todos los casos que había llevado desde que se había sacado la licencia, cinco años antes.

Todos aquellos matrimonios con esposos infieles terminaban en divorcio.

—¿Crees que mis clientes se casaron pensando que se iban a divorciar en cinco, diez, quince años?

Oyó suspirar a su madre.

—No puedo hablar por otra gente, Jewel.

—Sí que puedes, mamá.

Casi se pasó el desvío y tuvo que dar un giro brusco a la derecha en el último momento. El coche de atrás le pitó con fuerza.

—Y lo haces constantemente. Ahora estás hablando por mí.

—Eso es distinto. Soy tu madre. Todo lo que hagas me preocupa, lo creas o no, te guste o no —añadió, alzando la voz—. Porque si tú no eres feliz, entonces yo tampoco.

—Soy feliz, mamá. Soy feliz —dijo Jewel, entre dientes.

—Nadie es feliz cuando está solo, Jewel —dijo su madre, insistiendo.

Jewel no pudo sino admitir que tenía razón.

—No estoy sola, mamá. Te tengo a ti. Y a mis amigos.

—No es lo mismo, Jewel. Y tú lo sabes. Estoy hablando de alguien con quien puedas compartir tu vida, y tampoco me refiero a un perro —añadió Cecilia rápidamente, anticipando las próximas palabras de su hija.

Jewel sabía que aquella discusión podía extenderse interminablemente a menos que tomara medidas drásticas.

—¿Qué, mamá? ¿Qué has dicho? ¡Lo siento, mamá! Te estoy perdiendo. ¡Estoy pasando por un túnel!

Para hacerlo más creíble, empezó a hacer ruidos con la boca, intentando imitar el ruido blanco de las líneas telefónicas.

—Te llamo luego —dijo Cecilia, alzando la voz.

Con un suspiró, colgó el teléfono.

Jewel hizo lo mismo, sacudiendo la cabeza. Su madre sabía cómo hacer que una promesa sonara como una amenaza. Y eso era sólo el principio. Sabía que no estaba dispuesta a darse por vencida, y menos sabiendo que sus dos mejores amigas había tenido éxito en su papel de Celestinas. Habían encontrado un buen partido para sus hijas y Jewel no podía negar que aquellos hombres eran perfectos para sus amigas.

Su madre no estaba dispuesta a tirar la toalla sólo porque ella se lo pidiera. De hecho, empeñarse en llevarle la contraria podía ser contraproducente; igual que agitar un pañuelo rojo delante de un toro. Su resistencia era un aliciente para su madre, un incentivo para seguir atosigándola. Y nadie sabía atosigar tan bien como Cecilia Parnell, ni siquiera Maitzie.

Su madre seguiría incordiándola indefinidamente. No tenía que preguntar para saber que ésa era la auténtica vocación de Cecilia, y no la limpieza profesional. Su madre conseguiría casarla o moriría en el intento.

—Te agradezco el esfuerzo, mamá —dijo Jewel en voz alta mientras subía por una pendiente de la carretera—. Pero no hay ni un solo hombre ahí fuera que no sea un rompecorazones despiadado. Todos los buenos están pillados o muertos.

Nikki y Kate eran muy afortunadas. Habían dado con hombres buenos que probablemente las querrían hasta la muerte, pero la buena suerte rara vez golpeaba tres veces.

Si miraba a su alrededor, lo más probable era que

encontrara un montón de gente divorciándose; dos de cada tres parejas tenían muchas posibilidades de acabar en divorcio tarde o temprano.

Y ella lo sabía mejor que nadie. Muchos de esos futuros divorcios habían pasado por su despacho. Había tenido que reunir pruebas de infidelidad para muchas esposas celosas, vengativas, amargadas... Algunas incluso se negaban a admitir la verdad y ella siempre albergaba la remota esperanza de que tuvieran razón. Ésos eran los casos más difíciles para ella porque, una vez recogida la evidencia que demostraba lo contrario, sabía con certeza que la información no sería bien recibida. En más de una ocasión había pensado en mentir. Había pensado en esconder la información y decirle a la cliente que su marido realmente trabajaba hasta tarde, en vez de confesarle que estaba saliendo con una mujer más joven.

Pero tenía una obligación para con sus clientes. Su deber era decirles la verdad aunque sus noticias no fueran bienvenidas. Con todos esos matrimonios rotos y promesas hechas añicos había aprendido algo muy importante: era mejor disfrutar del momento, vivir el presente y olvidarse de todo lo demás.

Las palabras «por siempre jamás» no era más que una fantasía de cuento de hadas que nada tenía que ver con los votos matrimoniales. Poco a poco se había convencido de ello y ya había dejado de buscar a su alma gemela.

No obstante, si hubiera estado buscando a un ejemplar perfecto del género masculino, no hubiera encontrado uno mejor que el profesor Christopher Culhane. En ese sentido, no podía sino darle la razón a su madre. De presentarse la ocasión, sin duda la aprovecharía.

Jewel sonrió para sí y pensó en lo que diría su madre. Sin duda alguna, su madre lo vería como el comienzo de algo duradero.

—Lo siento, mamá —dijo, adelantando a un todoterreno que circulaba lentamente—. Eso es lo mejor que puedo hacer.

Lo mejor que podía hacer parecía ser muy buena opción desde su punto de vista. Cuanto más pensaba en ello, mejor sonaba. La sola idea de terminar en la cama con Chris, de hacer el amor con él, hacía bullir la sangre que corría por sus venas. Si el hombre hacía el amor igual que besaba, entonces tendría que comprar sábanas ignífugas.

Jewel sonrió al pensar en ello. Sin duda era algo a tener en cuenta.

Sacudiendo la cabeza, se deshizo de la fantasía que ya empezaba a apoderarse de ella.

Un rato antes había tenido una corazonada y tenía que seguirla. No quería que Chris pensara que estaba malgastando su dinero al haberla contratado.

No sin un gran esfuerzo, Jewel se concentró en el caso y no en el hombre que le había pedido que buscara a Ray Johnson.

No era fácil, pero al final lo consiguió.

Capítulo 11

COMO la sombra del atardecer al apoderarse del día, Chris sintió que un pensamiento atrapaba a todos los demás.

Estaba deseando ver a Jewel.

Trató de engañarse a sí mismo diciéndose que sólo deseaba verla porque era buena con su sobrino, porque entendía muy bien al chico, mucho mejor que él. Y era por ese motivo que no dejaba de mirar el reloj una y otra vez.

Cuando no miraba el reloj, miraba por la ventana, deseando ver aparecer su coche por la calle.

Por algún motivo, no era capaz de estarse quieto. Quería mirar por la ventana una y otra vez y apenas era capaz de mantener sus pensamientos bajo control.

De repente oyó la voz de Joel.

—¿Crees que no va a venir?

—¿Qué? —preocupado, Chris oyó la pregunta unos segundos después.

Era como si su cerebro funcionara con un retraso de cinco segundos.

Con mucha paciencia, mucha más de la que tenía en realidad, Joel le explicó lo que quería decir.

—Jewel dijo que vendría.

Chris no sabía si Joel tenía miedo o si trataba de tranquilizarse a sí mismo. En cualquier caso, sintió que debía asumir el papel del adulto y mantener la calma, aunque en realidad sintiera todo lo contrario.

—Si Jewel dijo que vendría, entonces vendrá.

Miró de nuevo hacia la ventana. Desde ese ángulo sólo veía el olivo que estaba justo delante del jardín.

—Probablemente esté en un atasco.

Joel asintió con la cabeza, tomándoselo como una excusa más que razonable.

—Todo sería más sencillo si se quedara aquí.

—Ésta no es su casa —le dijo Chris.

Joel le miró como si lo que acababa de decir no tuviera ningún sentido.

—Tampoco es la tuya, pero tú estás aquí porque es más fácil.

Chris se rió, sacudiendo la cabeza.

Le hubiera encantado ver al chico en el instituto, en el equipo de debate.

—¿Cuántos años tienes en realidad?

Joel arrugó el entrecejo.

—Cinco.

A Chris no le gustaban las demostraciones de afecto, pero esa vez no pudo contenerse.

Se acercó un poco y le alborotó el pelo.

—Eres un chico muy listo. Lo sabes, ¿verdad?

Joel asintió con la cabeza y respondió como un anciano sabio.

—Sí, lo sé.

En ese momento Chris pensó que a lo mejor no era buena idea llevarle a un colegio de educación infantil. Era demasiado listo como para desperdiciar ese potencial jugando con una pelota y haciendo manualidades.

A lo mejor debía buscar un colegio privado para su sobrino donde pudiera desarrollar todo esa inteligencia…

De repente quiso poner freno a esos pensamientos.

«Despacio, paso a paso…», se dijo.

Primero tenían que matricularle en el colegio y después podrían buscar un sitio mejor.

«No es problema tuyo», se recordó.

Si Jewel tenía éxito en su búsqueda, Joel se quedaría con su padre y sería Ray quien se ocupara de su educación.

Él, en cambio, tenía otros planes para su propia vida.

Frunció el ceño. De alguna manera, ese pensamiento no le resultaba tan reconfortante como había esperado en un principio.

—¡Está aquí! —exclamó Joel de repente, lleno de entusiasmo.

Chris no había visto ni oído nada que indicara su llegada.

—Bueno, ¿qué pasa? ¿Ahora tienes rayos X en la vista? —le preguntó, bromeando.

—No. He oído el coche —dijo el niño, corriendo hacia la puerta.

—De acuerdo. Nada de rayos X. Tienes un superoído —dijo Chris, hablando para sí.

Él no había oído nada, pero el chico sí.

Como le había dicho que no abriera la puerta a extraños, Joel fue a mirar por la ventana contigua a la puerta antes de abrir.

Jewel apenas tuvo tiempo de apretar el botón del timbre. La puerta se abrió de par en par en cuanto se acercó a ella. Joel estaba al otro lado, mirándola con chispas de alegría en los ojos.

—Chico, ya veo que estás deseando matricularte en el colegio —le dijo, riendo y dándole un abrazo de oso.

Todavía llevaba el teléfono móvil en la mano. La llamada de su madre casi la había hecho llegar tarde.

—No. No es por eso. Es por verte a ti —le dijo Joel, tirando de ella hacia el interior de la casa.

Jewel le miró con cariño. En ese momento sí parecía un niño de cinco años. Dejó el teléfono sobre una mesa y le acarició la cabeza. Por el rabillo del ojo podía ver a Chris, yendo hacia ellos.

—Hola —le dijo.

—Hola —dijo Chris, mirándola de arriba abajo.

La chaqueta turquesa y la falda le daban un aire de ejecutiva; una ejecutiva muy sexy.

—¿Ha habido suerte con Ray? —le preguntó, ahuyentando esos pensamientos tan turbadores.

Ella sacudió la cabeza al tiempo que ponía el brazo sobre los hombros de Joel.

—Lo siento. Todavía no.

Chris sintió un inesperado sentimiento de alivio. Aquello no tenía sentido, pero tampoco era el momen-

to de ahondar en aquella emoción. Asintió con la cabeza.

—Mejor será que salgamos ya. Tenemos la cita a
las ocho y media.

Joel miró a Jewel en vez de mirarle a él.

—Estoy listo.

Jewel le sonrió.

—Sí. Ya veo que lo estás —dijo, resistiendo las ganas de alborotarle el pelo—. Vamos —le dijo en un
tono dulce y echó a andar.

Mientras caminaban miró por encima del hombro
hacia Chris.

—Yo conduzco, ¿de acuerdo?

A él le daba igual.

Él no era de esos hombres que pensaban que el coche era una extensión de su propio cuerpo. Sólo era un
medio para desplazarse de un lugar a otro.

—De acuerdo —le dijo.

Al acercarse al coche de ella, vio algo nuevo en el
asiento de atrás.

—Tienes un asiento para niños —le dijo, mirándola—. ¿Lo has comprado?

Ella abrió la puerta de atrás por el lado del conductor.

—Tuve que hacerlo para poder llevar a Joel. Lo
dice la ley.

En realidad se había enterado el día anterior.

—Hasta los cinco años los niños tienen que ir en el
asiento de atrás, aunque sean muy listos —añadió, guiñándole un ojo al chico—. ¿Por qué no entras, Joel?

Titubeando un poco, Joel subió al vehículo y se
acomodó en su nuevo asiento adaptado.

—¿Dónde va esto? —le preguntó a Jewel, agarrando la punta del cinturón de seguridad.

—Primero te ponemos este cinturón, y luego este otro —le explicó, asegurando los dos cinturones, el de la sillita y el del coche—. Es por tu seguridad —añadió.

El chico miraba los dos cinturones con curiosidad.

Jewel no podía descifrar qué pasaba por su cabeza en ese momento, pero sí podía adivinarlo. A los niños no les gustaba estarse quietos, a la fuerza.

—¿Cuánto te debo? —le preguntó Chris, nada más subir al coche.

Jewel se puso su cinturón y arrancó.

—¿Te refieres a lo que me debes hasta ahora?

Ella había fijado una tarifa diaria más gastos extra, pero hasta ese momento no le había mencionado nada al respecto.

—No. Quiero decir… Me refería a la sillita.

Jewel había comprado ese asiento porque había querido y no estaba dispuesta a cobrárselo, no a menos que él quisiera comprarle otra para su propio coche.

—No me debes nada. Llevo tiempo queriendo comprar una.

Aquello era una mentira, pero era pequeñita.

Chris frunció el ceño. Había una mirada pensativa en sus ojos.

—¿Querías comprar una?

—Estoy pensando en ampliar el negocio —le dijo en un tono contundente que no dejaba lugar a dudas.

Chris casi la creyó durante un instante, pero no tardó en darse cuenta de que le estaba tomando el pelo.

Su sonrisa la delató en cuestión de segundos.

—Nunca sabes cuándo puedes necesitar una cosa de ésas —le dijo ella—. No. No tengo pensado ampliar el negocio —añadió, avanzando por la calle y saliendo de la urbanización—. No me debes nada.

Chris no pensaba lo mismo. Ella le estaba ayudando con Joel, haciendo muchas cosas que nada tenían que ver con su trabajo… Sí que le debía algo. Le debía mucho.

Sin embargo, por el momento, decidió no hacer ningún comentario. Asintió con la cabeza y guardó silencio.

Había cosas que no se podían resolver extendiendo un cheque.

—Lo has dejado alucinado —dijo Jewel dos horas más tarde, saliendo del colegio Los Naranjos.

Iban andando hacia el coche y Joel caminaba a su lado.

El director del colegio, el señor Randall Taylor, no parecía tener muchas expectativas respecto a aquel niño callado y tímido que había entrado en su despacho, pero eso había cambiado rápidamente. Joel le había leído sin problemas un largo pasaje de un libro de tercer curso.

Abriendo la puerta de atrás, Jewel esperó a que el niño subiera.

—Creo que nunca había conocido a nadie tan inteligente como tú, Joel.

Mientras le miraba se dio cuenta de que esa clase de halagos era algo totalmente nuevo para él. Él absorbía sus palabras igual que la tierra seca absorbe el agua.

—Crees que cometí un error negándome a que Joel se saltara un curso —dijo Chris al subir al vehículo.

No era una pregunta en realidad. Tenía la sensación de haber elegido mal.

—Al principio sí —admitió Jewel—. Pero en un primer momento no lo pensé bien. Ahora que ya lo he hecho, me doy cuenta de que hiciste bien.

Arrancó el coche y entonces le miró un instante antes de soltar el freno.

—Supongo que hablas por experiencia, ¿no?

Chris guardó silencio.

—¿Cuántos cursos te saltaste?

Chris se encogió de hombros.

—No importa —dijo y guardó silencio unos instantes.

Cuando el coche salió del aparcamiento se dio cuenta de que no había motivos para ocultar nada.

Quería que ella lo entendiera.

—Dos.

Eso era lo que Jewel se había imaginado. Le había visto dirigirse al director del colegio, rechazando su ofrecimiento. Su mirada hablaba por sí sola.

—¿Dos veces distintas o dos cursos consecutivos?

—Dos cursos consecutivos —dijo Chris, soltando una amarga carcajada, desprovista de toda alegría—. No es muy divertido ser el chico más listo de la clase. Pero cuando eres dos años más joven...

No terminó la frase. No había necesidad.

Jewel era capaz de rellenar los huecos.

—Debe de haber sido muy duro para ti —le dijo en un tono de compasión.

Pero Chris no necesitaba la compasión de nadie. Se encogió de hombros con indiferencia.

—Podría haber sido más fácil.

Lo único que intentaba hacer era proteger a Joel para que no tuviera que pasar por todo eso, y Jewel lo comprendía bien. En vez de presionar a su sobrino para que le sacara el máximo partido a sus habilidades, no deseaba más que verle a gusto y feliz.

«Muy bien, muy bien…», pensó Jewel. «Aprendes algo nuevo todos los días».

Christopher Culhane era un buen hombre, mejor de lo que había imaginado en un primer momento.

De repente Joel levantó la vista.

—Éste no es el camino a casa —dijo, mirando las calles que pasaban a toda velocidad por las ventanillas—. ¿Vamos a la playa, como me prometiste?

—Mucho mejor —le dijo Jewel, mirándole por el espejo retrovisor—. Tengo una sorpresa para ti.

—¿Qué es? —preguntó el chico, impaciente.

Su voz vibraba de emoción.

—Bueno, si te lo dijera, entonces ya no sería una sorpresa, ¿no? —dijo Jewel, tratando de mantenerse seria.

—No, señora. Supongo que no lo sería —dijo el chico en un tono igual de serio.

A pesar de su adulta compostura, era evidente que la alegría bullía bajo la superficie.

Jewel sonrió. Casi había olvidado lo que era ser un niño, pero Joel se lo había recordado con su alegría y su entusiasmo.

Ver la vida a través de sus ojos lo llenaba todo de optimismo.

Joel no tuvo que esperar mucho tiempo.

Jewel paró delante de la casa de su madre y, antes de apagar el coche, Cecilia ya estaba saliendo por la puerta con los brazos abiertos.

Debía de haberlos visto llegar por la ventana. Algunas cosas no cambiaban nunca.

Su madre siempre la había esperado junto a la ventana cuando salía con chicos. Cecilia Parnell sonreía de oreja a oreja; tanto así que casi necesitaba una cara el doble de grande para acomodar una sonrisa tan efusiva.

Sonriendo para sí, Jewel apagó el coche, bajó y abrió la puerta trasera.

—¿Recuerdas a las señoras que fueron al funeral de tu madre? —le preguntó a Joel, ayudándole a quitarse los cinturones—. Bueno, les caíste muy bien y me pidieron que te trajera para que pudieras jugar con ellas.

Aunque la idea le resultaba de lo más tentadora, había algo en su rostro que indicaba un problema.

—Pero no he traído la videoconsola —le dijo el chico en un susurro.

Jewel hizo un esfuerzo para esconder la sonrisa y entonces sacó la consola del bolso.

—Pero yo sí.

Joel agarró el videojuego con entusiasmo.

Sus ojos brillaban de alegría.

—¡Tú siempre piensas en todo!

Jewel le sonrió.

Aquel chico la llenaba de felicidad. Era muy fácil contagiarse de su entusiasmo.

No pudo evitar volverse hacia Chris.

—Este chico es una joya —le dijo.

Chris guardó silencio, pero asintió con la cabeza. Él también empezaba a pensar lo mismo. Mirando al niño, le vio correr con entusiasmo hacia las señoras. Ellas le abrazaron con cariño y él hizo lo mismo.

Ya no era aquel niño temeroso que no sabía cómo responder al afecto de otras personas.

Sabiendo que Joel pasaría unas horas muy entretenido, Chris miró a Jewel, la persona que lo había hecho posible.

—¿Significa esto que tengo tiempo de pasarme por la universidad?

—Sí. Vamos —le dijo ella, abriendo la puerta del conductor—. Te llevaré de vuelta a la casa de Rita para que puedas recoger tu coche.

—No tengáis prisa —exclamó Cecilia al verles marchar.

Ya se había ganado a Joel de todas las formas posibles.

—Nosotros nos lo pasaremos bien con Joel. Y vosotros, pasadlo bien también.

Jewel cerró los ojos un momento y apretó los dientes.

—Te veo luego, mamá —le dijo en un tono tenso.

Mientras arrancaba el coche, pensó si debía o no disculparse por las impertinencias de su madre. La indirecta de Cecilia era demasiado directa como para ignorarla así como así.

—Siento lo de antes —le dijo a Chris finalmente, avanzando por la calle.

Él la miró con un interrogante en los ojos.

No parecía entenderla muy bien.

—¿El qué?

Jewel pensó que sólo intentaba ser amable.

—El comentario de mi madre.

Chris tardó un segundo en recordarlo.

—Oh. Eso —sonrió con condescendencia.

Para él la disculpa era totalmente innecesaria.

—Por lo que he visto, y no tengo mucha experiencia en el tema, Cecilia se comporta como cualquier madre. Quiere que seas feliz.

Jewel hubiera querido preguntarle a qué se refería al decir que no tenía experiencia en ese tema. ¿Acaso se refería a su propia madre? ¿Había tenido una madre agobiante como la suya propia, o todo lo contrario?

En cualquier caso, no era el momento apropiado para indagar, así que no insistió más.

—Lo que quiere es que me case —le dijo Jewel.

Chris respiró hondo.

Su ancho pectoral subía y bajaba debajo de la chaqueta que llevaba puesta.

—A lo mejor para ella no hay diferencia entre una cosa y otra.

—Muy listo —dijo ella, sonriendo—. Mi madre creció en un mundo distinto al nuestro. Para los de su generación las palabras «hasta que las muerte los separe» tenían mucho sentido. Pero hoy en día, si significan algo, es porque un conyuge a matado al otro.

Se tragó un suspiro y decidió no correr para pasar el semáforo en ámbar.

Chris la miró de reojo mientras esperaban frente al semáforo.

—Y yo que pensaba que tenía pensamientos oscuros...

—No son pensamientos oscuros —dijo ella, protestando y pisando a fondo el acelerador—. Es la realidad. Admito que, por mi trabajo, veo muchos matrimonios deshechos; gente que no quiere más que librarse de sus parejas lo antes posible. Pero incluso aunque no los viera, seguirían ahí. Si un árbol se cae en el bosque, hace ruido aunque no haya nadie para oírlo. El matrimonio ya no es lo que era. La gente ya no aguanta carros y carretas, en lo bueno y en lo malo. A la primera de cambio, salen huyendo, dejando parejas en el camino igual que una serpiente que muda la piel.

Jewel odiaba esa forma de verlo, pero no podía negar que se ajustaba muy bien a la realidad.

—Mi madre y sus amigas tuvieron mucha suerte. No sólo se casaron con hombres buenos. Se casaron para siempre.

Soltó el aliento.

Se estaba dejando llevar por la pasión del discurso y Chris le prestaba toda su atención.

—Lo siento —le dijo, pensando que no tenía por qué someterlo a esa perorata—. No quería darte un sermón ni desahogarme contigo.

—Creo que lo de desahogarse es más exacto. Pero, ya sabes… —dijo él, aventurando una hipótesis—. Según las estadísticas, si el cincuenta por ciento de los matrimonios fracasa, entonces eso quiere decir que el otro cincuenta por ciento tiene éxito. A mí me pareces una persona muy decidida. Si te casaras con alguien, sería para siempre. Creo que te asegurarías bien de ello.

Lo supiera o no Chris acababa de subirle la moral.

—Eso es muy bonito, Chris.

A él nunca le había gustado que le dieran las gracias, pero la conversación parecía haber tomado precisamente ese rumbo.

—Sólo era una observación —le dijo, restándole importancia.

Jewel llegó a otro semáforo en rojo.

A ese ritmo no llegarían nunca a la casa de Rita.

—Te sientes incómodo cuando la gente te muestra su gratitud, ¿no?

Él fingió no saber de qué estaba hablando.

—¿Era eso lo que querías expresar?

—Sí. Era eso —le confirmó ella.

Un momento después, giró a la derecha y se encontró frente a la casa por fin.

—Ya hemos llegado —le dijo.

Chris miró fuera.

—Sí. Por cierto, ¿a qué hora tengo que recoger a Joel?

—Eso depende de ti. Estoy segura de que cuanto más tarde vengas, más contentas se pondrán mi madre y sus amigas.

Jewel paró junto a la acera y tiró del freno de mano.

El motor seguía encendido cuando Chris bajó del vehículo. La joven buscó el teléfono móvil en el bolso para mirar su agenda, pero no fue capaz de encontrarlo.

—Maldita sea —dijo—. Tiene que estar por aquí.

Chris se detuvo junto a la puerta del coche.

—¿Qué pasa?

—Mi teléfono móvil.

Sacudió un poco el bolso, pensando que así lo encontraría.

—Lo sacaste en la casa —dijo Chris.

De repente se acordó de todo y suspiró.

—Y lo dejé allí.

—Vamos, entra —le ofreció él.

Jewel apagó el motor y bajó del coche. Un montón de mariposas revoloteaba en su estómago.

Capítulo 12

EN cuanto Chris abrió la puerta, Jewel entró en la casa. El teléfono estaba exactamente donde imaginaba, encima de la mesita donde lo había dejado para poder abrazar a Joel.

—Lo tengo —le dijo, guardándolo en el bolso.

Se colgó el bolso del hombro y entonces miró a Chris, tratando de descifrar sus pensamientos. No quería que pensara que era una descuidada. Dejarse el teléfono en cualquier parte no era precisamente buena publicidad para una detective que trataba de encontrar a una persona.

—Por si te lo estás preguntando… —le dijo—. No suelo dejarme el teléfono en cualquier sitio.

Él sacudió la cabeza.

—No pensaba eso —le dijo él con convencimiento.

La miró de arriba abajo lentamente. En ese momento su mente estaba muy lejos de las cosas mundanas, por no hablar del trabajo.

Todos sus pensamientos giraban en torno a ella. Trataba de imaginarse cómo sería el tacto de su piel. Aquel beso que le había dado había generado muchas preguntas que seguirían sin respuesta a menos que…

Jewel cambió de postura. Un pensamiento inquieto se diseminaba por su cuerpo, su mente, su corazón… Era hora de marcharse. Tenía que hacer un par de gestiones antes de contactar con más informadores.

Quería irse de allí, pero no era capaz de moverse. No iba hacia la puerta, ni siquiera se movía en esa dirección… Sus ojos se habían encontrado con los de él y un cosquilleo caliente la recorría por dentro. El fuego de la espera la consumía sin remedio. El silencio se dilataba, tragándose los segundos como una máquina implacable.

Ella quería decir algo, cualquier cosa, aunque fuera una estupidez.

—Supongo que estarás deseando volver a clase.

Él estuvo a punto de decir que sí, pero se arrepintió en el último momento. Ésa hubiera sido una respuesta automática, y no la verdad. Una semana antes era cierto, pero ya no. Una semana antes, la Universidad de Bedford era toda su vida y era feliz de esa manera, o creía serlo.

Pero las cosas habían cambiado, en contra de su voluntad. Su horizonte se había expandido de la noche a la mañana.

Si hubiera dicho que sí, entonces todo hubiera terminado sin más. Ella se hubiera marchado para hacer lo que tuviera que hacer y él hubiera vuelto a la universidad a trabajar, aunque tuviera el trabajo adelantado. Pero no quería que terminara así; no quería que ella se marchara.

—No del todo —le dijo finalmente.

Jewel no estaba segura de entenderle bien. Había muchas señales distintas que entraban en conflicto y la confundían más y más.

—Yo pensaba que tu vida era la enseñanza, escribir, investigar…

—Yo pensaba lo mismo —dijo él.

De repente dio un paso hacia ella. Y después otro. Era casi como si los pies se le movieran solos.

—Parece que los dos nos hemos equivocado.

—¿Mm?

Jewel podía sentir que el aire se quedaba atrapado en sus pulmones, expectante. ¿O acaso era ella la que estaba conteniendo el aliento?

—Creo que no te entiendo.

Chris se rió suavemente, casi para sí mismo.

—Pues ya somos dos.

Haciendo un gran esfuerzo, trató de mantener a raya sus emociones. Trató de retroceder, pero no pudo. Estaba demasiado cerca de ella, demasiado cerca para su propio bien.

O para el de ella.

—Te estoy entreteniendo.

Estaba haciendo todo lo posible por impedirlo.

—Tienes una cita.

—En realidad… No —dijo ella muy lentamente.

No tenía nada concreto que hacer. Le había dicho a su contacto que se pasaría a verle el lunes. Así era mucho mejor. No había nada definido o fijado. Podía ir y venir cuando quisiera.

¿Pero por qué no se iba en ese momento?

—Pero tienes una clase —le recordó.

—No hasta las tres —dijo él, mirando el reloj, aunque ya supiera qué hora era—. Sólo son las once menos cuarto.

Ella esbozó una sonrisa.

—Tienes tanto tiempo que podrías ir andando al campus.

—O también podría hacer algo distinto.

Jewel sintió que se le secaba la boca.

—¿Qué? —le dijo. Las palabras apenas le salían.

Su corazón latía tan fuerte que parecía estar a punto de romper la barrera del sonido. La palabra «peligro» parpadeaba como un enorme anuncio de neón en su mente.

Chris le agarró la barbilla suavemente. El tiempo se detuvo. Nada se movía, excepto su corazón, que parecía estar a punto de salírsele del pecho. Él avanzó hacia ella, acercándose más y más.

—Oh, eso —susurró ella.

Sus labios estaban a un milímetro de distancia…

De repente algo le hizo retroceder. ¿Acaso se había pasado de la raya con ella?

—Lo siento. No he debido… —dijo, echándose atrás.

Pero no pudo acabar la frase.

—Nada de eso —dijo ella de repente.

Un momento después sintió cómo le agarraba de las mejillas y tiraba de él, obligándole a besarla, metiéndole en su espacio, en su mundo.

Jewel pegó sus labios a los de él y se puso de puntillas para que los dos pudieran sentir el impacto de
aquel encuentro apasionado.

Cuando retrocedió por fin para recuperar el aliento, él hizo todo lo posible por restarle importancia al
momento. No obstante, la cabeza le daba vueltas y la
sangre corría sin control por sus venas.

—¿Eso ha sido porque has encontrado el teléfono?

Aunque quisiera disimular, se había quedado sin
aliento en la penúltima palabra.

—Es una excusa tan buena como cualquier otra —
le dijo ella, conteniendo una sonrisa—. A mí me ense-
ñaron a celebrar las cosas pequeñas.

Chris hizo un esfuerzo por contener el deseo que
sentía por ella. Nada de aquello tenía sentido. Ese comportamiento no era propio de él.

Pero no había vuelta atrás. Ya no podía esconderse
de sí mismo.

La tomó entre sus brazos y la hizo acercarse.

—Vamos a celebrarlo, por favor.

Y así empezó todo.

Así entró en un mundo brillante y nuevo que jamás
había conocido antes. Había salido con otros hombres,
pero nunca había sentido que el suelo se derretía bajo
sus pies; nunca antes había sentido ese cosquilleo de
expectación que la consumía por dentro.

Todas aquellas veces habían sido distintas. Después
de la magia y los fuegos artificiales, siempre llegaba la
decepción. Sin embargo, en esa ocasión todo era diferente. La negra sombra de la decepción no acechaba a
la vuelta de la esquina. Lo único que había era puro
fuego, una delirante sensación de satisfacción que pre-

cedía a la próxima explosión de gozo. Una y otra vez... Nunca había perdido el sentido de la orientación, nunca se había sentido tan emocionada. Las sensaciones eran tan arrolladoras que no tardó en perder la noción del tiempo, de los acontecimientos. Sabía muy bien que habían empezado vestidos, en el salón, y que habían terminado en la habitación, completamente desnudos, jadeantes... Sus cuerpos hechos uno solo, sudorosos, consumidos por la pasión...

Recordaba el comienzo y el final, pero todo lo ocurrido entre medias era una nebulosa de placer. No obstante, lo que sí recordaba eran los sonidos, las sensaciones, el tacto de sus manos fuertes y vigorosas, pero suaves al mismo tiempo...

Recordaba cómo aquellas manos se habían deslizado lentamente por su espalda, haciéndola gemir de puro placer. Sin embargo, si alguien le hubiera pedido que relatara aquella experiencia, con todo detalle, no hubiera sido capaz.

El desenfreno de la pasión se había apoderado de ella, llevándola de un clímax a otro. Siempre creía que ése sería el último, pero siempre se equivocaba. Siempre había más al otro lado del abismo del éxtasis; más sensaciones que absorber, más sonidos que reverberaban a través de su cuerpo.

Si hubiera tenido que jurar decir la verdad y nada más que la verdad, Chris no hubiera podido describir aquello que se había adueñado de él.

¿Por qué se había lanzado sobre ella en vez de agarrar su maletín y marcharse de allí? De repente el deseo de hacer el amor con aquella mujer que era tan diferente a todo lo que había conocido hasta ese momento, la necesidad de estar con ella, había sido demasiado fuerte, demasiado como para dar media vuelta. Él nunca había sido de los que tomaban las riendas de la vida con decisión. Él seguía su camino tranquilo, entregado a la ciencia. Siempre le habían gustado las cosas que tenían sentido, sin importar el tiempo que le llevara llegar a la conclusión.

Pero lo que acababa de ocurrir no tenía sentido alguno.

Y sin embargo, era maravilloso.

No recordaba haberse sentido tan vivo, o tan feliz. Sucumbiendo una vez más a los impulsos, deslizó los labios sobre su delicioso cuerpo y entonces ya no pudo aguantar más. La miró a los ojos un instante y entonces la hizo suya. Y ella lo hizo suyo a él también.

Al unísono, a la misma vez.

No podía ignorar la exigencia del ritmo que le marcaba su propio cuerpo. Se había convertido en un rehén de sus propios impulsos. La cadencia se hizo más y más rápida hasta que, de repente, se vio lanzado hacia otro mundo en el que dos personas se hacían una y nada más importaba. La oyó gritar a lo lejos y el sonido reverberó en su cabeza una y otra vez. El abrazo caliente de la euforia sexual lo envolvía en su manto.

De pronto se dio cuenta de que sus brazos estaban alrededor de ella, como si de esa forma pudiera protegerlos a ambos de la realidad. Quería que aquel sentimiento de euforia durara para siempre. Pero, mientras pensaba en ello, sintió que se evaporaba, como el agua en un baño de vapor.

—No te he hecho daño, ¿verdad? —le oyó preguntar ella.

Su aliento cálido le acariciaba la piel, calentándola de nuevo.

—No lo sé —admitió ella—. Es la primera experiencia extracorporal que he tenido en toda mi vida —le dijo en un tono ligeramente bromista.

Era la primera y esperaba que no fuera la última. No era tan ingenua como para pensar que aquello sería el comienzo del resto de su vida, pero sí albergaba suficiente esperanza como para creer que aquello podía repetirse alguna otra vez.

Quería volver a experimentar aquellas sensaciones, al menos una vez más antes de que cada uno tomara su camino.

Levantando la cabeza, apoyó el brazo sobre el pecho de él y puso la barbilla encima.

—¿Ha sido por algo que he dicho? —le preguntó.

Chris temía haber llegado demasiado lejos. Temía haberse pasado de la raya, pero al oír esa pregunta sintió una ola de alivio.

—No —dijo él con sinceridad—. Fue algo que hiciste.

Jewel necesitaba saberlo. Si era ella quien había desencadenado aquella maravillosa experiencia, entonces necesitaba saberlo. Así podría volver a hacerlo.

—¿Qué? —le preguntó, insistiendo.

—Fue lo que fuiste, lo que eres… —le dijo él, en un tono enigmático.

Ella lo miró a los ojos, confundida.

—Lo que eres.

Jewel necesitaba algo más concreto. Deslizó la punta del dedo sobre los labios de él, despertándole, excitándole de nuevo.

Era muy fácil hacerlo.

—¿Y qué soy?

—Tú. Tú misma. Maravillosa e increíble —le susurró él.

La agarró de las mejillas y la atrajo hacia sí para besarla. Y así empezó otra experiencia de placer, esa vez con más emoción porque los dos sabían lo que les esperaba a la vuelta de la esquina, y también porque el tiempo se acababa. La realidad los esperaba al otro lado de la puerta y tenían que aprovechar el momento.

Esa misma tarde, un poco más tarde, Chris fue a recoger a Joel a la casa de Cecilia. El coche de Jewel estaba aparcado en la esquina.

Estaba allí.

De repente se vio asediado por un ejército de sentimientos que lo atacaban desde todos los ángulos. Había sido muy difícil concentrarse en la clase. Si titubeaba un poco, si olvidaba alguna palabra, sabía que lo achacarían a la pérdida de su hermana.

Los profesores sustitutos habían informado en todas sus clases acerca de los motivos que lo habían alejado de las aulas durante ese período.

¿Pero cómo iba a fingir que nada había pasado al entrar en casa de Cecilia? ¿Cómo iba a fingir al verla allí?

¿Cómo iba a mirarla a la cara? ¿Cómo iba a sentarse a su lado? ¿Cómo iba a fingir que no deseaba estrecharla entre sus brazos y hacerle el amor por encima de todas las cosas?

Se sentía como si un extraterrestre se hubiera apoderado de su cuerpo y lo hubiera transformado en alguien totalmente distinto.

En cuanto le vio entrar, Jewel sintió que el corazón se le aceleraba. Podía sentir sus latidos en la garganta, cada vez más rápidos. Cuando su madre le abrió la puerta y él entró en el salón, hizo todo lo que pudo para mantener la calma y la naturalidad.

Pero no parecía suficiente.

A lo mejor era una mala idea. A lo mejor debería haberse ido directamente a la casa de su hermana para darle las noticias. Encontrárselo allí, bajo la atenta mirada de su madre y de sus amigas del alma, no había sido una decisión acertada.

Aunque pudiera controlarse, su madre tenía un sexto sentido para detectar la química entre un hombre y una mujer. Y Maitzie era incluso peor. La única que era un poco más discreta y reservada era Theresa, aunque en realidad hubiera tenido que preguntarle a Kate al respecto.

Esbozó una tirante sonrisa y trató de sonar tan distante como le fue posible.

—Sólo quería decirte que creo que tengo algo —le dijo a Chris.

Él la taladró con una intensa mirada cargada de emociones. Pero ella se apresuró para disipar la tensión que palpitaba entre ellos.

—Me refería al padre de Joel —le aclaró.

—Oh. Bien —dijo él, en un tono de sorpresa, como si acabara de aterrizar en aquella conversación.

La primera palabra demostraba que aún seguía muy sorprendido de verla allí, y la segunda palabra estaba tan desprovista de entusiasmo que Jewel llegó a pensar que no la había oído bien.

Era por eso que la había contratado. ¿O no?

El objetivo principal era localizar al padre del niño.

—Tengo que seguir la pista —le dijo—. Pero creo que es el primer indicio sólido que tengo.

Él recordaba haberla oído decir algo acerca de seguirle el rastro a través de Hacienda.

¿Acaso lo había hecho ya?

¿Y por qué no sentía alivio o alegría al saber que había una posibilidad real de encontrar a Ray Johnson?

Eso era lo que había querido desde el primer momento; quitarse de encima la responsabilidad de cuidar de otro ser humano.

¿Cómo era que posible que hubiera perdido tanto la cabeza como para que nada tuviera sentido ya?

—Bueno, son buenas noticias, ¿no? —preguntó Theresa lentamente, mirando a Chris y después a Jewel.

A juzgar por la expresión de sus ojos, era evidente que ninguno de los dos se lo tomaba como una buena noticia. Theresa sonrió e intercambió una mirada con su amiga Cecilia.

—Sí. Claro que sí. Son buenas noticias —dijo Chris finalmente, atragantándose un poco con las palabras.

¿Quién hubiera dicho que una mujer tan pequeña pudiera poner patas arriba todo su mundo? ¿A su edad?

Era una locura.

Pero era real.

Jewel le miró unos instantes. Parecía cambiado, como si algo no funcionara bien en su cabeza.

—¿Ocurre algo, Chris? —le preguntó, preocupada.

—No. Nada —dijo él rápidamente—. Creo que es mejor que me lleve a Joel —dijo de repente—. Mañana tiene un día muy ajetreado.

Joel, que no había prestado atención a la conversación hasta ese momento, levantó la cabeza de golpe. Sus ojos pequeños y tiernos se dirigieron hacia su tío y después hacia Jewel.

—¿Jewel?

Jewel sintió una ola de cariño por dentro. Oía tantas cosas en aquella vocecilla… Sin embargo, lo que más necesitaba el chico era seguridad y consuelo.

—Sí. Claro que sí. Mañana te acompaño al colegio.

Joel no pareció sorprenderse de que ella fuera capaz de leerle el pensamiento.

—¿Y me recoges también?

Chris miraba a uno y a otro, asombrado.

—También —dijo Jewel con una sonrisa radiante—. Y entre medias te lo vas a pasar muy bien —le dijo, rodeándole el cuello con el brazo.

Miró de reojo al tío del niño.

—¿No es así, Chris?

Chris la miró a los ojos por encima del niño.

—Claro.

Bastó una mirada para ver que el niño no parecía muy convencido.

—¿Quieres que te acompañe esta noche? —le preguntó Jewel al pequeño.

Joel y su tío contestaron al mismo tiempo.

—Sí —dijeron al unísono, decididos.

Jewel sonrió. Miró al hombre que había iluminado su mundo y después al niño que se iluminaba nada más verla. No quería mirar a su madre ni un segundo, ni tampoco a Maitzie o a Theresa. No estaba de humor para lidiar con sus miraditas cómplices en ese momento.

—Muy bien —les dijo a Chris y a Joel.

Incapaz de contenerse, miró a su madre por el rabillo del ojo y vio su expresión traviesa.

«¡No es lo que crees!», quiso gritarle, pero en el fondo sabía que no era cierto.

Y eso era exactamente lo que pensaba Cecilia Parnell. Su madre era el principal obstáculo. Aunque quisiera profundamente a la mujer que le había dado la vida, también sabía de lo que era capaz. Si le daba el más mínimo aliento, entonces empezaría a hacer de las suyas. Y aunque fallara una y otra vez, no descansaría, no se rendiría hasta conseguir su propósito.

Su única salida era decirle que no había nada entre ellos excepto Joel. Al final Chris pasaría a la historia y así sería más fácil para ella.

Sin embargo, conocía muy bien a su madre y algo le decía que no se lo creería tan fácilmente...

Capítulo 13

ANTES de que terminara la semana Chris sintió que, en esencia, había recuperado su vida. Había vuelto a la universidad y ya estaba trabajando en el libro de texto con sus colegas investigadores. Sin embargo, la vida aún le deparaba alguna sorpresa que otra.

No sin asombro, descubrió que lo que antes le hacía sentirse tan lleno y realizado ya no era suficiente. Mirando atrás a lo largo de los años se daba cuenta de que el mundo académico ya no bastaba para ser feliz.

¿Cómo había bastado alguna vez?

Su vida estaba muy lejos de ser completa y plena. De hecho, no lo era en absoluto. Había un vacío en su interior que llevaba tiempo tratando de ignorar, llenando el tiempo con trabajo. Trabajo infinito.

Publicaba artículos, llevaba a cabo investigaciones

y de vez en cuando sustituía a colegas profesores cuando estaban de vacaciones o en el extranjero. Pero todo eso lo hacía para evitar tener que enfrentarse a la verdad cara a cara. Un hombre no podía vivir entregado al trabajo solamente. Había algo más en la vida que un hombre necesitaba.

Necesitaba estabilidad, y eso sólo se conseguía teniendo una familia que lo llenara por completo; una familia que llenara ese vacío, que lo hiciera sentirse realizado en el ámbito personal también.

Ésa era la lección que había aprendido gracias a su sobrino. Procurarle un hogar y darle el apoyo emocional que necesitaba se lo había dejado todo claro.

Pero cuidar del niño de manera provisional tampoco era bastante. Para sentirse realizado del todo, tenía que buscar algo más.

Tenía que buscar a alguien como ella, como Jewel.

Ella cerraba el círculo.

Ella lo llenaba por dentro.

Mientras pensaba en esas cosas, se volvió hacia la joven y trató de ahuyentar esas ideas. No podía permitirse el lujo de hacerse ilusiones. Las cosas podían cambiar en cualquier momento sin previo aviso, tal y como había ocurrido con su hermana Rita.

Sin embargo, esa vez sería la marcha de Joel lo que desencadenaría el cambio. El chico tendría que marcharse si encontraban a su padre. Y Jewel también se iría, porque encontrar a Ray Johnson era su cometido, y nada más. Ése era el motivo por el que la había contratado. Una vez hubiera encontrado a la persona que buscaba, ya no tendría motivos para quedarse; no tendría motivos para seguir viéndole.

A menos que lo deseara…

Chris suspiró y levantó la vista hacia el techo oscuro. Era un novato en esas cosas. Mantener unida aquella especie de familia era algo completamente nuevo para él. Si daba un paso en falso todo se acabaría en un abrir y cerrar de ojos.

En ese momento sabía lo que sentía una funambulista caminando por la cuerda floja, avanzando pasito a pasito, de un lado al otro de la cuerda, intentando no caer al vacío, para no perderlo todo. Con sólo pensarlo sentía que se le agarrotaba el estómago. No podía respirar.

Cambió de postura lentamente y se volvió hacia la mujer que estaba a su lado.

Ella se había acostumbrado a ir a la casa cada día para darle las últimas noticias en persona, y también por Joel, que siempre insistía en verla. Iba todos los días a la casa, a eso de las cinco de la tarde. Cenaban todos juntos y después se turnaban para ayudar a Joel con los deberes.

Chris sonrió para sí.

La primera vez se había llevado una gran sorpresa al ver que mandaban deberes en infantil, pero era evidente que aquel colegio creía en la idea de formar aquellas mentes jóvenes lo antes posible. Y no tenía nada de malo.

Uno de los dos ayudaba al chico con los deberes y así se creó una costumbre. Primero pasaban algo de tiempo juntos. Después acostaban a Joel y le leían un cuento. Y finalmente Jewel y él se refugiaban en su paraíso privado para hacer el amor con una pasión que hablaba por sí sola, un deseo que decía las cosas que ninguno de los dos se atrevía a decir en voz alta. Ambos sabían que aquello era sólo temporal, pero ninguno quería decirlo. Estaban aprovechando al máximo el tiempo del que disponían, almacenando recuerdos para el futuro; un futuro en el que ya no estarían juntos.

Podía sentir cómo la miraba Chris. La miraba fijamente, estudiando cada rasgo de su rostro. Jewel se volvió hacia él. Su cuerpo desnudo se rozó contra el de él, haciendo un leve ruido de fricción.

¿Cómo se había acostumbrado tan rápido a él?

No sentía vergüenza cuando se hacía un silencio, ni tampoco sentía la necesidad de darle conversación. Sin embargo, aunque no sintiera vergüenza, sabía que había algo que lo inquietaba profundamente; algo que no era capaz de expresar en palabras.

—¿Quieres que hablemos de algo? —le preguntó suavemente.

Chris la miró con los ojos muy abiertos. Ya empezaba a pensar que era capaz de leer la mente. Siempre parecía saber que le escondía algo.

—¿Por qué dices eso?

Jewel se incorporó sobre la cama, se apoyó en el codo y deslizó la punta del dedo sobre el surco que se formaba entre sus cejas, el mismo surco que se formaba entre las pequeñas cejas de Joel.

—Estás muy pensativo —le dijo—. Como si no supieras cómo expresar lo que te atormenta; como si no supieras qué palabras usar.

Chris pensó que era una buena manera de decirlo. Suspiró.

—A lo mejor es porque no lo sé.

—Bueno, entonces suéltalo sin más —apuntó ella

en un tono entusiasta—. No te van a poner un negativo por faltas de ortografía. Te lo prometo.

Chris se dio cuenta de que no iba a ninguna parte callándose las cosas. Era hora de decirlo todo claro.

—Todavía no has encontrado a Ray.

¿De qué se trataba todo aquello? Jewel se quedó desconcertada. ¿Acaso iba a reprocharle no haberle encontrado todavía?

No se había rendido ni nada parecido.

—Todavía hay muchas opciones y recursos, Chris. Un tipo que conozco me va a poner en contacto con…

—A lo mejor deberíamos dejar de buscar —señaló él de repente.

Jewel se quedó perpleja. Desde el primer momento parecía estar tan seguro de querer encontrar al padre de Joel… Y no había pasado mucho tiempo.

¿Qué estaba ocurriendo?

¿Por qué había cambiado de idea?

—¿Y por qué íbamos a hacer eso?

Chris le dio todas las razones que se le pasaron por la cabeza, explicándolas como si se tratara de un complejo teorema matemático.

—Debemos mirarlo de forma lógica. Si Ray quisiera formar parte de la vida de su hijo, entonces hubiera encontrado la forma de mantenerse en contacto con él. Llamadas de teléfono, postales de cumpleaños, etc. Algo… —dijo, enfatizando—. Después de todo, Joel es su hijo. Eso debería significar algo. Sin embargo, Ray Johnson desapareció hace tres años y no volvieron a saber nada de él. Tres años. A todos los efectos, es como si se lo hubiera tragado la tierra. A lo mejor no quiere que lo encuentren.

Aquello tenía sentido. Pero también lo había tenido en el momento en el que él la había contratado para buscar al padre del chico.

Había algo más. De eso estaba segura.

—¿Y qué más?

Chris respiró hondo antes de responder. Metió una mano detrás de la cabeza y la rodeó con el otro brazo, atrayéndola hacia sí.

—Traer de vuelta a Ray después de todo este tiempo no servirá más que para convertir la vida de Joel en un caos. Otra vez… Ray es su padre, pero es un completo extraño para él. Sería como meterlo en un hogar de acogida. Yo puedo asumir su manutención y, por si no lo habías notado, el chico se vuelve loco cada vez que te ve. Joel es feliz ahora, posiblemente por primera vez en toda su vida, y creo que no tengo derecho a arrebatarle todo eso. No quiero alterar las cosas metiendo al padre en la ecuación.

Hizo una pausa.

¿Estaba siendo egoísta o altruista?

No lo sabía con certeza. Lo único que sabía con seguridad era que cambiar las cosas tan pronto después de la muerte de Rita no era una buena idea.

—A lo mejor deberíamos dejar las cosas como están —añadió.

—A lo mejor —reconoció Jewel.

Ella sabía que él no quería oírlo, pero ya era hora de decirlo en alto.

—¿Pero qué pasa si no podemos dejarlas como están? ¿Y si Ray Johnson regresa cualquier día de éstos?

Confundido, Chris se volvió hacia ella.

—¿Qué?

Jewel repitió lo que acababa de decir.

—¿Y si Ray vuelve por su cuenta, por cualquier motivo, y descubre que Rita ha muerto y que su hijo está en manos de su cuñado, ese cuñado al que siempre ha odiado porque se sentía inferior?

Aquella idea lo sorprendió sobremanera y le hizo mirarla fijamente.

—¿Qué te hace pensar que se sentía inferior?

—Cosas que he averiguado mientras intentaba localizarle.

Jewel se incorporó para mirarle mejor, sin sentir el menor reparo por estar desnuda de cintura para arriba.

—A lo mejor nunca conseguimos localizarle, pero tenemos que seguir intentándolo siempre que haya posibilidades de éxito.

No quería entrar en detalles, pero estaba muy segura de que iba por el camino adecuado.

—Si lo dejamos así como así, te garantizo que te pasarás el resto de tu vida mirando por encima del hombro, temiendo que Ray aparezca en cualquier momento para arrebatarte al niño, a lo mejor por pura venganza. Confía en mí. No querrás vivir de esa manera.

Chris sacudió la cabeza lentamente.

—No. Tienes razón. No quiero.

Además, estaban en mitad de la noche y no podían hacer nada en ese momento, así que lo mejor era esperar al día siguiente.

Chris se volvió hacia la belleza bronceada que tenía a su lado; una auténtica diosa. Sentía que se le agarrotaba el estómago otra vez. Un deseo irrefrenable corría por sus venas, llegando a todos los rincones de su ser.

—¿Desde cuándo te has vuelto tan sabia? —le preguntó, curioso, agarrándola de la cintura con ambas manos.

Ella sonrió de oreja a oreja.

—Es pura suerte la mayoría de las veces. Y el resto es instinto.

Chris deslizó las manos por su cintura hasta llegar a sus pechos. Un ansia profunda y lujuriosa la invadió por dentro, haciéndola sentir algo muy cercano al dolor. Lo deseaba de nuevo, con todas sus fuerzas, aunque acabaran de hacer el amor. Y pensar que unos minutos antes pensaba que estaba agotada…

Pero, de repente, como salida de la nada, una nueva descarga de energía la sacudía por dentro, volviéndola eléctrica, devolviéndola a la vida.

Inclinándose hacia delante, rozó sus labios con los de él. Una vez, otra vez…Cada vez duraba más que la anterior. Él la agarró de la cabeza y la hizo acercarse para que aquel beso no terminara demasiado rápido.

El beso se hizo más profundo. Mientras saboreaba su boca, podía sentir cómo escapaba el autocontrol. Ella lo dejaba indefenso, desarmado… loco de pasión. Nunca había conocido a nadie como ella y, probablemente, no volvería a conocer a nadie así en el futuro. Ella era una anomalía que apenas podía entender. Algún día tendría que desentrañar el misterio de Jewel Parnell.

Pero no esa noche.

Esa noche sólo le haría el amor por tercera vez. No había lugar para nada más. El día de mañana y la fría realidad estaban a años luz de distancia.

Haciendo un movimiento rápido, Chris cambió de

postura y se puso encima de ella. Empezó a mover el cuerpo con ese ritmo tan familiar, rozándose contra su cuerpo suave y húmedo, palpando su piel con los labios y con los dedos, encendiendo un fuego que el agua no podía apagar.

Jewel se decía que no debía hacerlo. Acostarse con Chris había dejado de ser un capricho, una diversión… Ya empezaba a sentir que lo necesitaba para seguir funcionando. Ya empezaba a sentir una dependencia que no podía llevarla a buen puerto. Necesitaba que aquel hombre le hiciera el amor. Necesitaba sentir aquellos labios. Necesitaba la descarga de adrenalina que sólo él sabía darle con cada orgasmo.

Era un círculo vicioso. Cuanto más hacía el amor con él, más quería hacerlo. Sabía que tenía que parar, sabía que tenía que alejarse cuanto antes…

¿A quién intentaba engañar?

Esa puerta ya estaba cerrada desde hacía mucho tiempo. No podía alejarse por mucho que quisiera.

Y sin embargo, también sabía que no podía quedarse. Si lo hacía, acabaría muy mal. De eso estaba más que segura. Implicarse a fondo en aquella relación no era sino un desastre en potencia, igual que todos los matrimonios que pasaban por su despacho.

Lo mejor era vivir el momento y atesorar todos esos recuerdos maravillosos y perfectos. No podía dejar que se estropeara. Era mejor terminarlo a tiempo en vez de ver cómo se marchitaba.

Si continuaba por ese camino, terminaría cayendo en picado.

Y no estaba preparada para sufrir otra decepción.

Nada duraba para siempre.

Pero era tan difícil ser fuerte cuando el fuego que ardía en su interior era tan vivo.

Más tarde. Pensaría en ello más tarde.

Cuando se le despejara la mente.

Porque en ese momento no podía pensar con claridad. La presencia de Chris le obnubilaba el sentido, y apenas podía formular pensamientos coherentes.

Sólo había una cura para eso. Y era temporal, como mucho.

Rodeándole el cuello con ambos brazos, Jewel arqueó las caderas para dejarle entrar y se abandonó a la pasión, al desenfreno; se dejó engullir por la lujuria y ya no pensó más.

—Bueno, ¿cómo va todo? —preguntó Kate casi sin aliento.

Dos pasos por delante, Jewel acababa de sentarse frente a una pequeña mesa de la cafetería donde solían reunirse para su encuentro semanal. El local estaba enfrente del hospital donde trabajaba Nikki.

Cada una o dos semanas, las tres amigas se reunían allí para tomar un café y ponerse al día. Nikki había tenido que volver al trabajo por una urgencia, así que ese día sólo estaban Jewel y Kate. Hasta hacía muy poco su tema principal de conversación solía girar en torno a las Celestinas de sus madres y así pasaban el tiempo, criticándolas y quejándose de ellas. Sin embargo, recientemente Kate y Nikki habían empezado a hablar de sus encantadores prometidos.

Kate dejó los cafés que llevaba sobre la mesa y le dio uno a Jewel.

—He oído que la tía Cecilia te ha conseguido a un partidazo —dijo Kate de repente, mirándola con ojos cómplices.

—¿Quién te ha dicho eso? —le preguntó Jewel en un tono seco.

Estaba a punto de beber un sorbo de café, pero la taza se detuvo a medio camino de su boca.

—Tengo más de una fuente —le dijo Kate—. Como en todo lo demás, hay tres por uno. La tía Cecilia, la tía Maitzie y mi madre. Todas me han repetido lo mismo de todas las maneras posibles. Me dicen que ese tipo, Christopher Culhane, es el hombre perfecto.

Bebió un generoso sorbo de café y se inclinó hacia Jewel.

—Tu madre incluso me ha enseñado una foto de él —Kate sonrió, contenta por su amiga—. Parece muy guapo.

Le guiñó un ojo.

—Si no estuviera locamente enamorada de Jackson, ahora tendrías una dura competidora.

Jewel aún trataba de digerir la primera parte de la información.

—¿Una foto? ¿De dónde sacó mi madre una foto de él?

De repente, se imaginó lo peor. Chris, posando desnudo para su madre en una clase de pintura… Podía sentir cómo se le calentaban las mejillas, así que volvió a agarrar la taza. Tenía que disimular un poco.

—De hecho… —añadió Kate—. Me ha enseñado una página del anuario de la Universidad de Bedford. Los profesores aparecían por separado. Profesor de física... Tengo que decir que estoy impresionada —dijo, silbando.

Jewel sabía que debía cortar aquella conversación por lo sano. Lo último que quería era darles pena a sus amigas cuando Chris le diera con la puerta en la cara. Y eso era inevitable.

—Pues no hay nada por lo que impresionarse —le dijo, restándole importancia—. No hay nada entre nosotros.

Jewel tenía un pequeño tic en la mejilla derecha que la delataba cada vez que mentía, y esa vez no iba a ser menos.

—¿Nada? —repitió Kate, sin cambiar la cara.

Jewel se encogió de hombros. Nikki, Kate y ella eran amigas desde la infancia, a lo mejor incluso desde antes de nacer.

Ocultarles cosas importantes nunca había sido fácil para ella. Podía esconderle la verdad a su madre, pero no a sus amigas del alma.

Finalmente suspiró, resignada.

—Bueno, hay algo —dijo, refiriéndose a las noches de pasión que habían pasado juntos—. Pero no es nada serio.

—No sé si te entiendo bien... —dijo Kate—. Me parece que no te sigo —añadió, exagerando un poco para sacarle algo más.

Jewel se rindió. Se lo dijo alto y claro.

—De acuerdo. Chris es un amante increíble, pero tú y yo sabemos que eso no basta.

Kate no estaba dispuesta a desechar a Chris Culhane tan rápidamente.

—Bueno, si hay otras cualidades...

Jewel se mantuvo firme.

—No voy a llevarme otra decepción, Kate. No voy a caer de nuevo. Nikki y tú habéis tenido suerte, pero no hay tanta suerte en el mundo.

—No es suerte y tú lo sabes —dijo Kate, sin darse por vencida—. Una relación, cualquier relación, implica esfuerzo y decisión, y ganas de comprometerse. Una relación de verdad implica muchas cosas.

—Cierto —le dijo Jewel, admitiendo que tenía razón.

Sin embargo, ella tenía otra visión de las cosas. Todas esas horas de vigilancia la habían hecho adoptar una nueva perspectiva.

—Pero todas esas esposas engañadas, con el corazón roto… Todas ellas pensaban que tenían esa clase de relación especial, hasta que un día se llevaron la bofetada de su vida.

—Pues en ese caso hay que encajar el golpe y seguir adelante —afirmó Kate con contundencia. Estiró el brazo y puso su mano sobre la de su amiga.

—Por lo menos, no digas que no hay nada entre vosotros hasta que no estés plenamente convencida de que no hay nada que hacer. No digas eso hasta que no sepas con certeza que lo vuestro no tiene futuro. No me gustaría ver cómo pierdes algo maravilloso a causa de tus temores.

—No tengo miedo —dijo Jewel con vehemencia.

De repente sonó el «busca» de Kate. La joven miró la pantalla.

—Tengo que irme —dijo, poniéndose en pie—. No tengo tiempo, Jewel. Lo siento. Tengo que estar en los tribunales ahora mismo. Piensa en lo que te he dicho

—le dijo con mucho sentimiento—. Oh, por cierto, los cafés están pagados. Yo invito —le dijo por encima del hombro, yendo hacia la puerta a toda prisa.

—No tengo miedo —repitió Jewel, hablando consigo misma.

Pero en el fondo sabía que no era cierto.

Capítulo 14

DEFINITIVAMENTE aquella no era la reacción que había esperado.

Después de haber movido cielo y tierra y contactado con gente a la que no había visto durante mucho tiempo, había conseguido por fin localizar al padre de Joel. Ray Johnson estaba viviendo en Las Vegas, con un nombre falso. Y trabajaba en un casino de poca monta.

Jewel estaba muy orgullosa de sí misma por haber sido capaz de localizarle usando la huella del pulgar del permiso de conducir de California. Ya se le había caducado, pero ella había introducido los datos en el sistema y había consultado muchas bases de datos. No había obtenido nada en la base de datos militar, ni tampoco en el registro de antecedentes penales, pero sí había encontrado algo en el registro de empleados de casinos de Nevada.

«Qué suerte que los casinos guarden las huellas de todos los que trabajan para ellos», recordaba haber pensado en ese momento.

—¿Qué quieres decir con eso? ¿Quieres que nos olvidemos del tema? —le preguntó a Chris, perpleja.

—Sí. Dejemos de buscar —dijo él—. Te pagaré por el tiempo que has invertido y también por cualquier gasto extra —añadió, temiendo que ella pensara lo contrario.

Aquello no tenía sentido para ella. Recordaba lo impaciente que estaba por librarse de la responsabilidad de su sobrino.

—¿Entonces no quieres que vaya a Las Vegas a traerle de vuelta?

—No.

Aunque hubiera cambiado de idea respecto al niño, sabía que debía decirle a Ray lo que había ocurrido.

—Pensaba que ya habíamos tenido esta conversación —le dijo ella.

Él le daba la espalda, caminando por la habitación.

Ya era bastante tarde. Comprobar la información le había llevado algún tiempo y había llegado justo a tiempo para darle las buenas noches a Joel. Lógicamente se había entretenido un poco con el niño y después le había contado a Chris todo lo que había averiguado.

—Así es —le dijo él.

Ella le agarró la mano para que no siguiera caminando de un lado a otro. Era como hablar con un objetivo móvil en un campo de tiro.

—Y estuvimos de acuerdo en seguirle buscando.

—Pero entonces yo pensaba que no podrías encontrarle —le confesó él.

No debería haberla infravalorado.

—Ahora que lo has…

Su voz se perdió un momento, pero entonces siguió adelante con convicción.

—Creo que a Joel no le conviene volver a tener a su padre en su vida. Ray era un tipo malhumorado, cascarrabias… Un imbécil sin cerebro. Si Joel se va a vivir con él, lo pasará muy mal durante el resto de su vida. A su edad ya es más listo que su padre y… Tienes razón. A Ray Johnson no le gusta verse superado.

Ella le miró fijamente, sin saber qué pensar.

—Si eso era lo que pensabas, ¿por qué empezaste con todo esto? ¿Por qué quisiste que le buscara?

—Porque no lo pensé bien —respondió él con sinceridad—. Porque sólo pensaba en mí mismo —añadió, reconociendo algo que no era fácil—. Quería recuperar mi vida, que todo volviera a ser como antes. Pero eso ya no basta —admitió—. Me gusta llegar a casa y que Joel me cuente cómo le ha ido el día. Eso hace que todo lo demás cobre sentido. Yo puedo criarle —dijo con auténtico sentimiento—. Ray, o como se llame, no puede hacerlo. No lo hará, de hecho.

Jewel levantó las palmas de las manos para que no dijera nada más.

—Oye, es cosa tuya. Yo hago lo que me digas.

Chris sintió un profundo alivio.

—¿Entonces nos olvidamos de todo esto? —le preguntó.

—No.

Chris se quedó perplejo. No entendía por qué ella se negaba a dejar las cosas como estaban.

—Pero creía que estabas de acuerdo.

—Sí lo estoy, pero no nos podemos olvidar de Ray así como así. Ese tipo, que ahora se llama Dennis Carter, tiene que firmarte un documento en el que renuncie a la custodia. Si no conseguimos ese papel, todo puede irse al garete en cualquier momento, sin previo aviso.

Jewel vio que había conseguido captar su atención rápidamente.

—¿Un documento firmado?

La joven asintió con la cabeza. Cansada después de un largo día, se dejó caer en el sofá.

—Eso he dicho.

Él guardó silencio durante unos instantes y reflexionó sobre ello.

—¿Crees que Ray accederá? —le preguntó finalmente.

Jewel pensaba que era bastante probable.

—Según todo lo que me has contado sobre él, creo que lo hará. Parece un imbécil egoísta y realmente me preocupaba que fueras a entregarle al niño así como así.

—Bueno, sí. Pero ya no lo voy a hacer —apuntó Chris.

En vez de sentarse a su lado, se apoyó en el brazo del sofá, inquieto y nervioso.

—¿Pero y si no firma? ¿Y si decide, por alguna extraña razón, que no quiere renunciar a sus derechos? Si vamos a verle, entonces sabrá dónde encontrar al chico.

Jewel trató de aplacar sus temores usando sus propios argumentos.

—Como me dijiste la otra noche, si hubiera tenido

interés en el chico, hubiera intentando ponerse en contacto con él de alguna forma. Un documento oficial te hará sentirte más tranquilo. Tengo una amiga abogada. La hija de Theresa. Ella puede redactar los documentos pertinentes. Podemos salir mañana por la mañana, si quieres.

Chris se rió amargamente.

—Lo que quiero es… Lo que realmente quisiera es no haber empezado con esto.

Pensó en lo que acababa de decir y entonces se dio cuenta de que, de haber sido así, se hubiera perdido algo por el camino.

—Pero entonces no te habría conocido, ¿no?

Ella sonrió brevemente.

No había cambiado de idea respecto a lo que había entre ellos. Sabía que aquello era temporal, pero también quería disfrutarlo al máximo mientras durara.

—No. No me habrías conocido.

Chris, que nunca había sido de los que se hacían ilusiones, se tomó un momento antes de volver a hablar.

—Creo que ha merecido la pena, aunque tenga que volver a ver a Ray Johnson.

La miró de arriba abajo.

—Sobre todo teniendo en cuenta lo que he sacado yo a cambio —dijo, entrelazando sus dedos con los de ella—. ¿Crees que podemos salir mañana?

Ella asintió.

—Tan pronto como Kate me prepare esos papeles.

Chris no pudo sino admitir que sentía un ligero temor ante la idea de ponerse en contacto con Ray Johnson. A lo mejor se empeñaba en quedarse con la custodia por rabia.

Pero en el fondo sabía que ella tenía razón. Tenía que hacerlo.

—Hazlo. Haz que te preparen esos papeles.

Sus palabras sonaban como si se estuviera preparando para la batalla.

—Ya sabes. Si no quieres lidiar con este personaje, puedo ser tu representante en Las Vegas. No tienes que pasar por esto si no quieres.

Nada más oírla decir las primeras palabras Chris empezó a sacudir la cabeza, rechazando la oferta.

—No. Necesito verle. Necesito que le queden las cosas claras. Tiene que entender que no lo dejaré vivir en paz si le causa un solo sufrimiento al chico.

Jewel se preguntó si sabía lo heroico que sonaba todo aquello. Parecía que se iba a convertir en el salvador de Joel.

—Muy bien. Nos espera un largo viaje en coche. Me voy —dijo ella—. Estaré de vuelta mañana por la mañana con los papeles —le prometió.

Ya la estaba echando de menos y ni siquiera se había marchado todavía. Era sorprendente ver lo mucho que le había cambiado la vida en tan poco tiempo. Todo había cambiado, pero no le importaba en absoluto.

«Nunca se deja de aprender», pensó.

—Jewel —exclamó.

Ella se volvió, pero él ya la había alcanzado.

—Para el camino —le dijo y entonces la besó.

Jewel no estaba sola a la mañana siguiente cuando fue a recoger a Chris. Su madre iba en el asiento del acompañante. Había preferido ir en el coche de su hija en vez de llevar su pequeño cochecito.

Sólo podía haber un motivo para ello, no obstante. Así tendría más tiempo para hablar con ella.

Había llamado a su madre esa misma mañana y le había pedido que se quedara con Joel todo el día. Cecilia había aceptado con entusiasmo sin dejarla terminar la frase siquiera.

Nada más salir de la casa de su madre, sin embargo, Jewel empezó a arrepentirse. Llamarla había sido una decisión impulsiva. A lo mejor debería habérselo pedido a Maitzie o a Theresa. Las dos estaban cortadas por el mismo patrón que su madre, pero por lo menos se cohibían un poco, no porque no estuvieran encantadas con lo que estaba pasando entre Chris y ella, sino porque no querían pasarse demasiado con alguien que no era su hija. Ni Theresa ni Maitzie hubieran llevado esa sonrisa pícara en los labios.

—Chris es todo lo que te dije, ¿verdad? —dijo Cecilia, como si ya supiera la respuesta.

—Tú no me dijiste nada, mamá —le recordó Jewel en un tono de pocos amigos—. No debería haberme metido en esto.

—Pero es todo lo que siempre he querido para ti —señaló Cecilia con un suspiro sentido—. Alto, guapo, moreno, apuesto… Y tiene tanto cerebro como bíceps.

Jewel pisó el freno ante un semáforo en ámbar sólo para mirar a su madre.

—¿Pero cuándo le has visto los bíceps? —le preguntó, anonadada.

Cecilia esbozó una misteriosa sonrisa a modo de respuesta.

Bien podría haber sido la de La Mona Lisa.

—No esperarás que te cuente todos mis secretos, cariño.

Jewel pensó que su madre se lo estaba inventando todo sobre la marcha. Y cuanto más reaccionara a sus provocaciones, más pesada se haría.

—No. Desde luego que no —contestó con una expresión seria—. Sólo asegúrate de llevar a Joel al colegio y ve a recogerle por la tarde. No sé cuánto tiempo tardaremos y no me digas que me quede a pasar la noche, por favor —añadió, remarcando la negación.

Cecilia habló con un ligero toque de desesperación en la voz.

—Si tuviera que decirte algo así, entonces te habría criado muy mal.

—Sé que tienes la mejor intención, mamá —reconoció Jewel, cambiándose de carril para adelantar a un coche que se movía muy despacio—. Pero tienes que mejorar un poco el método. Cada vez que me presionas, siento unas ganas tremendas de llevarte la contraria.

Cecilia frunció el ceño.

—¿Aunque te pierdas un partidazo como Chris Culhane?

—Aunque me lo pierda —dijo Jewel.

Un momento después pensó que quizá estuviera siendo un poco dura con ella.

—No he dicho que mi reacción sea la correcta. Sólo he dicho que eso es lo que siento.

Cecilia suspiró. Jewel casi podía oírla sacudiendo la cabeza.

En breves momentos llegaron a la casa. A pesar

del largo viaje que le esperaba, Jewel se animó pensando que al menos no tendría que lidiar con el entusiasmo casamentero de su madre por el resto del día.

Detuvo el coche, bajó y fue hacia la puerta. Su madre iba tras ella.

Nada más oírlas llegar, Chris fue a abrir la puerta.

—Gracias por venir, Cecilia.

—Un placer, Chris —contestó la señora con auténtico sentimiento—. Y no tengas ninguna prisa. Joel y yo cuidaremos de la casa hasta que vuelvas.

—¿Adónde vas? —preguntó Joel, yendo hacia la puerta.

Todavía era temprano y el niño acababa de terminar el desayuno. Aún tenía veinte minutos antes de irse al colegio.

—Sólo será un pequeño paseo, Joel —le dijo Jewel, optando por la explicación más sencilla.

Casi había olvidado lo curioso que se había vuelto. Joel hacía toda clase de preguntas y no paraba hasta estar satisfecho.

—¿Un paseo adónde?

—A Las Vegas —le dijo Chris.

—¿Sabías que hay más de mil capillas en Las Vegas? —preguntó Cecilia en un tono inocente.

Jewel no sabía si era verdad o si se lo acababa de inventar.

—Seguro que no hay tantas, mamá —le dijo, lanzándole una mirada de advertencia.

Su madre sonrió e hizo caso omiso al aviso.

—Sólo hace falta una.

Intentando no sonrojarse, Jewel miró al hombre al que había ido a recoger.

—Vamos antes de que el tráfico empeore —le dijo, aunque ya supiera que era demasiado tarde para ello.

Era viernes y siempre había gente que se iba de fin de semana. Probablemente terminarían en mitad de un concurrido atasco.

Ajeno a lo que era un atasco en Las Vegas, Chris asintió sin más.

—Pórtate bien, Joel, y haz todo lo que la señora Parnell te diga.

—Ella me deja llamarla Cecilia —le dijo el niño con alegría.

—Y yo te dejo que la llames señora Parnell —dijo Chris con toda intención.

—Sí, señor. Señora Parnell —repitió Joel.

—Abuela tampoco estaría mal —sugirió Cecilia, haciéndose la inocente.

—Mamá —dijo Jewel, levantando la mano para hacerla callar.

Cecilia no se atrevió a decir nada más.

—Bueno, vámonos. No es hora para debates. Tenemos que irnos.

Cecilia se llevó una mano al pecho, pero Jewel le lanzó una mirada seria.

—Te veo luego —dijo, dirigiéndose a Joel.

Fue hacia el coche y arrancó rápidamente; tanto así que Chris tuvo que apresurarse para no quedarse en tierra. Quería alejarse antes de que su madre dijera algo que la avergonzara aún más.

—Te pido disculpas por lo de mi madre —le dijo, poniéndose erguida y metiendo la segunda marcha—. Creo que hoy tomó demasiadas pastillas de supermadre.

—No me había dado cuenta —dijo Chris, intentando contener la sonrisa, pero sin mucho éxito.

Jewel no tuvo que mirarle para darse cuenta de que sonreía.

—Ya. Claro que no —dijo en un tono irónico.

Él se rió.

—No sé de qué me estás hablando —hizo una pausa—. Bueno, en realidad, le estoy muy agradecido a tu madre.

Jewel se preparó para oír cualquier cosa.

—Adelante. Te escucho.

—Sus inocentes comentarios han conseguido hacerme olvidar por un momento el verdadero motivo de este viaje, lo cual no está nada mal.

Las cosas no tenían por qué salir mal, pero sí había una posibilidad real de que todo se fuera al traste.

Chris no quería ni imaginárselo.

—¿Estás preocupado? —le preguntó Jewel, mirándole de reojo.

—Sí —no tenía sentido negarlo—. Mucho.

—Pues no lo estés —dijo ella, poniéndole una mano sobre la rodilla—. Todo va a salir bien.

Chris deseó poder creerlo.

—Se me había olvidado que eres toda una optimista.

—Ésa es la única forma de ver la vida —le dijo Jewel con mucho sentimiento.

—¿Y si Ray decide que quiere quedarse con Joel?

Por mucho que lo intentara, no podía dejar de pensar en ello.

—Si eso ocurre, optimista o no, también se me da muy bien buscarle los inconvenientes a las cosas. Para cuando termine con él, querrá sacar cita para hacerse una vasectomía. Y puedes estar seguro de que estará deseando firmar el documento que llevo en el bolso.

Chris recordó lo que ella le había dicho la noche anterior.

—¿Entonces lo conseguiste?

—No iríamos si no lo tuviera.

Kate no se había alegrado mucho de verla aparecer en su casa a medianoche, pero una vez le contó lo que ocurría, la perdonó fácilmente. Y Jackson también.

—Todo es correcto y legal. Si firma el documento, Ray Johnson te cede la custodia de Joel de forma permanente.

—Tú siempre piensas en todo —le dijo él, lleno de admiración.

—Dios sabe que lo intento —le dijo ella, sonriente.

Chris se rió suavemente y Jewel sintió una gran satisfacción.

Era tan agradable oírle reír. Cada palabra que decía, cada sonrisa, cada expresión de sus ojos eran un tesoro para ella. Las mujeres enamoradas sentían cosas así, pero ella no. Ella siempre había tenido los pies sobre la tierra; siempre había sabido lo que hacía.

Ella siempre había sabido pasárselo bien y aprovechar el momento mientras durara.

—Pues síguelo intentando —le dijo Chris.

—Muy bien —dijo Jewel, pensando en todas las cosas que intentaba, una y otra vez.

Intentaba disfrutar sin esperar nada más, intentaba no hacerse ilusiones, intentaba no desearle a cada segundo… Cada día los intentos se hacían más y más difíciles porque cada día era más duro estar lejos de él.

Capítulo 15

LUCKY Lady no parecía el nombre de un casino, sino el de una carrera de caballos, pero así lo había bautizado el nuevo dueño. Sin duda, su esperanza era que la suerte estuviera de su lado para atraer a los clientes de segunda que no tenían cabida en los casinos más importantes.

Según había averiguado Jewel, no obstante, el negocio no iba demasiado bien. Aquél era el lugar en el que un tipo como Ray Johnson, alias Dennis Carter, podía perderse sin problema.

Llegaron a Las Vegas poco después de la una de la tarde. La gran densidad de tráfico que se trasladaba desde el sur de California era especialmente agobiante, sobre todo por los continuos atascos.

Al entrar en la ciudad Jewel encendió su GPS. El aparato le decía dónde tenían que girar y así pudo dis-

frutar un poco del paisaje, en vez de tener que dedi-
carse a buscar nombres de calles. Lo que vio durante
el camino le sirvió para darse cuenta de que la magia
de la ciudad sólo salía al atardecer. De día, Las Vegas
era como una cabaretera envejecida. Lo que la noche
escondía, el sol lo sacaba a la luz, acentuando los es-
tragos que el tiempo había grabado en todos los rincones.

—¿Estás segura de que tienes el nombre correcto?
—le preguntó Chris, contemplando las fachadas de
aquellos casinos poco conocidos—. Yo nunca he oído
hablar de ese casino llamado Lucky Lady.

Y ella tampoco había oído nada hasta investigar un
poco. Los casinos importantes eran los que se llevaban
toda la publicidad, pero el juego no conocía límites de
poder adquisitivo. Tanto los grandes jugadores como
los pequeños se podían enganchar igualmente.

—¿Cuándo fue la última vez que estuviste en Las
Vegas? —le preguntó Jewel.

Chris hizo una pausa y trató de recordar.

—Hace seis, o siete años —dijo—. A lo mejor un
poco más.

Había asistido a un congreso para profesores de física unos seis años antes. Recordaba haber pensado
que aquel lugar era un derroche innecesario de energía, pero no quiso decirlo en alto.

—Las cosas cambian a diario aquí —le dijo ella—.
Hace un año el Lucky Lady se llamaba Royal Flush o
algo parecido. Ray, o Dennis, como se llame, no parece haber tenido mucho éxito, pero por lo menos trabaja.

Al llegar a un semáforo en rojo, se volvió hacia él.

—¿Quieres que paremos para comer?

Él sacudió la cabeza. Tenía ganas de hacer una pausa, pero no sabía si ella estaba de acuerdo.

—Si quieres.

Ella tenía hambre, pero podía esperar.

—Los negocios van antes que el placer —le dijo y entonces la luz roja se volvió verde—. Según el mapa que consulté antes…

—*Gire a la derecha* —dijo una voz electrónica—. *Ha llegado a su destino.*

—Éste debe de ser el lugar.

Había un aparcacoches con un uniforme un tanto arrugado sentado en un taburete contra la pared. Cuando los vio acercarse, se puso en pie y fue hacia el vehículo.

Normalmente iba en contra de sus principios dejar que otros hicieran lo que ella podía hacer, pero aparcar allí, incluso a plena luz del día, era difícil, así que le dio las llaves del coche al empleado flacucho, que parecía haber empezado a afeitarse esa misma mañana.

—Apárcalo cerca de la entrada —le dijo, aceptando el tique—. No tardaremos mucho.

La cara del joven le decía que ya lo había oído antes.

—Sí, señora —le dijo y subió en el coche no sin esfuerzo.

Chris y Jewel caminaron hasta las puertas principales en silencio. Ella se detuvo justo antes de entrar.

—¿Listo?

Chris no lo estaba. Hubiera preferido saltarse esa entrevista y seguir con esa nueva vida que se había presentado de repente. Pero sabía que Jewel tenía razón.

Si no le decía nada a Ray, ni se hacía con la custodia de forma legal, no podría vivir en paz por el resto de su vida. Se pasaría todo el tiempo temiendo lo peor.

—Terminemos con esto de una vez.

Ella asintió con la cabeza. Parecía que él no se atrevía a usar la palabra «listo».

Jewel entró primero.

Se abrieron camino entre todas las máquinas tragaperras y, en cuanto vio el bar, la joven se dirigió hacia allí. Los buenos camareros conocían a todo el mundo. El fornido camarero dejó de limpiar la barra y le ofreció una de sus mejores sonrisas nada más verla acercarse.

—¿Qué desea, señorita?

—Información —dijo Jewel con una sonrisa igual de radiante.

Sacó una foto de Ray que había impreso, procedente de los archivos DMV.

—¿Este hombre trabaja aquí?

El camarero sacudió la cabeza, pero entonces vio el billete de veinte que ella había dejado debajo de la fotografía.

Recogió la imagen de la barra y la miró mejor.

—Sí. Ése es Dennis.

Al volver a poner la foto sobre la barra, agarró el billete y se lo guardó disimuladamente.

—¿Está aquí hoy? —le preguntó Chris.

—Lo vi hace un rato —dijo el camarero y entonces señaló a la derecha—. Está allí. En la mesa de *blackjack*.

Jewel volvió a guardarse la fotografía.

—Gracias.

—Vuelva cuando quiera —dijo el camarero al verla alejarse—. Y tómese una copa. Invita la casa.

—Eso no es lo único a lo que te gustaría invitarte —dijo Chris de repente.

Jewel tuvo que hacer un gran esfuerzo para reprimir la sonrisa que le venía a los labios. Casi sonaba como si estuviera celoso.

Pero no.

Los celos eran para la gente que tenía una relación. Ellos dos sólo eran dos extraños a los que la vida había unido por un corto período de tiempo, y tenía que recordarlo cada día si era preciso, sobre todo porque las cosas ya parecían tocar a su fin.

Al acercarse a la mesa de *blackjack*, vieron al padre de Joel. Parecía esforzarse mucho por no parecer aburrido, pero no lo hacía demasiado bien. Había dos hombres en su mesa en ese momento. Uno de ellos parecía haberse pasado media vida sentado en un taburete de un casino, y el otro era unos veinte años más joven; un chaval en busca de la suerte.

Ray Johnson era muy alto y parecía haber engordado bastante. Tenía el pelo oscuro y ojos pequeños.

Al verla aproximarse a él, levantó la vista y sus ojos se llenaron de interés automáticamente.

—Siéntese —le dijo en un tono suave y seductor.

—Hemos venido a hablar —dijo Chris, sentándose al lado de ella.

La sonrisa de Ray se borró de inmediato. Miró a su alrededor, como si esperara que hubiera alguien más con ellos. No era difícil adivinar a quién esperaba.

Sin dejar de mirar, llamó a alguien que estaba a su izquierda.

—Kelly, ¿puedes sustituirme un rato?

La mujer estuvo a punto de decirle que «no», pero entonces se fijó en Chris y la cara le cambió. Una sonrisa efusiva conquistó sus labios.

—Claro, ¿por qué no?

La sonrisa se desvaneció en cuanto vio que el hombre al que había visto en la mesa se levantaba al mismo tiempo que Ray.

—¿Cómo me has encontrado? —le dijo Ray a Chris en cuanto se alejaron de los otros empleados.

—El mérito es de ella —le dijo Chris, señalando a la joven que iba a su lado.

La voz de Ray se llenó de rabia y las mejillas se le pusieron rojas como un tomate.

—No tengo dinero para Rita o para el chico, si es eso lo que buscas. Saco lo justo para vivir y tengo una esposa que mantener. Ahora tengo una vida decente y no voy a volver atrás.

—Me alegro mucho por ti —le dijo Chris sin emoción alguna.

—No voy a volver atrás —dijo Ray con vehemencia—. No puede obligarme.

—Nadie quiere que vuelvas —le aseguró Jewel, preguntándose qué había visto Rita en aquel neandertal.

—¿Entonces qué estáis haciendo aquí? ¿Dónde está Rita? —les preguntó con cara de sospecha.

Era evidente que esperaba verla aparecer en cualquier momento.

—Rita está muerta —dijo Chris sin más.

Jewel podía oír el dolor en su voz, pero su rostro permanecía impasible.

El exmarido de Rita, en cambio, seguía igual, como si no acabara de oír nada.

—¿Muerto? ¿De qué?

—Un aneurisma —dijo Jewel.

—Sí, bueno. Lo siento mucho.

Ray se encogió de hombros y volvió la vista hacia su mesa.

—A todos nos llega la hora algún día. Mira, tengo que volver a la mesa. Ya he tenido mi descanso. Aquí no puedo saltarme las reglas así como así.

Pero Chris no estaba dispuesto a dejarlo ir todavía. Tenían algo pendiente.

—¿Ni siquiera me vas a preguntar cómo está Joel?

Ray volvió a encogerse de hombros.

—¿Qué pasa con él? —le preguntó con indiferencia.

De repente se dio cuenta.

—¿Es por eso que habéis venido? ¿Para cargármelo a mí?

Hizo una mueca con la boca, como si la idea de ocuparse de su propio hijo le revolviera el estómago.

—Bueno, si es así, ya os podéis olvidar del tema. Mi esposa está embarazada. Está esperando gemelos.

Era evidente que la noticia no le alegraba en absoluto.

—Tengo demasiadas obligaciones.

—Bueno, te lo pondremos muy fácil —dijo Jewel, interceptándole antes de que se fuera.

Metió la mano en el bolso y sacó los papeles que le había preparado Kate.

—Firma esto y podrás seguir con tu vida como si nada.

Ray miró los papeles con un gesto receloso.

—¿Qué es eso?

—Son documentos legales que se refieren a tus derechos sobre Joel.

Para no extenderse mucho, resumió el punto más importante.

—Con este documento puedes renunciar libremente a la custodia del chico.

Ray miró a su excuñado y después a Jewel.

—¿Y después ya no tendré que responsabilizarme de él?

—Así es —le garantizó Jewel, asintiendo con la cabeza.

—Vaya, claro que firmo. Dame algo con lo que escribir —dijo con impaciencia, tocándose los bolsillos.

Chris sacó uno de los bolígrafos que llevaba en el bolsillo de la chaqueta y se lo dio.

—Toma.

Ray miró a su alrededor, buscando una superficie donde apoyarse. Jewel se dio la vuelta y le ofreció su espalda.

El padre de Joel firmó enseguida.

—Hecho —dijo al terminar de escribir.

Le dio el documento a Jewel y le devolvió el bolígrafo a Chris.

—Y ahora largaos antes de que me metáis en un problema —les dijo con cara de pocos amigos.

Chris lo fulminó con la mirada.

—Encantado —le dijo.

Ray dio media vuelta, pero entonces se detuvo un instante.

—No es gran cosa, ¿verdad? El chico.

—Para ti no —dijo Chris con frialdad.

En ese momento podía imaginarse a sí mismo poniéndole las manos alrededor del cuello y estrangulándolo.

Agarró del brazo a Jewel y tiró de ella.

—Vamos. Tengo que salir de aquí antes de hacer una estupidez.

Jewel tuvo que apresurarse para no quedarse atrás.

—¿Como qué? —le preguntó al salir del casino.

—Algo como estrangular a ese montón de basura con mis propias manos.

—Creo que pesa unos cuarenta kilos más que tú y te saca unos cuantos centímetros —señaló ella con mucho tacto.

Aquella pelea no hubiera sido del todo justa.

—Pero la rabia que siento tiene que servir para algo —respondió él.

Jewel no quería que él se pusiera violento.

—Déjalo, Chris —le dijo ella—. Ya tienes la custodia de Joel. Eso es lo más importante.

Él respiró hondo y soltó el aire. La furia que sentía empezó a remitir poco a poco.

—Pero también hay otras cosas importantes —le dijo cuando se calmó un poco.

—Bueno, claro que sí, pero lo crucial es que ya tienes la custodia.

Aquél no era el momento ni el lugar para hilar fino con la semántica.

—¿Por qué no vamos a comer algo y lo celebramos? —le sugirió y entonces añadió una palabra que lo ponía todo en su sitio—. ¿Papá?

Él guardó silencio un momento y entonces contestó:

—Eso suena bien.

—Muy bien, porque me muero de hambre —dijo ella, haciendo un esfuerzo por sonar alegre y entusiasmada.

No quería pensar en ello, pero la realidad era que su relación profesional ya llegaba a su fin. Habían llegado a la meta y logrado los objetivos. Eso significaba que ella ya no le era de ninguna ayuda. Cada uno podía seguir su camino, seguir adelante con su vida…

—Estás muy callada —le dijo Chris.

Se habían puesto en camino después de comer y, a diferencia del viaje de ida, la vuelta estaba resultando ser muy divertida. Ella había puesto la radio nada más arrancar y la música, que no la conversación, llenaba el espacio y el silencio de la carretera desde hacía varias horas.

—A mí me has acostumbrado a otra cosa.

Ella se sorprendió. Le había llevado mucho tiempo darse cuenta. Encogiéndose de hombros, le puso una excusa cualquiera.

—Sólo estaba pensando.

Pero Chris sabía que ella solía pensar en alto, o por lo menos eso era a lo que lo tenía acostumbrado. Había algo más.

—¿En qué?

—En mi próximo caso.

Próximo caso… ¿Eso era todo lo que había sido para ella? ¿Un caso más? Una vez resuelto, ¿era capaz de olvidarse así, sin más? ¿Ya estaba pensando en el próximo desafío, como si nada hubiera pasado?

Un sentimiento desagradable se propagó por todo su cuerpo.

—¿Tienes algo nuevo? —le preguntó.

Quería averiguar si sólo se trataba de su imaginación o si en realidad tenía motivos para sentirse así.

Ella esquivó su mirada y mantuvo la vista fija en la carretera.

—Me llegó hace un par de días —contestó ella.

—¿Eso quiere decir que estarás muy ocupada?

«¿Y que no podré verte?», pensó, aunque no lo dijera en alto.

—Muy ocupada.

Aquella palabra salió rápidamente de su boca.

Chris sintió que un escalofrío le recorría la espalda. Le estaba diciendo que todo había terminado, sin más.

—Muy bien —dijo él lentamente, como si estuviera saboreando la palabra y la encontrara muy amarga.

«Muy bien», repitió Jewel en su mente.

Chris había aceptado sin más la excusa que le había dado. A lo mejor incluso se alegraba de ello. A lo mejor sentía un gran alivio de que las cosas fueran tan fáciles. Era evidente que le parecía bien, que estaba satisfecho.

«Maldita sea», se dijo, molesta.

¿Pero qué esperaba? Ella sabía que su relación era algo temporal. Lo que había pasado entre ellos, aquellas maravillosas semanas, tenían que llegar a su fin. Se había repetido lo mismo una y otra vez. Desde el principio, siempre había sabido que aquello no era para siempre.

¿Pero por qué no era capaz de asumirlo sin más?

¿Por qué sentía que el corazón se le iba a romper en mil pedazos?

Jewel respiró hondo y se concentró en la carretera. Habían tardado muy poco y ya casi estaban en casa.

El atasco estaba en el carril contrario, el que iba hacia la ciudad.

Nadie volvía tan pronto a su lugar de origen.

De repente, casi sin darse cuenta, llegó a la casa. Habían regresado y todo había terminado.

Paró junto a la acera.

Sentía que no le salían las palabras.

Chris bajó del vehículo y entonces se dio cuenta de que ella no salía. Seguía sentada frente al volante, con el motor en marcha.

Rodeó el capó y fue hacia ella.

—¿No vienes?

Eso era lo que más quería, pero tampoco quería posponer lo inevitable. No tenía sentido tratar de revivir algo que estaba muerto. Además, su madre estaba allí. Sólo le bastaría una mirada para darse cuenta de lo que estaba ocurriendo.

Jewel la conocía bien y sabía que no tardaría en hacer algún comentario inoportuno.

Y no tenía ganas de enfrentarse a esa situación.

—No. Creo que no. Gracias —le dijo en un tono desganado, desprovisto de emoción—. Estoy cansada. Además, éste es tu momento —le dijo, tratando de sonreír—. El tuyo y el de Joel. No quiero estar en medio.

Chris pensó que se estaba deshaciendo de él. Era evidente que ya lo tenía todo decidido, y él no estaba dispuesto a suplicar.

No quería hacer el ridículo.

—No olvides enviarme la factura —le dijo, apartándose del coche.

«Como si me importara el dinero…», pensó ella.

—Muy bien. Me pondré con ello lo antes posible —le respondió vagamente—. Voy a estar muy ocupada.

—Eso ya me lo has dicho —dijo Chris en un tono seco.

Jewel apretó los labios. No quería llorar.

—Despídeme de Joel.

Metió la marcha atrás y echó a andar. No podía quedarse allí ni un segundo más.

Chris dio media vuelta. No quería verla marchar. Sentía el corazón como un peso muerto.

Al abrir la puerta se encontró con música. Cecilia había puesto la radio mientras fregaba los platos.

En cuanto oyó el ruido de la puerta de entrada, corrió hacia ella.

—Hola. Habéis vuelto antes de lo esperado —le dijo, recibiéndole con una cálida sonrisa.

Miró detrás de él, pero Chris ya había cerrado la puerta.

—¿Jewel está aparcando?

—No —le dijo él—. Se va a casa.

—¿A casa?

Aquella palabra no parecía tener sentido para ella.

Pero Chris no quería hablar de ello. No le quedaban fuerzas para nada, como si acabara de salir de un bombardeo. Pensaba que…

Pensaba como un idiota. Jewel era una mujer inteligente, vibrante, una mujer que vivía en un mundo de desafíos y emociones fuertes; una mujer que creaba emociones allí donde iba.

¿Cómo había sido tan tonto como para pensar que se conformaría con un aburrido profesor universitario?

—Sí. Se ha marchado —le repitió a Cecilia.

Había una contundencia en el tono de su voz que no pasó desapercibida para la madre de Jewel. Le miró fijamente. Miró al hombre que había escogido para su hija.

Conocía muy bien a Jewel. Se parecía a ella en muchas cosas, pero también tenía otras cosas de su difunto padre. Y si se había marchado, era porque tenía miedo. Tenía miedo de que le hicieran daño.

—¿Y tú la dejaste marchar? —le preguntó a Chris con incredulidad.

Aquella actitud de él había encendido la mecha.

—¿Has perdido la cabeza o es que estaba totalmente equivocada sobre ti? ¿Es que no te importa? Porque, te guste o no, mi hija te ama, Chris Culhane. Basta con mirarla a la cara para saberlo.

Chris abrió la boca para defenderse, pero entonces se detuvo. De repente todas las piezas del puzle encajaron de golpe.

¿Cómo había sido tan estúpido?

Estaba tan encerrado en sí mismo y en sus propias preocupaciones que no se había dado cuenta. No había sido capaz de leer entre líneas. No había sido capaz de ver lo que tenía ante los ojos.

Cecilia tenía razón. Había perdido la cabeza.

Durante un rato.

Pero ya la había recuperado.

Y estaba listo para luchar por lo que quería.

—Quédese con Joel, por favor —le dijo a Cecilia por encima del hombro, yendo hacia la puerta.

—No hay problema.

Cecilia fue detrás de él para cerrar.

—Hazlo bien esta vez —exclamó desde la puerta.

—Descuide —dijo Chris, subiéndose en el coche.

Capítulo 16

LÁGRIMAS de dolor corrían por las mejillas de Jewel mientras conducía. La joven se maldecía a sí misma una y otra vez. Antes pensaba que era fuerte. Jamás se había creído tan débil. Los duros no lloraban cuando ocurrían cosas así, cuando ocurría lo inevitable. No lloraban cuando sabían que no se podía hacer nada.

Pero ella no podía dejar de llorar por mucho que intentara recuperar el control.

Había estado en lo cierto desde el principio. Siempre había sabido que las cosas iban a ocurrir de esa manera.

¿Pero por qué dolía tanto si siempre lo había sabido?

No era una ninguna sorpresa. Lo había visto una y otra vez, mientras trabajaba en sus casos, recopilando evidencias. Había visto cómo se hacía añicos el amor. A veces eran matrimonios de seis meses, a veces veinte años… Pero ocurría. Una y otra vez, ocurría sin cesar.

¿Acaso no se había repetido una y otra vez que las relaciones siempre estaban condenadas al fracaso?

«Bueno, quizá no todas…», dijo una vocecilla en su interior. Pero la mayoría sí.

Esa pequeña esperanza había sido su perdición. Por eso había bajado la guardia. Se había dejado llevar por los sentimientos; había creído que podía haber una excepción, una posibilidad, aunque ínfima, de llegar a algo con Chris; una oportunidad de ser feliz con él contra todo pronóstico.

¿Pero a quién intentaba engañar?

Ella no era de las que se arriesgaban. Ella nunca apostaba fuerte, no cuando se trataba de algo así, no cuando se trataba de cosas del corazón.

Trató de sofocar un sollozo, pero no pudo.

«Maldita sea», pensó, hecha un mar de lágrimas.

Tenía que dejar de lamentarse. Tenía que recuperar la compostura y seguir adelante.

Con la vista nublada por las lágrimas, trató de calmarse un poco. Iba conduciendo por la carretera y podía tener un accidente si continuaba en ese estado.

Soltando el aliento de forma entrecortada, se secó las lágrimas con el dorso de la mano. A lo mejor necesitaba tomarse unas vacaciones, un descanso… No tenía ningún otro caso. Le había mentido a Chris. Sin embargo, hubiera querido que fuera cierto. De haber tenido otro caso, hubiera podido mantener la cabeza ocupada, refugiándose en el trabajo. Sólo así hubiera podido calmar ese dolor desgarrador que la atenazaba por dentro. Necesitaba algo que la mantuviera ocupada desesperadamente, pero como no tenía ningún otro caso, lo único que podía hacer al respecto era tomarse unos días…

¿Y hacer qué?

La vocecilla no dejaba de hablar desde un rincón de su mente.

¿Pensar?

Eso era todo lo que necesitaba. Pasar las horas en soledad, días y días sin nada que hacer, excepto pensar en el vacío que tenía dentro.

Normalmente, si los problemas la asediaban, llamaba a Nikki o a Kate y se tomaban unas minivacaciones, o pasaban un fin de semana lejos de la ciudad. Pero no podía hacerlo esa vez. Sus dos amigas estaban comprometidas. Había un hombre en sus vidas que ocupaba todo su tiempo y no tenía derecho a molestarlas, a interrumpir su felicidad. Esas pequeñas escapadas ya no las harían con las amigas, sino con sus respectivos novios. Ella era la única que estaba sola, la que no tenía pareja, la oveja negra…

¿Cómo se había convertido en una solitaria amargada sin siquiera darse cuenta?

Jewel parpadeó y miró a su alrededor. Estaba en la vía rápida, de camino a casa. Ni siquiera recordaba haberse incorporado a la carretera. El coche parecía haber puesto el piloto automático o algo parecido.

Y ella también.

Quizá era mejor así. Necesitaba olvidar, ausentarse… Todavía no estaba preparada para lidiar con todo aquello.

Tenía que esperar… esperar a que el dolor se hiciera más soportable.

Chris no podía entenderlo. ¿Cómo era que Jewel se le había adelantado tanto en tan poco tiempo? Sólo habían pasado un par de minutos, pero ella se había esfumado.

Se metió en el coche rápidamente y pisó a fondo el acelerador a ver si era capaz de alcanzarla. Después de unos diez minutos buscándola en la carretera, logró ponerse a su lado.

Ella parecía totalmente absorta en la conducción, como si no estuviera allí. No sabía si realmente no le veía, o si le ignoraba a propósito. Sin embargo, lo que sí sabía era que estaba decidido a hacerla parar.

Todavía en paralelo, bajó la ventanilla del acompañante, se echó hacia delante y le gritó.

—¡Para!

Jewel dio un pequeño salto en el asiento. Era Chris. Nada más verle una oleada de emociones cayó sobre ella. Como pudo, echó el coche hacia el arcén derecho y él hizo lo mismo para después detenerse detrás de ella.

Jewel bajó del coche de inmediato, preguntándose si pasaba algo con Joel o con su madre.

—¿Qué sucede? —le preguntó en cuanto le vio bajar del coche e ir hacia ella—. ¿Has olvidado algo?

El sonido de los coches, pasando a toda velocidad, dificultaba un poco la conversación.

—¡Sí! ¡A ti! —gritó él para que le oyera bien.

—¿Qué? —Jewel también alzó la voz. Creía haberle entendido mal.

—A ti —le repitió él, llegando hasta ella—. Estaba tan obsesionado con todo que di por sentado que todo seguiría igual y entonces pensé que…

Chris hizo una pausa. La explicación se estaba complicando mucho.

—No importa lo que yo pensara. Tu madre me hizo ver las cosas.

Jewel no tenía ni idea de qué estaba hablando.

—¿Mi madre?

Todo aquello había empezado con su madre. ¿Cuándo iba a aprender a meterse en sus asuntos?

—Sí.

Aunque estuviera justo al lado de ella, tenía que gritar para que ella pudiera oírlo. El ruido de los coches provocaba un gran estruendo a su alrededor.

—Ella me preguntó si había perdido la cabeza.

Jewel seguía sin entender nada.

—¿Y eso te hizo ver las cosas?

—Sí.

La joven sacudió la cabeza. Fuera como fuera, eso no aclaraba nada, ni tampoco cambiaba la realidad.

Sólo deseaba huir de allí.

—¿De qué estás hablando?

El tráfico se estaba haciendo más lento y los motoristas empezaron a interesarse en la escena que estaba teniendo lugar en el arcén.

—Tu madre me hizo darme cuenta de que era un tonto si te dejaba marchar así.

—¿Dejarme marchar? —repitió ella en un tono incrédulo—. Yo di por sentado que intentabas decirme que todo había acabado.

—¿Pero de dónde has sacado esa idea? —le preguntó él, perplejo—. Fuiste tú quien dijo que esto no era más que otro caso.

Jewel se sintió culpable de haberle dicho eso.

—No fue sólo otro caso, pero no quería que pensaras que esperaba algo más.

—¿Y si era yo quien esperaba algo más?

Ella sacudió la cabeza. Creía no haberle oído bien.

—¿Qué? —exclamó.

—¿Y si era yo quien esperaba algo más? —repitió él, alzando la voz todavía más.

Jewel creía que el corazón se le iba a salir del pecho.

—¿Como qué? —preguntó, casi sin darse cuenta de lo que había dicho.

—Como pasar el resto de mi vida contigo —le dijo él, tomando sus manos—. Soy un poco anticuado, Jewel. No sólo quiero acostarme contigo. Quiero despertarme contigo, desayunar contigo, hacer planes contigo. Te quiero y quiero que te cases conmigo. Has llenado mi vida de una forma que jamás creía posible. No hagas que me sienta vacío de nuevo.

Jewel le miró fijamente. Las cosas que parecían demasiado buenas normalmente no lo eran. Ésa era una de las primeras lecciones que había aprendido en la vida.

Sin embargo, aquellas palabras dulces eran demasiado tentadoras. En el fondo estaba deseando que él dijera algo que la convenciera, sin reservas ni temores.

—Bueno… —le dijo—. Ahora quieres casarte conmigo, pero cuando eso que sientes ahora desaparezca, cuando pienses que todo ha terminado…

—Seguiré queriendo casarme contigo —le dijo él, insistiendo—. Seguiré queriendo estar casado contigo.

Y entonces, de repente, en mitad de la carretera, Chris tomó su mano y se puso de rodillas.

—Jewel Parnell, ¿te casarás conmigo?

Sonrojada hasta la médula y consciente de ser el centro de atención, Jewel le tiró de la mano.

El tráfico se había detenido completamente y todos los ojos estaban puestos en ellos.

—Chris, por favor, levántate.

Él sacudió la cabeza y permaneció agachado.

—No hasta que me digas que me quieres y que te casarás conmigo.

Ella levantó la vista, como si buscara fuerzas en el cielo.

—Claro que te quiero. No sentiría todo este dolor si no te quisiera.

—Querer y dolor. No quería oír esas dos palabras en la misma frase —le dijo él—. Pero te lo preguntaré de nuevo. ¿Te casas conmigo?

Ella apretó los labios. ¿Lo decía en serio? ¿De verdad la quería para el resto de su vida?

—¿Es que no tengo elección en este asunto?

La respuesta de Chris fue corta y firme.

—No.

Estaba perdiendo la batalla, pero decidió intentarlo de nuevo.

—No sabes lo que estás diciendo.

—Te equivocas. Sé muy bien lo que estoy diciendo. Soy físico. Siempre sé lo que digo. Créeme.

Él no sabía lo mucho que deseaba creerle, lo mucho que deseaba dejarse convencer.

Sin embargo, no quería despertarse una mañana y descubrir que estaba sola. No quería verle marchar en el momento más inesperado.

—No lo has pensado bien —le dijo, sin darse por vencida.

—Oh, claro que sí lo he pensado —le dijo él, obstinado—. ¿Quieres que te enseñe el diagrama de flujo?

Jewel levantó las cejas, incrédula.

—¿Has hecho un diagrama de flujo?

Él sonrió de oreja a oreja.

—Con colores y todo.

Un espontáneo sacó la cabeza por la ventanilla del coche y les gritó algo.

—¡Oiga, señorita, dígale que sí!

Para darle más énfasis a sus palabras, tocó el claxon a fondo.

Y entonces, uno tras otro, los otros coches hicieron lo mismo.

En cuestión de segundos, se vieron rodeados por una cacofonía discordante de cláxones que pitaban sin parar, sin ton ni son.

Jewel sintió que le flaqueaban las fuerzas.

«Por favor, no hagas que me arrepienta de esto», se decía a sí misma.

—¿De verdad quieres casarte conmigo?

Él asintió con un gesto serio y solemne.

—De verdad quiero casarme contigo.

—¿Y quieres estar casado conmigo para siempre?

—Sí. Quiero estar casado contigo para siempre.

Jewel respiró hondo, lentamente. Estaba a punto de hacer lo que le dictaba el corazón.

Él tenía razón. No tenía elección.

—Entonces supongo que no puedo hacer otra cosa que decir que «sí».

Él se puso en pie, sin soltarle la mano.

—Eso suena muy bien —le dijo y entonces la besó.

El incesante pitido de los cláxones se hizo más estridente. Los conductores aplaudían y gritaban de alegría.

Y así salió en las noticias en el telediario de medianoche. Boquiabierta, Cecilia Parnell fue corriendo junto al vídeo y apretó el botón de grabar.

Algún día vería aquella cinta junto a sus nietos…

Epílogo

JOEL miró a su tío y después a la mujer que más quería en el mundo. Antes temía que se marchara, pero todo había cambiado de la noche a la mañana. Estaba tan feliz…

—¿Te vas a casar con mi tío? —le preguntó por fin con su vocecilla.

Eso le habían dicho, pero apenas podía creérselo, al igual que no podía creerse que le estuvieran pidiendo permiso.

¿Permiso para qué? Estaba muy confundido. Los mayores nunca le pedían permiso a un niño para hacer nada.

Jewel amaba a Chris con todas sus fuerzas y lo que más deseaba era casarse con él, pero había algunas cosas a tener en cuenta. Eso lo tenía muy claro. Tenía muy claro que debía contar con Joel, contar con su

aprobación, aunque sólo tuviera cinco años. Los sentimientos no tenían límite de edad.

Quería que Joel supiera lo importante que era para
ella, para ambos. Quería que supiera que siempre sería
así.

—Sólo si tú estás de acuerdo.

Joel la miró. Seguía muy confundido.

—¿Quieres que yo me case contigo también?

Jewel y Chris intercambiaron miradas cómplices.
Apenas podían contener la risa.

—Digamos que sí. Si me caso con tu tío, vamos a
ser familia, Joel. Tu tío, tú y yo.

—¿Te parece bien, Joel? —le preguntó Chris.

Joel pensó que su tío parecía más serio que nunca,
pero había un destello risueño en sus ojos.

Una familia… Jewel, su tío y él. Una familia de
verdad.

Aquello sonaba muy bien. Por dentro y por fuera.

—De acuerdo —le dijo a Jewel—. Yo también me
casaré contigo… Pero el tío Chris se ocupará de lo de
los besos.

Riendo a carcajadas, Chris los abrazó a los dos.

—Ya veo que lo has entendido bien, Joel —dijo.

Y entonces, para demostrarle a su sobrino que él
también lo había comprendido, besó a su futura esposa.

JULIA™

MARIE FERRARELLA

CARICIAS MÁGICAS

Cuando vio a Lucas Wingate en la consulta, Nikki Connors estuvo encantada de atender a su irresistible hija de siete meses. Pero era aquel atractivo viudo quien más parecía necesitar la magia curativa de Nikki… y le hizo preguntarse si tal vez ella no necesitaría cierta terapia romántica…

UN AMOR COMPARTIDO

Después de que su príncipe azul se convirtiera en sapo, Kate Manetti se volcó por completo en su trabajo. No quería meterse en otra relación. Fue entonces cuando un rico director de banco llamado Jackson Wainwright entró en su vida y la hizo reconsiderar sus planes.
Jackson, un hombre que lo tenía todo, estaba dispuesto a hacer lo que fuera para hacerla ver que estaban hechos el uno para el otro.

N.º 464

BUSCANDO LA FELICIDAD

La detective Jewel Parnell no creía en los cuentos de hadas. Creía en las aventuras esporádicas, sin compromisos. Pero su madre, una celestina consumada, no estaba dispuesta a darse por vencida y le consiguió un nuevo cliente: un apuesto profesor con un niño encantador a su cargo. Sin embargo, lo que Jewel no sabía era que Christopher Culhane y su adorable sobrino, Joel, podían darle la lección de amor que tanto necesitaba.

JAZMÍN.

SUE SWIFT
EN BRAZOS DEL JEQUE

El jeque Rayhan ibn-Malik estaba a punto de olvidar que la dulce y sensual Cami Ellison era la misma pilluela que había prometido utilizar como instrumento para su venganza. Había jurado hacerle pagar al padre de Cami por haberlo estafado. Pero no había previsto que la muchacha conquistara su corazón de aquella manera.

RENEE ROSZEL
EN BRAZOS DE UN SEDUCTOR

Taggart Lancaster había accedido a hacerse pasar por su amigo por una buena razón. Pero su papel de mujeriego estaba teniendo tanto éxito que todo el mundo creía que así era él realmente. Mary O'Mara no quería tener nada que ver con un tipo así. El problema era que no le quedaba más remedio que pasar algún tiempo con él.

N.º 569

SUSAN LUTE
UNA VIDA PERFECTA

Dillon Stone andaba buscando a la esposa perfecta, pero no podría ni haberse imaginado casado con la irresistible Eleanor. Lo que necesitaba no era pasión, sino una madre para su hija. ¿Sería aquella la mujer que le daría el amor y la ilusión que tanta falta le hacía?

DESEO

MAUREEN CHILD

UNA MENTIRA INOCENTE

Viajar en el avión privado de Luke Barrett y pasar un fin de semana cargado de pasión con él resultó bastante arriesgado para Fiona Jordan. Confiaba en no estropear su misión secreta de convencer al multimillonario de la industria tecnológica para que regresara al negocio familiar. Cuando Luke descubriera la verdad, ¿lograría Fiona evitar la caída? Mezclar el placer con los negocios podría terminar siendo el malabarismo más complicado de su vida…

N.º 532

MAGIA EN EL MAR

Hacer un crucero de lujo en Navidad debería ser como estar en el paraíso, pero Mia Harper tenía que confesarle algo a su multimillonario ex: ¡seguían casados!

Ahora estaba atrapada entre el tremendamente sexy Sam Buchanan y el abrasador deseo que los había rodeado siempre y, por si eso fuera poco, Sam le iba a hacer un pequeño chantaje: le concedería el divorcio si le daba lo que él quería por Navidad: una breve aventura con ella.